ダダ・ガトランド
Dada Gattoland
ガトランド王国の国王。
と女と戦争が好き。
ガガ・ガトランド
Gaga Gattoland
ガトランド王国第一王子。
傲慢で冷酷だが無駄に寛大。

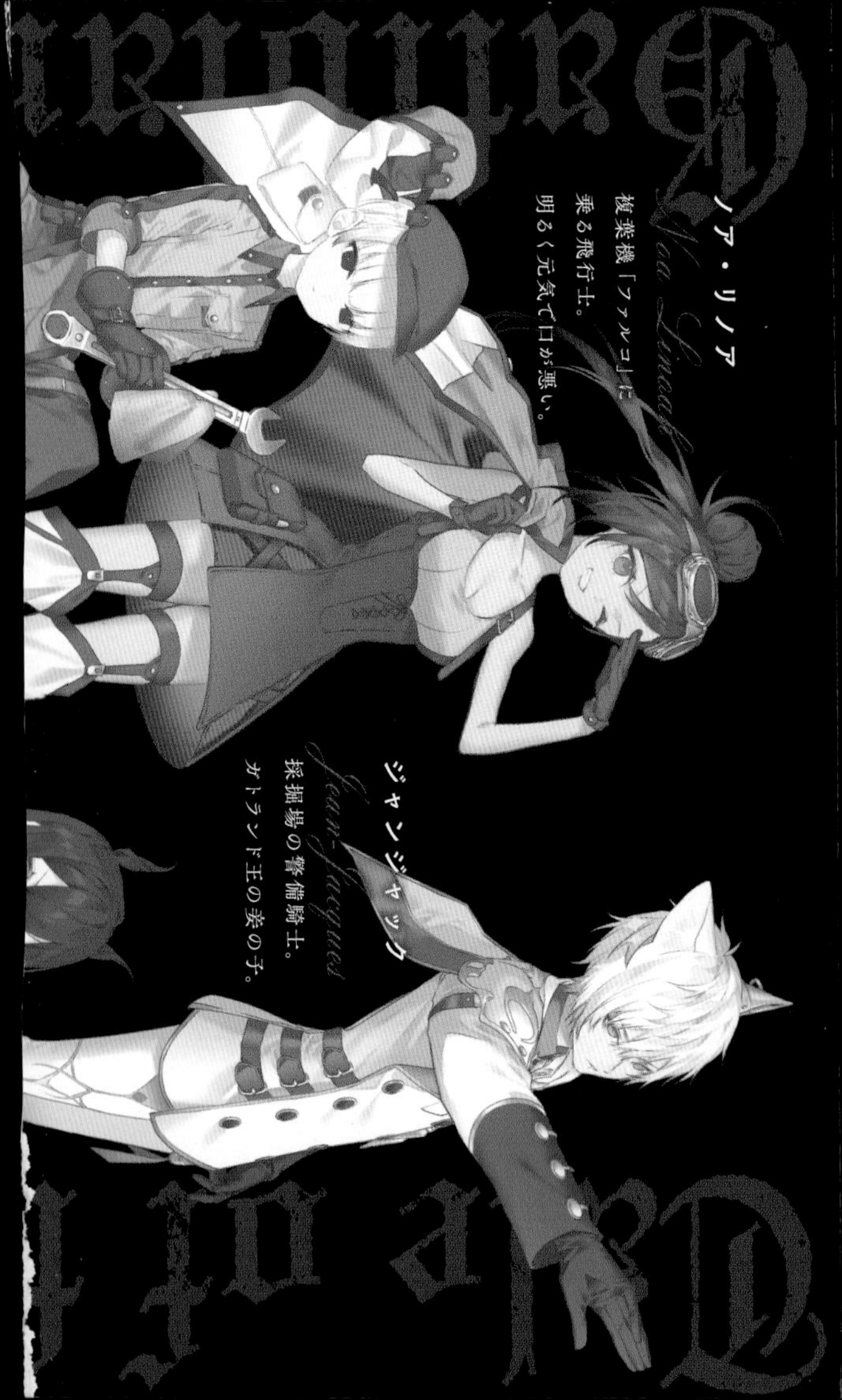
ノア・リノア
複葉機「ファルコ」に
乗る飛行士。
明るく元気で口が悪い。
ジャンジャック
採掘場の警備騎士。
ガトランド王の妾の子。

The White
nd Bunnies
シュシュ・ガトラ
Shushu Gattoland
ガトランド王国第一王女。
視覚障害を持ち、
音楽を愛する。
ルル・ガトランド
Lulu Gattoland
ガトランド王国第二王女。
明るく元気な王国の姫。

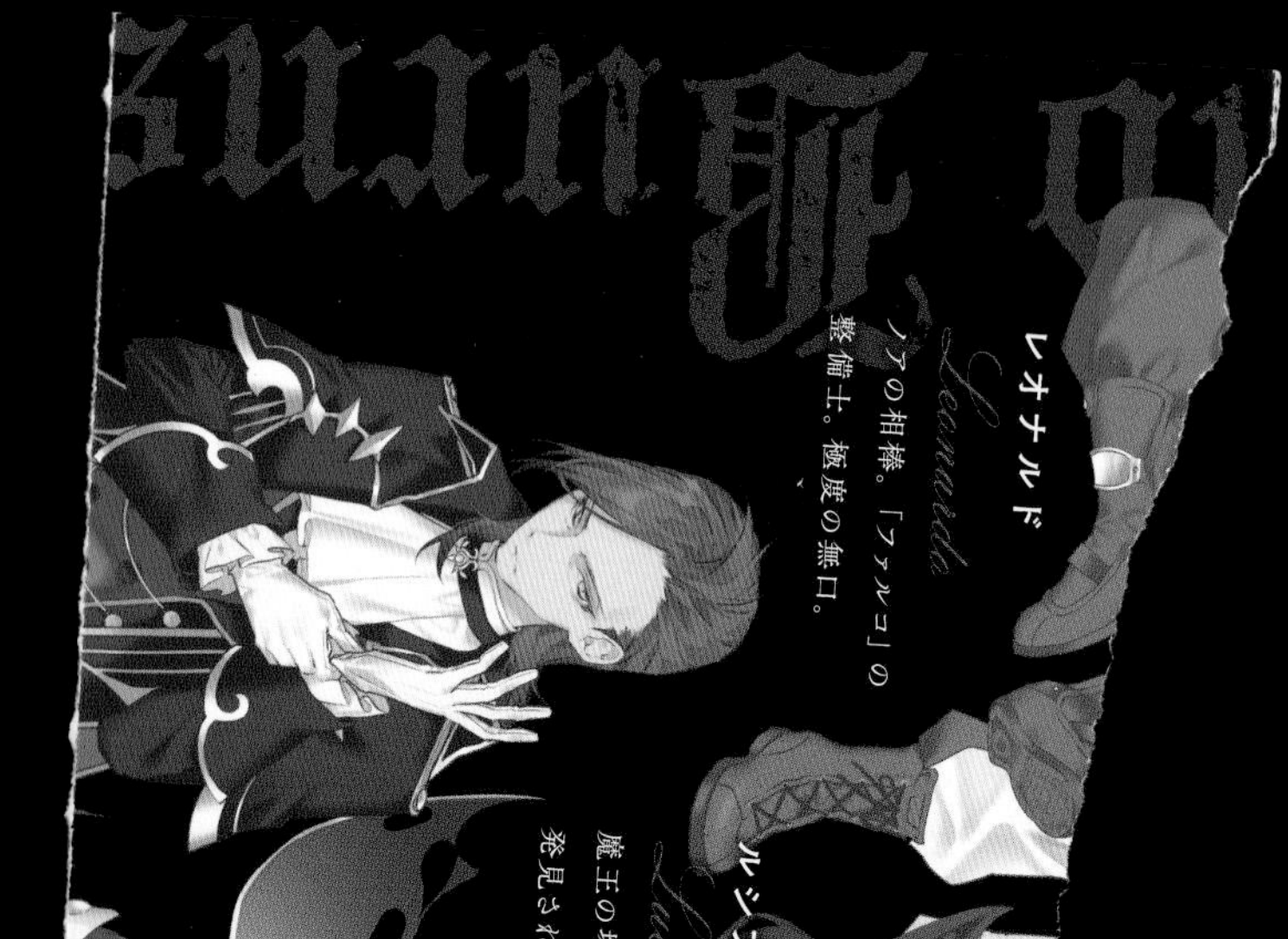
レオナルド
ノアの相棒。「ファルコ」の整備士。極度の無口。
ルシファー
魔王の塔の最奥から発見された少女。自称魔王。

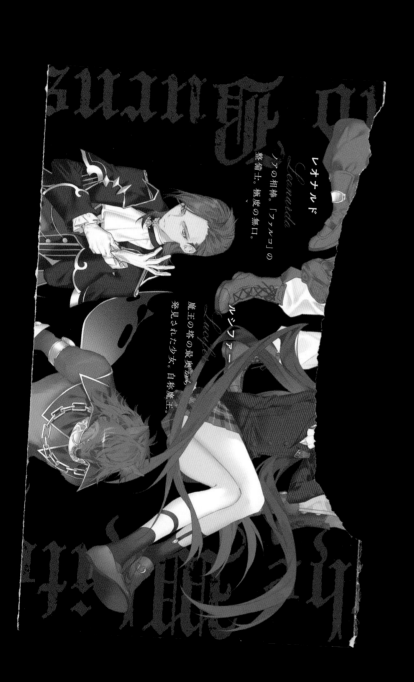

アルテミシア
Artemisia
黒薔薇騎士団から、
人質としてガトランド王国へ
送られた少女。
トト・ガトランド
Toto Gattoland
ガトランド王国第二王子。明るく元気で素直な少年。
e Empire

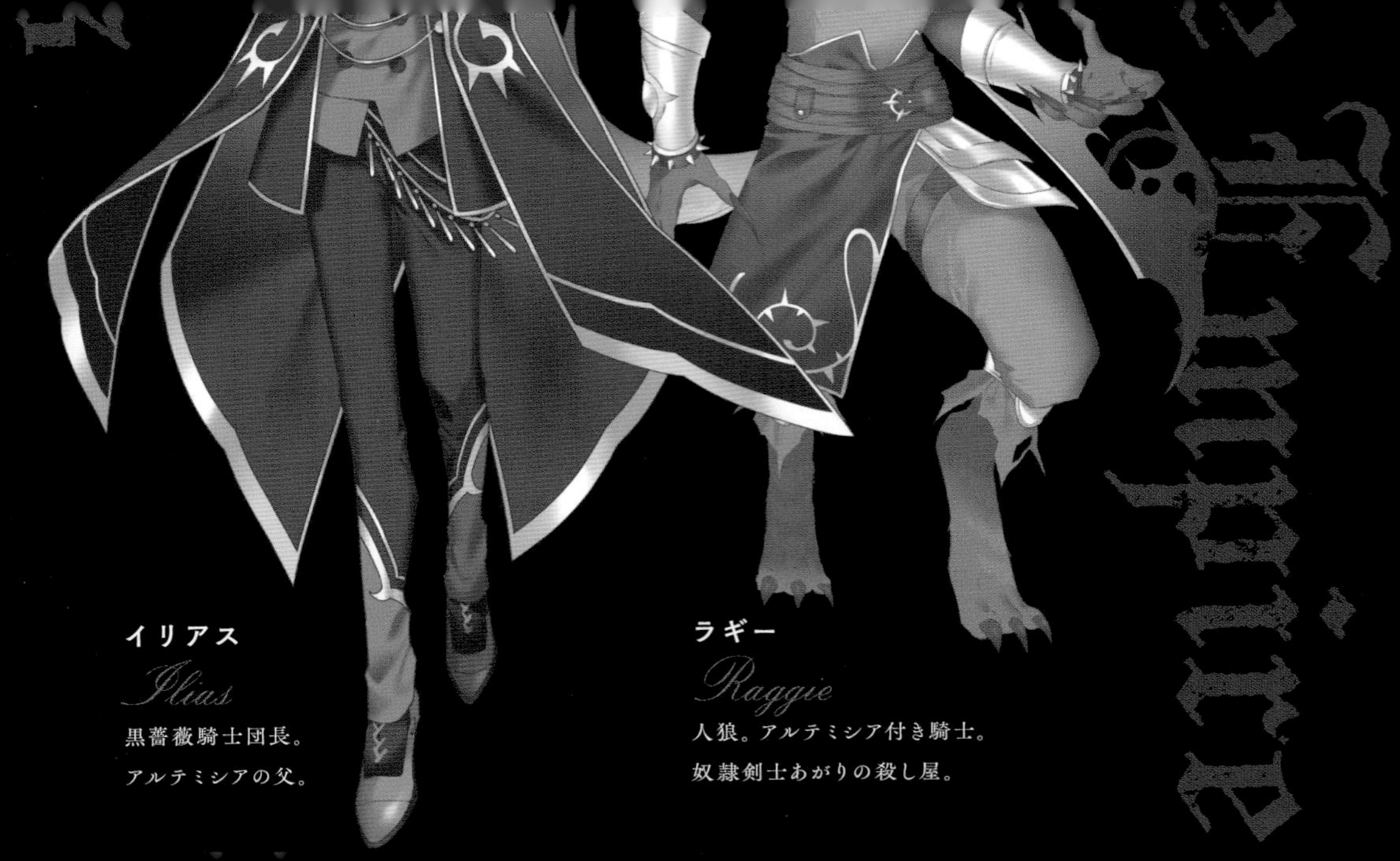
イリアス
Ilias
黒薔薇騎士団長。
アルテミシアの父。
ラギー
Raggie
人狼。アルテミシア付き騎士。
奴隷剣士あがりの殺し屋。
Empire

1

Tale of the White Empire
Gattoland Burns

白き帝国

ガトランド炎上

犬村小六［著］×［絵］こたろう

ノースディア
（北方大陸）
メルカドラ
サンマルコ
バードゥルガ
ジャムカジャ族
天使の塔
黒薔薇騎士団
ハーンパレス
アテナ島
ホメオガルド
ボルゾフ
ツェペリ山脈
タイタス原野
（僭王の荒野）
ティターン
フィリオン
サルペドン
ルカマキーナ

上顎半島
（グラナディオ）
カディス
グラナディオ七都市同盟
ガリシア
バルデール
エアリアーナ
マドリア
葡萄海
カリストニア
ガトランド領
グレイケープ
ガトランド領
レッドケープ
レッド
ケープ湾
三叉
海峡
アポロディオ四都市協商
ガトー島
魔王の塔
イオニア
下顎半島
（アポロディオ）
ガトランド王国
葡萄海周辺図

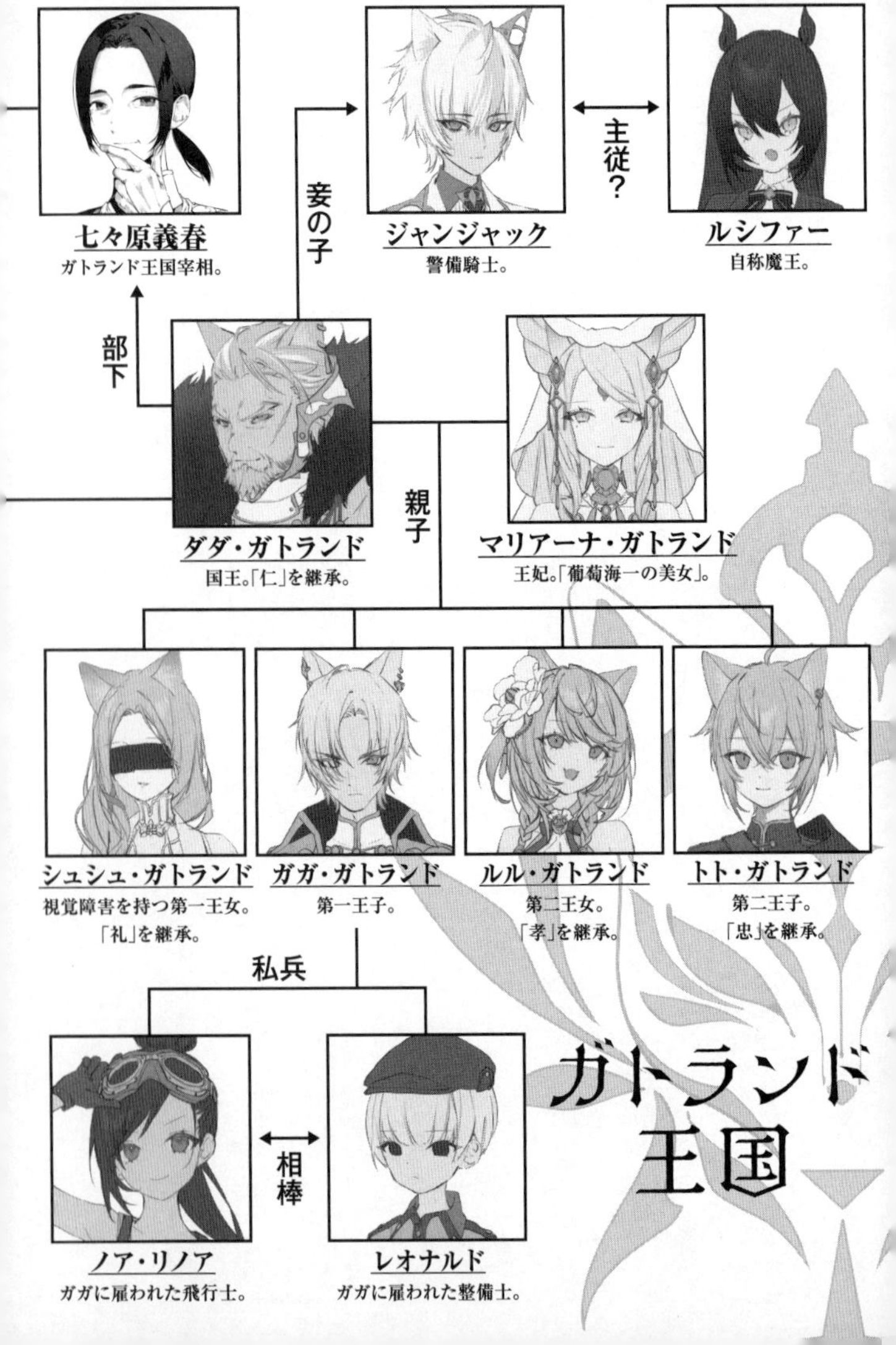

ガトランド王国
七々原義春
ガトランド王国宰相。
妾の子
ジャンジャック
警備騎士。
主従?
ルシファー
自称魔王。
部下
ダダ・ガトランド
国王。「仁」を継承。
親子
マリアーナ・ガトランド
王妃。「葡萄海一の美女」。
シュシュ・ガトランド
視覚障害を持つ第一王女。
「礼」を継承。
ガガ・ガトランド
第一王子。
ルル・ガトランド
第二王女。
「孝」を継承。
トト・ガトランド
第二王子。
「忠」を継承。
私兵
相棒
ノア・リノア
ガガに雇われた飛行士。
レオナルド
ガガに雇われた整備士。

地方豪族
親子
御祓久遠
傭兵。
御祓美智彦
傭兵。
部下
カリストラタス
「三聖」のひとり。地方豪族。
里子
同盟
親子
イリアス
黒薔薇騎士団、団長。
アルテミシア
イリアスの娘。
部下
ラギー
アルテミシアの専従騎士。
黒薔薇騎士団

飛行帆船図解

飛行帆船は浮遊圏を離れて行動できないため、
上昇も下降もできない。常に高度500mを飛び続ける。

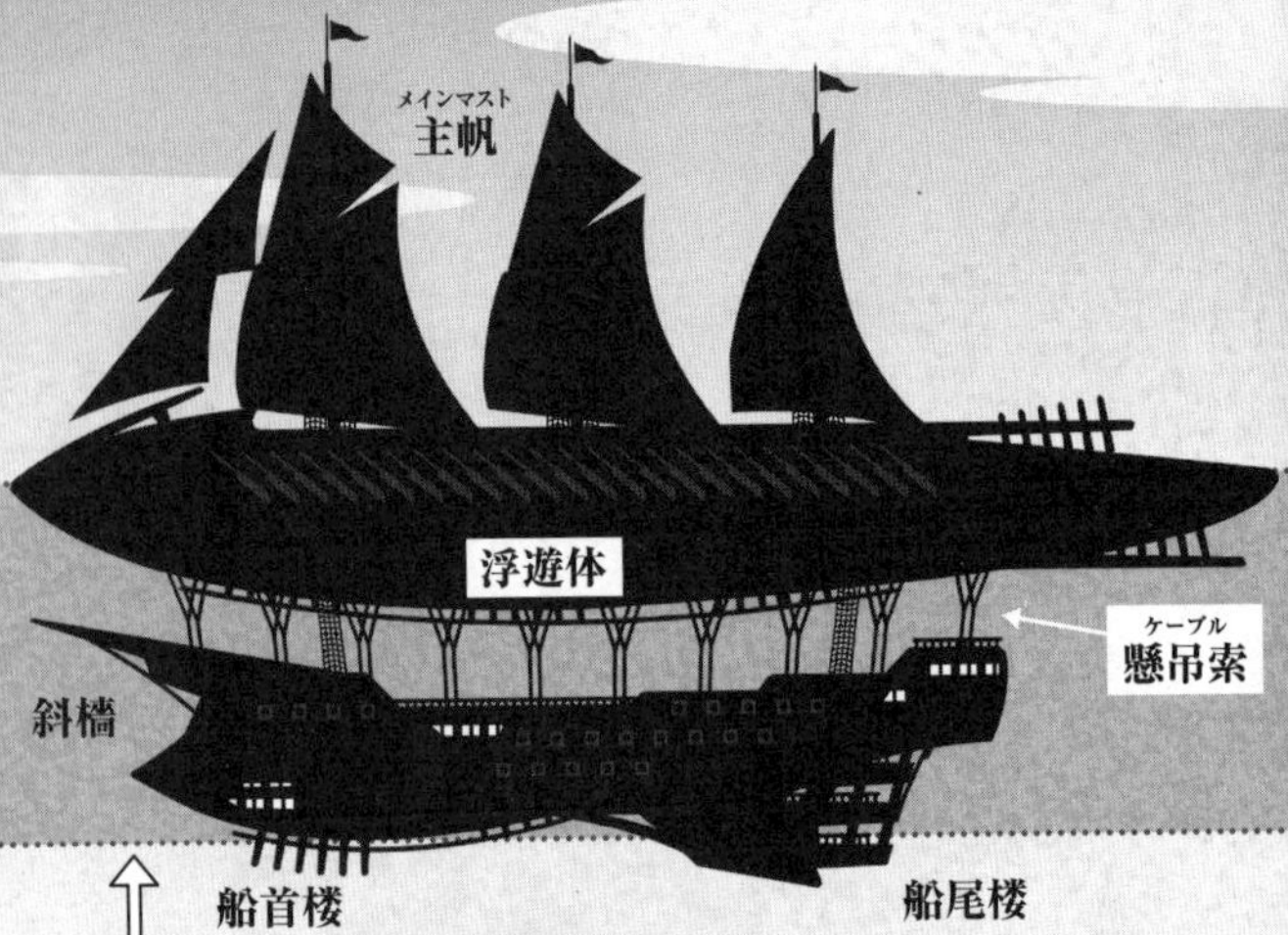

浮遊圏

「空中の海原」とも呼ばれる、
高度500mの空域をくまなく覆う、
厚さ20mほどの特殊大気層。
飛行石が空に浮かべるのは、この空域のみ。

目次

Tale of the White Empire
Gattoland Burns

終章（1）

Final chapter

「十五番」

名前を問われて、少女はそう答えた。

まだ十才足らずだろう。スカートもはかず、膝下で丈の切れた亜麻の上衣《チュニック》はぼろぼろで、足には布を巻いていた。

点呼の番号を自分の名前だと思い込んでいる少女から目線を外し、放浪の騎士は礼拝堂内を見渡した。聖天使ジュノーの立像が置かれた聖壇の手前、参拝者用の長椅子《いす》に腰掛け、糸を紡《つむ》いだり麻を梳《す》いたり籠《かご》を編んだりしている孤児たちの顔色と身なり、元気のなさを眺め渡すに、管轄しているのはあまり良い神父ではないようだ。

手作業をする孤児たちから外れ、この少女はさっきからじぃっと騎士を見上げている。煤《すす》けた鉛ガラスに漉《こ》された四月の日差しが、汚れてほつれた黒髪と蒼氷色《アイスブルー》の瞳を暗い礼拝堂に浮き立たせていた。

皺《しわ》の刻まれたまなじりに怪訝《けげん》そうな色をたたえ、騎士は短く刈り込んだ白い顎髭《あごひげ》を撫《な》でながら尋ねた。

「わたしがそれほど珍しいかね」

騎士の身なりは立派なものとは言いがたい。ほつれた毛糸の帽子を目深にかぶり、木綿の上衣と背嚢《はいのう》は埃《ほこり》にまみれ、馬もなく、板金鎧《よろい》も兜《かぶと》もつけず、紋章のないマントもすり切れて裾はずたずた、剣帯に差した大小の剣と理知的な眼差《まなざ》しと気品のある言葉遣いだけが騎士の証だ。

少女はまっすぐに放浪の騎士を見上げ、

「おじちゃん、どっかでわたしに会った？」

放浪の騎士はしばらく黙って少女を見下ろし、なにごとか思慮を巡らせてから、少女を屋外に誘って、教会前の石段に腰を下ろし、自分の傍《かたわ》らを手で叩いた。村の広場にひとけは少なく、斜めに差し込む木漏れ日が、草っぱらをつつく鶏《にわとり》をまだらにしていた。

「いま決めたことだが、わたしはしばらくこの村に滞在することにした。ちょうど話し相手が欲しかったし、友達になろう。ビスケットを食べるかね？」

少女は言われるまま騎士の傍らに腰を下ろし、差し出されたオート麦のビスケットにかじりついた。草っぱらに群生するアネモネが、そよ風に撫でられて赤くなびいた。

騎士は少女の生い立ちを尋ねた。いわく、物心ついたら教会にいて、「十五番」と呼ばれていた。夏になれば神父の知り合いの商人が来て、少女を旅行に連れていく予定。行き先を神父に尋ねたら枝の鞭《むち》で叩かれたそうで、少女の手の甲はミミズ腫《ば》れが重なっていた。

ふむ、と相づちを打ち、放浪の騎士は考えた。夏に訪れる商人とはおそらく南方大陸《サウスディア》の奴隷《どれい》商人だろう。聖ジュノー正教会が管理する孤児院は奴隷商人の主要な仕入れ先であり、毎年大勢の孤児たちが本人の知らないところで取引され、海を渡った南方大陸の貴族のもとで玩具にされる。

——夏までここにいたなら、この少女に未来はない。

放浪の騎士はそれを悟り、しばらく少女と世間話をしてから別れ、村長を訪ねて、夏までこの村に滞在し、力仕事を手伝うことにした。

日中は村を囲う柵を作るため、森の伐採と材木の運搬、逆杭《さかぐい》作りにいそしんだ。報酬は一日二食と藁《わら》小屋の寝床。楽な仕事ではなかったが、時間が空くたびに騎士は村はずれの教会を訪れ、「十五番」と呼ばれる少女に会った。

会うごとに少女は騎士になついていき、彼の語る物語に聴き入った。

古代から現在まで、葡萄海《ぶどうかい》を中心に活躍した英雄たちの物語だった。

一千五百年前、「魔王の塔」から現れた魔王ルシファーの暴虐。五百年もつづいた暗黒時代を終わらせた大八島《おおやしま》族の英雄「八岐《やつまた》」。魔王ルシファーと差し違えた「八岐」の肉体は「仁《じん》」「義《ぎ》」「礼《れい》」「智《ち》」「忠《ちゅう》」「信《しん》」「孝《こう》」「悌《てい》」の文字を宿した八つの聖珠《せいじゅ》となって世界へ飛散し、聖珠を得た「継承者」は世の理《ことわり》を超える力を得た。

英雄たちは互いに争った。葡萄海の歴史は、都市国家群による謀略と戦争の歴史だ。十万を超える軍勢が東へ西へ行き交って、陸で、海で、空で、英雄たちの誇りと名誉をかけた大合戦が繰り広げられ、華々しい勝利や悲劇的な敗北を吟遊詩人が歌に歌った。

きらびやかな装飾に身を固めた一千騎がひとつの槍《やり》となって敵陣を穿《うが》つ騎兵突撃。聖珠の力を操り、単騎で軍勢を蹴散らす継承者たち。浮遊圏を飛ぶ飛行帆船から滑空翼《グライダー》を背負って飛び立つ飛行兵の群れ。瘴気《しょうき》機関の力で城門も城壁も打ち壊し、ときに聖珠の継承者とも互角に渡り合う機械兵……。ひとつひとつの情景を、騎士は見てきたように詳細に語り、英雄たちの華やかで勇壮な戦乱絵巻を言葉で紡《つむ》ぎ上げた。

少女の胸のわくわくは、高まる一方だった。

毎日、放浪の騎士の来訪が待ち遠しくて、午後の日課が終わるたびに教会の外へ飛び出し、彼が顔を出すと両手をあげておおはしゃぎした。

出会って二週間が経つころ。

いつものように石段に座りこんで、騎士にもらった黒パンをかじりながら、少女はふと、気になることに気づいた。

「ねえ。救世主《メサイア》のお話は、してくれないの？」

問いかけると、隣に腰掛けていた騎士はゆっくり、少女を振り向いた。

「したよ。最初のほうで」

「一番目の救世主じゃなくて。二番目のほう」

あぁ、と騎士はいま気づいたように返事して、空を仰いだ。

本当は、少女がそのひとについて尋ねるのを、ずっと待っていた。

ふぅ――……っと長く、息をついた。

葡萄海に、救世主はふたりいる。

ひとりめの救世主「八岐」はいまからおよそ一千年前、それまで五百年以上も世界を支配していた「魔王」を倒し。

ふたりめはいまからほんの三十年近く前、この世界に再臨した「魔王」を倒した。

「ふたりめの救世主《メサイア》に関しては、話すととても、長くなる」

「長くていいよ！　聞きたい！」

少女は瞳をいっぱいに見ひらいて、すがるように言った。

強い春風が木立を吹き抜け、少女の黒い髪がなびき、葉ごもりがざぁっと音を立てた。

放浪の騎士は白い顎髭《あごひげ》を撫《な》でて、過ぎ去った日々に思いをはせた。

魂の猛《たけ》るままに駆け抜けた、激しくて、切なくて、残酷だけれど美しい日々。

「……わかった。その前に聞いておきたいが、ふたりめの救世主について、きみはどんなことを知っている？」

少女は目をくりくりと動かし、ミサで何度か聞いた話を思い出した。

「えぇっとね、八つの聖珠《せいじゅ》を、全部ひとりで持っちゃったひと！」

「……そのとおり。『仁《じん》』『義《ぎ》』『礼《れい》』『智《ち》』『忠《ちゅう》』『信《しん》』『孝《こう》』『悌《てい》』、八つの聖珠にはそれぞれ八人の継承者がいた。けれど継承者が死ぬと聖珠はその身体《からだ》から離れ、また新しい宿主へ継承される。聖珠はひとりで何個でも宿すことができるから、当然のように聖珠の奪い合いがはじまり、ひとり減り、ふたり減り……とうとう、八つの聖珠をたったふたりで分かち合うことになってしまった」

語るうちに、あのころの匂いや想いが胸のうちに蘇《よみがえ》り、甘い痛みがどこからか香った。

「魔王を倒すには、八つの聖珠を全て宿した救世主が必要だった。だから最後に残ったふたりは決闘に挑み、ひとりが死に、残ったひとりが全ての聖珠を継承して救世主となった」

「うん、知ってる！　そのあと救世主は魔王を倒して、新しい八つの聖珠に生まれ変わったんでしょ？」

放浪の騎士は少女の頭を撫でて、微笑《ほほえ》んだ。

「……わたしの話の結末は、それとは少し違うようだ」

「えー、どんなの？」

「聖天使ジュノーが現れて、裁定をくだす」

「え、ジュノー様!?　ほんとにいるの!?」

「いるよ。現人神《あらひとがみ》だから」

少女の目が、ますます輝く。宗教画や木彫りの像でしか見たことのない聖天使ジュノーが実在して、会うことができるなんて。

「ジュノー様、どんなひと!?」

「……いたずら好きだね。天使の塔にいるのが退屈すぎて、時折、市民のふりをして街に降り立ち、いたずらをしている」

「うそだあ。ジュノー様、神様だよ？　いたずらなんてしないよ」

「……信じられないのも無理はない。こうしてきみに話しながら、わたしだって信じられないくらいだ。ジュノーのいたずらは途方もなく規模が大きく、ゆっくりと時間をかけて進行し……わたし自身も、いま、震えているんだ」

放浪の騎士は少女の目の前に、自分の右手を差し出した。

指先が震え、わななないていた。まるで少女に怯《おび》え、同時に崇《あが》めているかのように。

「全然、意味わかんない！」

少女は蒼氷色《アイスブルー》の瞳をきらきらさせ、笑顔で元気よく問いただした。

放浪の騎士は優しい微笑《ほほえ》みを投げかけ、震える手で少女の頭をもう一度撫《な》でた。

「……最後まで話すよ。話し終えたらきみに、新しい名前をあげよう」

「名前？　なんで？」

「『十五番』よりいい名前だから」

また強い風が吹き、花が散り、森がたわんだ。風はふたりの傍《かたわ》らを通り過ぎ、アネモネの花弁を青空へ撒《ま》いた。物語のはじまりを祝福するかのような、暖かく柔らかい風だった。

——いたずらなジュノー。この光景も、きみには見えていたのかね。

——疑ったことを謝ろう。きみは確かに、奇跡を起こした……。

古い友へそう呼びかけ、まなじりを指でぬぐって、放浪の騎士はふたりめの救世主《メサイア》にまつわる長い物語を語りはじめた。

序 *Prologue*

なにがどうなってこんな事態に陥ったのか、全く意味がわからない。

昨日、ガトー島上空を埋め尽くし、地上で見送る人々へ紙吹雪《ふぶき》を散らしながら出港していった世界最強ガトランド飛行艦隊はどこでなにをやっている？

いま、ガトー島上空に居座って砲撃、爆撃の限りを尽くしているこの敵飛行艦隊を指揮しているのはいったい誰で、どうやってここまで接近してきた？

ガトランド王国第一王子、ガガ・ガトランドは武器庫塔内の石段を優雅な足取りで登りながら、進行中の出来事について考えつづけていた。

ここ、ガトランド王城は先刻からずっと、謎の飛行艦隊による砲撃を受けている。報告では第二城塔と北の城壁の一部が崩落したらしい。砲撃音が響くたび足下へ震動が伝って、石組みのモルタルが剝《は》げ、ガガの頭上へ埃《ほこり》と小石が降ってくる。このまま攻撃がつづけば、この武器庫塔はもちろん、城壁も天守も瓦礫《がれき》の山と化すだろう。

――されるがままではないか。父上はなにをしている？

――まさか、我が艦隊が敗れたとでも……？

そんなわけはない。今回の戦いは、長柄斧《ロングアックス》で小魚をさばくに等しい戦いだった。ガガの父、ダダ国王はガトランド王国に逆らうものへの見せしめとして、聖珠《せいじゅ》の継承者四名と五隻《せき》もの飛行戦艦、海上には戦列艦だけで三十隻を超える大艦隊、過剰すぎる戦力を動員してレッドケープの反乱鎮圧に乗り出したのだ。ダダが三十年かけて築き上げたあの大飛行艦隊が、飛行戦艦一隻、中型ガレー帆船二隻しか持たない地方豪族に敗れることなど万にひとつもありえない……はずだが。

いまこの状況を鑑《かんが》みるに、起こりえぬ事態が起こっている。

黙考しつつ、ガガはゆったりと石段を登りきり、武器庫塔の屋上へ出た。

星空の下、練兵場としても使用されるほど広い長方形の屋上では、常夜灯《じょうやとう》を頼りに少女と少年がプロペラ複葉機「ファルコ」の点検にいそしんでいた。

飛行帽をかぶった少女が、ガガに気づく。

「王子遅い、走って！」

ガガは頭部から突き出た猫耳を夜風になびかせ、シルク織の襟付き上衣《チュニック》に付いた埃を片手で払い、白タイツに包んだ長い足を悠然とファルコへむかって進めながら、

「焦るなバカ女。王侯たるもの、危急の際こそ悠然と」

「建物崩れるでしょ!?　歩いてないで走れ！」

ガガの言葉を途中で遮り、琥珀《こはく》色のキャミソールコルセットに海賊じみた白の肩掛け、騎乗スカートをはいた黒髪の少女――ノア・リノアは飛行眼鏡《めがね》を額へ押し上げると、透き通った碧眼《へきがん》をガガへむけ、急《せ》かす。

王城が震動するほどの砲撃を受けているにもかかわらず、イライラするほどゆったりとした足取りでガガはノアの真正面に立ち、毅然《きぜん》とした表情で、

「王子に命令するな！」

「どうでもいい、早く乗って！」

「乗ってください、だバカ女！　いい加減まともな言葉遣いを覚えろっ!!」

不毛な言葉を交わしていると、ぶろろろ、とファルコの機体後部に取り付けられた瘴気《しょうき》機関が唸《うな》りをあげた。

「…………」

点検していた整備士レオナルドが機体の下から顔を覗《のぞ》かせる。白髪《はくはつ》に黒い瞳、分厚い亜麻の作業着にエプロンを合わせた極度に無口なこの少年は、手振りでふたりへ搭乗を促す。

「あいあい行くって、さっさと乗って！」

ノアはガガを急《せ》かしつつ操縦席に乗り込んで計器類を確認。その隣、副操縦席に乗り込んだガガ王子は鼻息をひとつついて座席ベルトを締める。搭乗席は非常に狭い。ふたりのすぐ背後に瘴気機関があって、身を乗り出して手を伸ばせば届くほど近い位置に尾部プロペラがある。この複葉機はふたり乗りなので、普通ならレオナルドの乗る場所はないが。

「…………」

レオナルドは慣れた様子で飛行帽と飛行眼鏡《めがね》を装着すると、搭乗席横の掛け具と腰のベルトを弓弦《ゆみづる》で結び、ノアの左側、下翼《したよく》の根元に座って、上翼《うえよく》と下翼を繋《つな》ぐ支柱《ストラト》を左手で握った。この無口な少年は「これだけで充分」と言いたげな無表情で、ノアがエンジン軸を後部プロペラに直結させるのを待つ。

「直結《コンタク》っ！」

ノアが元気に声を張り上げると、プロペラが回転をはじめ、機体はゆっくり前進を開始。ガガは炎の色をたたえた夜空を見やりながら、

「浮遊圏よりも高度をあげろ。敵艦隊へ肉薄し、正体を見定める」

「え、なにそれ。逃げるために乗ったんじゃないの？」

「空から現状を把握するために乗ったのだ！　離陸したら臆することなく敵艦へ接近しろバカ女！」

「えーーー。……ベニー金貨二枚」

ノアの要求に、ガガは驚愕《きょうがく》する。

「貴様、この期に及んでカネを取る気か!?」

「当たり前じゃん、傭兵《ようへい》だし。払えないなら降りて」

「……やはり空賊は最低だ。こんなのをお抱えにしたおれが間違っていた」

「どうすんの？」

「…………危急の際だ、やむを得ぬ、払ってやるから飛べ！」

「まいどー。んじゃ、行こっかファルコ！」

ノアは飛行眼鏡《めがね》をかけて、スロットルをひらいた。ノアの愛機ファルコは瘴気機関の轟《とどろ》きも

高らかに、若干がたがたしながら、石造りの屋上を駆け抜ける。

非常時にここから離陸するため、武器庫塔北側の欄干状の壁――いわゆる胸壁《きょうへき》は撤去してあり、ファルコはそのまま機速をあげて、武器庫塔の外へ飛び出す。

「ふんぬぉ――っ」

ノアは気合い一閃《いっせん》、両手で握った操縦桿《かん》を思い切り引きつける。

後部プロペラの唸《うな》りが高く転調し、いったん沈み込んだ機体は機首を持ち上げ、瞬く間に夜空を駆け上がっていく。

「…………っ！」

ガガは搭乗席の外、ぐんぐん視界を遠ざかっていくガトランド王城と、星明かりが照らし出す耕作地、港、そのむこうの海原を睨《にら》みつける。

燃え上がる地上が眼下いっぱい広がっていた。

そしてその上空、星空をくりぬいて飛行する禍々《まがまが》しい船影が三つ。

ガガは船影を指さし、

「アンタレス方向！」

ノアは首を回してアンタレス座を見やり、ウォグストック効果の七彩を散らしながら飛行する敵影を確認。操縦桿を倒して機首を傾け、旋回する。

ガトー島北部上空を飛行する船影からつづけざまの閃光《せんこう》。燃えながら飛ぶ砲弾が、夜空を真っ赤な鉤爪《かぎづめ》で引き裂く。砲弾のむかう先は、ガトランド王城。砲撃だけでなく、船影の下腹からは導火線のついた壺《つぼ》や樽《たる》が造船所や倉庫群をめがけて投下され、着弾と同時に内部の燃焼材が燃え上がり、建築物を焼いていく。

火の色で、わかる。

「アポロ火を使っておる、外道《げどう》どもが……！」

容器に詰まった燃焼材は樹脂、テレビン油、硝石《しょうせき》、瀝青《タール》の蒸留滓《じょうりゅうし》などの混合物であり、着火したなら水をかけても燃え尽きるまで消えない。木でできた帆船はもちろん、石造りの倉庫群も梁《はり》や桁材《けたざい》、内部の荷物が燃えあがる。飛行帆船からアポロ火を投下する無差別爆撃は、現在、最も殺傷力の高い攻撃手段のひとつだ。

縦に三隻《せき》並んだ敵飛行艦隊は、王城を中心とした渦巻きを描く航路を取って、砲撃しつつ徐々に渦の中心へ迫ってゆく。

前方斜檣《しゃしょう》に掲げられた紋章旗は、ここからでは夜の闇に隠れて見えない。どこの艦隊だ。マドリアか、イオニアか、それともまさか、黒薔薇《くろばら》騎士団か。

「紋章が見えるまで近づけ！」

「うっさい、あんまり近づくと危ないの！」

ファルコの翼は木製の桁材に布を張っただけなので、鉄くず弾に弱い。ノアは高度を上げつつ機体を旋回させ、敵飛行帆船の船首の方向へ回り込むと、火力を発揮しづらい敵の正面上方から接近する。

ガガは搭乗席から身を乗り出し、迫り来る艦影を凝視。

全長三十メートル以上、全幅七メートルほどの中型飛行帆船だ。砲撃力と積載量に特化した下部船体を「浮遊体」と呼ばれる青い繭《まゆ》型をした巨大な上部構造体が吊《つ》り下げている。

この星の高度五百メートルをくまなく覆っている「浮遊圏」――「空《そら》の海原」とも呼ばれる厚さ二十メートルほどの特殊大気層――が浮遊体に浮力を与え、浮遊体上部に突き立った主帆《メインマスト》が風を受けて、敵飛行帆船は悠然と飛ぶ。浮遊圏に充《み》ちるウォグストック粒子が浮遊体の素材である「飛行石《ひこうせき》」に反応し、艦首波のように七彩の飛沫《ひまつ》があがる。地上の火を下腹に映し、虹の航跡を曳《ひ》きながら星空を飛ぶ帆船は見惚《みほ》れるほどに幻想的だが、撒《ま》き散らしているのは死と破壊だ。このまま敵飛行艦隊を放っておけば、ガトー島は焼け野原になる。

ファルコは敵飛行帆船のわずか三十メートルほど上方を航過。

浮遊体から突き出た六本マストに翻る帆には、黒薔薇《くろばら》と剣の紋章があった。視認したガガはぎりりと唇を嚙《か》む。

「黒薔薇騎士団……!!」

つい半年前、長年の恩讐《おんしゅう》を水に流して通商再開したはずの「ジュノーの戦士」たち。

聖ジュノー正教会に直属する正義の騎士団が、いまガガの目の前であっさりと裏切り、王国民を無差別に殺傷している……!

「卑劣が過ぎるぞ、外道《げどう》どもっ!!」

三隻《せき》の上方を飛びすぎて、ガガは背後を振り返り罵声《ばせい》をあげた。

その声に応えるように、さらなる砲声が轟《とどろ》いて、焼けただれた砲弾が夜空に真っ赤な爪痕《つめあと》を刻み、丘の上の王城へ次々に着弾していく。

「王子、海っ!!」

いきなりノアが叫び、ガガは正面へ目を戻す。

月明かりが照らし出す銀まだらの海原に、一群の灯火が見えた。

目を凝らせば、かなりの数の大型船が隊列を組み、ガトー島をめがけて帆走してくる。

今夜、定期船団が寄港する話は聞いていない。だとするとあの船団は、まさか。

「確認する、高度落とせ!」

ノアは操縦桿《かん》を斜めに押し込む。右翼の尖端《せんたん》が海原を指し、機体は一気に降下。遮風板のむこう、ぐんぐん、敵影が近づいてくる。明らかに交易船団ではなく、先頭と側面に戦列艦を配した攻略艦隊だ。機動力の高い小型ガレー船、船体全体にハリネズミのように砲列を並べたガレアス船、そして両舷から長い櫂《オール》を突き出した大型ガレー帆船。斜檣《しゃしょう》に翻る紋章旗には、黒薔薇と剣――。

「上陸する気か!?」

戦列艦の後方には、大型商船を中心とした輸送船団がつづいていた。船倉に満載されているのは交易品ではなく、完全武装した兵士と軍馬だろう。大小合わせて三十隻《せき》を超える大水上艦隊がいま、ガトランド王国を目指し進撃している……！

「レッドケープの反乱は我らを釣り上げる撒《ま》き餌《え》か。黒薔薇《くろばら》ははじめからこれが目的だったのだ……！」

おそらくカリストラタス公の反乱そのものが、黒薔薇騎士団イリアス団長の差し金だ。反乱鎮圧、という名目で兵を集め艦隊を編成し、その実、目標ははじめからガトランド王国だった。

このままダダ国王率いる飛行艦隊が戻らなければ、剣と甲冑《かっちゅう》で武装した兵士が上陸し、ガトランド王城は占領される。王城に残った兵士や下働きのものたちも、島に住まうものたちも、大勢が犠牲になってしまう……！

「くそっ、連中を止めるぞ。このままやられっぱなしでは臣民に顔向けできん！」

「え、止めるとか無理。ファルコ、武器ないし」

ぐぬぬ……とガガは敵艦隊を睨《にら》みながら呻《うめ》く。聖遺物《アーク》ファルコは「飛べる」というだけで、大砲も銃も備わっていない。

為《な》す術もないまま、敵飛行船三隻はガトー島の市街地へ爆撃を開始していた。

高度六百メートルを飛ぶファルコから望遠すれば、燃え上がるガトー島が夜空の裾を焦がし、暗い海原に赤く浮き上がっている。逃げ惑う市民の悲鳴と乱打される鐘の音がここまで聞こえてきそうだ。

ガガは獣のように低く唸《うな》る。

——止めなければ。臣民を救えずして、なにが第一王子だ。

——しかし、止める方策がない……!!

と、左翼の根元に膝立ちしているレオナルドが指先でノアをつつき、水上艦隊ではなく、北東方向を無言で指さした。

ノアは「ん?」と首を傾《かし》げて示された方角を見やり、ぽん、と手を叩いて、

「そうだ、レッドケープに行こうよ。もしかして王様、自分家《じぶんち》が爆撃されてるって気づいてないかも」

「……レッドケープ?　いまから行っても時間が……いや、だがファルコなら……」

ガガは反射的に出かけた反論を飲み干して、考える。

帆船でいけば順風でも一刻（約三時間）以上かかるが、ファルコなら砂時計を二回倒す時間（約十分間）足らずで辿《たど》り着ける。レッドケープにいるであろうガトランド飛行艦隊へ黒薔薇騎士団の裏切りを告げ、ともにガトー島に戻ったならば、飛行船三隻も水上艦隊も問題なく撃滅できる。

——いまファルコの速度を生かさぬ手はない。

——ファルコなら連絡用のガゼル鳥より遥《はる》かに高速かつ確実に急報を届けられる……!

悪くない。

「アホにしては上出来だ！　採用してやる、バカ女!!」

「もうちょいまともに褒めようぜ～」

「うるさい黙れレッドケープへ飛べ！」

言い争いつつファルコは旋回、攻撃を受けるガトランド王国を背後に残し、二十キロメートル先の味方艦隊を目指して飛ぶ。

「………すまぬ、すぐ戻る、こらえてくれ臣民たちよ……」

ガガは機体後方を振り返り、彼方《かなた》、橙《だいだい》色の炎をまとうガトー島の島影を遠望する。地を爆《は》ぜる炎に浮き立った敵艦影は七彩の航跡を曳《ひ》きながら、いままさに王城の上空へ到達しようというところ。

凝視したなら、滑空翼《グライダー》を背負った飛行兵が百以上、飛行船から飛び立っていく。蛾《が》にも似た不気味な輪郭が目指す先は、ガトランド王城の天守だ。高度五百メートルから滑空してくる飛行兵は、王城の外郭《そとぐるわ》を飛び越えて、いきなり内郭《うちぐるわ》の天守を攻撃できる。

――すぐ戻る、いまは逃げてくれ……！

城内に残っている兵や下働きのものたちへ届かない祈りを送ることしかできない。いまできることは一刻も早くレッドケープの味方艦隊へ急を知らせ、すぐさまここへ駆け戻って戦うことのみ。

ガトランド王国が夜の闇に飲まれるのを見送って、ガガは前方へ目を戻す。行く手にはただ真っ暗な星空と、星明かりをわずかに映す暗い海があるのみ。なにやら自分のこれからを暗喩《あんゆ》しているような情景を見据《みす》え、ガガは再び黙考に沈む。

――いったいなぜ、このような事態に陥った……？

ガトランド王国は十年前、葡萄海都市連合《ぶどうかい》との三叉《さんさ》海峡海空戦に勝利して以来、空も海も最強の艦隊で支配する葡萄海の盟主だ。対する黒薔薇《くろばら》騎士団は敗戦後の十年間没落する一方で、半年前、ガトランド王国宰相・七々原義春《ななはらよしはる》の要求に従って、イリアス団長の愛娘《まなむすめ》アルテミシアを被後見人――つまり人質に差し出し、ガトランド王国との通商再開にこぎつけたばかり。

だが関係を修復したはずの黒薔薇騎士団はわずか半年で手のひらを返し、こうして大規模な侵攻計画を実行に移してしまった。たとえひとときガトー島を占領できたとしても、レッドケープに出撃したガトランド艦隊が戻ってきたなら再奪還されることはわかりきっているというのに。

――人質がどうなろうが構わぬ、というのか……？

ガトー島がガトランド王国に再奪還されたのち、アルテミシアは処刑されるだろう。その可憐《かれん》な佇《たたず》まいから「葡萄海の宝石」とも称されるアルテミシアの末路を思うと、ガガの胸が軋《きし》んだ。

人質とはいえ、アルテミシアとは家族同然の交流を持ったし、ふたりきりで市街地を案内したこともある。ノアと違って言葉遣いが上品で、性格もつつましく控えめ、たまに見せる笑顔

が可憐《かれん》な少女だ。あれほど美しい愛娘《まなむすめ》を犠牲にしてでもガトランド王国を打倒しようという
イリアス騎士団長の執念が、ガガには全く理解できない。

――罪もない娘をおのれの野望の生け贄《いにえ》にするとは。

――血迷ったかイリアス、その浅はかさを地獄で悔やめ……！

煮えたぎる怒りを瞳に映して、ガガはレッドケープを目指してまっしぐらに飛ぶ。

行く手の星空の奥、半年前にはじめて会った際、アルテミシアの見せた悲しげな微笑《ほほえ》みが透けて見える。

ガガの思考はいつしか、アルテミシアとはじめて会った半年前に舞い戻っていた。

そうだ、第二王子トト、第二王女ルルと一緒に、ガトランド空港の桟橋《さんばし》で、送られてきたアルテミシアと出会ったのだ。

思い返せば、あのときすでにイリアス騎士団長の謀略ははじまっていたのかもしれぬ……。

一章 聖珠継承

Chapter 1

Holy Orb

「それじゃあ、三人で笑顔の練習。こういうのは第一印象が大事だからね、準備いい？　せーの……笑顔ーっ！」

ガトランド王国第二王女、ルル・ガトランドの号令に合わせて、同じく第二王子、トト・ガトランドは思い切り笑顔を返した。

「おっけー、トトかわいい～っ！　百二十点！」

ルルも満面の笑みをたたえ、頭の猫耳をぴこぴこ動かしてかわいい弟を抱きしめ、頬《ほお》と頬をすりすりさせる。絹のペティコートにレースで縁取った裳裾《トレーン》を合わせ、豊かな胸元を強調する胴衣《ボディス》にも花飾り、さらに髪留め、靴、手袋にも金細工を散らしたルルは十八才という年齢以上に大人びて見える。

「やめなよ、子どもじゃないし」

頬を擦り付けられながら、トトは笑顔で嫌がる。背中に白猫《しろねこ》の紋章を刺繍《ししゅう》した赤い外衣《サーコート》に白い絹織りの上衣《チュニック》、ベルベットのズボン、革の剣帯には細身剣《レイピア》を差し、十六才にしては幼さの残る笑顔を振りまく。

「そしてガガ、０点」

いきなり表情を醒《さ》まし、ルルは冷たい声で第一王子、ガガ・ガトランドを指弾する。

トトと同じ典礼衣装に身を包み、剣帯には地面に引きずりそうなほど大ぶりな両刃剣《ナイトソード》を差し、腕組みをしてまっすぐに前方空域を見据《みす》え、引き締まった表情のガガは妹と弟へ目を送る

ことともなく、頭の猫耳をぴんとまっすぐ空へ突き出し、

「くだらぬ。なぜ我らが黒薔薇《くろばら》の娘に媚《こ》びねばならん」

「誰も媚びろなんて言ってない。新しい家族として迎え入れよう、って言ってるの」

「アルテミシアは王陛下の被後見人、つまり人質だ。王侯が人質におもねる理由などない」

毅然《きぜん》とそう言い切るガガへ、ルルは深い溜息《ためいき》を返す。今年で二十才になるこの兄は、自分の考えにかまけるだけで、他人の意見を容《い》れようとしない。

標高五百メートルの山肌に設置されたガトランド空港の桟橋《さんばし》にガガ、ルル、トト、三人の王族は居並んで、風に吹かれながら彼方《かなた》の青空を見やっている。

黒い帆を張った先方の飛行帆船はずいぶん前から視認できている。水上帆船であれば水平線からまずマストが顔を出し、それから徐々に船体がせり上がってくるのだが、飛行帆船の場合は青のかすみからまず点として出現し、ゆっくり長い時間をかけて船影が膨れ、輪郭が鮮明になってくる。

ルルは表情に嫌悪感を露《あら》わにし、

「どうしてそんな意地悪なことばっかり言うかなあ……。やだやだ、せめてトトはアルテミシアに優しくしてあげてね？　猫耳族《ミーニャ》がみんなガガみたいに偏屈だと思われたら、種族の恥だから。いつも元気で仲良くひなたでじゃれ合ってるのがミーニャ！　だよねトトー？」

第一王子ガガへ聞こえるよう、いやみたらしく尋ねてくる第二王女ルルへ、トトは金色の巻

き毛から突き出た猫耳をぴんと立て、紅の瞳にきらきらした星を灯《とも》し、素直な笑顔を返す。

「ぼくは妹ができてうれしいよ。親同士は敵かもしれないけど、ぼくらは友達になれるって信じてる。人間とミーニャが仲良く暮らすために、まずぼくたちがアルテミシアと仲良くしないとね」

きゅーーーん……と胸の奥を鳴らして、ルルはトトの頭を両手で抱き、自分の胸にぎゅうっと押しつける。

「……いい子！　かわいいっ!!」

「……ぶふっ！　ぶふぅ～っ!!」

「ガガ、マイナス三十点！　トトは百八十点!!　ああもう、兄弟なのになんでこんなにかわいさに差があるの!?」

かろうじてトトは姉の両腕を引き剝《は》がし、呼吸を整える。ルルの愛情はときおり深すぎる。

ガガは不機嫌そうに片目だけでルルを睨《にら》む。

「お伽噺《とぎばなし》の読み過ぎだ。人間とミーニャが仲良く暮らせるわけがなかろう。アルテミシアがここへ来るのも、イリアスの罠の可能性が高い。くれぐれも警戒を怠るな」

ルルはますますイヤそうに顔を歪《ゆが》めて、当てつけるようにトトへ猫なで声をかける。

「やだやだ。いつの時代の話してんだろ。そういう年寄りみたいな考えかたしてるから、いつまでもしょーもない争いがつづくんだよ。わたしたち、アルテミシアと仲良くしようね、トト？　最初に王族が人間と仲良くしてお手本を見せないと、市民のみんなだって仲良くできないからね？」

そう言われ、トトは微笑《ほほえ》みを返す。

「賛成。人間とミーニャが仲良くなれることを、これからぼくたちで証明しよう」

ガガはそのやりとりを冷たく眺め、ふん、と鼻息をひとつ飛ばして、

「もうお互いのすがたが見える距離だ。あまりじゃれ合うな、舐《な》められる」

山肌を駆け上がってきた風が、背後に居並ぶ十五名の従士たちの狭間《はざま》を抜けた。槍《やり》の先の紋章旗がはためいて、描かれた白猫《しろねこ》が一斉に跳ねる。ガガ、ルル、トトはふざけるのをやめて背筋を伸ばし、いまや聖ジュノーの船首飾り《フィギュアヘッド》が確認できるほど接近した黒薔薇《くろばら》騎士団の中型飛行ガレー帆船を見やる。

前方斜檣《しゃしょう》の紋章旗は、金糸で縁取られた黒地の中央に、黒薔薇と剣。目測で全長三十メートル、全幅七メートル。浮遊体上部の主帆《メインマスト》の形状から、黒薔薇飛行艦隊旗艦「デミストリ」であると知れた。

「立派な船だね。浮遊体も大きい」

トトの言葉に、ガガが鼻を鳴らす。

「我が飛行戦艦『ヴェラ・クラーラ』の足下にも及ばぬ。大砲の数、船体の大きさと堅牢性、船楼の装飾、全てこちらが上回っている」

ガガはガトランド王国と黒薔薇騎士団の優劣を競いたくて仕方ないらしい。長い戦いを繰り広げてきたふたつの勢力は、今日ここからアルテミシアをつなぎ目として友好関係を育んでいくのだから、そんなに肩肘張らなくていいのに……と思いながらトトは相づちだけ返して、迫り来る飛行帆船の船底楼、船尾楼、船首楼に施された彫刻群を見やった。薔薇や蔓草《つるくさ》、いにしえの神々が意匠されたきらびやかな船だが、三層に分けられた紡錘型《ぼうすいがた》の船体には閉じた砲門が左舷だけで二十確認できた。戦闘時には砲門がひらき、十五センチ砲の黒光りする砲身が突き出すのだろう。

空港の水夫たちはすでに接舷準備に入っていた。

船の行き脚が落ち、埠頭《ふとう》の作業員たちが複数の鉤竿《かぎざお》を舷側へ引っかける。水上帆船であれば錨《いかり》をおろして停泊するが、飛行帆船の場合、接触しても船体を傷つけないよう、埠頭と船体の狭間に羊毛を詰めた防舷材を隙間《すきま》なく並べ、ロープで繋留《けいりゅう》し固定する。

船側も空港側も、熟練の水夫たちが慣れた様子で作業をこなし、ほどなく埠頭と船体を繋《つな》ぐ木製の桟橋《さんばし》が架けられ、埠頭に居並ぶ楽団員が管弦を奏でた。と、優雅な調べに合わせて、飛行帆船の上甲板から見たこともないほど大きな騎士がのっそりと現れ、桟橋を降りてくる。

桟橋が耐えきれず、崩れるのでは。トトがそう心配するほどの巨体だった。

身長二メートル三十センチを超えているだろう。しかもその顔立ちは、人間でない。

「…………!?」

従士たちがどよめいた。同じく、ガガ、ルル、トトも表情にわずかな驚きを示し、いま埠頭《ふとう》に降り立った異形《いぎょう》の騎士を見やる。

全身を覆う、金糸で縁取られた漆黒のマント。背中には黒薔薇《くろばら》と剣の紋章。片手に握った斧槍《ハルバード》の穂先には、子どもの背丈ほどもある矛《ほこ》と頭部ほどもある斧《おの》が革鞘《かわざや》に収まっている。乱戦で振り抜けば二、三人はまとめてなぎ倒すであろう、長すぎる穂先だ。

肩幅は広いが、マントの隙間《すきま》から見える胴体は身長に比して細身にも映る。手足が異様に長く、やや前のめりで歩く。そして——鎧《よろい》を着ておらず、縞《しま》目のある漆黒の体毛が全身を覆い、マントの切れ込みからは長いふさふさの尻尾《しっぽ》がはみ出していた。

なにより異様なのは、漆黒の毛並みに覆われた顔だ。トトたちミーニャ族は頭部に生えた猫耳だけが人間との違いだが、この生物は人間との共通点は腕でモノをつかみ、足で二足歩行している点のみ、あとはほとんど狼といってよい。鼻面《はなづら》が長く、噛《か》み合わせの悪そうな上下の顎《あご》から、長い牙《きば》が幾つもはみだしている。ピンと立った獣耳が茶色いもじゃもじゃの髪の毛から突き出して、下ろした髪の隙間には爛々《らんらん》と煮え立つ金色の瞳。

「人狼……」

トトは呟《つぶや》いた。葡萄海《ぶどうかい》の東、ジャムカジャ族の統べる広大な荒れ地には、ひとと獣の入り交じった種族が生息すると噂《うわさ》に聞くが、目にするのははじめてだ。

知らず、トトは総毛立っていた。

武芸に覚えはあるし、剣の師範代からも「ガトランド王国第五位の剣士」とお墨付きをもらっているトトだが、この人狼と対峙《たいじ》したならどう対応すべきか、見えない。細身剣《レイピア》で倒すには懐《ふところ》に飛び込んで足を狙うしかないが、距離を詰めればおそらく牙と爪《つめ》が飛んでくる。巨体だが敏捷《びんしょう》であることも、獣のように屈折した両足から予想できる。

「怖……っ。あれもアルテミシアと一緒に住むの……？」

第二王女ルルの言葉にやや、怯《おび》えが混じった。貴婦人が怖がるのも無理はないほど、人狼から放たれる殺気が尋常でない。

「……アルテミシアは財産も衣装も侍女も、王国への持ち込みを許されていない。ダダ王が持ち込みを許可したのは専従騎士一名のみ。それで選ばれたのがあのバケモノというわけだ」

ガガの冷たい声の先、人狼は斧槍の石突きを地に付けて、桟橋《さんばし》の脇に直立した。

ただならぬ殺気が埠頭を覆い、出迎えのものたちをひるませるなか――

つづけて上甲板に現れた少女の清らかな佇《たたず》まいが、凄惨《せいさん》なものを掃き清めた。

「…………っ」

またしても従士の狭間《はざま》から呻《うめ》きがあがり、ガガ、トト、ルル、三人の王族も同じく、大気の転調を肌身で感じる。

黒薔薇騎士団長イリアスの長女、アルテミシアは優雅な足運びで桟橋を降りてくる。

腰に届くほど長い白銀の髪。長い睫毛《まつげ》のした、少し憂いを帯びた紫紺の瞳。白銀の胴衣《ボディス》、白銀の裳裾《トレーン》、鯨骨《げいこつ》が入った白銀のフープ・スカートからすらりと長い足が伸び、白銀の半長靴《ハーフブーツ》に収まっている。襟元にあしらった薔薇、髪飾り、裾の刺繍《ししゅう》だけが黒で、あとは全て白銀だった。

埠頭《ふとう》へ降り立ったアルテミシアは、ガガ、ルル、トトへ身体《からだ》をむけ、裳裾を両手でつまんで持ち上げ、左足を引いて優雅に一礼。ガガ、トトは胸元に右手を流して頭を垂れ、ルルは同じく裳裾をつまんで答礼を返す。

持ち上げたアルテミシアの紫紺の瞳が、トトの瞳とぶつかった。

星空が遷移《せんい》したような、けがれのない瞳が電流に変じ、トトの体内を駆け抜ける。

「葡萄海《ぶどうかい》の宝石」という通り名では少し足りないのでは。「北方大陸《ノースディア》の宝石」でも「世界の宝石」でもおおげさじゃない……と痺《しび》れた思考が勝手にささやく。

アルテミシアはやや伏し目がちに、強《こわ》ばった表情を地面に落とす。

トトは自分の心臓が脈打つのを感じていた。

——この子が今日から、ぼくの妹……。

そう思っただけで、胸がどきどき、勝手に高鳴る。

アルテミシアのあとから、イリアス騎士団長の代理として随行してきた貴族と従士二名が埠頭へ降り立ち、うやうやしくガガたちへ膝を曲げて黙礼を送り、挨拶《あいさつ》の言葉を紡《つむ》いだ。従士は事前にガトランド王国へ送ったものと同じアルテミシアの肖像画を掲げ持ち、貴族がアルテミシア本人であることを宣誓し、その血筋の高貴さを長々しい台詞《せりふ》で説明したが、そのいずれも

トトの耳に入ってこなかった。

先刻から待機していたガトランド王の名代が進み出て、第一王子ガガ、第二王子トト、第二王女ルルをアルテミシアに紹介し、第一王女シュシュは持病のために今日ここにいないことを詫《わ》びる。

双方の挨拶《あいさつ》が終わると、アルテミシアは迎えの馬車に乗り込んで、黒薔薇《くろばら》騎士団の貴族とその従士二名、それに人狼の近衛騎士が護衛のために場所を囲んだ。いっぱいの笑顔をたたえたルル第二王女が道行きの話し相手として、アルテミシアと同じ馬車へ乗り込む。

ガガとトトは騎乗して馬車の前へ進み出、先導役をつとめる。

トトはガガと馬を並べ、うしろをついてくる二頭立ての馬車を振り返った。車内の様子は見えないが、きっとルルがいつもの明るい調子でアルテミシアに話しかけているだろう。アルテミシアを一目で気に入ったことは、ルルのきらきら輝く笑顔を見てわかった。

トトの心臓は、アルテミシアが現れてからずっと、どきどきと音を立てっぱなしだ。

——なんだろ。わくわくする……。

——これから、きっと毎日楽しいだろうな。

知らずトトは、そんなことを思っていた。祝宴では、アルテミシアと会話できる機会もあるだろう。期せずしてできた妹は、どんな声で、どんなことを喋《しゃべ》るんだろう。彼女が笑ったらどんな感じなのかな……。

車内ではアルテミシアの対面に腰掛けたルルが、にこにこ笑いながら話しかけていた。

アルテミシアの容姿、薔薇をあしらった裳裾《トレーン》の刺繍《ししゅう》、洗練された流行の胴衣《ボディス》、見事なスタイルを褒めそやし、問いかけた。

「ね、ミーシャって呼んでいい？」

言われてアルテミシアは、少しきょとんとした表情で、

「ミーシャ……。それは、わたしの愛称ですか？」

「あ、やっぱりダメ？　あなたのこと、なんて呼べばいいかな、と思って……」

少し照れたようにそう言うルルへ、アルテミシアは口元だけでぎこちなく微笑《ほほえ》んだ。

「ミーシャ……。素敵な響きですね。ミーニャに似ていて」

「あ、採用!?　やったー。呼びやすくていいよね、ミーシャ」

無邪気に喜ぶルルへ、今度はアルテミシアが問うた。

「あの……ルル殿下のことは、どうお呼びすれば？」

「殿下とかいらない！　ルルでオッケー。もしくは、お姉ちゃん！」

その言葉に、アルテミシアはしばし絶句し、

「……それは…………非礼すぎます」

「え？　なんで？　だって家族だよ？」

本気で不思議そうにそう尋ねるルルから、アルテミシアは言いにくそうに目線を外し、

「あの…………わたしはダダ王陛下の被後見人……です。黒薔薇《くろばら》騎士団がガトランド王国に逆らったとき、処刑されるためにここにきました。つまりは人質であり……そのようなものが、殿下をお姉ちゃんと呼ぶなどと……」

あー……。とルルは悲しげな声を漏らすと、腕組みをして考え込んでから、真面目《まじめ》な表情を持ち上げる。

「わたしたち兄妹は、誰もあなたのこと、そんなふうに思ってない」

「…………………」

「新しい妹ができたことがほんとにうれしいの。今日ここには来てないけど、長女のシュシュもすごく喜んでる。大人の都合はいろいろあるもしれないけど、わたしたちはそういうのと関係なしに仲良くできると思う。だから……自分のこと人質だなんて思わずに、ガトランド王国の王族として胸を張ってほしいの」

ルルは真摯《しんし》にそう告げた。

聞いているアルテミシアの瞳が、不審そうに揺らぐ。

「あの……そのような大それた考えは、抱いたこともなく……」

目線を伏せ、かろうじてそんな言葉を紡《つむ》ぐアルテミシアへ、ルルは慌てて笑顔を作った。

「あ、ごめんね、ちょっと急ぎすぎたかな。いきなりこんなこと言われても戸惑うよね、ずっ

と敵同士だったから……。でもわたしたち兄妹がそう思ってることは本当。ゆっくり馴染《なじ》んでくれるとうれしい」

「あ、いえ、あの……。わたし、兄弟がおらず、同い年の子と遊んだこともないため……。うまく対応できないことが多々ありますが、ご無礼のないよう、努めます……」

ぎこちないアルテミシアの対応へルルは困ったような微笑《ほほえ》みを返し、できるだけ他愛ない話題を振った。

馬車は樹木の天蓋《てんがい》に閉ざされたつづら折りの山道を降りていき、やがて山間《やまあい》がひらけた。ルルは振り返って、窓の外、いま降りてきた山の頂上あたりを指さして、

「見て、ミーシャ。あれが魔王の塔」

アルテミシアは紫紺の瞳を言われた方向に持ち上げた。

緩やかな稜線《りようせん》を描く緑の山容に、U字形の真っ黒な塔が突き出ていた。樹海から飛び立った鳥たちが塔の周囲を一度巡り、そのむこうの青へ消えた。

「…………」

アルテミシアは息を呑《の》んで、彼方《かなた》にかすむ塔を見上げた。この世界を生きるもので知らぬもののない、悪夢の残骸だった。

千五百年前、あの塔に魔王ルシファーが降り立った。

ルシファーから生まれたバケモノたちが世界へ溢《あふ》れ出し、世界中の文明が消えた。元々、ガ

ト一島で暮らしていた大八島《おおやしま》族もルシファーに滅ぼされ、代わりにルシファーの眷属《けんぞく》だった猫耳《ミーニャ》族がこの島の主になった。魔王ルシファーが英雄「八岐《やつまた》」に倒されたあとも、ミーニャは迫害を逃れて生き延び、ダダ王治政のいま、葡萄海《ぶどうかい》の最大勢力として繁栄を極めている。

「知ってるだろうけど、わたしたち猫耳《ミーニャ》族は元々あの塔から出てきたバケモノだった。だからミーニャを『魔族』だなんて呼ぶひともいるけど、いまだにルシファーを崇拝してるミーニャなんてごくごく一部だし。大八島族ともいまでは敵対してないし、ガトランド王国の七々原《ななはら》宰相は大八島族のひとだし。わたしたちは人間と共に暮らすことを望んでる」

ルルはそう言って、うかがうように片目だけを傍《かたわ》らへむける。

アルテミシアは禍々《まがまが》しい塔を遠く見やり、真面目《まじめ》に表情を引き締めて、

「……ミーニャが魔族だなどといまだに信じている人間は、よほど知性と教養に欠けているのでしょう。ミーニャが争いを好まず、常に交渉で問題を解決してきたことは歴史が証明しています。いまのガトランド王国の繁栄も、戦争ではなく交易によるもの。暴力を用いずとも国家の繁栄は可能なのだと、ミーニャはその行いで示してきました」

ひといきに紡《つむ》がれた言葉を受け止めて、練習してきたんだろうな、とルルは思う。おそらく出発前に、余計ないさかいを避けるための言動を学んできたのだろう。ミーニャのなかで生きていくための言葉を、アルテミシアは知っている。

ルルはにっこり微笑《ほほえ》んで、

「ありがとう。わたしたちを嫌っている人間が多いことは知っているけど、いい人間がたくさんいることも知ってる。あなたはとてもいいひとね、ミーシャ」

お礼を言って、愛嬌を振りまくように猫耳をひょこひょこ左右に動かした。人間たちのミーニャへの差別意識は根深く、大八島族のなかには、いまだに千五百年前に祖国を追われた恨みを抱え、ミーニャの絶滅を宿願にするものもいるという。

「今度、魔王の塔に出かけましょうよ。地下がミアズマ鉱脈になってて、たまに聖遺物《アーク》が見つかるの。発動機とか機械兵とか……あ、見て、飛行機」

ルルは北の空を指さした。

示された方向を見上げると、青空に白い筋を曳《ひ》きながら、翼を持った乗り物が飛行していた。

エンジン音が、車内にまで聞こえる。

アルテミシアも、ガトランド王国が保有する「飛行機」の噂《うわさ》は聞いていた。確かガガ第一王子が高給を支払って、専門技術を持つ飛行士と整備士を雇い入れたとか。浮遊圏のさらに上方を飛行して、高速ガレー船より遙《はる》かに速く、上昇も下降も自由自在、平らな地面があれば着陸できるという。

「あれが飛行機、ですか……。とても高く飛べるのですね」

「名前はファルコ。聖遺物のなかでも発動機は特に貴重なんだけど、ファルコに積んでるのは特に優秀らしくて。整備できるのは、いまあれに乗ってるノアとレオナルドだけ……」

複葉飛行機はゆったりとした動作で旋回をはじめた。機影が山並みに隠れ、エンジン音だけが遠く響いた。ルルとアルテミシアは目線を前に戻した。ぽつぽつ、道の両側に藁葺《わらぶ》きの民家が現れて、耳だし穴のついた帽子をかぶったミーニャたちが、身長の倍はある粗朶《そだ》や藁を背中に担いで歩いていた。

「あ、王城が見えてきた」

ルルが指さす先、ゆったり波打つ緑の草原のむこう、段丘状の大地に長大な城壁が築かれていた。段丘の最も高いところに立派な天守がそびえ立ち、そこから段丘の裾へむかって塔や教会や囲壁《いへき》、赤い屋根の住居群が隙間《すきま》なく密集し、長大な城壁へ行き当たっている。

建物の壁は白、屋根は赤で統一されているから、王城全体が白いキャンパスに赤い横線を重ね、赤い水玉を撒《ま》いたよう。一見するとのどかな外観だが、よく見れば段丘には幾重もの砲列が据《す》えられ、長大な城壁の屈折部には城塔と門楼がいかめしくそびえ立つ。地上からあの城を攻めたなら、針鼠《はりねずみ》みたいに配置された砲台が火を噴き、空は燃えて飛ぶ砲弾に埋め尽くされるだろう。王国の中枢たるガトランド王城はさすが、難攻不落の城塞《じょうさい》都市の佇《たたず》まいだった。

「立派な街ですね。城壁も高くて、とても広い」

「ウォグストック博士のおかげで、城壁も意味をなくしちゃったけどね。でも飛行艦隊が新しい城壁になって、この島を守ってくれてる」

八十年前、イグイス・ウォグストック博士によってウォグストック粒子が発見され、世界は飛行帆船の時代へと移り変わった。城壁は意味を失い、葡萄海《ぶどうかい》の列強はより多くの飛行帆船を建造するため、飛行石がよく発生する空域と、樹齢百年以上の古木が茂る森林を奪い合って血なまぐさい闘争に明け暮れている。

「ガトランド飛行艦隊は世界最強です。この島に手を出すのは、身の程知らずの愚か者だけでしょう」

アルテミシアがよどみなくつづる賛辞を、ルルは微笑《ほほえ》みで受けとった。お追従《ついしょう》であることはわかっているし、黒薔薇《くろばら》騎士団をはじめ葡萄海の都市国家群はいずれも、王国に隙《すき》あらば連合を組んでガトランド飛行艦隊に立ち向かってくるであろうことも理解している。

――「魔族」の仲間入りをさせられて、内心、怯《おび》えているでしょうね、ミーシャ。

――でも、わかってほしい。ミーニャは危険じゃないこと……。

この島でミーニャに混じって暮らすことで、アルテミシアはいつか、人間とミーニャを繋《つな》ぐ存在になってくれるのではないか。手前勝手な希望かもしれないが、一千年以上もつづく葡萄海列強同士の闘争を収めるには、人間とミーニャ双方に影響力を持つ存在が不可欠だとルルは思う。今日からガトランド王族の一員となるアルテミシアは、種族を超えた共存への架け橋となりうる存在なのだ。

白と赤と城壁の藍《あい》色を基調としたガトランド王城が近づいてくる。アルテミシアに気づいた町人や農民たちが駆け寄ってきて、手を振る代わりに帽子を取り、突き出た猫耳を左右に振って歓迎の意を表す。ルルも同じくにっこり笑って猫耳を振り、猫耳のないアルテミシアは車窓から手を振ってそれに応えた。

アルテミシアの視界の端に、複葉機ファルコがまた映り込んだ。先ほどから島を大きく周回しているのは、ガトランド王国周辺空域に不審な飛行船はないか哨戒《しょうかい》しているのだろう。あれだけ小型かつ高速で飛べるなら、哨戒任務に使わない手はない。あの飛行機がある限り、ガトランド王国周辺三十キロメートルは常に監視の目が行き届く。つまり葡萄《ぶどう》海列強にとって、飛行艦隊による奇襲は不可能ということだ。

ファルコはゆったりと両翼を広げ、山の頂上、魔王の塔の近辺へ降下していった。

「…………」

アルテミシアは紫紺の瞳にファルコの機影を映し出してから、黙って前方へ目を戻した。

馬車はこれから、大天守へ至る最初の門楼をくぐろうとしていた。

†　†　†

魔王の塔にほど誓い「異形《いぎょう》山採掘場」。

その隣に設置されたファルコ専用滑走路に着陸し、そのまま格納庫へと滑走してから、飛行士ノア・リノアはエンジン軸と尾部プロペラの直結を解き、プロペラの停止を確認して瘴気《しょうき》機関を停止させた。副操縦席の整備士レオナルドが燃料弁を閉じると、整備士見習い二名が駆け寄ってくる。

「昨日も今日も空は安泰、こんだけ平和だとかえってヒマよね～」

今日の偵察任務を終えたノアは傍《かたわ》らのレオナルドへそう言って、搭乗席から翼の根元へ足を下ろし、地上へ降り立つ。レオナルドは頷《うなず》きだけを返して、整備士見習いたちと瘴気機関の点検に入る。

レオナルドは尾部に収まった瘴気機関のボイラー部をひらき、小さなスプーンでミアズマ鉱の燃えかすを搔《か》き出す。それから、ネズミくらいの大きさの青黒いミアズマ鉱を新たに追加。たったこれだけの燃料と水でファルコは丸一日飛べる。

「じゃ、レオ、おつかれ～。あたしこれからパーティーだから」

「…………」

ノアが笑顔で手を振ると、レオナルドはいつもの無表情をむけて、うん、と無言で頷くのみ。口をきけないわけではなく、極度に無口なレオナルドはふたりの部下へ手信号で合図して、瘴気機関をはじめとする機体各部の点検に入る。

格納庫から出たノアは飛行眼鏡《めがね》を額へ押し上げ、片手で黒髪を搔きあげた。四月の日光がきらきら、うしろで束ねた髪の先で散った。人間だから猫耳はなく、吊《つ》り目気味の碧眼《へきがん》に勝ち気そうな色をたたえ、ノアはきびきびした足取りでテントを目指す。いつもならこのあとは自由

時間だが、今日は王城からアルテミシア歓迎式典への招待状が届いている。

「あーあ。めんどくさいけど行かなきゃ」

ダダ王はヒマさえあれば祝宴をひらき、葡萄海《ぶどうかい》中から客を招いては、ガトランド王国の権勢を知らしめている。野蛮なバカがいっぱいいるから行きたくないが、ガトランド王家の援助がないとファルコを維持できないから仕方なく行く。

「異形《いぎょう》山採掘場」の一角、ノアにあてがわれた貴族用の野営《キャンプ》テントで身支度を済ませ、光沢のある赤いドレスに着替えたノアは駅舎へむかった。

周囲ではミアズマ鉱の採掘にあたる奴隷《どれい》鉱夫たちが、鎖に繋《つな》がれた両足で不器用に歩みつつ、ピッケルやハンマー、スコップの入ったトロッコを押し、監視役のミーニャに怒鳴られながら坑道奥へむかっていった。ミアズマ鉱は有毒な瘴気《しょうき》を発するため、ここで働く鉱夫は全員、奴隷か重罪人だ。毎日ここで働いていれば、多くは三年以内に「水玉病」という皮膚病にかかり、全身に青い紋様が水玉みたいに浮かんで死ぬ。いま現在、三百人いる鉱夫のうち、最古参が勤続六年目だというから、五年以内にほとんどが水玉病で死ぬ計算だ。

魔王の塔の地下迷宮へつづく坑道から、全身が青黒く汚れた鉱夫たちが現れ、ミアズマ鉱を満載したトロッコを押して、精錬所へと運んでいった。彼らはいずれも、頭部に猫耳のない普通の人間だ。戦場で捕虜になったり、突然故郷に押しかけてきた王国軍に拉致《らち》されて、ここへ連れてこられている。監視役のミーニャが鉱夫の剝《む》き出しの背へ鞭《むち》を入れ、さっさと動くよう怒鳴りつける。

――ファルコに乗れて良かった……。

かわいそうな奴隷《どれい》たちを片目に見やりながら、ノアはしみじみそう思う。ノアも猫耳のない人間であるが、ファルコを操縦し、整備点検できるという特殊技能があるゆえに高給で招かれ、衣食住が保証され、雑な言動も大目に見てもらっている。

ほどなく採掘場の駅舎に到着。王城へ行く際、いつもならここで駅馬を借りるが、今日はドレスなので王城行きの寄り合い馬車に乗ることにした。

すると軽薄そうな微笑《ほほえ》みをたたえ、白地に赤い縁取りのマントを翻したガトランド騎士が、鹿毛の軍馬に騎乗したまま近づいてきた。

「ようノア、ドレス似合ってんな。飛行服もいいが、そっちもなかなか捨てがたい。これから式典だろ？　送ってやるからうしろに乗れよ」

ハンサムな騎士は鞍《くら》のうしろを顎《あご》で示し、頭部の猫耳をぴこぴこ動かしながら、さわやかな笑みをたたえる。

ノアはげんなりと表情を翳《かげ》らせて、

「イヤ。あんたとだけは絶対行かない」

拒絶されたにもかかわらず、ガトランド騎士ガスパール・ナトラーレは端正な表情に絶対の自信をみなぎらせ、

「つれないな。素直になれよ、ノア・リノア。なぜおれを拒む、めかけ腹とはいえ、一応この国の王子さまだぞ」

はあ、と鼻息を力なく洩《も》らし、ノアは自分にむかって呟《つぶや》く。

「王子が多過ぎんのよ、この国。しかもバカばっかり」

「聞こえたぞ。確かに掃いて捨てるほど王子はいる。が、実力で叙任された王子は片手で数えるほど。その中指がこのおれだ。そこらのバカ王子と一緒にするな」

気取った口調でそう言って、ガスパールはさらに顔を近づけ、ノアを見つめる目線に色気を含ませる。

金色のくせっ毛に、自信にあふれた口元、切れ長の目と高い鼻梁《びりょう》。いつもは採掘場の奴隷を監視するためラフな格好のガスパールだが、今日は白猫《しろねこ》の紋章のマントの下に、白地に赤い縦線を配したガトランド王国軍の正装だ。純白の上着《ジャケット》に肩章、腰の剣帯には細身剣《レイピア》、白いズボンの先には革の軍靴を履いて、軍馬の手綱《たづな》を握るさまは絵本の騎士のように美しい。が。

「そこらの尻軽女でも口説いとけ。あたしの恋人はファルコだけ。あんたなんか興味ない」

確かにガスパールは町娘によくモテて、彼目当てに異形《いぎょう》山の山頂近いこんな場所まで押しかけてくる女の子たちもいると聞く。だがノアは、そんな軽薄な町娘と一緒にされることに我慢ならない。

「おいおい、乗り物相手に貴重な時間を無駄にするのか？　飛行機より面白いものは山ほどある。特に今日の式典は黒薔薇《くろばら》の姫に狼男、荒れるのは間違いない。おれと行くぞ、ノア。こののち百年語り継がれる見世物を、特等席で見せてやる」

ガスパールの言葉を背中で断ち切り、ノアは貴族用の馬車に乗り込み、同乗の商人や貴族に愛想良く挨拶《あいさつ》。それから紗幕《しゃまく》をあけて、車窓越しにガスパールを睨《にら》みつける。

「あんた、また暴れるつもり?」

「暴れるとは失敬な。騎士の名誉にかけて戦うのさ」

「あたしの常識では、あんなのは蛮族がやること。ミーニャは平和を望むんじゃないの?」

「平和だから決闘するのだ。おれのような使い捨て王子がのしあがるための、数少ない手段でもある。……いまのうちに未来の将軍の申し出を受けておけ、ノア。でなければあとで後悔するぞ」

ガスパールの言葉に、ノアは思い切り「あかんべー」を返し、しゃっと音を立てて紗幕を閉じた。


ノアを乗せた寄り合い馬車は王城を目指し、のどかな蹄《ひづめ》の音を残して去っていった。

ふむ、と無念そうに鼻を鳴らして馬車を見送るガスパールの傍《かたわ》らに、同じくガトランド王国軍の正装に身を包んだ少年が、葦毛《あしげ》の軍馬に騎乗したまま歩み寄った。

「きみ、女の子は全員口説かないと死ぬの?」

少年はガスパールの横顔をしげしげと見やり、冷静な口調で質問する。

「失敬だな、ジャンジャック。おれが口説くのは運命の稲妻が閃《ひらめ》いた女だけだ」

ガトランド王国騎士ジャンジャック・ナトラーレは真面目《まじめ》な表情で顎《あご》の下に拳を当てて、考え込む。ところどころ、薄紅色が透けてみえる銀色の髪。冷静な口調に反して、燃えさかるような紅の瞳。剣帯には交雑剣《バスタードソード》。人間とミーニャの間に生まれたハーフミーニャの特徴である、片側にひとつだけ突き出た猫耳がぴくりと揺れた。

「きみの女好きは異常だよ。ダダ王みたいだ。息子だから仕方ないかもしれないけど。てか、また決闘を仕掛けるつもり？　ついこの間、派手にやりあったばかりなのに」

ふっ、とガスパールは鼻先で笑い、ジャンジャックへ片目だけで嘲笑《ちょうしょう》を送る。

「奥ゆかしさは破滅を呼ぶぞ、ジャンジャック。このまま黙ってここにいて、五年後に水玉になって死ぬ運命を受け入れるのか？　おれは『めかけの子《ナトラーレ》』では終わらん。生まれ持った全ての能力を駆使してのし上がり、あまたの美しい姫とベッドをともにするのだ！」

「がんばって。でも、ちょっと最近、無謀すぎると思う。そのうち死ぬ、とぼくの直感がさえずってるけど、きみの意見やいかに」

ジャンジャックは、左の猫耳をかたどった木製の「付け耳」の根元を掻《か》きながら、呆《あき》れたようにそう問いかけた。ガスパールは不敵な笑みをたたえ、

「おれが聖珠《せいじゅ》の『継承者』であることは、知っているよな？」

「…………………」

「お前も継承者になれば、わかる。これは無敵の力だ。この力がある限り、おれは未知の相手であろうと決闘で負けることは絶対にない」

突然――淡緑色の紋様がガスパールの背後に浮かび上がった。

神像が背負う光背《こうはい》さながら、異国の文字がオーロラのような淡い光の幔幕《まんまく》をまとい、ガスパールの背後にたなびいている。

大八島《おおやしま》族の文字だそうだが、ジャンジャックは読みかたを知らない。

ガスパールは唇の端を吊《つ》り上げ、

「いまのおれは、ガガにもトトにも負けない。おれが王国一の剣士だ」

断言したのち、光の幔幕が消えた。空間に浮遊していた文字は砂が崩れるように溶け落ち、見慣れた風景が戻ってくる。

王城の洗濯女の子として生まれたガスパールは、子どものころ、王子たちの剣の修練に紛れ込み、師範代に認められて、王子たちと同じ修練を積んできた。確かにジャンジャックの目から見ても、聖珠《せいじゅ》を継承したガスパールの実力はふたりの王子に比肩《ひけん》すると思う。

が。

「まさか王子と決闘しないよね？」

「許されれば、おれは構わん。お前は、おれが王子たちに負けると思うか？」

「…………………」

問われて、ジャンジャックは少し考える。ガスパールとはここで出会って以来の二年間、ともに迷宮内で凶暴なドラムワームと戦ってきたし、坑道奥で偶然見つけた秘密を共有したし、空いた時間には剣の鍛錬も積んできた。彼には技量も、聖珠も、奥の手もある。確かにガスパールの言うとおり、決闘においては彼が王国最強かもしれない。だが。

「訓練時、トト殿下は、実力を出し切っていないと思う」

ジャンジャックはこれまで数回、ガトランド王城の修練場でトトと手合わせしたことがある。その際、トトは明らかに手を抜いていた。

「おそらくガガ殿下に遠慮している。ぼくの印象では、王国最強の剣士はきみかトト殿下のどちらかだ」

ジャンジャックの答えに、ガスパールは首肯《しゅこう》を返した。

「奇遇だな、おれと同じ意見だ。ガガは強いが、力をそのまま出し過ぎる。布石も計算もなにもないから、こちらの手の内に嵌《は》めやすい。訓練時は負けたふりをしているが、実戦であれば、おれはガガを組み伏す自信がある。だがトトは明らかにおのれの実力を抑制している。兄を差し置いて弟が出しゃばれば内乱を呼ぶことがわかっているのだ。ゆえに、おれと立ち合っても手を抜く。トトが本気になったならどの程度かはわからんが、おそらく真の実力は戦場で発揮されるだろう。それがおれより上なのか下なのか、現時点ではなんともいえんな」

ガスパールは反論してくると思っていたから、素直にトトの実力を認めたのはジャンジャックにとって意外だった。ガスパールの冷静さを見直したし、傲慢《ごうまん》なガスパールが実力を認めざるを得ないほど、第二王子トトの秘められた資質が大きいことも再確認した。

さらにガスパールはにやりと笑って、言葉を足した。

「そういえばお前も、トト殿下相手にあからさまに手を抜いたよな?」

言われて、ジャンジャックは鼻息を抜いた。ガスパールはそれにも気づいていたのか。思っていたより、よく相手を見ている。

「……手を抜く相手と真面目《まじめ》に戦う意味がない」

ガスパールのいうとおり、手合わせの最中、トトの手抜きに気づいたジャンジャックは、自分も合わせて手を抜いた。気づいたのはトトだけだと思っていたが。

「お前の隠し持った気性は、おれより遙《はる》かに激しい」

ガスパールが悟ったようにそんなことを言い、ジャンジャックは口をへの字に曲げて、

「ひどい侮辱だ。傷ついたよ」

「真実だ。ときどき、お前が怖くなる」

冗談か本気かわからない口調でそう言って、ガスパールは彼方《かなた》の王宮を遠望し、伸びをひとつして、笑んだ。

「さて行こう。我ら待望の晴れ舞台へ」

「きみの晴れ舞台だよ。ぼくはなにもしない」

「少しは野心というものを持て。坑道奥の『彼女』だけがお前の望みか?」

痛いところを指摘され、ジャンジャックは再び、口をへの字に曲げる。

「……そうかもしれない。下手《へた》な野心を持つよりも、ぼくは……『彼女』と過ごす時間が好きだ」

素直に認めると、ガスパールは薄く笑った。

「お前はおれを女好きと揶揄《やゆ》するが、お前もなかなか隅には置けん。だがあれはいにしえの人形だ。人間ではなく、生きてもいない」

「……わかってる。……恋じゃない。……ただ……彼女を眺めていると、なぜか心が落ち着く。それだけだ」

ガスパールは笑いに哀れみを含ませると、手綱《たづな》を叩いて馬首を王城へむけた。

「それで水玉まみれになって死ぬわけか。そんな人生、おれはごめんだ。今夜、おれはゴミ捨て場で死ぬ使い捨ての王子ではなく、王位継承権を持つ王子となる」

猛《たけ》るガスパールを、ジャンジャックは片目だけで眺め、溜息《ためいき》をついた。それを持てたとしても上には四人も本物の嫡子《ちゃくし》がいるというのに。

「気が重い。どうやら大変な式典になりそうだ」

「居合わせた詩人は幸運だ。今後百年、歌い継がれる夜になる」

ガスパールは意気揚々《ようよう》とそう言って、馬腹へ拍車をあてた。

† † †

アルテミシアの歓迎式典は、昼間、ガトランド王城内郭《うちぐるわ》の聖ニーナ大聖堂で行われた。

葡萄海《ぶどうかい》周縁の都市から参集した騎士、貴族、豪商や知識人、文化人など、総勢百名近いひとびとは内郭へ入る際に武器をそれぞれの従士へ預け、従士たちは祝宴が終わるまで外郭《そとぐるわ》で主人を待つことになっていた。

大聖堂内では、国王ダダ・ガトランド七世が黒薔薇《くろばら》騎士団長イリアスの娘アルテミシアを被後見人としてガトランド王家へ迎えることを参列者に宣言。アルテミシア自身もダダ国王を父と仰ぎ、ガトランド王家の発展のために尽力することを宣誓し、聴衆たちは拍手と歓声を送った。

そののち、列席した上顎半島《グラナディオ》七都市連合および下顎半島《アポロディオ》四都市協商の有力貴族やその名代、大商人、司祭、学者、富豪が列を為《な》し、順繰りに祝辞を述べていく。全ての参列者の顔と名前と身分を記憶している廷臣が王妃へ情報をささやきかけ、王妃は気の利いたひとことを相手へ届ける。寄せては去っていく顔、顔、顔を見るとはなしに眺めながら、トト・ガトランドは祝辞を聞いているふりをしつつ、時折片目で、義妹の様子を見てしまう。

かねてよりアルテミシアの可憐《かれん》さは、葡萄海諸侯の噂《うわさ》になっていた。トトの母、王妃マリアーナの美しさは四人の子を生《な》した現在でも「葡萄海一の美女」として北方大陸《ノースディア》に鳴り響いているそうだが、アルテミシアがまとう光輝は母とは別種の、この時期の少女にしか持ち得ない特別な輝きがあり、聖堂内に居合わせた壮年の貴族たちの目線は式典のはじめからずっと王妃マリアーナと第三王女アルテミシアを行き来していた。母の美しさに慣れてしまったトトでさえ、時々意味なく傍《かたわ》らへ目線を滑らせて、アルテミシアの横顔に見惚《みほ》れてしまう。

「シュシュ殿下は、ご病気ですか?」

不意に目の前の年老いた貴族からそう尋ねられ、トトはびくっと背筋を伸ばした。白髪頭《しらがあたま》に白い顎髭《あごひげ》をたたえた七十代くらいの貴族、サルペドン子爵ハリー・ストラトス閣下。ガトランド王家の遠縁にあたるこの貴族は、今日ここにいない第一王女シュシュの不在を憂う数少ない参列者だった。

「お心遣い、痛み入ります。姉はここ数年、ずっと伏せっていて」

「あぁ、それは残念。ご回復をお祈りいたします。シュシュ殿下は幼少期から音楽の才覚がおありで、わたしは勝手ながら将来を非常に期待しておりまして……。ご療養の際は、是非、サルペドンへお越しください、とシュシュ殿下へお伝え願えますか。温暖で果物の豊富な土地です、どんな病もきっと海風が吹き払うことでありましょう……」

トトはサルペドン子爵にお礼をいって、シュシュに伯爵の言葉を伝えることを約束した。

王妃マリアーナと第三王女アルテミシアが衆目を集める影で、生まれつき目の見えない第一王女シュシュ・ガトランドは今日もひとり、自分の部屋に引きこもっている。ダダ国王は視覚障害を持つ我が子を公衆の前へ立たせることを望まず、こうした式典の際もシュシュだけはいつも病欠扱いだ。

聖ジュノー正教会の教えでは、障害の原因は「祖先の罪」にあるとされ、特に家名を尊ぶ王侯貴族は、自分の家からそうした子どもが産まれたことを表沙汰《おもてざた》にしたがらない。それゆえシュシュはガトランド王家の正嫡《せいちゃく》でありながら、ダダ王から「存在しない子ども」として扱われ、二十二才になるというのに婚姻も組まれず、内郭《うちぐるわ》の外れにある小さな塔でひとり、楽器を友達にして過ごしている。

トト自身も、いまはシュシュに会うことはめったにない。子どものころは何度か姉に会いに塔へ行ったが、遊び相手としては不自由なことが多く、同じ年代の遊び友達ができるうち、足が遠ざかるようになった。

——シュシュにも、アルテミシアを紹介しないと。大事な新しい家族だから……。

そんなことを思いながら、長い挨拶《あいさつ》の列が終わるのを待った。

夕暮れどき、ようやく大聖堂を出たガトランド王家の面々と百名の招待客たちは、内郭の広場へと移動して、祝宴をひらいた。祭り好きのダダ王はつい二週間前にも、黒薔薇《くろばら》騎士団との修好条約締結を記念して大規模な祝宴をひらいたばかりだが、ありあまる財力にものをいわせて今回もまた、豪勢すぎる宴だった。

暮れなずむ空のした、広場には十数本の鉄の支柱《しちゅう》に吊《つ》り線が渡され、幾百のランタンが吊られていた。露店が並び、羊肉のステーキ、肥育鶏《ひいくどり》の香草焼き、ウズラのソテー、八つ目鰻《うなぎ》のパイ、茹《ゆ》でた蟹《かに》、ロブスターのスパイス煮、猪《いのしし》肉のリブステーキ、アップルチップス、ガトー・ヌガー、梨のワイン煮などなど、葡萄海《ぶどうかい》はおろか「岩の海」周辺諸島まで、さまざまな地域の料理が無料でふるまわれ、楽団が笛と太鼓の賑やかな音楽を奏でていた。

やがて天頂に星が瞬き、吊り線のランタンに火が入った。ランタンはそれぞれ色のついた羊皮紙がかぶせられ、緑、赤、黄色、様々な光のたまりが広場を夢幻の色へ染め上げた。ワイン樽《たる》、ウイスキー樽、エール樽、ビール樽が次々にあけられ、商売女も紛れ込む。血気盛んな若い騎士たちにも酒が振る舞われ、だんだん、言葉が荒くなる。

やがてダダ王は帯剣した近衛騎士を二名両脇に引き連れて高座から広場に降り立ち、他都市の騎士たちと交流をはじめた。ダダ王はマントも外衣《サーコート》も上着《ジャケット》も着ておらず、刀傷だらけの鍛え上げた上半身は黄金の胸飾りと剣帯をあてただけで剝《む》き出しだった。

御年六十三才。王でありながら最前線で戦いつづけてきたことを、上体についた無数の裂傷と貫通傷が物語る。蛮勇以外のなにものでもないが、しかしダダが即位して以来、ガトランド王国は戦《いくさ》においてほぼ負け知らず、一代で葡萄海の盟主にのしあがったこともまた事実。ダダ

王と面と向かい合った他都市の騎士も、王と同じ酒を酌《く》み交わせたことを喜び、ジョッキを高々と掲げると、

「ダダ王陛下に栄光あれ！」「ガトランド王国と下顎半島《アポロディオ》の友情に！」「ダダ王陛下の武勇は我らが上顎半島《グラナディオ》にまで響き渡っておりますぞ！」

などと口々にダダ王を讃《たた》える。なかには痛烈に酔っ払ったものもいて、近衛騎士に制止されるほどの距離にまで王に近づき、

「ダダ王陛下！　どうか『仁《じん》』の聖珠《せいじゅ》の力、我らにお示し願えませんかっ⁉　名高い『火の鳥《ファイアバード》』をこの目で見たいと常々願っておりまして！」

勝手な要望を王へ届ける。この酔っ払った壮年の騎士は赤地に金の縁取り、グラナディオ七都市同盟の所属らしい。

はっ、とダダ王は声をあげて笑い、

「見たいってんなら、見せてもいいぜ？」

「ほ、本当ですか⁉　そ、それは寛大な！　末代までの語り草にいたします！」

「ただし『火の鳥』は手ぶらで冥土《めいど》へ帰せねえ。お前を土産《みやげ》に持たせていいか」

安穏とした笑みをたたえる王を、酔っ払い騎士はしばらく呆《ほう》けた表情で眺め、それから言葉の意味を悟って、わははっ、と裏返った声で笑う。

「これは失礼しましたっ、どうか他の騎士でやってください！　わたしは見る専門なもので！」

「なんだおめえ、慎みぶけえな！　戦場で会ったらお前めがけて飛ばしてやるよ、一番近くでよく見とけ！」

ダダ王は酔っ払ったグラナディオ騎士と肩を組んでゲラゲラ笑う。どこの馬の骨かもわからない騎士と肩を組む王に、周囲は若干戸惑いながらも、歓声をあげてジョッキを掲げる。

「ダダ王の武勇に！」「名高き『仁』の聖珠に！」「無敵の『火の鳥《ファイアバード》』に！」

夜風が吹き抜けて、篝火《かがりび》から散った火の粉が星空へ舞いあがる。宴はまだはじまったばかり、夜はこれからが本番であることを、居合わせた百名の有志たち全員が知っていた……。

あちこちから届く怒鳴り声とわめき声と悲鳴と、それらに全く構うことなく奏でられるのどかな笛と太鼓の調べと、商売女の甲高い笑い声の合間を縫って、トトは傍《かたわ》らに座るアルテミシアに話しかけてみた。

「ダダ王陛下はお祭りが好きで。最低でも月に一度は祝宴をひらくんだ。できればもっと上品に飲んでほしいけど……」

祝宴のはじまりからずっと、高座に据《す》えられた貴賓席から動いていないアルテミシアは、星を映す紫紺色の瞳をトトへむけた。

「あ……。とてもにぎやか、ですね」

ぎこちなくそう答え、うつむく。

沈黙。トトはなんだかいたたまれない。やかましく野蛮で、ケンカをあおっているような祝宴を新しい妹に見られていることが、居心地悪い。姉のルルがいてくれればいつものあっけらかんとした口調で大人を茶化すはずだが、いまは遠縁の貴族への挨拶《あいさつ》に出向いてこの場にいない。第一王子ガガも取り巻きとどこかへ行ってしまったため、いま貴賓席はトトとアルテミシア、それに王妃マリアーナが残っているだけだ。

と、ずっと黙って座っていた王妃マリアーナがトトへ言った。

「トト、アルテミシアを屋台に連れていってあげては？　珍しいお菓子もたくさん出ていることだし」

純白のガウンの合わせ目から金の裏地を覗《のぞ》かせて、微笑《ほほえ》みと共にそう促す。猫耳の突き出た髪に金線細工《フィルグリー》を散らし、胸元を真珠と黄金のネックレスで飾った王妃マリアーナは四人の子を持つ母ながら魔術的に若々しく、アルテミシアと並んでも姉妹にしか見えない。こうした席にいると、男性客の大半がうっとりした顔で王妃を眺めているのがトトにもわかる。トトは気まずそうに頷《うなず》いて、義理の妹を振りむく。

「座ってても退屈だよね。少し歩かない？」

「あ、はい。……喜んで」

アルテミシアは相変わらずたどたどしい調子で、トトの申し出を受け入れる。

ふたり並んで、参列者たちがどんちゃん騒ぎを繰り広げる中庭の外縁に設置された屋台のほうへ足を運ぼうとしたとき、アルテミシアの背後に人狼が直立した。

「あ…………」

トトは人狼をふりむいて、思わずそんな声をあげる。

「……………………」

人狼もまたなにも言わずに、ふたりから三歩分ほど後方に控え、漆黒のマントを風になびかせている。あの長大な斧槍《ハルバード》は外郭《そとぐるわ》で待機する従士に預けているから素手ではあるが、閉じた両顎《あご》からはみ出る犬歯と両手の爪《つめ》は不気味な鈍色《にびいろ》の光を放つ。

トトは黙って人狼の巨体を見上げた。しなやかさと力強さが矛盾なく同居した肉体から風圧が伝ってくる。戦場でこの生物と対峙《たいじ》したならどういう手順で倒すべきかな、と考えながら話しかけた。

「やあ。名前を聞いてもいいかな？」

「……………………」

人狼は答えない。彼はアルテミシアの専従騎士だから、トトに礼儀を示す義理はないが、これは無視なのか人語を解さないだけなのか。判断がつかず、アルテミシアへ顔をむけた。

「……無礼をお許しください、トト殿下。このものは黒薔薇《くろばら》騎士団の騎士ではありますが、出自が奴隷《どれい》であるがゆえ、礼儀を弁《わきま》えておりません」

アルテミシアは頰《ほお》を赤らめ、気まずそうにそう言って、人狼へ顔をあげる。

「トト殿下に名乗りなさい」

強めに言われて、人狼はほんのわずか目線を下げ、言った。

「……アルテミシア王女殿下付き騎士、ラギー・デイライトです、トト殿下」

ラギーの言葉の響きは人間のものと大差なく、知性が感じられた。トトは頷《うなず》き、

「奴隷《どれい》から騎士に叙任されたということは、アテナ島のコロシアム出身？」

「……いかにも」

黒薔薇《くろばら》騎士団の本拠地、アテナ島には一千年以上前からコロシアムがあり、奴隷剣士同士が日夜、血みどろの戦いを繰り広げているという。負ければ死、勝てば名誉と豪勢な食事、という日常が繰り返され、数百人中ひとりのチャンピオンが騎士に叙任され、コロシアムから出られる。目の前のラギーは、その地獄をくぐり抜けてきた選りすぐりのひとりだ。

「いつかきみと修練場で手合わせしてみたいな、サー・ラギー」

「……僭越《せんえつ》ながら、お断りを。一度、貴族の子息に大ケガを負わせ、処刑されかけたことがありますゆえ」

ラギーは素っ気なくそう言って、目線を虚空《こくう》へむけた。

アルテミシアが顔を真っ青にして、

「サー・ラギー、そのような物言いは控えなさい……！」

怒りなのか恐怖なのか、語尾が震えて強まった。トトはなだめるように、アルテミシアとラ

ギーの両方へ視線を送りつつ、

「いや、彼に侮辱する意図はないよ。……わかった、サー・ラギー。だけど、ぼくは何度も修練場で兵卒にケガさせられているし、それで相手を処罰したこともない。本気でやらなければ修練の意味がないから。だから近いうちに、きみとの手合わせを望むよ」

その取りなしに、ラギーはぎらりとした双眸《そうぼう》をトトへむけ、

「……殿下の望むままに。ただしわたしは手加減というものができないため、立ち合う際には相応の覚悟が必要となります……」

ぼそりと言葉を落とす。聞きようによっては脅しにも取れる言葉だが、この人狼の面持《おもも》ちからは皮肉や嘲《あざけ》りの気持ちはなく、思うままを正直に喋《しゃべ》っていることが理解できた。

「覚えておくよ、サー・ラギー。訓練といえど覚悟をもってきみの前に立とう」

正統な作法は持たないが、この人狼とはコミュニケーションが取れることを確認して、トトは傍《かたわ》らへ目を戻した。

「イリアス閣下は心強い護衛をつけてくれたね、ミーシャ」

「……武芸に関しては。礼節に関しては、わたしどもの教育が足りなかったことを陳謝いたします。父の意向により、わたしの命令のみを聞くよう、彼に教育しておりますゆえ……」

アルテミシアはそう詫《わ》びて、目を伏せる。

——そんなにへりくだる必要ないのに。

トトは心のなかで溜息《ためいき》をついた。ずっと隣に座っているからわかるが、祝宴がはじまってからもアルテミシアは緊張した面持《おもも》ちで、神経を張り詰めさせている。知らない土地に連れてこられて知らない人間がいきなり家族になったのだから緊張するのも無理はないが、トトはそんなアルテミシアの様子が痛々しくてならない。ゆっくりでいいからここに慣れて、いつか我が家のようにくつろいでほしい。

「あっちにヌガーの屋台が出てる。ガトー島の名物で、女の子に人気なんだ。行ってみよう」

改めて誘うと、アルテミシアはぎこちなく頷《うなず》き、トトの少しうしろを歩いた。専従騎士ラギーは相変わらず三歩ほどの距離をあけて、うしろからついてくる。

「おぉ、これはトト殿下！」「ご機嫌うるわしゅう、アルテミシア王女殿下！」

ふたりに気づいた招待客や騎士らが挨拶《あいさつ》を投げ、トトは顔見知りの貴族や豪商、地元の有力者と短い言葉を交わす。今日ガトランド王家の一員となったアルテミシアも、はじめて「王女殿下」と呼ばれることに戸惑いはありながらも、作法に則《のっと》り対応する。

そしてひとびとの目はやはり、ふたりの背後に付き従う大柄な人狼に集まってしまう。

ラギーは好奇の目をむけられることに慣れている様子。知らん顔で虚空《こくう》へ視線を据《す》え置いたまま、異形《いぎょう》の顔立ちを月明かりに晒《さら》している。酔っ払ったガトランド騎士も興味深げにラギーを見るが、さすがに第三王女付きの専従騎士にケンカを売るものはいない。ダダ王の不興を買ったなら処罰があり得るし、ラギーそのものがいかにも恐ろしげな風体で、戦っても勝てないことは酔っていてもわかる。

ラギーに守られ、トトとアルテミシアは肩を寄せ合い、ひとごみのなかを歩き抜けていく。

ぬるい夜風がふたりの狭間《はざま》を吹き抜けて、アルテミシアの白銀の髪がうしろへなびく。

春の花のようないい匂いがトトの鼻孔をくすぐる。なんだか胸がどきどきする。

「…………………」

つい、視線が傍《かたわ》ら へ流れ。

「…………？」

ふとむけられたアルテミシアの視線とぶつかり、トトの頰《ほお》がますます赤らむ。

「あ、なんでもない」

ごまかして目線を外すと、アルテミシアも居心地悪そうに目を泳がせ、それから意を決したように顔を上げて、紫紺の瞳に力を込める。

「…………あの、トト殿下」

「？」

「……お気遣い、痛み入ります」

「……………え？」

「……いえ。……わざわざ、わたしなどを誘っていただいて……」

はじめに入っていた言葉の力は、紡《つむ》ぐほどに抜けていって、最後は煙のように消えていった。アルテミシアは唇を噛《か》み、目線を伏せる。

そんなに恐縮されても、対応に困る。

「あ、いや、ぼくが退屈だったから」

「……そうなのですか。……それは……申し訳の次第も………」

アルテミシアはなにか言いかけて、やめ、また視線を泳がせる。

――すごく、噛み合わない。

きっとアルテミシアも、トトと交流したい意志はあるのだろう。だがお互い不器用だから、伝えかたがわからない。

なにか歯がゆいものを感じながら、トトは目的の屋台の前へ辿《たど》り着いた。

蜂蜜《はちみつ》と水飴《みずあめ》と卵白、砂糖、アーモンド、ドライフルーツを入れた大鍋を、主人が大きなへらでかき混ぜていた。店頭には薄い長方形に切り分けられた二色のヌガーが並んでいて、白と赤、白と黄、白とピンクなど、色合いがかわいらしい。

「なんとアルテミシア王女殿下！　ご来店くださり光栄の至り！　ささ、こちらの特別製をどうぞ！」

屋台の主人は今夜の主役であるアルテミシアの来訪を喜んで、特別に作った三色のヌガーが入った小袋を笑顔で手渡す。おずおずと受け取ったアルテミシアはかわいらしい色合いを眺めて、一枚を口に含む。

「あ…………」

蜂蜜の甘みが舌のうえでとろけ、噛むとナッツの香ばしさが弾ける。イチゴ、ブルーベリー、梨の香りが鼻に抜け、シンプルだけれど芳醇《ほうじゅん》な味わい。

「おいしい……ですね」

アルテミシアはトトを振りむき、少しだけ表情を柔らかくした。トトも一枚を口に運んで、微笑《ほほえ》む。

「うん。おいしいね。気に入ってくれた？」

「……はい。……とても」

「良かった。この島、おいしいものが他にもたくさんあるんだ。屋台巡りしようよ」

「……はい。……喜んで」

アルテミシアはそう言って、ようやく微笑んだ。

はじめて見るその微笑みは、世界のあらゆる可憐《かれん》さを煮詰めて固めたヌガーみたいで、トトの心はあっさりとろけた。

――この妹、かわいすぎる……。

思わず心中でそんな呻《うめ》きを発してしまう。頬《ほお》が赤らんでしまったのがバレないよう、トトは思わず顔をそむけ、歩調を速める。

トトとアルテミシアは屋台を巡って、林檎《りんご》のパイや梨のワイン煮を食べ、林檎のジュースを飲んだ。肉の焼ける匂い、バターと砂糖の焦げる匂い、スパイスをたっぷり使った煮物の匂い、ワインやウイスキー、エールの匂い、さらにろくに風呂に入っていない男たちの体臭が混ざり合って、歩いているだけで雰囲気に酔いそう。大人たちはもっぱら酒を飲み、そのうちだんだん都市の垣根を越えて交流が生まれ、当然のように殴り合いがはじまった。

ケンカは祝宴のイベントであり、各地から集まってきた騎士たちも「ようやくはじまったか」といわんばかりに、腕自慢たちが腕まくりをはじめる。武器は外郭《そとぐるわ》で待機する従士たちが預かっているため素手での殴り合いだから、観衆は止めることなく両者を煽《あお》り、賭《か》けの対象にしたりする。

ケンカがはじまるたびに人の輪ができて、野次馬が群がる。ひとの流れが激しくなって、トトはアルテミシアとはぐれそうになる。

「ミーシャ、こっち……」

「あ、はい。……あっ」

ケンカ見物へむかう酔っ払った騎士がぶつかりそうになり、アルテミシアはおもわずよろける。トトはとっさに手を伸ばして、アルテミシアの手を摑《つか》む。

「あ……」

お互いが嵌《は》めているシルクの手袋越しに、ひんやり冷たいアルテミシアの手のひらを感じた。

「あ……」

アルテミシアも、手を繋《つな》がれたことを確認し――。

ばしっ。

強めの音とともに、トトの手が払いのけられる。

「え…………？」

「あ…………」

トトは驚き、アルテミシアも目を見ひらいて、

「ご、ごめんなさい……！」

顔を真っ赤にして、謝る。トトも焦って、

「いや、ぼくこそごめん。驚かせてしまって……」

払いのける、というより、トトの手を打ち払う、といったほうがいいほど強めの拒絶だったから、若干戸惑い、少しだけ傷つく。

アルテミシアはわたわたと焦って、

「わ、わたし、ひとに触られるのが、ダメで……。子どものころから、そういう体質で……。だから……」

不器用な言葉を連ねる。トトも顔の前で両手を振って、

「いや、いまのはぼくが悪い！　そういう体質だと知らなくて……！」

「いえ、あの、わたし、殿下を叩いてしまって、その……」

「体質なら仕方ないよ、兄妹にも言っておく、ぼくらスキンシップ多めだから、最初に言っておかないとルルなんて用もないのにベタベタ……」

詫《わ》びていると、突然傍《かたわ》らから声がかかった。

「おぉ、これはトト殿下、それにアルテミシア王女殿下！」

ひとの輪から、美しい騎士がひとり進み出て、トトたちへ挨拶《あいさつ》してきた。修練場で何度も手合わせをした、知っている顔だった。

「こんばんは、サー・ガスパール。元気そうだね」

金の巻き毛のした、自信を煮詰めた切れ長の瞳と切れ上がった口の端。白猫《しろねこ》の紋章を描いたマントを羽織り、白地に赤い縦線の軍装に身を包んだガスパール・ナトラーレは居合わせた貴婦人たちの視線が自分に集まっているのを感じ取りつつ、アルテミシアへ整った顔立ちをむける。

「異形《いぎょう》山採掘場警備騎士、ガスパール・ナトラーレであります、アルテミシア王女殿下。お目にかかれ光栄の至り！　噂《うわさ》に聞く以上にお美しい……！」

ガスパールは大仰《おおぎょう》な素振りでそんなことを言うと、対応に困るアルテミシアの背後、人混みから頭みっつほど抜きん出て目立つ人狼へと目を移し、不敵に笑う。

イヤな予感が、トトに伝う。

「これほど美しい王女殿下の《楯《たて》》がこれほど醜いのは、ガトランド騎士としては合点がいきませんな」

いきなり、そんなことを言い放つ。

あぁ、とトトは短い溜息《ためいき》をもらして、面倒な事態に巻き込まれたことを悟る。

おそらくガスパールは祝宴の前から、こうすることを決めていたのだろう。

「いかがでしょう、アルテミシア王女殿下。その醜いケダモノを放免し、今夜この場から、より強く、より美しい《楯》をおそばに侍《はべ》らせるのは」

案の定、ガスパールはそう言って、芝居がかった仕草で後ろ足を引き、胸の前に片手を流す。

アルテミシアは二度ほど目をしばたたいて、ガスパールへ問う。

「それは……ラギーの代わりに、あなたをわたしの専従騎士にせよ、と？」

「ご明察です、殿下」

アルテミシアは黙って、垂れたままのガスパールの頭を眺め、

「……ラギーはイリアス騎士団長に叙任されて、わたしの騎士を務めています。その決定を覆せと仰《おっしゃ》るなら、わたしではなく、イリアス騎士団長へ願いでるべきでしょう」

落ち着いた口調で道理を伝えた。ガスパールは若干、口をへの字に曲げてその言葉を聞き遂げ、

「アルテミシア殿下はもはや黒薔薇《くろばら》騎士団員ではなく、ガトランド王女殿下と理解しております。ここはガトランド王国なれば、騎士の任免はダダ王陛下の裁可を仰ぐのが道理。王陛下は

常々、地位は力で奪い取るものと仰せゆえ、決闘に勝ったものが殿下の専従を務めることも、ここではさほど奇態にはあらず……」

滔々《とうとう》と屁理屈を紡《つむ》いでから、アルテミシアに反論の隙《すき》を与えず、ラギーの巨軀《きょく》へ目線を持ち上げる。

「聞いているな、ケダモノ。貴様は本当に、王女殿下を護衛する腕があるのか？　見たところ図体がでかいばかりで、犬ほどの頭もないように見受けられるが」

あからさまな侮辱を投げつけるが、ラギーはただ、興味なさそうな目線を虚空《こくう》へむけるのみ。ガスパールを見向きもしない。

ガスパールは笑って、

「侮蔑を理解する頭もないか。黒薔薇《くろばら》騎士団ではいざしらず、ここガトランド王国においては、王女付き騎士には剣技と同時に知性と気品が必要とされる。貴様のような醜いケダモノが王女殿下を護衛するなど、物笑いの種でしかない。貴様にこのガスパール・ナトラーレが騎士のなんたるかを教えてやる、我が挑戦を受けて立て」

堂々とした口調で、ラギーへ決闘を申し込む。

酔っ払った野次馬たちが破顔して、やんやの拍手喝采を送り、ラギーへ目線を送る。

「どうした犬野郎、挑戦を受けろ！」「ビビってんのか、やっぱ見かけ倒しかお前！」「騎士なら逃げるな、堂々と勝負しろ！」

ガトランド王国の祝宴ではお馴染《なじ》みの光景だ。王国騎士ならば、これほどの侮辱を受けて決闘を受けないことはまずない。拒絶すれば「臆病者」の烙印《らくいん》を押され、家名に傷がつく。傷ついた家名を修繕するには、戦場で王のために命を賭して戦うしかない。

だが。

「…………」

ラギーは相変わらず、我関せずの表情で虚空を見やる。ガスパールの言葉は風と同じでラギーの内面を通り過ぎるのみ。

ガスパールはアルテミシアへ目線を移し、願い出る。

「お願いでございます、王女殿下。そのバケモノを打ち伏した暁には、どうかわたしをあなたの専従騎士に任じるとお約束ください。ガトランド王国の新たなる剣聖、ガスパール・ナトラーレの名にかけて、あなたを生涯お守りいたします」

その申し出に、野次馬たちが歓声と指笛を送って囃《はや》したてる。みなは口々に、自ら勝負を望み出るガスパールの男気を褒め称え、相変わらずでくの坊のように突っ立つだけのラギーへ罵《ば》声《せい》を送る。

アルテミシアは困り切った表情をトトへむける。トトはアルテミシアの耳元へ口を寄せ、

（きみが断るべきだ）

小声で告げる。勝負がどちらに転んでも、アルテミシアに利益はない。勝ち目のないサイコ

口は、振らないに限る。

アルテミシアはトトの言葉に頷《うなず》き、ガスパールと野次馬たちへ毅然《きぜん》と顔をあげ、口をひらく。

「おもしれえじゃねえか。やれ、おれが許す」

「お断りします」

アルテミシアの言葉の前に、ダダ王の言葉が割り込んでしまった。

いつの間にか野次馬の列に紛れ込んでいたダダ王は、鍛え上げた剝《む》き出しの上半身を真っ赤に上気させ、ワインの入った革袋を片手に握りしめたまま、

「ガスパールはこないだ、『忠《ちゅう》』の聖珠《せいじゅ》を継承した剣士だ。剣技は切れるし頭も切れるし野望まみれで女癖がクソ悪ぃ。おれそっくりだ。おれはなあ、めかけ子のなかでも特にお前を見込んでんだよガスパール。将来は王国軍を背負って立つ人間だと大いに期待してる。父の期待に背《そむ》くなよ？」

酔っ払った口調で問いかける。

ガスパールは例の芝居がかったお辞儀を返し、

「陛下直々のお言葉、光栄の至りに存じます。『忠』の聖珠の継承者として、必ずやあの犬男《いぬおとこ》が尻尾《しっぽ》を巻いて逃げ出すさまをお目にかけましょう」

その言葉にダダ王は大笑し、アルテミシアへ泥酔した目線を移す。

「聞いたとおりだ、我が娘よ。勝ったほうがお前の専従騎士ってことで文句ねえな？」

アルテミシアは凍《い》てついた表情でダダ王の言葉を受け止めて、左足を後ろへ引いて頭を垂れる。

「……御意のままに」

ダダ王の言葉には逆らえない。背後のラギーはいまだ超然と、夜の闇を見据《みす》えている。

アルテミシアはラギーを振り返る。

「……準備をして、彼と戦いなさい」

主に言われてはじめて、ラギーは返答する。

「ご命令とあらば」

昂《たか》ぶりも怒りもない、平然とした口調だった。

おおお、と観衆たちが興奮した声を発する。聖珠の継承者に対してこの人狼がどういう戦いをするのか、予測がつかない。

「おれの武器を頼む」

ガスパールは背後に控えていた従士に、外郭《そとぐるわ》に預けておいた武器を持ってくるよう頼んだ。

ラギーの斧槍《ハルバード》も同じく、従士が外郭で預かっているはずだが。

「おれはこれでいい」

ラギーは片手を胸の前に持ち上げて、鈍く光る爪《つめ》を見せる。ガスパールは不満げに、

「あの斧槍はいらぬと？」

「お前程度のチンピラはこの爪《つめ》で幾百も食ってきた」

ラギーの返答に、野次馬たちがざわつく。王国有数の剣士ガスパールに武器なしで立ち合うというのか。いやそれよりこの人狼は、ひとを食うのか。

ガスパールはひるむことなく、心底から蔑《さげす》んだ目線をラギーへ返す。

「コロシアムなど、素人《しろうと》の殺し合いに過ぎぬ。剣の扱いを知らぬ奴隷《どれい》を百人殺そうが自慢にはならん。真の騎士がいかなるものか教えてやろう。名誉か慈悲か、いま選べ」

ガスパールは従士から細身剣《レイピア》を受け取ると、そう告げた。

「さっきおれを醜いといったな。お前に本物の醜さを教えてやろう」

ラギーは漆黒の体毛に覆われた両手の指先から、長さ十五センチほどの鉤爪《かぎづめ》を三本ずつ飛び出させ、ネコのように背中を丸め、上体を前傾させる。

おおお、と観衆たちが歓声をあげ、瞬く間にふたりを取り囲む人の輪ができ上がる。

風が内郭《うちぐるわ》を吹き抜けて、対峙《たいじ》するふたりの狭間《はざま》に篝火《かがりび》の火の粉が舞う。

野次馬たちの歓声が、いっそう大きくなる。

「よし、やれ！」

ダダ王の掛け声を合図に、ガスパールは第一撃をラギーの眼前へ突き出した。

ラギーは避けもしない。間合いを測るための初手だとわかっている。眉間《みけん》のすれすれまで伸びてきた剣尖《けんせん》が引いていき、ラギーはその引く剣へ合わせて大きく踏み込み、右手の爪を振り下ろす。

ガスパールはわずかに顔を傾けて避ける。切られた金の髪が宵闇《よいやみ》に舞う。にやり、と口元を歪《ゆが》ませて、ラギーの利き腕の外側へ足を運びつつ、初手で測った間合いの内側へ二撃、三撃を仕掛ける。

ラギーはその剣尖を打ち払い、躱《かわ》し、隙《すき》あらば踏み込んで左右の爪を振り下ろす。爪と剣が交差するたびに閃光《せんこう》が爆《は》ぜ、火花が散る。

野次馬が歓声をあげる。剣も爪もその軌道が縦横に変化して、刻まれる空間に銀の残像が閃《ひらめ》き、打ち合う音の重みが場を震わせる。両者が繰り出すのは、一撃当たれば勝負が決まるであろう、速さと重さを併せ持つ斬撃《ざんげき》だった。

トトは黙って、眼前の剣戟《けんげき》を観察する。

六手交わしたところで、形勢が見えた。

――細身剣のほうが、有利だ。

ラギーは巨体だが、爪の射程がガスパールの細身剣より短い。徐々に細身剣の剣尖がラギーの身体《からだ》をかすり、削っている。速さも重さも互角だが、威力圏に微妙な差がある。

だが。

――こんな技量で、コロシアムを生き残ることはできない。

――この人狼は、ガスパールを誘っている……！

「集中を保て、ガスパール」

トトは思わずガスパールへ注意を呼びかける。ラギーがなにかを狙っている気がしてならない。交互に振り下ろされる爪《つめ》は、最後の一手にむけた布石ではないのか。そうでないと、あまりに単調すぎる。

ガスパールとは子ども時代から王城の修練場でともに剣技を磨いてきた。ダダ王の血を色濃く受け継いだ、野心的で恐れを知らない優れた剣士だ。将来的に数百人規模の部隊を率いるであろう彼に、こんなところで死傷して欲しくない。

「サー・ラギーはなにか狙っている。焦らず出方を見ろ」

知らずトトは、ガスパールへ助言を行っていた。声が届いているのかいないのか、ガスパールは不敵に笑んだまま、より深く、より強く、自らの斬撃《ざんげき》へ膂力《りょりょく》を込める……。


——こいつは、ずる賢い。

不敵な笑みの奥でそう舌打ちし、ガスパールは細身剣《レイピア》を構え直す。

眼前、そびえ立つ岩盤のごときラギーの威容。はじめから大きかったその身体《からだ》は、戦うほどにますます膨張するような。

——さらに、奥の手を隠している……。

先ほどからトト第二王子が送ってくる助言は、ガスパールの耳に届いている。言葉にして言われると人狼も警戒してしまうから、できれば黙っていてほしい。こっちはそのくらい、とっくに察している。

――偉そうなトトめ。貴様がおれに優るのは身分だけだろうが。

――剣技で貴様に指図されるいわれはない……。

おそらく人狼が狙っているのは、懐《ふところ》へ引き込んでからの「牙《きば》」による攻撃。爪だけではない。上下の顎《あご》からはみ出している、あの幾多の牙も必殺の武器だ。この単調すぎる爪の攻撃は、ガスパールを懐へ呼び込むための布石とみて間違いない。

――乗ってやらんぞ、犬野郎。

ガスパールは細身剣の回転を上げる。必殺の一撃ではなく、ラギーの肉体を刺突することに主眼を置く。貫通させる必要はない、肉体の表面を削り、肉をほんのわずか穿《うが》つだけでいい。

――鎧《よろい》を着なかったことが貴様の敗因だ。

交わす手が増えるほど、相手の肉体は削れ、体力は消耗する。長丁場《ながちょうば》では身体が大きいほうが体力面では不利だし、剣尖に仕込んだ毒も徐々にラギーの神経を侵していく。

――味わえ。鮫虫《さめむし》から抽出した神経毒だ。

日頃からガスパールは「魔王の塔」地下の坑道奥で「鮫虫」を採取し、頭部を石鉢で磨りつぶしたものを細身剣の刀身に油と共に塗り込んでいる。鮫虫の毒は即応性が高く、しかし効果がわずかな反応速度の遅れでしかないため、毒の使用がバレにくい。使われた本人も毒に罹患《りかん》したことに気がつかず、反応の遅れは肉体の疲労によるものだと錯覚してくれる。

――どうしたバケモノ。動きが鈍くなってきたぞ？

時間が経つほどラギーの四肢へ毒が回り、反応速度をわずかずつ奪ってゆく。採掘場の警備騎士に任命されたときは運命を恨んだが、しかし不幸中の幸いはこの虫が坑道に多く存在することだった。

――鮫虫《さめむし》の毒と、聖珠《せいじゅ》の力。ふたつ合わさったおれが決闘に負けることはない。

先に「忠《ちゅう》」の聖珠を継承していた継承者との決闘も、ガスパールはこの毒によって勝利を収めた。もはや王国どころか、葡萄海《ぶどうかい》一帯、いや北方大陸《ノースディア》全土においても、ガスパールは決闘に関して最強であると自負している。

――こいつを倒し、アルテミシアの専従騎士となり、さらに出世する。

ラギーを見据《みす》える視界の端に、ダダ王が映り込んだ。王は革袋のワインをがぶ飲みしつつ、側近となにやらバカ話をして笑っている。おそらく賭《か》けをしているのだろう。当然、おれに賭けているだろうが。

――そうやって笑ってろ。お前の後釜は、このおれだ。

二百人以上いる「庶子《ナトラーレ》」から抜きん出て、王位継承権を持つ「正嫡《ガトランド》」としてガガやトトに肩を並べるその好機が、もう手の届くところにある。

負けるわけにいかない。あらゆる手段を使って勝ちを摑《つか》み取る。水玉病に怯《おび》えながら暗い坑道で瘴気《しょうき》を吸い込む人生は、もう終わりだ。

子どものころからヒマさえあれば内郭《うちぐるわ》の修練場へ出かけて、ガガやトトが剣を教わる様子を盗み見した。同じダダ王の血を引いているのに、産んだ母親の違いだけで恵まれた境遇で剣を教わるガガとトトがうらやましく、同時に腹立たしくて仕方なかった。その憤りを棒きれに込めて、城内で暮らす同じ待遇の子どもとケンカをしまくった。やがて城の師範代から目を留められて、修練場でガガやトトの練習相手となる許可を得た。剣技だけをよりどころにして騎士となり、警備騎士として水玉病に怯えながら今日まで生きてきた。

いまこの舞台は、これまで積み上げてきた修練の総決算だ。

ここで負けたなら、積み上げてきた全ては意味を失う。いや、意味どころか命まで失う。

——どんな手段を使ってでも、勝って生き残る。

——この剣技で、土地も、城も、身分も、手に入れるのだ……！

ラギーの動きが、鈍っていく。人狼の双眸《そうぼう》に、若干の焦りを見て取った。

決着のときは、もうそこにある。

ガスパールは右足を大きく踏み込み、ラギーの懐《ふところ》深くへ入り込んだ。

毒のせいで、ラギーの右手の対応が遅れる。

すぐ眼前、剝《む》き出しの下腹がある。

——おれの城。おれの土地。あまたの召使いと、美しい女たち。

細身剣《レイピア》を一度引き、剣尖《けんせん》を敵の下腹へむけ。

予測どおり、ラギーの両顎《あご》が大きく光る。

——おれの人生を、手に入れる。

剣尖の照準を、敵の下腹から下顎へ持ち上げる。

両目を爛《らん》とたぎらせて、ガスパールの人生を賭《か》けた一撃が、ラギーの下顎をめがけ突き上げられる。


ガスパールの刀身に鮫虫《さめむし》の毒が塗られていることは、はじめから嗅《か》ぎ取っていた。

人間では気づくことはできないだろうが、人狼の嗅覚《きゅうかく》は砂粒ひとつの分量であろうと毒物を嗅ぎ取り、それが肉体に及ぼす効果まで推定できる。

ならば毒が効いているふりをすれば良い。この人間はきっと油断し、毒が全身に回った頃合いを見計らって懐《ふところ》へ入ってくる。

——その瞬間、このガスパールとかいう男の命は終わる。

幾度も爪《つめ》による単調な攻撃を仕掛けながら、ラギーはこの決闘の結末へむかう流れを頭のなかで組み立てていた。

ガスパールを油断させるため、腕の振りを鈍くしていく。この卑怯《ひきょう》な騎士に、鮫虫の毒が効いていることを確信させるために。

実際は。

――毒虫では狼に勝てぬ。

虫の毒への耐性がなければ、大自然で生きていくことはできない。葡萄海《ぶどうかい》一帯に存在する虫の毒の大半へは、野生動物はすでに耐性を持っている。ガスパールはラギーを「ケダモノ」と罵《ののし》りながら、野生動物の毒に対する耐性の高さを見誤ってしまった。

――それが、お前の敗因だ。

心中でささやいたとき、予測通り、ガスパールは右足を大きく踏み込み、ラギーの懐深くへ入り込んできた。

その剣尖はラギーの下腹を指向している……が。

――おれの牙《きば》に気づいている。

六手合わせた時点で、ガスパールがこの牙を警戒していることは察知した。間合いに入れば牙による攻撃があることは、もうすでにバレている。

ならば、牙も布石にしよう。

ラギーはあえて、両顎を大きく開けた。本気で嚙《か》みつくならばこれほど口をひらく必要はないが、布石だからこれでいい。

案の定、ガスパールの剣尖はなめらかに、ラギーの下腹から下顎へ照準を変えた。

ラギーの下顎と舌と上顎をまとめて貫くつもりだ。

だが。

――こういうやりくちは、知っているか？

ラギーの右膝が、無防備なガスパールの脇腹へ食い込んだ。

「…………っ⁉」

ガスパールの上体がくの字に折れる。

その両目が、こぼれ落ちそうなほど見ひらかれ。

パキパキと、骨の砕ける感触が膝から伝う。

――肋骨《ろっこつ》、三本。

口腔《こうくう》からこぼれ落ちた血反吐《ちへど》が、ラギーの腿《もも》を濡らし。

――トドメだ。

ラギーはガスパールの左肩口へ、牙《きば》を食い込ませる。

筋肉の弾力と、断裂する筋繊維、血潮のぬくみが口腔に充《み》ちる。

首筋を狙ったが、ガスパールが身をよじり、ややズレた。だが構わない、僧帽筋《そうぼうきん》を嚙《か》みちぎれば、もはやまともな剣は振れない。

観衆から、悲鳴と怒号。

両顎《あご》に力を込めて、筋繊維を嚙みきろうとした、そのとき。

「……貴様の……負けだ……‼」

嚙みつかれたまま、ガスパールが告げた。

刹那《せつな》、ガスパールの背中から緑の炎が立ち上る。

神像が背負う光背《こうはい》じみた、緑色に光る幾何学的な装飾が空間に現出し。

『忠《ちゅう》』

その大八島《おおやしま》文字が、ラギーの網膜に映し出される。

オーロラじみた緑のたなびきが、ガスパールの背後を覆い。

「…………っ⁉」

今度はラギーが目を見ひらく。

ガスパールの肩口に嚙みついていた両顎が、意志の制御を勝手に外れ。

顎が、ひらく。

肉へ食い込んでいたはずの牙が、ラギーの意志とうらはらに、引き抜かれ。

──なんだ、これは。

肉体が思うまま動かない。意志が四肢へ伝達せず、意図しない行動を勝手に取る。

毒ではない。こんな毒はない。あたかも肉体を、ガスパールに操作されているかのような。

これまで数百の決闘に身を投じてきたラギーでさえ、経験したことのない事象……。

──聖珠《せいじゅ》の力か。

宿主へこの世の理《ことわり》を超えた力を与えるという「仁《じん》」「義《ぎ》」「礼《れい》」「智《ち》」「忠」「信《しん》」「孝《こう》」「悌《てい》」、

八つの聖珠《せいじゅ》。

そのひとつ、「忠《ちゅう》」の力がいま、ラギーの全身を侵し、支配している……！

いまや、嚙《か》みついていたはずのラギーは牙《きば》を引き抜いて、至近距離から棒立ちでガスパールの顔をただ眺め。

眼前、血に濡れたガスパールがにやりと笑い、細身剣《レイピア》を掲げ直し。

その肩口から流れ出る血が、白い軍服を朱に染めている。折れた肋骨《ろっこつ》をかばうように、やや体勢を傾け、しかし余力を振り絞って、剣尖《けんせん》をラギーの心臓へむけ。

もう一度、「忠」の紋様が淡い緑の輝きを帯びる。

——負けるというのか……？

ラギーは動かない右手へ、力を送ろうとする。だがこの身体《からだ》はすでに別の意志に支配されているらしく、指先ひとつ動かない。

ガスパールの掲げ持つ細身剣の剣尖が、じり、と迫る。

あと一歩踏み込まれたなら、あの剣尖はこの心臓を貫くだろう。

——こんなニヤけた男に、このおれが……。

はらわたの底から、熱いものがこみ上げた。

生きることへ執着はない。だが、負けて終わるのは腹が立つ。

——こんなやつに……！

ラギーは渾身《こんしん》の力を指先へ送り込み、動かない身体へ鞭《むち》を入れる……。


人狼は混乱している。

おのれの身になにが起こっているのか、いまだ判断がついていない。

——そのままでいろ。

ガスパールは極力、痛みを表情に出すことなく、最後の力を右腕に込める。

折れた肋骨が臓器を突き刺す。喉元に血反吐《ちへど》がこみ上げてくる。肉を噛みきられた肩口からとめどなく流血。左肩の僧帽筋《そうぼうきん》を噛みちぎられ、どす黒い血が傷口から流れ出るが、動脈は無事だ。

——聖珠よ、あと鼓動三つ分、やつの動きを止めていろ。

ガスパールはおのれの心臓と同化した聖珠へ、そう呼びかける。

そのとき。

《ダダ王の言葉を覚えているかな?》

「忠」の聖珠が、心臓から問いを投げた。

継承して知ったが、驚くべきことに聖珠は生きており、会話ができる。

——王の言葉……。

ガスパールの脳裏に、二週間前、王に言われた言葉が舞い戻る。

『お前が聖珠《せいじゅ》を使いこなせるか否かは、お前が受け継いだ「忠《ちゅう》」の一文字にかかっている』

『「忠」の意味をよく考えろ。わからなければ、お前もこいつみたいに、負けて死ぬ』

以前の継承者の死体の前で、新たに「忠」の聖珠を継承したガスパールへむかって、王は謎かけのようにそんなことを言った。

なぜいまそんなことを思い出させるのか、聖珠の意図がわからない。

——それがどうした。

聖珠へ問いかけ、ラギーを必殺の間合いに捉《とら》える。

敵はまだ、動けない。あと鼓動ひとつ分、このまま止まっていろ。

《きみは、なんのために戦う?》

聖珠はまたしても、この場にそぐわないことを尋ねてくる。

——おれが戦うのは……。

土地。城。身分。おれにふさわしい人生を手に入れるため……。

動けないラギーが、こちらを威嚇《いかく》するように上下の顎《あご》をひらいた。

血に濡れた牙《きば》が、鈍く光る。

ラギーは聖珠の力を跳ね返そうとしている。

なぜか、「忠」の力が弱まっている……!

——抑えつけていろ……!

「忠」の聖珠にそう命じて、ガスパールは渾身《こんしん》の力を込めて、細身剣《レイピア》をラギーの心臓めがけて突き出した。

《残念だ、ガスパール》

「忠」の聖珠の言葉が、届いた。

《きみは、わたしにそぐわない》

ガスパールの剣尖《けんせん》が、ラギーの脇をすり抜け。

ラギーの牙がガスパールの首筋へ食い込む。

――おい。

眼前に覆いかぶさるラギーの体毛を感じ、視界がざらついた砂嵐に埋まる。

間髪入れず野太い両腕がガスパールの背中へ回り、両手の爪《つめ》が脊椎《せきつい》へ食い込む。

――なぜこいつは、動いている？

頸動脈《けいどうみやく》へ、食い込む牙を感じる。背筋から一瞬だけ電流が走り、すぐに痛みが消え、同時に風景も消える。

――これで、終わりか？

違うだろ。おれの人生はここからはじまるんだ。この醜い人狼を倒し、アルテミシアの騎士となり、一万人を率いる将となって、のちのちアルテミシアと結婚し、ガトランド王家の一員となる……。

そんな未来が、ここからはじまるのではなかったのか。

なにも見えない。匂いもない。思考が消えていく。

現実も。夢見た未来も。なにもかも。……闇へ。


ガスパールの背骨が砕け、上体がナメクジのようにひしゃげた。

バキィッ、と音を立てて頸椎《けいつい》が折れ、首が半分ちぎれる。

観衆が悲鳴をあげる。

グルルゥゥ、と低い唸《うな》りを発し、ラギーはそのままガスパールの首を食いちぎり、べっ、と吐き捨てる。

石畳に二度弾んで、首が転がる。

倒れ伏した胴体から、酒樽《さかだる》を倒したような流血。

貴婦人たちは目を背《そむ》け、悲鳴をあげ、あるものは失神する。

見物の騎士たちも言葉を失い、地に転がるガスパールの首と、うつ伏せに倒れ伏した上体を見やる。

血潮が石畳に沁《し》みていき――。

「醜いとは、そういう顔だ」

両目を剝《む》き、断末魔をあげるように口を大きくひらき、赤黒く膨れ上がったガスパールの死に顔を見下ろして、ラギーは告げた。

一瞬の静寂が爆《は》ぜ——。

うわあああっ、と悲鳴とも歓声とも怒号ともつかない声が上がり。

「な、な、なんだその勝ちかたはっ!?」「騎士の名誉を考えろ!!」「いきなり殺すことはなかろうが、しかも首を食いちぎるとはっ!!」

残酷すぎる決着に対して、早くも非難の声が紛れはじめる。

決闘は騎士道の作法に則《のっと》って、その決着も美しいものであるべきだ。勝者たる騎士はトドメを刺す前に、生死を敗者に選ばせるのがガトランド騎士の作法。しかしラギーはいきなり有無も言わせずに、剣ではなく牙《きば》で首を嚙《か》みちぎってしまった。

しかしラギーは意にも介さず、じろりと、人垣のダダ王へ一瞥《いちべつ》を投げ。

「お気に召しましたか?」

問いを発する。

ダダ王は相変わらず笑んだまま、

「見事だ。聖珠《せいじゅ》の継承者に勝つとはな。褒美だ、受け取れ」

ダダ王は右手首の腕輪を外すと、ラギーへ投げ渡した。

血にまみれた片手で腕輪を受け止め、その重みと精緻《せいち》な細工を見やり、売り払えば数年は不自由なく暮らせる品であることを確認。ラギーは王へ頭を垂れ、人の輪から抜けようとする。

賞賛も拍手もなく、血まみれのラギーを見る野次馬の目は、冷たい。

「勝ちかたはひでーが勝者だぞ、手当てして、湯浴《ゆあ》みさせてやれ」

ダダ王が命じて、人垣から白い顎髭《あごひげ》を蓄えてローブを着込んだ老人が進み出、ラギーの傷の具合を見ようとするが。

「ひっかき傷だ。どのみち人間の薬はおれには効かん。放っておけ」

言い捨てて、血まみれのまま、ラギーはアルテミシアのもとへ戻ってくる。

アルテミシアのほうが焦り、

「今宵《こよい》、もはや護衛は必要ありません。手当てを受けなさい」

「しかし」

「この場に衛兵は大勢います。トト殿下もいてくださいますし。それほど血まみれでは、わたしの居心地も良くありません。せめて血を洗い流し、今宵は休みなさい」

主からきっぱりと言い切られ、ラギーはなにか言いよどんだが、結局、

「……殿下がそう仰《おつしや》るならば」

一礼し、ラギーは薔薇と剣が刺繍《ししゆう》された大マントを翻す。

周囲の騎士たちから剣呑《けんのん》な目線と、悪意のあるささやきが聞こえてくる。

「いきなり殺すか？　勝負あった時点で手を止められただろうに」「人狼だからな。騎士の誇りなど歯牙《しが》にもかけん」「しょせんはケダモノ、騎士の礼節など理解できんか」

あからさまな不平を述べている野次馬はいずれも王国の関係者だった。葡萄海《ぶどうかい》周辺都市の代表者たちは無表情ながら、わずかな薄ら笑いも透けてみえる。ガスパールの武勇は以前から知られており、厄介《やっかい》な相手があっけなく死んでくれたことがうれしい様子。

歩み去るラギーの前の道があく。白髭の学匠《マイスター》は慌ててあとを追うが、ラギーは振り払うように早足に人の輪を抜け、夜の闇のむこうへ消える。

「…………………」

トトは無言のまま、ガスパールの亡骸《なきがら》へ歩み寄り、胴体を仰向《あおむ》けに寝かせて、拾い上げた首をあるべき位置へ据《す》え、自分のマントを亡骸へかけた。

片膝をつき、ガスパールの骸《むくろ》へ敬意を表して、落ちていた細身剣《レイピア》を拾って刀身を調べる。

「…………………」

血と油、それからやはりわずかに、鮫虫《さめむし》の毒の香り……。

――いまさら追及しても、意味はない。

見たものを忘れ、トトは瞑目《めいもく》して、死者の安らかな眠りを祈った。

と――

「…………？」

骸を覆ったマントを透過して、緑色の火の玉がその場に浮かび上がった。

トトのはじめて見る物体だ。熱のない炎は、さっきガスパールの背中にたなびいていたのと同じ緑色。そして揺らめく火の玉の真ん中に「忠《ちゅう》」の大八島《おおやしま》文字。

「これが……『忠』の聖珠《せいじゅ》……」

ガスパールが継承していたという、救世主《メサイア》「八岐《やつまた》」の欠片《かけら》。

野次馬たちの何人かが、聖珠の存在に気づいた。ざわめきが広がり、目を光らせた数名の騎士がこちらへ歩み寄ろうとしたとき――

「失礼」

「忠」の聖珠の傍《かたわ》ら、ガトランド王国宰相、七々原義春《ななはらよしはる》がいつの間にか片膝をつき、小さな鉄の檻《おり》をひらいていた。

義春は慎重な手つきで、鳥かごに似た檻を聖珠へ寄せ、収納し、蓋を閉じた。聖珠は鳩のように、檻の真ん中に浮揚して「忠」の文字を光らせている。

「……それが、聖珠?」

トトは間近から義春に問うた。

ガトランド王国の内政を司る義春は、切れ長の目を少し伏せて、

「いかにも。見るのははじめてですか?」

寝る子に聞かせるような、なめらかな口調で言う。

「……うん。陛下から、話は聞いているけれど」

そう答えると、義春はいつもの温和そうな微笑《ほほえ》みを返した。

白地に金の縁取りをした胴衣《ボディス》は汚れひとつなく、右胸あたりに宰相を示す白猫《しろねこ》と蔓草《つるくさ》の徽《き》章《しょう》、白のスラックス。髪粉で後ろに撫《な》でつけた髪と、押し出した額、少し離れた目元、低い鼻梁《びりょう》と薄い唇。礼儀正しく穏やかな雰囲気だが、目の奥が鋭く、理性と知性がモノになって溢《あふ》れてきそう。四十歳で宰相に着任し、わずか八年で王国の歳入を十倍にした「ガトランドの錬金術師」は、周囲へ目線を走らせる。

義春に気づいた他国の騎士たちが足を止め、遠巻きに様子を見守った。温和そうな微笑みをたたえてはいるが、自然に他人を撥《は》ねのける伶俐《れいり》さも、義春の佇《たたず》まいはまとっていた。

ガトランド王国はここ数年、ダダ王が戦争に専念し、義春が内政、特に財政を担当することで国力を増大させてきた。義春がいなければ、戦争つづきのガトランド王国はとっくに財政破《は》綻《たん》していただろう。

八年前に宰相に着任して以降、義春は「国債」なるものを発行して多額のカネを大商人から借り受け、そのカネで造船所を拡張して商船と軍艦を大量に造り、大規模な定期船団を組織して航路の安全を確保した。同時に、海賊に免状を与えて他国の船を襲わせて儲《もう》けの三割を徴収し、さらに大商人と組んで銀行業を促進、他国に多額のカネを貸し付け、返せない相手を海軍力で締め上げて土地を奪った。国庫と税関と会計局と造幣局には義春子飼いの優秀な官僚が配置されて賄賂《わいろ》と汚職を一掃し、ガトー島は瞬く間に葡萄海《ぶどうかい》一の商業都市へのしあがり、貿易収支は十倍以上、市場税と関税は十五倍以上の増収となった。一部の口さがないものたちは「現在のガトランド王国の繁栄は義春《よしはる》の手腕によるものであり、ダダ王の功績は大八島《おおやしま》族である義春を差別せず、国の宰相に任じたことにのみある」……と評価している。

いまや実質的に葡萄《ぶどうかい》海経済を支配している七々原《ななはら》義春宰相は、トトの傍《かたわ》らで檻《おり》に包みをかぶせ、「忠《ちゅう》」の文字を覆い隠す。トトは尋ねた。

「……それ、誰が継ぐの？」

「継ぐにふさわしいものが」

義春は幼子へ寝物語を聞かせるような口調でそう言い、腰をあげる。

雑士《スチュワード》たちが木製の担架《たんか》にガスパールの亡骸《なきがら》を乗せ、外郭《そとぐるわ》の遺体収容所へと運び去る。下働きの女房たちが石畳の血を拭い、死臭を消すため藺草《いぐさ》を撒《ま》いた。幾百の色つきランタンが照らし出す色彩のもと、野次馬たちも散っていき、死者のことなど忘れたように、また賑やかな祝宴がはじまる。

トトは気になる。

――聖珠《せいじゅ》を継承していたのに、ガスパールは負けた……。

お伽噺《とぎばなし》や伝承では、救世主「八岐《やつまた》」の化身たる八つの聖珠を継承したものは、単騎で戦局を覆すほどの能力を手に入れるという。しかしいま目の前で見た力は、しばらくラギーの動きを止めたものの、継承者を勝利へ導くことはなかった。この世界に散らばっている八つの聖珠を全て継承したものは、聖天使ジュノーに匹敵する「救世主」となるというが、それほど巨大な力を秘めているようには見えなかった。ジュノーの力とはすなわち、世界そのものを改変する力だ。

——伝え聞くほど強くないのか、それともガスパールに問題があったのか……？

黙考に沈んでいると。

「トト殿下……？　ご気分が優れませんか？」

傍らのアルテミシアが、心配そうにそう問いかけた。いつもよりトトの表情が厳しくなっていたのだろう。トトは我に返って、安心させるように微笑《ほほえ》みを返し、

「……いや、ちょっと考えごとをしていただけ。……きみの護衛はとても強いね。聖珠の継承者に勝つなんて」

「あの……。わたし自身も、ラギーの戦いははじめて見ました。……まさかあのように残虐なものだとは知らず……」

「勝ちは勝ちだよ。ラギーの武器が牙《きば》と爪《つめ》であることは、はじめからわかっていたし。あれを卑怯《ひきょう》だとは思わない。むしろ……」

言いかけて、トトは言葉を飲み込んだ。ガスパールはもはや死者であり、刀身に塗られていた鮫虫《さめむし》の毒をいまさら指摘しても虚《むな》しい。

「歩こうか。いろいろな店が出ているし、面白いひとも大勢いる」

「……はい。……喜んで」

アルテミシアは少し顔を伏せて、ぎこちなく返事した。決闘でラギーが勝利したことで、さらに居心地が悪くなってしまったかもしれない。ふたり連れだって露店を見て回りながら、トトは早くこのかわいらしい妹がこの国になじんでくれることを祈った……。

†　†　†

手当ては断ったが、湯船に浸かれる機会はそうそうないし、湯浴《ゆあ》みはいただくことにした。

ガトランド王城は丘陵地の傾斜に沿って建てられ、頂上の大天守を物見櫓《やぐら》、尖塔《せんとう》、円塔、武器庫塔、聖堂が囲壁《いへき》とともに囲んでいる。ラギーが案内されたのは、大天守横の円塔にある、貴賓用の沐浴場《もくよくじょう》だった。大理石をくりぬいた広く浅い湯船は、大柄なラギーが手足を伸ばせるほどに広かった。

湯は人肌ほどの温度で、心地よかった。全身を覆う黒い毛皮から返り血と泥が落ちて、特徴的な銀の縞目《しま》も黒の隙間《すきま》に浮き上がった。

「…………」

傷口はもう塞《ふさ》がっていて、湯が沁《し》みることもなかった。鮫虫《さめむし》の毒も消えて、筋肉がほぐれていくのを感じる。

ラギーは目を閉じた。

死を覚悟するほどの戦いは数年ぶりだった。実際あのとき、肉体を拘束《こうそく》していた不思議な力が突然消滅しなかったなら、自分は心臓を貫かれ死んでいただろう。

——それでも良かったが。

ラギーはひとごとのようにそんなことを思う。

自分にはなにかをやりたいという意志も、幸せにしたい家族もない。いつか自分より強い誰かに殺されるまで、殺せといわれた相手を殺すだけの日々。こんなゴミ以下の人生、執着するものはなにもない。死んでしまえば、醜いバケモノといわれて石を投げられることもない。あのニヤけた男の命を奪い取ったのは、単に気に入らなかったからだ。首を噛《か》みちぎったとき、一瞬だけ爽快だった。

しかし勝利の余韻など、すぐに過ぎ去る。あとはいつものように、虚《むな》しさが残るだけ。勝って生き残っても、この先の人生で有意義なことができるわけでもない。ならば死んだほうが良かったのでは。

「…………………」

ラギーは自らのいじけた思考に気づいて、自分自身に嫌気を感じ、余計な考えを脳裏から捨てた。自分はアルテミシアの犬だ、考えても仕方ない。おれはアルテミシアに言われるまま戦って、いつかどこかで死ぬだけの道具。さっさとどこかでくたばって、こんなくそったれの世界からおさらばしたいのに。

──結局また、生き残ってしまった。

自嘲《じちょう》しながら、ラギーは湯船を出た。二度ほど身震いし、手ぬぐいで身体《からだ》を拭くと、毛並みに艶が戻っていた。

剣帯と腰巻きを巻き、マントを羽織って、浴場を出た。ラギーにあてがわれた自室は、ここ とは別の塔、アルテミシアの個室のむかいだが、そこへ戻っても守るべき主人は留守にしている。手持ち無沙汰《ぶさた》を感じたとき、両の耳が立った。

螺旋《らせん》階段の上方から、かすかな旋律が流れてきていた。

広場で奏でられている楽団とは違う、弦楽器の調べだった。

「…………………」

誰かが円塔の屋上で楽器を奏でているらしい。行く当てもないラギーはなんとなく、螺旋階段を上った。

いまのラギーは斧槍《ハルバード》も鎧《よろい》も靴も身につけていない。両足の底は分厚い肉球であるため、階段を上っても足音が全く立たない。歌い手に気づかれぬまま屋上へ出て、星明かりのもとへ大きすぎる身体を晒《さら》した。

女性がひとり、蒼《あお》い月光に浮き立っていた。

御影石《みかげいし》の椅子《いす》に腰掛けて、リュートを膝にのせ、薄桃色のシュミーズ・ドレスを着て、腰にまで届く金髪の表面に月の光を滑らせていた。

目元には、黒い絹の繃帯《ほうたい》を巻いていた。瞳を隠したまま、二十代前半とおぼしい女性はしなやかな指を弦へあてがい、絹を織るように音の粒子を紡《つむ》いでいた。

——目が見えぬのか。

屋上の昇降口に突っ立っているラギーは彼女の視界の隅に映っているはずだが、なんの反応もない。普通の女性なら、突然現れた巨大な人狼に悲鳴をあげて逃げまどうだろうが、この女性は闖入者《ちんにゅうしゃ》に気づくことなく、ただ音楽に集中している。

ラギーは息を止め、女性が紡ぐ旋律を聴いた。

それから魂を抜かれたように、忍び足で彼女の風下へ移動し、胸壁《きょうへき》へ腰を預ける。

円塔の屋上に、人狼と女性はふたりきりだった。

ラギーはこの女性が誰なのか、わかった。

——盲目の第一王女、シュシュ・ガトランド……。

この第一王女はガトランド王家の体面を保つために祝宴に呼ばれず、こんな寂しい円塔の屋上でひとり、音楽を紡いでいたのか。

風下に移動したから、匂いが届くことはない。音さえ立てなければ、シュシュ王女は決してこちらに気づかない。ラギーは呼吸音に気遣いながら、ただひとりの観客として、王女の奏でる旋律に聴き入った。

と——。
シュシュの唇がひらいた。
ささやくような歌声が夜風に紛れ、風下のラギーの耳元へ届く。
リュートの旋律が、その透き通った歌声に絡まる。
《血に濡れた騎士　燃え落ちる城》
《白き乙女《おとめ》　騎士を抱き》
声を張り上げるでもなく、ことさら感情を込めるでもなく。
ささやくような淡々とした歌声なのに、不思議に心の中心へ沁《し》みてくる。
《風となり　雲を越え》
転調した声が、翼を得たように、不意に夜空を駆け上がった。聞いているラギー自身まで一緒に空を駆け上がるような、不思議な飛翔感。
《気高き翼の　帰るところ》
ラギーは異変に気づいた。
目に映る世界が、いつもと違う。
《愛を歌う》
いつも煤《すす》けてくすんだ世界が、魔法の布巾で拭ったように、澄んで明瞭《めいりよう》になっていた。
夜の闇に隠れて見えなかった星たちが、見える。蒼《あお》い満月の輪郭も、表面の凹凸も、篝火《かがりび》

から爆《は》ぜる火の粉が風に乗って渦を巻くさまも。

《永遠《とわ》の愛を歌う》

いままで見えなかった世界の細部が鮮やかに、ラギーの網膜に色めいて、あたかも微笑《ほほえ》みかけているかのような。

──なんだ、これは。

星空がこれほど微細な色彩にあふれたものだと、はじめて知った。

美しい、という概念を、ラギーはいま理解した。

──たかが、歌が……。

干上がっていたラギーの魂へシュシュの歌が染み渡り、生き生きとしたなにかが芽吹く。

中心が、潤う。

生まれ落ちてからずっと、苦しみと悲しみと痛みしか存在しなかった世界へ、それと対極のものが浸透していく。

胸の奥底から、知らないなにかがこみあげる。心地よく、きよらかで、透き通ったなにか。

得体のしれないそれが意識の深いところへ触れた、そのとき。

「……わんちゃん?」

音楽が唐突に消えて、そんな問いかけが降ってきた。

シュシュ王女は演奏をやめ、絹の繃帯《ほうたい》を巻いたままの顔立ちをラギーのほうへむけ、不審そうに小首を傾《かし》げている。

呼吸で気づかれてしまったらしい。いつの間にか風も止まっている。

「…………城の子じゃないでしょう？　迷子？」

王女の金髪から突き出た猫耳が、ぴこぴこ左右に動く。くん、とひとつ鼻を動かして、王女は御影石《みかげいし》の椅子《いす》から腰をあげ、リュートを脇に置いた。

「…………おいで、わんちゃん」

そう言いながら、王女は少し腰を屈め、ラギーを安心させるように穏やかな声で、右手で杖《つえ》を突きながら、たどたどしい足取りでこちらへ歩いてくる。

どうやらラギーを迷子の野良犬と勘違いしているらしい。おそらく匂いでそう判断したのだろう。王女は口元を微笑ませて、

「怖くないよ」

また一歩、足を前へ送って、前屈みで左手を差し出す。

ラギーは進退窮まって動けない。本来なら正体を告げてこの場を去るべきだが、シュシュが見えないのをいいことに、黙って聴いていたことが後ろめたくてそれもできない。

「おなかすいてる？　食べ物がほしい？」

シュシュ王女は杖で前方を探りながら、優しい声で近づいてくる。このまま触れられてしまえば、大きすぎる身体《からだ》に気づかれ、野良犬ではなく人狼だとバレる。そうなったらきっと、王

女は悲鳴をあげて逃げていく。

ラギーは足音を立てぬよう細心の注意を払いつつ、忍び足で昇降口へ移動した。シュシュに怖がられることだけは、避けたかった。今日聴いた音楽を美しい思い出として留めるために、このままなにも悟られることなく去りたい。

しかし王女はラギーが逃げようとしていることに気づいたのか、すがるような声を出す。

「怖がらないで」

ラギーの足が、思わず止まる。

「……撫《な》でられるの、嫌い？」

「…………………」

「………ごめんね、撫でないから。ここにいて」

王女はそう言って、ラギーを安心させるように口元だけで微笑《ほほえ》み、また御影石《みかげいし》の椅子《いす》に腰を下ろして、リュートを膝に置いた。

ラギーは心中でほうっと安堵《あんど》の溜息《ためいき》をつき、顔だけで王女を振り向く。

「……ずっと、聴いてた？」

あぁ、聴いていた。……と答えるわけにもいかず、王女に背をむけたまま立ちすくむ。

この場を去るのが最善なはずなのに、なぜかラギーの足は動かない。

「ひとり？　わたしと同じだね」

普通の女性なら、この醜い外見に怯《おび》えて逃げるはずなのに、シュシュ王女は呼び止めて、話しかけてくれる。そのことが、ラギーの足をこの場に縫い止めてしまう。我ながら未練がましい、とは思いながら、しかし、去りがたい……。

シュシュは微笑んだまま、問いを投げる。

「歌、気に入ってくれた？」

気に入ったどころか、一生このままあんたの歌を聴いていたい。……などと答えるわけにもいかず、ラギーは無言のまま、うなだれる。

見えずとも、空間を通して感情のかけらが伝わるのか、シュシュは笑った。

「はは。よかった。……どんな歌が好き？　楽しいの？　それとも、切ないの？」

どんなへっぽこ詩人が作った歌だろうが、あんたが歌うなら全部好きだ。……と答えることもできず、ラギーは観念したように、また胸壁《きょうへき》に腰をあずけ直した。ひとの胸までの高さしかない壁だから「胸壁」と呼ぶわけだが、ラギーにとってはちょうどよい腰掛けだった。

王女が自分を野良犬だと思っているなら、それでいい。野良犬のまま、ここで王女の歌を聴いていたい。

「外でお祭りしてるみたいだから、明るいのにしようか」

シュシュはそう言って、リュートへ指先をはしらせ、踊るような曲調を奏ではじめた。春の花のように明るい歌声が、シュシュの桜色の唇から流れ出る。

とたんに、夜が明るくなった。

とても温かく、優しくて、心地いい。

シュシュは微笑《ほほえ》みながら歌っていて、蒼《あお》い月光に浮き立つすがたは妖精のよう。

ラギーの耳が、勝手にぴこぴこ左右に動く。尻尾《しっぽ》が勝手にぴんと立って、油断すると耳と一緒に左右へ動く。ことさら声を張り上げることなく、ささやくような声量なのに、シュシュの歌は角灯《ランタン》より明るく夜空を照らす。

騎士に恋した町娘が、街の祭りで共に踊る日を夢見る歌だった。生き生きとはじけるような町娘の心情を、シュシュは快活に歌い上げる。

シュシュの感情がそのままラギーへ転移したように、清涼ですがすがしいものが身体《からだ》の内側へ広がっていく。いつもしかめ面のラギーだが、いまは若干、表情がゆるむ。シュシュの笑顔と明るい歌声が、悲しくて苦しみに充《み》ちた世界へ新しい光を投げかけていく。

ふたりきりの演奏会はつづいた。

シュシュの歌は種となり、それまで知らなかったさまざまな感情がラギーに芽生えた。

伸びやかで明るくて、知らず気持ちがほぐれる歌だったり。春の雨のあとの大気みたいな、少し湿っているけれど、良い匂いが香り立つような歌だったり。過ぎ去った日々と故郷を懐かしむ切なくて悲しい歌だったり。

目に見える傷と見えない傷が幾重にも折り重なったラギーの心身へ、澄み切った音の粒子が染みこんで、痛みや苦しさを拭い去っていく。シュシュの歌は、聴くものも、世界も、ひとしく清潔に洗いきよめてしまう。

不意に――

ラギーのまなじりから、ぽろりと一粒、流れ出るものがあった。

ラギー自身が驚き、慌てたようにそれを拭う。

しかしまた新しい水滴が、もう片方のまなじりから流れ出てしまう。

――バカな。

自分自身に、驚愕《きょうがく》する。

これまで涙を流したことなどない。子ども時代、見世物小屋で石を投げられていたときも、憎みこそすれど、一度も泣いたことがないというのに。

――なぜ、涙が……？

かろうじて息を深く吸い込み、心身の変調を制御しようとするけれど。

――止まらぬ……。

ラギーの涙は、とめどなかった。自分でも意味がわからないまま、ただその清らかな歌声に胸の奥が締め付けられて、耐えようとしてもまなじりから溢《あふ》れ出てしまう。

――なんだ、これは。

自分自身の状態が、全く摑《つか》めない。これまで数百回繰り返した決闘においても、これほど混乱したことはない。シュシュ王女は剣も槍《やり》も使うことなく、リュートと歌声だけで、ラギーの内面を征服してしまっている。

——なんなのだ、このひとは。

辛《つら》くて悲しいから泣いているのではない。シュシュの歌が搔《か》き立てた波紋が、おのれの内面を洗い清めていくほどに、溜《た》まっていた汚濁《おだく》が涙になって溢《あふ》れ出ていくような。よくわからないが、とにかく、ラギー本人にも原因が理解できないまま涙が流れつづける。

目に映る世界は、ますます輝きを帯びていた。月も星も円塔も、全て内側から発光するようにきらめいて、真っ白に見えた。

シュシュとラギーは白の世界にふたりきりで閉ざされ、ただ幸せな歌だけがそこにあった。

——このまま、止まれ。

——世界よ。ここで静止していろ。

思考を介することなく、ラギーの心がそんなことをささやく。

自分たち以外の世界が静止して、このままずっと、シュシュの歌を聴いていられたら。

それ以外、望むことはなにもない。

「姫さま——」

唐突に、ラギーの思考は階下からの呼びかけによって断ち切られた。

「!?」

ラギーは目を見ひらいて、昇降口を見やる。誰かが円塔内の螺旋《らせん》階段を上ってくる。おそらくはシュシュの侍女だろう。

「陛下がお呼びですよ、姫さま――」

シュシュは構わずに歌い、リュートを弾いている。だがこのままでは、侍女に見つかって悲鳴をあげられる。聴いていたのが野良犬ではなく、人狼であると知られたら……。

――王女に、怖がられる……。

ラギーは胸壁《きょうへき》から身を乗り出して、階下を見下ろす。

三メートルほど下方、円塔に連結した城壁通路《ウォールウオーク》があった。篝火《かがりび》のもと、見張り兵が二名、槍を持って直立している。王城の内郭《うちぐるわ》を守る囲壁《いへき》は丘の傾斜に沿って複雑に折れ曲がり、ラギーのいる円塔はその屈折点に位置した、囲壁同士を繋《つな》ぐための構造物だ。

ややこしいことになりそうだが、ここにいるよりマシだ。

極力、音を立てないよう、胸の前でマントの合わせ目を握り、ラギーは胸壁から身を躍らせて、三メートル下方の城壁通路へ飛び降りた。

マントが風にはためく。人狼といえども、飛び降りるには危険な高さだ。迫り来る城壁通路の石畳をみやり、着地の瞬間、獣のように両手両足を同時に石畳に突いて、肘と膝のクッションを最大限に効かせ、肉球で音を殺す。

ふわり、とマントが大きくなびき。

「!?」

見張り兵がぎょっとした顔をこちらへ振り向かせ。

ラギーは鬼の形相で、立てた人差し指を口元に当て、

（わめくな。味方だ）

小声で言うが。

「な、なにものだ!!」

見張り兵が槍《やり》の穂先をこちらへむけるので、やむなくラギーは立ち上がり、マントに刺繍《ししゅう》された黒薔薇《くろばら》騎士団の紋章を見せて、平静を装う。

「……アルテミシア王女殿下付き騎士、ラギー・デイライト。酔い覚ましに塔に登っていたが、急ぎの用があり飛び降りた。……通るぞ」

「あ、はっ」

見張り兵は二名とも、マントの紋章とラギーの顔を確認し、槍を下ろした。アルテミシアの専従騎士が人狼であるという話は、末端の兵にまで届いていた。ひとつ息をついて、ラギーはいましがた飛び降りた円塔の屋上を振り仰ぐ。

「…………」

蒼《あお》い月を背後に従え、シュシュ王女が胸壁《きょうへき》から身を乗り出して、ラギーのいる城壁通路《ウオールウオーク》を見下ろしていた。

見えているはずはないが、いまのやりとりを聞かれたかもしれない。

「…………………」

後日、正体がバレるようなことは、あってほしくなかった。王女のなかで自分は、野良犬のままでいたかった。そうしたら、楽しい時間の記憶だけが自分と王女に残る。

王女に見えないことはわかっているが、ラギーは一礼して、その場から去った。

王女は無言のまま、金色の髪を夜風になびかせ、じぃっと胸壁から上体を乗り出していた。

「……姫さま？　どうなさったのですか？」

円塔の屋上に足を踏み入れた侍女は不思議そうに、胸壁から身を乗り出すシュシュの背中へ尋ねた。

シュシュはしばらく黙って城壁通路のほうを見下ろしてから、侍女のほうを振りむいた。

「……お客さんがいたの」

「お客さまが……？　……誰も降りてきませんでしたが？」

「……あなたに驚いて、ここから飛び降りたみたい。……とても大きな身体《からだ》なのに、心は繊細なかたのようだから」

シュシュはそう言って、もう一度、不思議な観客が消えていった方角へ顔をむけた。

「……わんちゃんじゃ、なかった。わたしったら……」

毛皮の匂いから、てっきり、城に紛れ込んだ野良犬だと思っていた。けれど彼の前で歌うほどに、そうでないことにシュシュは気づいていた。野良犬であれば、楽しさや悲しさ、切なさに反応することはないし、それに、涙を流すこともない。

「……わたしの歌を聴いて、泣いておられたの。……なんだかとても、複雑な内面をお持ちのかたで……」

空間を通して、たったひとりの観客の感情が伝わってきていた。それはシュシュにとってもはじめてで、音楽を通じて見知らぬ誰かと感情を共有するような、不思議な経験だった。

年老いた侍女は怪訝《けげん》そうな顔で話を聞き、シュシュに並んで胸壁《きょうへき》から顔を出し、城壁通路《ウォールウォーク》にいる見張り兵に声をかけた。

「いま、そこへ誰か来ましたー?」

見張り兵は侍女を見上げ、ぞんざいな口調で答える。

「人狼が一匹、逃げていきましたー」

シュシュと侍女は怪訝そうな表情を見合わせる。

もうひとりの見張り兵が、笑いながら声を張った。

「アルテミシア殿下の護衛、サー・ラギーです！　そこから飛び降りて、あっちへ逃げていきました！」

見張り兵は、通路のむこうの城塔を指さした。すでに扉は閉ざされ、人狼のすがたはない。

え、と驚いた声を発して、侍女は緊張した顔をシュシュへむける。

「さっき、郭《くるわ》で決闘した狼男ですよ！　ここにいたのですか⁉　なんと恐ろしい、姫さまを食べようとしたのでは⁉」

「いいえ、危害は全く。てっきり、野良犬だと思い……」

サー・ラギー。その名前をシュシュは覚えた。

侍女は目を見ひらいて、

「いきなり相手の首を嚙《か》みちぎったケダモノです！　ああいやだいやだ、また来るかもしれません、姫さま、もう二度とおひとりでここへは来られないように！」

「あ、いえ、ですが……」

この円塔はひとけがなく、シュシュのお気に入りの独演会場だった。ここを取り上げられると困るので。

「王陛下のご用件とは？」

話題を変えた。しばらく口をあけたあと、あらそうでした、と侍女は用件を思い出し、

「急ぎ『沈黙の間』に来るように仰せです。大事なお話のようで、ご兄弟のみなさまも招かれておられます」

「……そうですか。わかりました。一度戻りましょう」

シュシュは頷《うなず》いて、身支度をするため自室へ戻ることにした。ダダ王から呼ばれるのは数か

月ぶりだ。人狼の来訪といい、王の呼び出しといい、今夜は珍しいことがよく起こる。少しだけ胸騒ぎを覚えながら、シュシュは白杖《はくじょう》をつき、螺旋《らせん》階段を降りていった……。

†　†　†

「沈黙の間」はガトランド王城大天守の中層にある、王の私的な謁見場だ。

階下の大広間には「壁龕《へきがん》」と呼ばれる壁のへこみ、隠し扉、隠し通路など、ひそひそ話を盗聴する仕掛けが数多く仕込まれているが、「沈黙の間」は間者《かんじゃ》が忍び込めないよう、分厚い石組みの壁には一切の仕掛けを置かず、出入り口も一か所のみ、王侯の秘密を守るために設計されている。

高座には、ダダ王がいた。

背もたれに白猫《しろねこ》を浮き彫りにした天鵞絨《ビロード》張りの肘掛け椅子《いす》に腰掛け、頬杖《ほおづえ》をつき、相変わらず鍛え上げた上半身を剝《む》き出しのまま、薄ら笑いながら勢揃《ぞろ》いした四人の嫡子《ちゃくし》たちを見下ろしている。

御影石《みかげいし》の石畳には、上質なマドリア産の絨毯《じゅうたん》。壁の燭台《しょくだい》には蜂の巣を圧搾した蠟燭《ろうそく》。中央、ヒイラギの一枚板テーブルには上等な牛皮紙《ぎゅうひし》に描かれた葡萄海《ぶどうかい》周辺の地図があり、地図の脇に、鳥かごに似た鉄の檻《おり》が三つ、据《す》え置かれていた。

檻のなかには、熱をもたない炎をまとった火の玉が浮かんでいる。

淡い緑色の炎をまとうのが、先ほど死亡したガスパールから離れでた「忠《ちゅう》」の聖珠《せいじゅ》。

ほかのふたつは、ひとつは白銀の炎のうちに「礼《れい》」、もうひとつは黄金の炎のうちに「孝《こう》」の大八島《おおやしま》文字が淡く揺らめく。

王の右隣には、王妃マリアーナが控え、左隣には宰相、七々原義春《ななはらよしはる》がいつものように温和そうな微笑《ほほえ》みを口元へたたえて侍《はべ》る。

ダダ王はおもむろに、いつものにやにや笑いを消し去り、真面目《まじめ》な表情で地図を取り囲んでいる四人の子どもへ告げた。

「これからここで起こる出来事は、いまこの場にいる七人以外、誰にも口外するな」

第一王女シュシュ、二十二才。第一王子ガガ、二十才。第二王女ルル、十八才。第二王子トト、十六才。すでに立派な成人となっている四人の王位継承候補たちは表情を変えることなく、父王の言葉を受け止める。

「この七人は、一蓮托生《いちれんたくしょう》だ。ガトランド王家の秘密は、この七人のみが知る。ここにいない人間を、誰も信用するな」

生まれたときからいわれてきた言葉だった。特に新鮮味はない。このウソと裏切りに充《み》ちた世界で、信じられるのは家族と七々原義春のみ。それがダダ王の教えだった。

「明日、葡萄海の情勢は大きく動く。正確には、おれが動かす。今日の式典は客寄せのための餌《えさ》にすぎねえ、おれの本命は明日の布告にある」

ダダ王の言葉に、居合わせた四人は居住まいを正す。雰囲気が明らかにただごとではない。

王は子どもたちを眺め渡し、もったいぶった間を置いて告げた。

「六か月後、十月十日以降、王国は三叉《さんさ》海峡を通って葡萄海《ぶどうかい》へ入る全ての船から通行税を徴収する。額は、積み荷の仕入れ値の十分の一。払わずに通行しようとした船は、砲撃する」

その言葉に、四人の継承者たちは驚きを露《あら》わにする。

三叉海峡は葡萄海と外海の出入り口にあたる交通の要衝《ようしょう》であり、一日に海峡を往来する船は大小合わせて一千隻《せき》以上。ガトランド王国は三叉海峡に蓋する位置に存在するが、全ての船から税を徴収することなど、できるのか。

「猶予《ゆうよ》期間がたった半年ですか？　徴税のやりかたは？」

第二王子トトが質問すると、王は目線を義春《よしはる》へ移し、あごを振った。説明が面倒くさいらしい。義春が淡々と答える。

「葡萄海に入ろうとする全ての船を、いったん我が王国に寄港させます。王国の税関職員が積み荷を検査し課税、徴収後、船は斜檣《しゃしょう》に赤・黄・赤、三色の信号旗を掲げ、海峡を通過。この信号旗を掲げずに葡萄海へ入ろうとする船は、周辺海域を遊弋《ゆうよく》する高速ガレー船が接舷して臨検します。逃げようとする船は、飛行帆船および南北の砲台から砲撃。三色旗は使い回しができぬよう、本国へ帰港した際、王国の現地駐在職員が回収します。葡萄海から出る船に関しては、通行税は取りません。理由はひとつ、徴税が困難であるからです」

三叉海峡上空はガトランド飛行艦隊が制空しており、空からの攻撃に対抗できる水上戦力は存在しない。三叉海峡は海も空もガトランド王国が支配しているからこそ可能な徴税だ。義春が言葉をつづける。

「施行後、税関職員への賄賂《わいろ》や、偽の三色旗が横行するでしょう。われわれは税関の監視および空と海の哨戒《しょうかい》を密にし、徴税拒否に対しては砲撃を含む厳罰を以《もっ》て対処します。質問がありであれば、どうぞ」

ガガが真面目《まじめ》な顔で、義春に問うた。

「我が国はそれほどカネに困っているのか？」

義春はいたって真顔で、

「海空軍の維持費だけで国家予算の四分の一を占めます。我らのような島国にとって海空軍の戦力は国力であり、削減はできません。艦隊を維持するカネは、艦隊が稼ぐのが妥当かと。将来的には海峡の自由通行権を売買し、検問にかかる費用を削減することも考えております。海上通行税は、海空軍の維持、発展に今後大きく寄与することになりましょう……」

海上通行税を徴収できるのは、主権海域を制圧・維持する海軍力を持つ国家だけだ。これまでどの国も海上交通に課税しなかったのは、やりたくてもできなかったからでもある。

トトはしばらく黙考し、言った。

「……葡萄海《ぶどうかい》へモノを輸出する交易商人は、今後、三叉《さんさ》海峡手前のガトランド王国に積み荷を全部降ろすでしょうね。通行税を払わずに済みますから。……となると、葡萄海の仕入れ商人たちもこの島に集まるしかない」

ダダ王は頷《うなず》く。

「そのとおり。そのうえ、ガトランド所属の組合には通行税を免除する。これでおれたちの独り勝ちだ。数年後には上顎半島《グラナディオ》も下顎半島《アボロディオ》も干上がって、葡萄海からおれたちの敵はいなくなる。こんな儲《もう》け話、ほっとく手はねえよな?」

通行税が施行されればモノと商人がこの島に集まって、莫大《ばくだい》な市場税と関税も手に入る。ガトランド王国は強くなる一方、葡萄海列強は弱くなる一方。王国にとっては万々歳だが、あまりにも独り勝ちでありすぎる。

「ほかの都市は、合意したのですか?」

トトの問いに、ダダ王は呆《あき》れ顔を返す。

「合意ってのは、対等の相手とするもんだ。そうでない相手には、命じればいい」

トトは内心で、父に呆れる。

——無茶苦茶だ。

三叉海峡の通行に課税するなど、この一千年間の歴史でも聞いたこともない。他都市の合意を得ることなく、いきなりそんなことをすればどうなるか。

「戦になりますな」

第一王子ガガの言葉に、王は笑う。

「そりゃ最高だ」

「ならなかった場合は？」

「時間が経つほど葡萄海連合は痩《や》せ細り、おれたちは肥え太る。戦が起きても起きなくても、滅びるのは葡萄海連合よ」

ダダ王の猫耳が機嫌よさそうに左右へ動き、その傍《かたわ》ら、七々原義春《ななはらよしはる》の微笑《ほほえ》みがあった。

正式には「葡萄海連合」にガトランド王国も含まれるのだが、ダダ王は明らかに王国とそれ以外を区別し、敵視していた。黒薔薇《くろばら》騎士団がアルテミシアを被後見人として差し出し、事実上恭順の意を示したにもかかわらず、王が彼らを見る目は変わっていない。

――なんて身勝手な……。

我が父ながら、トトはこのやりくちに嫌悪を覚える。葡萄海と外海のつなぎ目に位置する南北ふたつの岬、上顎半島の《灰色岬《グレイケープ》》と、下顎半島の《赤色岬《レッドケープ》》。ガトランド王国が領有するふたつの岬には半年前、海峡を通る全ての船を射程に収める砲台が完成したばかり。はじめから通行税徴収を目的として、ダダ王は合計二百門を超える大口径砲を南北の岬に設置したのだ。

一代でガトランド王国を葡萄海の盟主に押し上げたダダ王らしいやりかただと思う。どう転んでも、王国にはメリットしかない。だが。

「……大義が、見当たりません」

トトは思わず、王に問いただしてしまう。鼻で笑われることはわかっているが、しかしあまりにも一方的で、弱者を踏みつけにするやりかただ。

王の乾いた鼻息が、トトの問いを吹き払う……と思いきや、返ってきたのは意外にも、トトに感心したような言葉だった。

「おう、大義なんて言うようになったか。成長したな。そのとおり、国策の背骨は大義だ。気づいた褒美に、大義の本質を教えてやる」

ダダ王は高座を降りると、トトに歩み寄り、いきなりみぞおちに全力の拳を見舞った。

「!?」

呻《うめ》き声も立てず、トトはその場に崩れ落ちる。鍛え上げたダダ王の拳は、熊を殴り殺すと恐れられるほど。呼吸できない。額を絨毯《じゅうたん》にこすりつけて、目を見ひらき、口もひらいて、かはっ、と乾いた呼気を発する。

這《は》いつくばるトトを見下ろし、ダダ王は周囲の人間へ問いかける。

「悪いのは誰だ？」

誰も、ひとことも返事をしない。義春《よしはる》は相変わらず微笑《ほほえ》んだまま動かず、王妃マリアーナは驚いた顔で口元に手をあて、第一王子ガガは表情も変えずに虚空《こくう》を見つめ、第二王女ルルはうろたえ、目の見えない第一王女シュシュはなにが起きたのか把握できない。

「ガガ、ここにいるなかで、最も悪いのは誰だ？」

ダダ王に問われ、第一王子ガガは平然と答える。

「トトですな。愚劣だからです。愚かさは、悪だ」

ダダ王は頷《うなず》き、ルルへ問う。

「ルル、お前の意見は」

気持ちの優しい第二王女ルルは怯《おび》えながら、まなじりに涙をたたえ、

「わ、わかりません。わかりたくないです……」

返答を避ける。どう見てもダダ王が悪いことなどルルにはわかっているが、それを口に出せば王を怒らせ、自分も同じ目に遭うかもしれない。

ダダ王はシュシュへ顔をむけ、

「やりとりは聞いていたな？　おれは大義がなにかをわからせるため、トトのみぞおちを思い切りぶん殴った。トトはいま、床に頭を擦り付けて苦しんでいる。悪いやつは誰だ？」

シュシュは口をぽかんとあけてその説明を聞き、

「王陛下です」

当たり前のように答える。ダダ王は笑って、

「なぜだ」

「なにもしていないひとを殴るのは、悪いことです」

「トトは王を『大義がない』と批判したのだぞ？　悪いのは皆の前で王に恥をかかせようとしたこのガキじゃねえか？」

いいながら、ダダ王は片足でトトの顔を踏みつけ、ぐりぐりと踏みにじる。トトが苦しげに呻《うめ》き、涙目のルルが懇願する。

「や、やめて……！」

「どうしたシュシュ、悪いのはおれか？」

目が見えなくても、シュシュは大気の振動と聴覚でだいたいの状況を把握できる。トトの苦《く》悶《もん》を聞きつけて、唇を嚙《か》みしめ、言った。

「…………いいえ。……トトを許してあげてください」

ふっ、と笑って、ダダ王は足を外し、トトの面前に屈んで、髪の毛を鷲《わし》づかみにし、無理に上をむかせてささやく。

「みながいうには、大義はおれにあるらしい。つまりおれが善人で、お前は悪だ。理解したか、悪人？」

強制的に顔を上げさせられ、トトは苦しげに顔を歪《ゆが》めることしかできない。

ダダ王は唇の端を吊《つ》り上げ、告げる。

「大義とは、屁理屈だ。中身は必要ねえ。善人ぶりたきゃ、相手を殴り倒し、屁理屈をこね、死体に悪人のレッテルを貼り付けろ。どんな屁理屈だろうが、お前が強けりゃまかり通る」

トトは片目をあけて、間近の父王を睨《にら》み。

――そんなの、ただのクズじゃないか。

――チンピラと同じだ。

そんな思いが、眼差《まなざ》しに込もる。

「なんだ？　王の考えが気に入らねえか？」

ダダ王は楽しそうに笑うと、左手でトトの髪を鷲《わし》づかみにしたまま、もう一度右の拳を固める。

「おやめください！」

王妃マリアーナが悲痛な声を発して、長い黄金の髪をうしろへなびかせ、ふたりの間に割り込んだ。絨毯《じゆうたん》に片膝をつき、翡翠《ひすい》色の瞳を王へむけ、トトを抱きかかえるようにしてかばう。

「暴力を振るわずとも、トトは言葉で理解できます！　犬猫でもあるまいに……！」

母の声は怒りと悲しみで震えていた。

トトはかろうじて呼吸を整え、そっと母親を片手で押しのけ、立ち上がって、父王を正面から見上げる。

「……肝に銘じます、陛下」

口元から流れる血を腕でぬぐい、まだ荒い呼吸を落ち着かせる。傍《かたわ》ら、王妃はまだ心配そうにトトの衣服を整えるが、義春《よしはる》に促され、憤りを口元と足取りに映しながら高座へ戻る。

ダダ王も高座へ戻ると、椅子《いす》へ座り直し、一同を睥睨《へいげい》する。

「さて、本題だ。葡萄《ぶどうかい》海連合と戦《いくさ》になった場合、最も厄介《やっかい》な相手は艦隊でも軍隊でもねえ、黒《くろ》薔薇《ばら》騎士団の『三聖』だ。『義《ぎ》』のアイオーン、『信《しん》』のルカマキオン、『悌《てい》』のカリストラタス。万が一、こいつらが三人そろって出てくると、おれひとりじゃ分が悪い。そこで……お前たちに聖珠《せいじゅ》を継承させることにした。おれの『仁《じん》』とこの三つの聖珠が加われば、『三聖』相手でも引けはとらねえ」

王の言葉を受けて、第一王子ガガと第二王子トトは無言で目線を交わした。いつか来る日がとうとうやって来たことを、互いに確かめあう。一方、第一王女シュシュと第二王女ルルはいつもと変わらず、ただ王の言葉を聞いているのみ。

八つの聖珠――「仁」「義」「礼《れい》」「智《ち》」「忠《ちゅう》」「信」「孝《こう》」「悌」のうち、「仁」「礼」「忠」「孝」はガトランド王国、「義」「信」「悌」は黒薔薇騎士団、最後のひとつ、「智」は行方《ゆくえ》不明となっている。王はこれから、長年保留してきた三つの聖珠の継承者を決めようというのだ。ガガもトトも、自分がどの聖珠を継承するのか、緊張して身構える。

「まず、『忠』の聖珠。さっきまでガスパールが継いでたやつだ。宿主が立てつづけに死んで縁起の悪いこいつは……トト。お前に継いでもらう」

トトは息を呑《の》んだ。

――「忠」……！

この世に存在する全ての騎士が、この世界に八つしかない聖珠《せいじゅ》の継承者になることを夢見ている。その夢が、今日叶う。それはうれしい。が。

――「忠《ちゅう》」……か。

正直、そう思ってしまったりもする。ダダ王もいま言ったように、「忠」の継承者はふたりつづけて決闘に敗れて死んでおり、あまり強い聖珠ではないような……。噂《うわさ》では、八つの聖珠のなかには継承者の命を食らう「ハズレ」が存在するらしいが、もしかすると「忠」がそれではないのか。最強とされるダダ王の「仁《じん》」やアイオーンの「義《ぎ》」とはいわないが、もう少し強い聖珠を継承したい気持ちがなきにしもあらず。

トトの気持ちなどお構いなしに、ダダ王は次の聖珠へ目を移し、告げた。

「次、『礼《れい》』の聖珠。こいつは、シュシュ、お前に継いでもらう」

え、と半分口をひらいたのは、第一王子ガガだった。

「シュシュを継承者に……？　それは……いかなる理由で……」

告げられたシュシュもまた、抗議こそしないが、口元に戸惑いを表す。

「継げばわかる。聖珠の性質は継承した人間だけが知っていればいい。ほかの人間は、むやみに他の聖珠の性質を知ろうとするな」

有無をいわさぬ口調で、ダダ王は断じる。八つの聖珠がどういう力を継承者に与えるのか、確たる話は伝わっていない。神話や伝聞、限られた書物でしか情報を得られないため、王族であるトトでさえ聖珠に関しては噂話程度の知識しか持っていない。確かなのは「聖珠の継承者は世の理《ことわり》を超える力を持つ」、その一点だけ。

「それを継げば、わたしも……役に立てるのですか？」

目の見えないシュシュはおずおずと、王に問う。王はいつものようににやりと笑って、

「『礼』はお前が適任だ。もう一度いうが、理由は継げばわかる。『礼』の能力を理解したあと、お前はその性質について誰にも真実を教えるな。ほかのものも、シュシュに『礼』の力について質問をするな。これは王国と、シュシュ自身のためだ。わかったな？」

「……はっ」

高座から睥睨《へいげい》しながら念を押す王へ、ガガ、トト、ルルは了承するしかない。

「さて、最後、『孝《こう》』の聖珠だが……こいつはルル、お前が継げ」

「え、わたし!?」

第二王女ルルが素《す》っ頓狂《とんきょう》な声を出す。傍《かたわ》ら、第一王子ガガはあからさまに不満顔。

王は面白そうにふたりを見比べ、

「義春《よしはる》と話し合ったが、この聖珠はルルが最適だ。戦《いくさ》のときは、お前は常におれの隣にいて、おれの合図で『孝』の力を使え。お前は『孝』の力と相性がいい」

「え、なんですかそれ。わたし正直、戦いとかむいてないですけど。ひと殺しとか無理だし」

ルルは本気でイヤそうに、王に抗議する。だがダダ王は聞く耳を持たない。

「こいつはひとを殺す力じゃねえ。戦《いくさ》の際、うまく使えば戦局をひっくり返せる。ただ、適性がねえと、使いこなせねえ。だからお前だ、文句いうな」

「え、えええ……。でもぉ……。なんていうかぁ……。わたし自身はそんなの望んでないっていうかぁ……」

ルルは困惑したまま、言葉を失う。その傍《かたわ》ら、

「……わたしは、聖珠《せいじゅ》の継承者にふさわしくない、ということでしょうか」

第一王子ガガが怒りをこらえて、王に問うた。

王は面倒くさそうに耳くそをほじりながら、

「その三つとお前は相性が悪い。それだけの話だ。お前は、おれが死んだあと『仁《じん》』を継承することになる。最強の聖珠を継ぐのが決まってんだ、おれが死ぬまで我慢しとけ」

ガガは唇を嚙《か》みしめ、言いかけた言葉を飲み込む。王のいうとおり、いつかは『仁』を継承し、あのアイオーンを圧倒した『火の鳥《ファイアバード》』を召喚できるのだ、その日を信じて待つしかない。

その傍ら、

「役に立てると仰《おっしゃ》るなら……。自信は全くありませんが……」

「わたしちょっと、なんか、そういうの継いじゃったりすると命とか狙われそうでヤダなあって……。戦争とかしないで、みんなで仲良く暮らすのが夢？　みたいな……」

第一王女シュシュと第二王女ルルは全くやる気がなく、第二王子トトも継承したのが「忠《ちゅう》」

の聖珠であることが若干気に食わず、第一王子ガガは自分だけ継承できなかったことがいまだ不満そう。

子どもたちのいまいちな反応を眺め渡して、ダダ王は溜息《ためいき》をつく。

「なんだお前ら、もっと喜べ。聖珠を継承したい騎士は世界中に何万人もいんだぞ、たった八人のうちに選ばれてんだ、贅沢《ぜいたく》いうな。んじゃ、継承しろ。檻《おり》をあけて、聖珠を握りつぶせ」

有無を言わせず命じられて、トトは「忠」、シュシュは「礼《れい》」、ルルは「孝《こう》」、檻に入ったそれぞれの聖珠と対面し、蝶番《ちょうつがい》のついた扉をひらく。

ゆっくり慎重に檻のほうを動かして、トトは「忠」の聖珠を檻から出した。

淡緑色の炎をまとった聖珠は、一枚板のテーブル上にふわふわと浮かび、「忠」の文字を輝かせている。

その隣、シュシュは義春《よしはる》の手を借りて「礼」の檻をあけ、ルルもイヤそうに「孝」の聖珠を目の前に据《す》え置いて、トトを見やり、

「え、これ握るの？　嚙みついたりしない？」

「……嚙みつきはしないと思う。……取り憑《つ》かれはするけど……」

「えー、やだぁ……。わたし、いまのままで充分なのに……」

まだ抵抗するルルへ、ダダ王はぼやきながら頭上の猫耳の付け根を片手で搔《か》く。

「いつまでぐだぐだ言ってんだ、おれだってできればもっと頼れるやつに継がせてえよ、だが

信用できねえんだよ、どいつもこいつも……」

「やはり『孝《こう》』をわたしが継ぐべきでは。聖珠《せいじゅ》はひとりで幾つでも継承できると聞き及びまし」

第一王子ガガは懲りずに、王に意見を具申する。王はとうとう怒りを露《あら》わに、

「お前が宿しても使いこなせねえんだよ！　もういい黙れ、王命だ、言われたとおりにさっさとやれ！」

問答無用で告げる。王命という言葉を出されれば、これ以上抗《あらが》うことはできない。

最初に「忠《ちゅう》」の聖珠へ右手を差し伸べたのは、トトだった。

「…………」

冷たい炎をまとう、駝鳥《だちょう》の卵ほどの大きさの聖珠を右手のひらに包み、そのまま握り込む。

光が散った。炎は幾千の細かな微粒子になって空間へ消えた。

音も、熱も、なかった。わずかに、薄氷を割ったようなわずかな感触が手のひらを撫《な》でるように過ぎ去ったのみ。

淡緑色の光の粒子が、握り込んだ指の隙間《すきま》から漏れる。光はそのままトトの右腕を駆け上がり、肩を越え、心臓へ達し――。

どくん。トトの心臓が一度大きく脈を打った。

意識の奥底へ、自分でないなにかが溶けていく。

新しいさざ波が、身体《からだ》の中心から末端へかけて一度、二度、爆《は》ぜて——

トトの背後に、淡緑色の皮膜が広がった。ガスパールが戦っていたときと同じ現象だ。

オーロラじみた、たなびく光の中心に、「忠」の大八島《おおやしま》文字がきらめいている。

「…………」

トトは自分の内面にうごめくなにかを感じ取った。八つの聖珠はそれぞれの意志を持ち、宿主と協調しながら自らを成長させると聞くが、この自らの内側へ爆ぜる波紋のようなものがそれなのか。

傍《かたわ》らでは、ルルとシュシュもおっかなびっくり、トトにならってそれぞれの聖珠を握り込んでいた。シュシュの背中には白銀のたなびきに「礼《れい》」の文字、ルルの背中にも黄金のたなびきに「孝」の文字がそれぞれ浮き上がって、すぐに消えた。

「たいした変化はねえだろ？　最初はそんなもんだ。これからゆっくり、聖珠はお前たちの意識に溶け込み、干渉しはじめる」

ダダ王はいつものように薄く笑いながら、継承者となった三人の子どもを眺め渡した。

「力の使いかたは聖珠がお前たちに教える。その内容は絶対に他言するな。兄弟にもだ。お前たちの聖珠の場合、力が他人に知られれば、対策される。内容がわからなければ、対策しようがねえ。わかってんな？」

「はっ」

トトは背筋を伸ばし、答えた。ルルとシュシュも、いまだ表情に戸惑いを残したままだが、それぞれ頷《うなず》いて了承を示す。

「…………」

ただひとり、ガガは少し離れた位置から三人の兄弟を見やっていた。いまだ釈然としないものがある様子だが、王命に抗《あらが》うこともできず、ただ表情に不満を映すのみ。

「知ってると思うが、聖珠《せいじゅ》は継承者が死ぬまで身体《からだ》から離れねえし、ひとりで何個でも継承できる。お前らの誰かが死んだときは、近くにいるやつが出てきた聖珠を握りつぶせ。さっきガスパールが死んだとき、死体から聖珠が浮かんできただろ？　あんな感じで出てくっから、速攻で取れ。絶対、敵に取られるな。他人に取られるよりは、ひとりで複数宿すほうがマシだ。あと、こいつが一番重要なんだが……めんどくせえことにはっきり教えてやることができねえ内容だ。耳かっぽじってよく聞け、いいか？」

ダダ王は珍しくもったいぶった言い回しをしてから、新たな継承者三名を見渡して、言葉をつづける。

「知ってのとおり、聖珠は全部で八つ。それぞれ『仁《じん》』『義《ぎ》』『礼《れい》』『智《ち》』『忠《ちゅう》』『信《しん》』『孝《こう》』『悌《てい》』の名前を持っている。この名前には、意味がある。聖珠を継承した人間は、自分が宿した聖珠の名前の意味をよく考えろ。なぜその名前がついていて、なぜ自分がその聖珠を継承したのか、その意味を考えるんだ、わかったか」

ずいぶん抽象的な言いかただった。トトは胸に手を当てて、自分が継承した聖珠、「忠」の意味を考えてみる。

「忠」……意味は「忠誠《ロイヤリティ》」だ。騎士にとって、王に対する忠誠心は不可欠なもの。聖珠に書かれた八つの文字は、大八島《おおやしま》族の戦士が持つべき八つの美徳を示しているそうだが、その道は騎士道にも通じるものがある。

——なぜぼくが「忠」を継承したのか、考える……？

どんな意味があるのかわからない。ダダ王は謎を出すだけで答えをくれない。

「自分で答えに辿《たど》り着かねえと、意味がねえんだ。他人から言われて『はい、そうですか』ってできることでもねえからな」

ダダ王の説明を聞くと、ますますよくわからなくなる。トトと同じく怪訝《けげん》そうなルルとシュシュを片目で眺め、ダダ王は咳払《せきばら》いした。

「さて、そろそろおれは行かなきゃならねえ。偉いさんと約束があるもんでな。わからねえことは義春《よしはる》に聞け、聖珠の秘密を全部知ってるのはおれと義春だけだ、そんじゃな」

ダダ王は大事なことをぞんざいに言い捨てて、椅子《いす》から腰をあげた。内郭《うちぐるわ》ではまだ祝宴がつづいており、時折、商売女たちの嬌声《きょうせい》が遠く響く。御年六十三才ながらいまだ衰えを知らぬ王は、別の場所で今宵《こよい》を楽しむつもりらしい。「葡萄海《ぶどうかい》一の美女」と称される王妃マリアーナに目をくれることもなく、王は「沈黙の間」をあとにする。

「…………………」

王妃マリアーナもまた、王が退出するやいなや、高座を降りてトト、ルル、シュシュへ歩み寄り、

「……大丈夫？　……どこか、具合が悪かったりはしない？　……戦いに関係のないルルとシュシュにまでこんなものを継がせるなんて……」

心配そうに、継承者となった三人の子どもたちを順繰りに見やる。子どもたちも優しい母を安心させるために気丈に振る舞い、微笑《ほほえ》みを返す。

「……聖珠《せいじゅ》が宿主に馴染《なじ》む過程において、いくつか特殊な現象が発生します。聖珠自身が語りかけてきたり、夢のなかで過去の持ち主の記憶を垣間《かいま》見たり……。はじめは戸惑われることと思いますが、正常に聖珠がみなさまに馴染んでいる証でもありますので、怯《おび》える必要はございません。どうしても慣れぬときは、聖珠について造詣の深い学匠《マイスター》ブランドンへご相談くだされば、適切に対処してくださいます」

七々原義春《なななはらよしはる》が慇懃《いんぎん》に告げた。王妃は微笑んで義春を見やる。

「頼みますね、七々原宰相。あなたが手綱《たづな》をとってくださらないと、王陛下は暴れ馬と同じですから……」

ほかの側近がいたなら大問題になるであろう発言だが、この場であれば許される。王妃のこうした愚痴は、義春も四人の子どもたちも聞き飽きていた。王妃は十五才のときに四十才の王

に嫁ぎ、七年間で四人の子どもを立てつづけに産んだが、それ以降はなにもなく、一方で王がめかけに産ませた子どもは二百人を超える。王への愛情はとっくに尽きたか、昔からなかったか。四人の子どもへの愛情は過剰なほど深く、それだけが生き甲斐《がい》の王妃だった。

「このものたちが『三聖』に対抗できると思えぬが」

突然、ガガが義春へそう言った。義春はいつもの温厚そうな微笑みの奥で、伶俐《れいり》な眼差《まなざ》しを光らせる。

「あー……。それはわたしも思ったり」

ルルもガガに同調し、不安げに義春を見る。父王であれば面倒くさがって答えてくれない質問も、義春は真面目《まじめ》に取り合ってくれる。

「……『三聖』が黒薔薇《くろばら》騎士団に所属していたのは十年前の話。現在は三人ともに騎士団と袂《たもと》をわかち、おのおの領地に引きこもって自分の兵を持っております。さらに……葡萄海《ぶどうかい》が連合を組んだ際は王国の味方となるよう、『三聖』にはわたしから働きかけております……」

義春は葡萄海一円に自分の息のかかった遠隔地商人――つまりは潜入工作員を送り込み、探り、噂《うわさ》を流し、カネをばらまき、次なる味方を懐《ふところ》へ取り込んでいる。ガトランド王国の躍進は、義春の緻密《ちみつ》で巧妙な施策に支えられてきた。

うむ……とガガは頷《うなず》き、

「だが万が一、十年前と同じように、『三聖』がそろって立ち向かってきたなら？」

その問いに、義春《よしはる》は重い頷《うなず》きを返す。

十年前、葡萄海《ぶどうかい》連合軍とガトランド王国軍が激突した「三叉《さんさ》海峡海空戦」において、圧倒的優勢といわれた王国艦隊は『三聖』の前に甚大《じんだい》な被害を被った。なかでも「義《ぎ》」の聖珠《せいじゅ》の継承者、『剣聖』アイオーンは燃え上がる剣『炎の剣《ザ・フレイム》』を振るって、単騎で飛行戦艦三隻《せき》を轟沈《ごうちん》させる古今未曾有《ここんみぞう》の大戦果を上げ、炎熱が彩るその戦舞は幾多の吟遊詩人がいまに歌い継いでいる。

「ダダ王陛下が追い散らしますよ。十年前と同じように。『仁《じん》』の聖珠は最強です。アイオーンも結局、『火の鳥《ファイアバード》』には敵《かな》わなかった」

「しかしあの戦いで、こちらも『礼《れい》』『忠《ちゅう》』『孝《こう》』の継承者が死んでいる。トトはともかく、シュシュとルルは明らかに、十年前の継承者より弱い。無事に済むとは思えぬが」

「……十年前と違い、現在、王国の海空軍力は葡萄海連合の倍以上。『三聖』とて、負ける側には加担しません。戦《いくさ》が起きたなら、葡萄海連合にとって残酷な結末になりましょう」

義春の返答に、シュシュとルルは不安そうな顔を交わし、ガガはまだ不満そうに、トトは引き締まった表情で応えた。

――戦場で「三聖」と対峙《たいじ》したなら、正々堂々、勝負を挑もう。

トトは心の内で、そう決める。これまで聖珠の継承者たちがそうしてきたように、生きるにせよ、死ぬにせよ、どんな強敵にも立ち向かわなくてはならない。

——ぼくはこの国の第二王子だから。

戦場でみっともないすがたを見せたなら、自分だけでなくガトランド王家の名前に傷がつく。だけでなく、たちまち街のひとびとにも醜態が告げ知らされ、何十年、何百年も物笑いの種になる。王子という立場は、そのくらい世間の注目を集めるし話題に上りやすいのだ。世界に八つしかない聖珠の継承者となったいま、ますます恥ずかしい戦いはできなくなった。

——騎士として、戦う。

——弱きをたすけて強きをくじく、真の騎士として……！

意識の深層へ染みこんでいく「忠」の聖珠の息吹を感じながら、トトは改めてその思いを強く抱いた。

その瞬間、なぜかトトの脳裏に、アルテミシアの笑顔がひらめいた。

夏の花のようにみずみずしくて涼やかな、けがれのない少女の笑顔だった。

——そう、アルテミシアに認められるような、立派な騎士に……。

トトの心が、勝手にそんなことをささやいた。自分自身がそんな思いを抱いていることに戸惑いながら、トトはしかし、胸の奥がときめくのを感じていた。白銀の鎧《よろい》に身を固め、真の騎士として凱旋《がいせん》する自分の傍《かたわ》らに、笑顔のアルテミシアが寄り添う未来が見えた気がした。

どきどき、トトの胸が高鳴った。

いま見えた光景が近い将来現実のものになることを、意識の深層に溶け込んだ「忠」の聖珠がささやいたような。

――なにを考えているんだ、ぼくは……。

自分の思考に気づいて、トトはいきなり我に返り、頬《ほお》を染めてうつむいた。聖珠《せいじゅ》を継承した影響なのか、これまで抱きもしなかった考えが浮かんでくることに戸惑った。

「……トト、大丈夫？　顔が真っ赤……」

傍《かたわ》ら、ルルが気づいてトトの顔を覗《のぞ》き込んでくる。決まり悪くて、トトは慌てて顔を背《そむ》けた。

「……なんでもない。聖珠を継承した影響かな。ちょっと、変なだけ……」

言い訳しながら、胸に片手を当てて動悸《どうき》を鎮める。

七々原義春《ななはらよしはる》が静かな口調で告げた。

「……申し上げたとおり、聖珠には過去の継承者の記憶が残留しております。その記憶は夢や幻聴として新たな継承者に影響を与え、ときには過去の継承者の願望を伝えてくることも。ささいな事象でもご不安がおありの際は、わたくしか学匠ブランドンへご相談されますようお願いをいたします……」

トトは頷《うなず》いて、胸に当てた手のひらをぎゅっと閉じた。意識の奥底へ溶け込んだ「忠《ちゅう》」の聖珠がこれから自分にどんな運命をもたらすのか、見えない未来に思いが爆《は》ぜる……。

二章 魔王復活

Chapter 2

Demon Reborn

見た夢が、あまりにも気になりすぎる。

三か月前、聖珠《せいじゅ》を継承した際、七々原義春《ななはらよしはる》にいわれたように、この場合は聖珠の専門家に相談するのが最善だろう。それはわかっている、が。

——この内容は……地位のあるひとに相談すべきじゃない……！

ガトランド王国第二王子トトはそう結論づけて、従士に命じて馬を用意させ、遠出の支度を整えた。青の無袖胴着《ジャーキン》、金糸織りの裏地をつけた白いベルベットの胴衣《ボディス》、白地に金の縁取りの外衣《サーコート》、白のズボン、革製の半長靴。腰の剣帯に愛用の細身剣《レイピア》を吊《つ》り下げて、トトは自室のある居住用の円塔を下りて屋外へ出た。

ちょうど馬丁がトトの愛馬を厩舎から内郭《うちぐるわ》へ引き出してきたところだった。

従士ふたりがトトに付き従おうと、馬の口をとったが。

「お前たちはここで待て」

鞍上《あんじょう》から、トトはふたりの従士の同行を断った。ここから先は、余計な秘密を知るものは少ないほうがいいと思った。

「え、ですが……」

「晩鐘《ばんしょう》には戻る」

言い捨てて、馬腹に拍車を当てた。呆気《あっけ》にとられた従士たちを後方へ残し、トトは囲壁《いへき》の門をくぐり抜けて外郭《そとぐるわ》へ。午前の陽光が降り注ぐなか、修練場では騎士と従士たちが砂埃《すなぼこり》をあげて訓練にいそしんでいた。

「…………」

第一王子ガガが塵芥《じんかい》にまみれて、刃のついていない剣を振るうのが見えた。本番さながらの修練は、間近に迫った三叉《さんさ》海峡通行税の施行にむけて激しさを増している。

いつもならトトも参加するのだが、今日だけはどうしても確認すべき用事があった。従士見習いたちが槍《やり》の穂先を揃《そろ》えて行進するのを片目に見やりながら、トトは西の門楼を目指す。

と、門衛たちの前に二頭引きの箱型馬車が一台駐まっていた。門衛長が車窓越しに、車内の誰かと会話している。馬車の後ろには、車台よりも背の高い人狼ラギーがマントをはためかせて控えていた。トトは馬車へ馬を寄せ、車内を覗《のぞ》き込み、見知った顔を発見した。

「あれ、トト？　お出かけ？」

第二王女ルルがうれしそうに目を見ひらいて、車内からトトへ手を振った。その対面には第三王女アルテミシアが腰掛けて、トトへ笑顔をむける。

「トト殿下！　おひとりですか？　どちらへ？」

義妹の笑顔をまともに受けて、トトの胸がどきんとときめく。が、それをおもてには出さずに居住まいを正し、

「『魔王の塔』へ行こうと思って」

応えると、ルルとアルテミシアは驚いた顔を見合わせた。

「え、え、え!? なんで、どうして『魔王の塔』なの!?」

勢い込んで尋ねてくるルルに、トトはやや面食らいつつ、

「いや、ちょっと、確かめたいことがあって……」

「え、なにそれ、もももしかして、聖珠《せいじゅ》のこと!? わたしたちもこれから『魔王の塔』へ行くところなの、ちょっとどうしても気になることあって……!」

ルルの言葉に、トトも面くらい、その傍《かたわ》らで門衛長は訝《いぶか》しそうな顔になる。

たぶんこれはきっとめんどくさい話になるし、あまり他人に聞かれないほうがいい。そう直感したトトは車内へ顔を近づけ、

「えぇっと、行き先は同じ? だったらぼくも馬車に乗っていい? 馬はラギーに任せて」

提案すると、ルルとアルテミシアは笑顔で応じて、下馬したトトを馬車内へ招き入れた。

トトはアルテミシアと横並びで座った。義妹のいい匂いがすぐ傍らから香って、トトはなんだか気恥ずかしくなる。車外ではトトの馬の手綱《たづな》を、地面に突っ立ったままのラギーが片手に握った。鞍上《あんじょう》にまたがる気配はなく、馬を曳《ひ》いて走るつもりらしい。それはなんだかかわいそうなので、トトは車外へ顔をむけて、

「ラギー、乗って構わないよ」

「………おれが乗ると、馬が潰《つぶ》れます」

ぶっきらぼうな返事を受け取り、トトは困ったように笑んだ。言葉通り、身長二メートル三

十センチを超えるラギーは、トトの愛馬に乗るには大きすぎる。

車内へ顔を戻したトトは、アルテミシアに問いかけた。

「ラギーって、いつもミーシャの馬車に走ってついてくるの?」

「……はい。彼がそう望むので……」

「……そう。それは大変だね。魔王の塔には警備騎士がたくさんいるし、ぼくもいる。市街地でもないから護衛は必要ないと思う。ラギーは城で待ってもらっていいと思うよ」

「わかりました。殿下がそうお望みであれば……」

アルテミシアは車窓の外へ顔を出し、ラギーを見上げた。

「今日は護衛はいりません。お城でお留守番をしていなさい」

アルテミシアの言葉に、ラギーは反論もなく「はっ」と応じて背筋を伸ばし、斧槍《ハルバード》の石突きで地を打った。

門衛長が号令をかけて、御者が手綱を叩き、馬車は門楼内をくぐり抜けた。後方に残されたラギーはトトの馬のくつわを取って、城内へ戻る。

外堀の架け橋は下りたままで、なにかの届け出に来た商人、問題を訴えに来たひとびと、糧食や日用品を運び入れる荷馬車などが列を為《な》し、門衛の検問を受けていた。トトたちの馬車はその傍らを走り抜け、「魔王の塔」のある異形《いぎょう》山へ馬首をむけた。小石ひとつない石畳の街路とスプリングに支えられた車台のおかげで大した揺れもなく、車内は快適だった。

「で、トト、なにがあったの？」

対面、ルルが興味津々《しんしん》の面持《おもも》ちで尋ねてくる。

「……夢を見るんだ。たぶん、『忠《ちゅう》』の聖珠《せいじゅ》の前の持ち主……サー・ガスパールの記憶だと思う。そこでどうしても、気になる光景があって、それを確かめに……」

「待って。もしかしてそれって……ジャンジャックに関係ある……？」

ルルの言葉に、トトが驚く。

「う、うん。ジャンジャックが絡んでる。……ルルも、彼に関係する夢を？」

ダダ王のめかけ子のひとり、ジャンジャック・ナトラーレ。二百人いる「ナトラーレ」のなかでも抜きん出た功績をあげ、ガスパールと共に騎士に叙任された逸材だ。トトも何度か修練場でジャンジャックと手合わせし、王国でも指折りの剣士だと認識している。

「う、うーん……。関係っていうか、なんていうか……」

ルルはなにごとか口ごもり、いきなり目線をアルテミシアへ持ち上げて、顔を真っ赤にし、今度は左右へ顔を動かしながら、

「……うまく言えない！　……いい加減なこと言っちゃうと、ほら、もし間違ってたとき、みんなが困っちゃったりするかもだから……」

よくわからないことをもごもごと口のなかで転がして、要領を得ない。

「ほら、なにしろ夢だから！　あいまいっていうか、事実関係めちゃくちゃっていうか……

だから……聖珠の記憶違い、ってこともあり得るし！　そーゆーわけで……ジャンジャックに確認取ってから、ちゃんと言う……」

言いにくそうにそう言ってルルは真っ赤な顔を伏せ、その対面に腰掛けたトトとアルテミシアは怪訝《けげん》な表情を交わすしかない。

「うーん……つまり、いまは言えないってこと？」

「ごめんね、でも、夢の内容を真に受けて、誰かに迷惑かけちゃうのもあれだし……」

ルルに説明を求めてもらちがあかないことはわかったので、トトはアルテミシアに尋ねた。

「で、ミーシャはルルに連れ出されて？」

「はい、魔王の塔へは、まだわたしも行ったことがないので。行く機会があったら連れていってくださいと、以前からルルお姉さまにお願いをしていて……」

「お姉ちゃん！」

「……お、お姉ちゃん……」

無理やり言わされるアルテミシアを傍目に、トトは言葉を継ぐ。

「……よくわからないけど……ぼくのほうも、うまく説明ができない。なにしろ聖珠の記憶がどこまで現実に根ざしているのか、判断が難しいから」

そう言うと、傍《かたわ》らのアルテミシアが心配そうに眉根《まゆね》を寄せた。

「あの……おふたかたのお話を伺うに……今日これから『魔王の塔』へむかっているのは、

聖珠《せいじゅ》絡みのお話でしょうか」

「あ、うん、そうだけど」

「…………………」

アルテミシアは黙り込み、ただ困ったような顔をトトへむける。彼女がなにを心配しているのかよくわからない……と思いかけたところで、トトはダダ王の言葉を思い出した。

『これからここで起こる出来事は、いまこの場にいる七人以外、誰にも口外するな』

『ガトランド王家の秘密は、この七人のみが知る。ここにいない人間を、誰も信用するな』

聖珠に関する話は、ガトランド王家直系の六人――ダダ王、王妃マリアーナ、第一王子ガガ、第一王女シュシュ、第二王女ルル、第二王子トト、それに王国宰相・七々原義春《ななはらよしはる》だけが知る秘密だ。

――アルテミシアに、聖珠に関する秘密を話してはいけない。

――誰がどの聖珠を継承したのかさえ、教えてはいけないんだ……！

そのことを思い出して、トトは自分の迂闊《うかつ》さに気づいた。アルテミシアが気を利かせなければ、このままべらべら聖珠について話しているところだった。

対面のルルへ目をやった。

ルルの表情は、若干、なにごとか気に入らないことがあるときの表情だった。

きっとルルは、とっくにその事実に気づいている。トトにはそれがわかった。

「別に、ミーシャは知ってていいじゃない。家族なんだから」

案の定、ルルはそう言って、トトへむかって頬《ほお》を膨らませる。

トトも、そう思う。アルテミシアだけ除《の》け者《もの》にするのは、彼女を家族として迎え入れた側として、正しいと思えない。

しかし、アルテミシアに秘密を教えるということは、王命に背《そむ》く、ということでもある。たとえ嫡子《ちゃくし》であろうと、明るみに出たなら処罰は免れない……。

「あの、わたし、帰ります。ここからなら、歩いてお城へ戻れますし。『魔王の塔』へは、おふたりで行かれるのが最善かと」

アルテミシアは状況を察して、そんなことを言い出した。とたんにルルが血相を変え、

「だめだめそんなの！　知っていいのよ、大した秘密でもないんだし！　わたしが継承したのは『孝《こう》』の聖珠で、トトは『忠《ちゅう》』の聖珠の継承者！　だからなに？　って感じでしょ、こんなの、隠したって意味ないし！」

隠せ、と言われていた秘密をアルテミシアにぶちまける。

アルテミシアはみるみるうちに真っ青になり、

「あ、あの、でも、わたしのせいで王陛下に怒られるようなことがあったら……」

「黙っとけば問題ないよ！　どうせわたしたちのことなんて気にしてないんだから。あのひとが興味あるのは愛人と戦争だけ！　だから全然、問題なーし！」

ルルはひといきにそう言って、座席にふんぞり返った。トトはいまの言葉が御者に聞こえていないか、ひやひやものだ。

「あ、あの、わたし、知らなくていいです、いまの言葉も聞いてませんから……」

ついにアルテミシアは自分の両耳を両手で押さえて、怖そうに震えはじめた。トトは興奮気味のルルを押しとどめ、アルテミシアを安心させるように笑いかけた。

「ルルはいつもこんな感じで。それにぼくも、ミーシャに隠し事をしたままなのは心苦しい。……きみには、ぼくらが聖珠《せいじゅ》の継承者であることを隠したくない。だから、今日も一緒に来てほしい」

ひといきに本当の気持ちを言葉にすると、アルテミシアは怯《おび》えの色を瞳に映し出したまま、おずおず、上目でトトを見上げる。

少し潤んだ紫紺の瞳に自分の顔が映っているのを見て、トトの胸がきゅんと締めつけられた。

「……ですが……わたしは……」

人質、という言葉がアルテミシアの口から出る前に、トトは言葉をかぶせた。

「ぼくらの家族だ」

「…………………」

「家族に、隠しごとはしない」

きっぱりと言うと、潤んでいたアルテミシアの瞳が、新しい色に潤んだ。

対面に座っていたルルが雰囲気を変えるように、ことさら明るい笑顔をたたえて、ぱん、とひとつ手を打った。

「そうそう、そういうこと！　大丈夫だよ、悪いことなんて起きないし。この島はずーっと平和で、みんなで仲良く暮らせるし。だから、わたしたち、隠しごとしないでなんでも言い合おうね！」

アルテミシアは感激に瞳を潤ませて、

「……ルルお姉さま……」

「お姉ちゃん！」

「……お姉……ちゃん……」

「よくできました！　かわいいなあ、もう！」

ルルとアルテミシアのやりとりを眺めながら、トトは少しだけ、胸のつかえが取れた気がした。ルルと同じく、アルテミシアに対して隠しごとをしている自分がうしろめたくて、いつか聖珠のことを話せたらいいな、とこの三か月間考えていた。

――これで良かったんだ。

――大人から見たら、間違ってるのかもしれないけど。

――でも、ぼくらには、これで良い。

そんなことを思いながら、トトは馬車に揺られた。ほどなく道は登りのつづら折りになった。鬱蒼《うっそう》と茂る木立のむこうに、ちらほら、「魔王の塔」が垣間《かいま》見えた。

道を登りながら、トトはふと、ガトランド王族の決まり事のことを思い出した。聖珠《せいじゅ》の秘密を打ち明けたのだから、アルテミシアも当然、知っておくべき決まりだった。

「あのね、ミーシャ。もしもこの島が誰かに攻められて、城が落ちるような事態になったら。王族の集合場所は、この先のガトランド空港ということに決まっているんだ」

トトにそう言われて、アルテミシアは不審そうに瞬きをして、

「……そんなことがあり得るのでしょうか？　この島はガトランド艦隊に守られているから、誰にも落とすことはできないと思いますが……」

「万が一そうなったときの話。ないとは思うけど。この島に限らず、たとえば遠征したほかの都市で戦いに負けて、離ればなれになったときは、一番近くにある空港の周辺、飛行艇を接岸できる場所へむかうこと。森や街道や街に逃げ込むより、空飛ぶ船に逃げ込むほうが安全だから」

戦いに敗れれば、街道を行き交う自由騎士や傭兵《ようへい》はもちろん、町民や村人たちも武装して敗残兵狩りがはじまる。周りが全て敵となるなか、格好の標的である王侯が逃げきることは不可能だ。だが飛行艇に乗りさえすれば、一般庶民は空を飛んで追うことができず、追跡を諦めるしかない。また、彷徨《さまよ》う王侯を救い出すほうも、「最寄りの飛行艇が接岸できる場所へ逃げる」という決め事があれば、捜索範囲を限定できて都合が良い。

「敵も空港を固めているかもしれないから、その周辺で接岸できそうな場所を探すんだ。そうしたら、味方が助けにきてくれるから」

トトの言葉に、アルテミシアはやや怯《おび》えながらも頷《うなず》いた。

「……わかりました。ここでも、敵地でも、みなからはぐれたときは、近くの空港周辺、標高五百メートル地点へ行くのですね？」

「うん。そんなことにならないことを祈っているけど、もしものときは」

話すうち、馬車は目的地に到着しようとしていた。

「異形《いぎょう》山採掘場」の駅舎前に、ひとはまばらだった。

「魔王の塔」はもうひとつ先の駅なのだが、トトたち一行は「異形山採掘場」駅で馬車を降りて、ここで働いているはずのジャンジャックを探した。

七月の午後の強い日差しが、山肌を切り開いた地面を白く照りつけていた。

採掘場には両足に鎖を巻き付けた奴隷《どれい》鉱夫たちが行き交い、彼らを監視する警備騎士や衛兵たちが絶えず怒声と鞭《むち》を振るっていた。精錬したミアズマ鉱石を港まで運ぶ荷馬車が山道にまで列を為《な》し、上半身裸の奴隷たちが鞭打たれた跡のある背中を汗で濡らし、大きな麻袋を荷台に積み上げていた。

採掘場の一角に警備騎士用の野営地《キャンプ》があった。整然と区画分けされた小さなテント群のむこうに、指揮官用だろう、尖《とが》り屋根がふたつある大きなテントがそびえており、その手前には炊事場が備えられ、周辺の溝には近くの川から引いた水が流れていた。この近くには飛行艦の発着場であるガトランド空港があり、そこで働くひとびともこの野営地《キャンプ》に寝泊まりするため、生活施設も立派で真新しい。

ジャンジャックのテントはどこか、近くにいた衛兵に尋ねようとしたとき、傍《かたわ》らから素《す》っ頓《とん》狂《きょう》な声が届いた。

「あれー、トト？　ルルにミーシャも！　なになに探検？」

キャミソールコルセットにスカートを合わせた傭兵《ようへい》飛行士、ノア・リノアが黒髪と碧眼《へきがん》を陽光にきらめかせながら、明るい笑顔で歩み寄ってくる。

ルルもぱあっと表情を輝かせ、

「ノア、いいとこにきた！　いまヒマ？　ジャンジャック探してるんだけど、どこいるか知ってる？」

「ジャン？　この時間だと坑道に潜ってるだろうけど。なになに、ジャンになんの用事？」

好奇心に瞳をきらきらさせながら、ノアがルルへ顔を近づける。ルルは生真面目《きまじめ》な顔で、

「ちょっと、彼に尋問したくて。洗いざらい、秘密をしゃべってもらわないと困るの」

「えー、エロいやつ!?」

「ジャンの態度によっては……エロくなるかも」

「やーん、エロ拷問《ごうもん》！　わたしもする！　連れてって！」

ノアは赤らんだ頬《ほお》を両手で押さえ、身をくねらせてルルに懇願する。ふふふ、とルルは艶めいた笑みをたたえると、ノアの顎《あご》に人差し指を添えて上をむかせ、

「朝までＯＫ？」

「全然おっけー!!」

ノアとルルの会話についていくことができず、トトは咳払《せきばら》いし、

「拷問は、しないから。内々で、ジャンジャックに確認したいことがあるだけ。彼、どこにいるかわかる？」

「え、拷問しないの？　しようよ。こういう感じで、ぐいって摑《つか》んで、えい、って……」

ノアは見えないなにかを鷲《わし》づかみにし、引っ張る。なにを摑んで引っ張るつもりなのか、想像するのも恐ろしい。途方に暮れるトトの目の前に、救いの手が現れた。

「…………」

ノアの相棒、整備士レオナルドがいつもの無表情をたたえて、ノアの袖を引っ張っていた。極端に無口なこの少年を、ノアはハッとした表情で見下ろして、

「え、レオ？　なにしてるの？　今日はもう飛ばないよ？」

「…………」

「一緒に行く？　飛行機関係ないのに？　珍しいね、なんで？」

「…………」

「なんででもいい？　なに、そう言われると余計気になるんだけど。なんでなんでなんで？　なんでレオが一緒に行きたいの？　ねえなんでなのねえ？」

レオナルドは口を閉じたままで、喋《しゃべ》っている様子は一切ないのだが、なぜかノアには意志が通じるらしく。しばらく無言の相手とやりとりしてから、ノアは笑顔をトトへむけた。

「よくわかんないんだけど、レオも一緒に行くって。で、なんだっけ、ジャンの居場所？　だいたいわかる、ついてきて」

ノアはそう言ってトトに有無を言わせないまますたすた歩き、鉱夫たちをかき分け、トロッコの駐機所を越えていくつかの線路をまたぎ、とあるさびれた坑道の前で足を止めた。

「ジャン、最近ここの坑道の調査してるみたい。気になる箇所があるとか言って、夜までひとりで潜ってたり」

言われてトトは、岩肌に掘られた坑道奥の暗がりを見つめる。ひとけはなく、線路はサビが浮いていて、かなり前に枯れた坑道のようだが。

——ここに、間違いない。

トトはそれを直感する。このところ毎晩のように夢で見るのと、同じ坑道だ。

——ということは、夢のとおりに中を進めば、ジャンジャックがいる……。

ここから先は、できればひとりで行きたい。そのほうがモンスターが出た場合も対処しやすいし、ジャンジャックとも話をつけやすい。そう思ってトトは、背後のルル、ノア、アルテミシア、レオナルドを振り返った。

「ひとりで行く、とかいいそうな顔」

ルルに機先を制されて、トトは言葉を飲み込んだ。ノアが不満そうに、

「えー。一緒に行こうよ、みんなで探検したいよね、ミーシャ？」

話を振られて、アルテミシアもぎこちなく頷《うなず》く。

「はい。せっかくなら、みんなで……」

そうは言われても、トトは正直あまり気が進まない。

「……なかはミアズマ鉱の瘴気《しょうき》が充《み》ちて、健康に悪い。それに、モンスターが出た場合、みんなの安全を保障できない」

「瘴気はちょっと吸うくらいなら問題ないし！　モンスターは、わたしに任せといてー」

ノアは腰の片手銃を引き抜いて、ウインクした。この武器は飛行機と一緒に発見された聖遺物《アーク》で、小型瘴気機関の力で弾丸を撃ち出し、離れた敵を攻撃できる。その傍《かたわ》ら、レオナルドは腰から鉄製のスパナを取り出して、「ぼくにはこれがある」とばかりに頷いた。

ルルとアルテミシアはノアの背後に寄り添って、

「わたしたち、ノアのうしろに隠れてるから！　いざとなったら聖珠《せいじゅ》の力も使っちゃうし！　全然おっけー！」

ルルが継承した「孝《こう》」の能力がどのようなものなのか、トトは知らない。けれどルルは自信

ありげだし、たぶんなんとかできるのだろう。戦闘力を持たないアルテミシアは不安だが、ひとりだけここに置き去りにするわけにもいかないし。

「………仕方ないな。……じゃあ、五人で行こう」

トトは観念して先頭に立ち、女の子三人と少年ひとりを従え、角灯《ランタン》を灯《とも》して坑道の奥へ入っていった……。


坑道内部は迷宮そのものだった。分岐にあたるたび、トトは夢で見た記憶を頼りに、角灯の光が照らし出す狭い通路を進んでいく。はじめは石組みだった天井が、いつのまにか古びた木材に変わり、足下の水溜《た》まりも増えてきた。

暗がりを進むほど、ルルとノアの無駄口が増えてくる。

「うっわ、こっわ、バケモノ出てきそう……」

「実際出るよ、最近は月イチくらいで」

「えーやだ怖い、出たらトトがなんとかするよね？」

背中に尋ねられ、先頭のトトは肩をすくめて、

「ドラムワームとは何度か戦ったから大丈夫。それ以外でも問題はないと思うけど、一応、来た道は覚えておいて。迷子になると困るから」

りょうかーい、とルルは若干怯《おび》えながら返事して、しかし逃げ帰る様子はなく、トトの背中

についてくる。女の子三人が自分を信頼して、この冒険を楽しんでいることを、トトは自覚していた。

――実際、ぼくがモンスターに負けることはない……。

トトも自分の実力は弁《わきま》えている。「忠《ちゅう》」の聖珠《せいじゅ》を継承したいま、坑道に出てくる雑魚《ざこ》モンスターに後れを取ることはない。警備騎士が日常的に戦っているモンスターなら、二、三手かからずに始末できる。

やがて。

大人がすれ違うのに苦労するくらい狭い道の先、側壁の一部が崩れて、裂け目が口をあけている箇所があった。

「ここが入り口」

トトは角灯で、裂け目の内部を照らした。光は裂け目の奥まで入りきらず、闇に呑《の》まれてしまっている。入り口だと言われなければ、まず間違いなく通り過ぎてしまう、ただの壁のひび割れだ。

ルルが不安そうに、

「え、これ、入れる？」

「この先に、人工の洞窟《どうくつ》がある……はず」

トトはそう言って、躊躇《ちゅうちょ》なく裂け目へ足を踏み入れた。夢で見たガスパールの記憶どおりなら、この裂け目に無理やり身体《からだ》をねじこんで、ミミズみたいに身をよじりながら五メートルほど闇のなかを這《は》い進んでいけば……。

「…………！」

トトの角灯《ランタン》が、ひらけた空間を照らし出した。

大木の根や岩盤、それに巨大な石英が壁となり、三角錐《さんかくすい》の広い地下空間を形成していた。壁や床、天井からも、六角柱状の石英の結晶――いわゆる水晶が砂埃《すなぼこり》に汚れた半透明の頭を突き出して、角灯の光を弾いている。

地肌が剝《む》き出しの天井には、煙抜きの穴があった。明らかに人の手で掘られた空間の奥、祭壇じみた高座に高さ六メートル、幅二メートルほどの巨大な水晶が天井から斜めに突き出して、尖《とが》った頭を地面に突き刺していた。

そして、その巨大な水晶の手前にいた人影が、驚いた顔をこちらへむけていた。

「…………トト殿下!?」

警備騎士ジャンジャック・ナトラーレは、秘密の空間へいきなりはいってきた第二王子トト、その背後から現れる第二王女ルル、第三王女アルテミシア、それに傭兵《ようへい》飛行士ノア、整備士レオナルドを呆然《ぼうぜん》と見やる。

「……驚かせてすまない。……どうしてもいま、確認しておくべきだと思って」

トトは弁明しながら、角灯で人工の洞窟《どうくつ》内を照らしつつ、ゆっくりとジャンジャックへ歩み寄る。

非番なのだろう、ジャンジャックは粗織りの上衣《チユニック》と布のズボン、腰に斜めに掛けた剣帯には交雑剣《バスタードソード》、片手に松明《たいまつ》。薄桃色の混じった銀色の髪から、ハーフ・ミーニャの特徴である片方だけの猫耳が飛び出ている。宿営するつもりだったのか、大きな水晶の手前には焚《た》き火があり、膨らんだ背嚢《はいのう》が置いてあった。

「……どうやってここが？」

隠しごとを暴かれたジャンジャックの声には、警戒と怒気が含まれていた。普段は冷静で皮肉屋のジャンジャックだが、内に秘めた激しいものをトトは以前から感じ取っている。修練場ではじめて手合わせをしたとき、トトが手を抜いていることを見切った彼は、あからさまに手を抜いてきた。あのとき合わせたジャンジャックの剣には「侮辱するな」という無言の意志がはっきりと刻まれていた。以後、トトはジャンジャックと手合わせするときは極力、手加減をしないよう気を配った。

ジャンジャックは優れた剣士だ。本気で立ち合ったなら、おそらくガスパールよりも強い。そしていま、こちらの剣士はトトひとり。居丈高《いたけだか》にこの状況を問いただせば、彼は交雑剣《バスタードソード》を抜きかねない。

トトはできるだけ穏やかに、

「……ガスパールの遺志だといえば、信じてくれるかな？　彼の聖珠《せいじゅ》を継承したぼくは、彼の記憶を引き継いでいる。だから、ここがわかった……」

手短に説明をした。

訝《いぶか》しげにこちらを見やるジャンジャックの瞳から、当初の警戒がわずかに抜ける。誠実に説明すれば、賢い彼はこちらの事情を理解してくれると信じ、トトは言葉をつづけた。

「きみを糾弾《きゅうだん》する意志はない。ただ、ガスパールが見たものを、ぼくもこの目で確認したかった。本当に存在するのであれば、自分の目で見て、それから自分の頭でどうすべきか判断したいと思ったから」

言葉を紡《つむ》ぎながら、トトはジャンジャックの肩のむこう、天井から地面をめがけて斜めに突き刺さった巨大な水晶へ目を移す。

「……夢と同じだ。……本当に……存在してる……」

水晶の内部に閉ざされた存在へ、目が釘《くぎ》付けになる。

トトは熱に浮かされたように、ジャンジャックの傍《かたわ》らを素通りし、水晶の手前で足を止め、内部に封印された存在を見上げた。

はじめは、海の底へ落ちていく人魚に見えた。

しかし水晶に封じ込められた少女は、逆さまであるが、二本の足のある人間のすがたをしていた。

天空から落下する途中を切り取ったように、その美しい少女は長い黒髪をたなびかせ、眠るように目を閉じて、頭を地面へ、爪先《つまさき》を天井へむけたまま、水晶に封じ込められている。

——この子……人間なのか……？

トトの目は、少女に吸い寄せられたまま動けない。少女が着ている服も見たことのない形状で、襟付きの赤い上着《ジャケット》の胸元には所属のわからない黒と金の徽章《きしょう》、その下には素材不明の白いシャツ、胸元に黒のリボン、膝の上で丈の切れた格子柄のスカートからは、みずみずしい太《ふと》股《もも》が露《あら》わだった。足首を覆う短い紺のタイツも素材がわからず、履いている革靴も異国製なのか、ベルトに金の金具をつけた、見たことのない形状だった。

「わ、わ、なにこれ!?　死んでる!?」

「え、作り物でしょ!?　変な格好、太股出てる！」

ルルとノアが素《す》っ頓狂《とんきょう》な声をあげながら近づいて、トトと同じものを見上げる。ジャンジャックは表情を曇らせて、少し遅れてついてくるアルテミシアとレオナルドへ顔をむけた。

「なんなんだ、いきなり……」

アルテミシアは少し離れた位置から水晶のなかの少女を見つめ、それからジャンジャックへ顔をむけて、水晶の少女にむけるのに劣らない興味を眼差《まなざ》しに宿した。

「ん……？」

ジャンジャックもアルテミシアの視線に気づき、彼女へ目を移す。

「……アルテミシア殿下……？　わたしになにか？」

問われて、アルテミシアは改めてジャンジャックの顔を凝視し、

「……失礼。…………誰かに似ているといわれたことは？」

質問の意味がわからず、ジャンジャックはまじまじと、アルテミシアを見返し、

「……いえ、特には。……わたしが誰に似ていると？」

アルテミシアはますます視線に訝《いぶか》しそうな色を溜《た》め込んでジャンジャックを観察してから、不意に瞳を翳《かげ》らせた。

「……失礼。……どうかお気になさらず。……わたしの勘違いでした」

そう言って、目線を水晶へ移す。しかしその横顔にはどこか、いまの言葉とは相反するなにかが紛れているように思えた。

気になるが第三王女を相手に、質問の意味を問いただすこともできない。やや憮然《ぶぜん》としながら、ジャンジャックは闖入者《ちんにゅうしゃ》たちへ目を戻す。

ジャンジャックそっちのけで、トトとレオナルドは黙ったまま、ノアとルルは勝手な憶測を喚《わめ》きながら、それぞれ水晶の少女を鑑賞している。大切な空間を土足で踏み荒らされた憤りが徐々にジャンジャックの胸のうちをせりあがり、このなかで唯一まともな話が通じそうなトトの傍《かたわ》らへ歩み寄った。

「『学びの塔』へ知らせますか？」

質問すると、トトはゆっくりとジャンジャックへ顔をむけ、

「そうするのが賢明だろうけど」

トトは感情の読めない無表情で、冷たく返事する。

ジャンジャックは肩をすくめ、

「正直に申し上げて、『学びの塔』の学匠《マイスター》たちは、全員が頭部に損傷を負っているとしか思えません」

「…………………」

「教義と科学の区別がついているのかも疑わしい。連中にこの少女を見せたなら、水晶ごと叩き割って瓶《びん》詰めにし、『魔物』のラベルを貼って倉庫にしまい込むでしょう」

トトは黙ってジャンジャックの言葉を聞きながら、心中だけで頷《うなず》いた。『学びの塔』に集う学匠たちは自分の地位に固執して本分を忘れ、特に正教会派の一部は理解できない存在をすべて「異端」でひとくくりにし、研究対象を火あぶりにしてふんぞり返る。

しかし。

「……だから、このままに？」

トトの問いかけに、ジャンジャックは眼差《まなざ》しを曇らせる。

「……間違っていますか？」

問いを返され、トトはゆっくりジャンジャックから視線を剝《は》がし、水晶の少女へ移す。

この状態のまま、そっとしておいてやりたい。地位を守ることにしか興味のない愚かものたちの手に、このきよらかなものを委ねたくない。その気持ちはとてもよく理解できる。

しかし、正体がわからない。ここが「魔王の塔」の直下であることを考えれば、この少女が魔族である可能性も捨てきれない。魔物は美しさを用いて人間をたぶらかすという話も聞くし、このまま放置するのはためらわれる。

「……七々原《ななはら》宰相と学匠長《グラン・マイスター》に相談して、専門の研究班を編成して調査するよう、ぼくから頼むよ。七々原宰相の差配なら、正教会派も手出しできない。そのあと王立図書館に依頼して文献を調べれば、彼女の正体について記述があるかもしれない。きみの心配するような事態は、起こらないよう気をつけるから……このことは、ぼくに任せてくれないか」

王立図書館が所蔵する文献は、一部の特権階級しか閲覧を許されておらず、騎士身分が閲覧するには推薦状と嘆願状と学匠長の許可がいる。当然、審査の過程で水晶の少女の存在も公になってしまうため、ジャンジャックはこれまで、文献を当たることもしなかった。

トトの提案に、ジャンジャックはしばらく黙って、

「……わたしは、トト殿下のご判断に口を挟む権限を持ち合わせておりません」

丁寧《ていねい》な言葉を紡《つむ》ぐが、目の奥に、憤りに似た感情がわだかまっている。

と、横合いからルルが首を突っ込んで、

「え、学匠長《グラン・マイスター》に教えるの？　やめようよ、もうろくしてるよ、あのひと。レンドン提督、学匠長が治療した指の傷が化膿して手首切断しちゃったし。昔はともかく、いまは薬草とほうれ

ん草の区別もつかないんじゃないかな」

さらにその傍《かたわ》らからノアが大笑いしながら、

「学匠長って、あの白ヒゲのおじいちゃん!?　ファルコの仕組みを研究しようとしたけど、結局わかんないうえに分解したまま戻せなくて。整備士総出で二週間かけて直したけど、何個かパーツなくなって、代わりの自作しなきゃいけなくて、レオがすっごい怒ってた。この王国の偉いひと、変なの多過ぎ〜」

王国における知識の最高峰を公然とバカにされ、今度はトトが黙り込むしかない。確かにガトランド王国の上層部はこの十年間で腐敗が深刻化し、もともとは優秀だった学者や大臣も太平の世を過ごすうちに堕落して、いまや自らの地位にしがみつくことだけが生き甲斐《いがい》の老人も少なくない。

「でも……だからといってこのまま放置するのは……」

トトは言葉を濁しながら、水晶の少女へ目を戻した。

ミアズマ鉱の瘴気《しょうき》に充《み》ちた汚れた空間と隔絶されて、水晶に閉ざされた少女はきよらかなまま静止している。

美しいな、とトトは思った。ここから外へこの少女を持ち出せば、切り刻まれて薬液に漬けられる可能性が高い。それはかわいそうだけれど……。

「……ん？」

不意にトトの胸の奥で、自分ではないものが、うごめいた。

いきなり――心臓が自らの意志を持ち、血液を逆流させはじめたような。

「…………っ!?」

自分の身体《からだ》の感覚が、自分のものでなくなる。意志の制御から、意識の深層に宿るなにものかが切り離され――

「これは……!!」

トトの背中から淡緑色の光芒《こうぼう》が走り、その真ん中に、眩《まばゆ》い大八島《おおやしま》文字が浮き立つ。

「忠《ちゅう》」

背後の空間にその文字が描き出されたその瞬間。

「え、やだ、なにっ!?」

素《す》っ頓狂《とんきょう》な声をあげるルルの背後からも、黄金の光芒が爆《は》ぜる。炎のようにゆらめき、燃え立つその光の中心に――

「孝《こう》」

ルルが継承した聖珠《せいじゅ》の名が、発光しながら浮遊する。

「……聖珠!?」

ジャンジャックが目を見ひらく。トトも、ルルも、なぜ突然、自らの聖珠がここで励起《れいき》したのか理解できない。

「これは……」「え、え、なにこれ!?」

アルテミシアとノアは目を見ひらいて後ずさりし、いきなり発現した『忠』と『孝』の紋様を見やり。

その傍《かたわ》ら、レオナルドは冷静な表情でノアの袖口を片手で引っ張って、トトとルルの反対方向、水晶のほうを無言で指さす。

「え、なに、いま…………ええええええええ」

レオナルドが指さす水晶の少女を振り返って、ノアがのけぞりながらひときわ素っ頓狂な声をあげる。

「ちょ、目、目ぇぇぇっ!!」

あわてふためき、両手をばたばた振りながら、ノアは一同の注意を水晶の少女へ引き戻させる。トト、ルル、アルテミシア、ジャンジャックの目線が今度は水晶へ移り。

「え」「わ」「え!?」「…………っ!!」

レオナルドを除く全員が、驚愕《きょうがく》の表情を示し。

「………………」

ただひとり、レオナルドだけは冷徹に透きとおった表情を、水晶のなかで目を見ひらいた少女へむける。

「目ぇ、あいてるぅぅうっ!!」

尻餅《しりもち》をついたノアが、水晶を指さして叫ぶ。

水晶に封じ込められた少女の瞳が、いま目覚めたかのように、大きくひらかれていた。

ついさっきまで、長い睫毛《まつげ》のした、両の瞳は眠るように閉じられていた。しかしいま、透きとおった蒼氷色《アイスブルー》の瞳は明らかに生物の意志を孕《はら》んで、大きく見ひらかれている……!

「……起きる……!?」

ジャンジャックが息を呑《の》み、この一年間、この洞窟《どうくつ》でともに同じ時間を過ごしてきた少女を見上げる。

『忠《ちゅう》』の文字からあがる淡緑色の光芒《こうぼう》と、『孝《こう》』が噴き上げる黄金の光芒が空間のなかで絡まり合い、互いを燃料とするかのようにますます激しく燃え立って、洞窟を包み込む。

この炎に熱はない。ただめまぐるしい色彩の乱舞があるだけだ。少女を封印した水晶が、熱のないその炎のただなかに呑まれていく。

――聖珠《せいじゅ》と、あの子が、反応している……!

トトはそれを悟る。聖珠が自身の制御を外れた原因は、間違いなく水晶の少女だ。

――やはり、魔族……!?

聖珠とは、魔王を討った「八岐《やつまた》」の欠片《かけら》。それがこれほど激しく反応するということは、この少女の正体は……。

見ひらいた目線の先、激しく乱舞する色彩のむこう、六角柱状の水晶の表面にひび割れが走った。

ぎろり。

さかさまに封じ込められた少女の瞳が一瞬、トトを睨《にら》みつけ。

──割れる……！

トトはそれを悟り。

「……みんな、伏せろっ！」

叫ぶと同時に、ぱりりん、と澄んだ高い音が響く。

砕け散った水晶の破片が、一瞬ぶわりと空間へ拡散し──

「わっ」「きゃっ」「くっ」

ルルとノアが抱き合い、ジャンジャックとトトは伏せ、アルテミシアは厳しい表情で後ずさりし、レオナルドは微動だにせず前方を睨み。

微細な光たちがきらきら、粉雪みたいに洞窟内を埋め。

同時に、『忠』と『孝』の発光が、消えた。

燃え立っていた熱のない炎の海が、潮が引くように空間から消え失せていき、あたりには宙を漂う、霧のような光の破片が残されて──

ひたり。

異国風の革靴が、土の地面に降り立った。

ひらり、と格子柄のスカートがひるがえり、白い太股《ふともも》が前へ送られ。

「…………………」

長くつややかな黒髪が角灯《ランタン》の明かりを表面へ滑らせ、毛先に光のしずくが散る。

水晶から解き放たれた少女は蒼氷色《アイスブルー》の瞳をしっかり持ち上げ、冷たく冴えた眼差《まなざ》しを洞窟《どうくつ》内へゆっくりと注いだ。

「…………っ!!」「…………ひ…………」「ちょ、え、マジ…………!?」

少女は静謐《せいひつ》な表情のまま、地に伏せたり、尻餅《しりもち》をついたり、互いに抱き合ったりしている六人の少年少女たちを見回して。

「…………」

無言で背後を振り返り、自らを封じ込めていた水晶の残骸を見やる。

そして、静寂。

光の粒子たちが地へ落ちて、聖珠《せいじゅ》は完全に静まって発光をやめ、洞窟内は再び、角灯と松明《たいまつ》の光だけが照明となる。

「あ、あ、あ……」「ちょ、ま、これ…………」

呆気《あっけ》にとられる六人の少年少女の面前、いままさに水晶の内部から外界へ降り立ったその少女は、やや訝《いぶか》しげな表情で洞窟内を見回す。

——なんだ……この子……!?

トトは少女の佇《たたず》まいに気圧《けお》される。アルテミシアをはじめて見たときの胸の高鳴りとは種類の違う、自然な畏敬《いけい》が心の奥からこみ上げてくる。

よくわからない素材でできた、見たことのない不思議な衣装から伸びる、すらりとした長い手足。光の輪ができるほどつややかに黒光りする、整いすぎた黒髪。長い睫毛《まつげ》と、透きとおった蒼氷色の瞳と、桜色の唇は十代後半の少女のそれだが、しかしその立ち姿には明らかな威厳が備わって、王族であるトトをも威圧するような。

いきなり——

少女は顔を自らの右側へむけて、なにもない闇へ呼びかけた。

「…………アスタロス。……サリエル」

どこにでもいる、普通の少女の声質だ。言葉は闇に吸い込まれたが、なにも起きない。

少女はしばし無言で佇んだのち、今度は顔を左側へむけて、呼びかける。

「……バルベロ。……レヴィヤタン」

しん、とした静寂が少女の声に応える。

少女の眉根《まゆね》が、わずかに寄った。なんらかの異変にいらだつように、少女の声がやや、厳しさを帯びる。

「リリス。……フォルネウス。ドゥマ」

つづけざま、そんな言葉を周囲の闇へ並べるが、返ってくるのは静寂のみ。

少女はしばらくなにもない闇を見回してから、ようやくトトたち六人へ顔をむけて、言葉をかけてきた。

「そこのミーニャ。ひれ伏せ」

脅すでも威嚇《いかく》するでもなく、朝の挨拶《あいさつ》のような語調でそんなことを言う。

この場にいる六人のうち、ジャンジャックはハーフミーニャで、アルテミシアとノアとレオナルドは人間なので、ミーニャはトトとルルだけだ。

トトは思わず息を呑《の》み、高座に佇《たたず》む少女を見上げた。

神気めいたものをまとい、少女は静謐《せいひつ》な蒼氷色《アイスブルー》の瞳で一同を見下ろしている。

トトは、気を引き締めた。そして王族の心構えの基本を、自分に言い聞かせる。

——ぼくは王侯だ。恐れてはならない。

王侯たるもの、どんな非常事態にも感情の揺らぎを見せることなく、平時と変わらず対処する。軽率に感情を発露することは、威厳を損なうことであり、臣下はそんな王侯には服従しない。王侯の威厳は武器であり、その武器は冷静さによって保たれる。

——何食わぬ顔で、対応しろ……！

トトは思い切って顔を持ち上げ、一歩前に進み出た。

「……こんにちは。はじめまして」

「………………………」

「……ぼくはガトランド王国第二王子、トト・ガトランド。きみに会えて光栄に思う。それで、こちらが……」

傍《かたわ》らのルルを目線で示す。ルルもトトと同じく、王侯が軽々しく動揺をおもてへ出してはならないことを幼少期からたたき込まれており、努めて冷静な口調で、

「ガトランド王国第二王女、ルル・ガトランド。はじめまして。あなたのお名前を教えていただける？」

丁寧《ていねい》に名乗り、尋ねる。

高座から、少女はうろんな眼差《まなざ》しでふたりを見下ろし、頭部の猫耳を確認。

それから語調に、わずかな蔑《さげす》みを込める。

「王子、王女？　……うぬらはミーニャであろうが。卑しい下僕が王を名乗るなど言語道《ごんごどう》断《だん》。玉座に人間が紛れ込んでおるぞ、さっさと殺せ」

ノア、ジャンジャック、レオナルド、アルテミシアへは目もくれず、トトとルルだけに目線を据《す》えて、少女はそんな言葉を平然と言い放ち、腕組みをして、苛立《いらだ》たしげにとんとん、爪先《つまさき》で地面を叩く。

トトとルルは強《こわ》ばった顔を見合わせる。

いま、この少女は確かに、はじめて会ったばかりのひとを「殺せ」と命じた。

もしかすると、やはり、起こしてはまずい存在を起こしてしまったのではないか。

(ちょ、これ、まずいかも………)

(あの子なに、魔族? ヤバいひと? わたしたち、逃げたほうが良くない?)

謎の少女に聞こえないよう、小声で相談するが、結論が出るはずもなく。

「……おらんのか、アスタロス。……わしが呼んでおるのだぞ、さっさと出でよ」

一方、少女はそんな独り言をぶつぶつこぼし、相変わらず闇へむかってよくわからない名前を呼びかけている。

膠着《こうちゃく》を破ったのは、ノアだった。

「えぇっと、ちょっといい? あのさ、あなた、もしかして魔族?」

直球すぎる質問を、いつもの安穏とした調子で投げつける。

やおら、謎の少女はまなじりを猛《たけ》らせて、

「誰にものを言うておるか、人間っ!!」

怒鳴ると同時に、右手の人差し指をクンっ、と上方へ持ち上げ。

刹那《せつな》、ノアの身体《からだ》が上方に吹っ飛ぶ……ことはなく、ただ静寂のみがその場に立ちこめ。

「……ん?」

黒髪の少女は人差し指を立てたまま、まばたきをして。

「………ふんっ!」

気合い一閃《いっせん》、もう一回人差し指を上方へ立てるが。

「…………………」

その場には、気詰まりな静寂だけが立ちこめ。

ごほん、と黒髪の少女は咳払《せきばら》いし、きりりと表情を引き締め、

「わしを本気にさせたようだな」

「…………………」

「まとめて塵《ちり》にしてくれるわ、下郎《げろう》どもっ！」

言葉と同時に、右足を前に出して半身で右手を振り上げ、身をひねりながら思い切り斜めに振り下ろし。

「…………………」

当然のように、気詰まりな静寂が破られることもなく。

少女は左膝を地に付けて、うつ伏せ気味に右手を振り下ろしたまま、動かない。

どことなく痛々しい雰囲気が、その場に立ちこめる。

しばらく変な格好で静寂を受け止めてから、少女は唇を噛《か》みしめて立ち上がって左膝の土を片手で払い、もう一度胸の前で両手を組んでふんぞり返る。

「……出でよ、冥界の六君主。サリエル。バルベロ。レヴィヤタン。……リリス。……フォルネウス。ドゥマ」

そんな言葉を紡《つむ》いで、真顔で洞窟《どうくつ》内を見渡す。

長い静寂。

ぽたん、とどこからか、水滴が地に落ちる音。

腕組みをしたままの少女の表情に、やや切ないものが紛れ込む。

――このまま放っておくと、泣いてしまうかもしれない……。

心配になって、トトは少女を怯《おび》えさせないよう、慎重に尋ねた。

「あの、よくわからないけど……仲間を呼んでいるのかな？」

「…………………」

少女は唇を噛《か》みしめて、少し悔しそうに、トトを一瞥《いちべつ》する。

「……たぶん、状況が変わっているんだと思う。……ぼくの知る限り、きみはずっと水晶のなかに封印されていた。どのくらいの期間かはわからないけれど、きみが思うよりかなり長い時間が経過していて……以前と同じように、力が使えないのかもしれない」

少女を怒らせないように気を遣いながら、トトは言葉を選んで語りかけた。

少女は腕組みしたまま黙ってトトの言葉を聞き、苛立《いらだ》たしげにトントン、爪先《つまさき》で地を打つ。

「…………許す。つづけよ、下郎《げろう》」

「……だから、その……落ち着いて話をできないかな？　ぼくたちは争いを望んでいないし、きみがなにものなのかを学んで、できればきみの力になりたい」

その言葉が少女の逆鱗《げきりん》のどこかに触れたらしく。

「ミーニャの分際で、わしと対等のつもりかっ！」

怒りの表情で右足を前に出して半身で右手を振り上げ、身をひねりながら思い切り斜めに振り下ろし、なにも起きない。

トトはかわいそうになり、言い直す。

「う、うん、言い過ぎた。えぇっと……あなたに協力したいと思う」

少女はしばらく左膝を地面に付けて、前傾したまま静止し、唇を噛みしめ、ゆっくりと左膝の土を片手で払うと元の姿勢に戻り、ふんぞり返った。

「………わかったぞ、悪い夢を見ておるらしい。これは夢だ。そうだなミーニャ？」

都合の悪いことは全部夢のせいにするひとらしい。トトは頷《うなず》いて、

「うん、きみ……あなたが納得できるなら、それで」

「そうであろうな。魔王ルシファーたるこのわしも、悪夢を見たりするものらしい」

その言葉に、トトとルルは顔を見合わせ、

（ルシファーって言ってる……）

（え、本物？　女の子なの？）

（わからない。そう思い込んでる可能性も……）

魔王や魔族を自称するものは、いまの世界にはうんざりするほど大勢いる。だがこの少女の

場合、ついいましがたまで水晶に封印されていたし、ここは『魔王の塔』の地下。簡単に全否定するべきでもないだろうが……。

考えていると、突然ノアがレオナルドと一緒に、にこにこしながら進み出て、

「あなた、魔王ルシファーなの⁉　すごーい、ハグして！」

ずかずかと少女のいる高座へ上がっていき、両手を大きく広げる。

「消し飛べ、下郎《げろう》っ!!」

ルシファーは半身で右手を振り上げて振り下ろすが。

「きゃー、かわいい、美人！　魔王ってこんなかわいいんだ、すごーい」

ノアはルシファーの両脇に両手を突っ込むと、無理やり立たせてぎゅうっとハグする。

「なにをする下郎っ、放せっ!!」

「身体《からだ》柔らかいし、体温あったかいよ？　あなた普通の人間じゃん！」

いやがり、苦悶《くもん》の表情で身をよじるルシファーを、ノアは抱きしめたまま、

「あなたのことルーシーって呼ぶね。よろしくルーシー」

「サリエルぅっ!!　バルベロぉっ!!」

ついにルシファーは半泣きになって手下の名前を呼ぶが、誰も来ない。

「ずっと水晶に閉じ込められてて窮屈だったねー。長いことひとりでよく我慢したよね、すっごい偉い。大丈夫、安心して、これからあなたが王国で暮らせるように、あたしたちが手配し

てあげるから。なんてったって、あたしたちもう友達だし」

ノアは心の垣根など土足で破壊し、勝手に友達になると、一方的にこれからのことまで決める。ノアとレオナルドに抱きすくめられたまま動けないルシファーはついに完全な泣き顔になり、

「リリスぅぅっ!!」

泣き叫ぶが、ノアはルシファーの間近に顔を寄せ、

「とりあえず、ここ暗いし埃《ほこり》っぽいし、外行こうか？　そうだ、水浴びしようよ、近くにいい川があるの、みんなで一緒に泳ごう！」

いきなりの提案を繰り出し、当然のように笑顔をたたえる。

「うう……。ううう………」

ルシファーはノアとレオナルドの手を逃れようと必死に身をくねらせるが、ノアは正面から、レオナルドは背後からルシファーにしっかりと抱きついて離れない。

「やめろ、放せぇ…………」

だんだんルシファーの声から力が抜け落ち、ふたりに抱きつかれたままついにその場に座り込んでしまう。

「うんうん、いきなり知らない世界に放り出されて困ってるんだよね？　大丈夫だよ、わたしたちみんなあなたの味方だから！　そういうわけで水浴び行こう！　トト、ジャン、レオも手

伝って！」

半泣きになるルシファーの頭を気安くぽんぽん叩きながら、ノアは少年たちをふりむいて、当たり前のようにそう頼んだ……。

†　†　†

確かわたしはジャンジャックに用事があって、今朝方ミーシャと一緒に馬車に乗ったはずなんだけど。なにがどうしていいま、女の子四人で水浴びをしているのだろうか。

ガトランド王国第二王女ルル・ガトランドはそんなことをふと考えはしたが、しかし弾ける水しぶきと開けっぴろげな笑い声を片耳に聞き、川底を透かす強い七月の日差しを受けて、細かいことはまあいいか、と思うことにした。

「きゃー気持ちいいっ」

傭兵《ようへい》飛行士ノアは歓声をあげて、ゆっくりした流れの小川をすいすい、犬かきで泳ぐ。

四人とも、ノアのテントから持ってきた薄いシルクの布地を裸身に巻き付け、思い思いに渓流に身を浸す。水着ではなく、ただの布を身体《からだ》に巻いただけだから、泳いだりするとどうしてもはだけ、はしたない格好になってしまうが、女の子だけだしいいだろう。両側を木立に遮られ、ここへ通じる小路ではトトとジャンジャックとレオナルドが見張りに立っているから、少女たちは安心して水浴びを楽しめる。

すぐそこに落差三メートルほどの小さな滝があり、滝壺《たきつぼ》を泳ぐ小魚が見えるくらい透明な水をたたえていた。ルルは滝の間際まで歩いて、そのままどぼんと滝壺へ飛び込み、足がつかないほど深いところに立ち泳ぎし、冷たく澄んだ水を掻《か》く。

「はー、いい気持ち……」

渓流での水浴びは、久しぶりだった。異形《いぎょう》山の奥深くにこんな良い渓流があることをはじめて知った。

「ルルー、気に入った？　いいとこでしょう？」

ノアが犬かきしながらにこにこと、立ち泳ぎするルルの傍《かたわ》らへ寄ってくる。

「最高だね、夏の間、何度でも来たい」

「野犬とか狼が出るから、夜は危ないらしいけど。昼間はいいでしょ、山奥だからひとも少ないし」

異形山の奥地に住んでいるのは、採掘場の奴隷《どれい》鉱夫か警備騎士くらいだ。それ以外は炭焼き職人か木こり、灰職人が山深い小屋に住んでいるだけ。だから他人の目を気にすることなく、露《あら》わな肢体を陽光に晒《さら》すこともできる。

川岸へ目をやると、布を身体に巻き付けたアルテミシアが、川に足首を浸していた。

ルルはそちらへ手を振って、

「ミーシャ、もしかして泳げない？」

呼びかけると、アルテミシアは少し困ったような顔を持ち上げ、

「お、泳げます。でも……」

なにごとか言いにくそうに、言葉をまごつかせる。ルルはなんとなく、アルテミシアの言いたいことに思い至った。

「大丈夫だよ、ノア、触ったりしないよね？」

アルテミシアは他人から手を触れられることを極端にいやがる。ノアはまだ、そのことを知らない。

「え、触られるのがダメ？　そういう体質なんだ。わかった、大丈夫だよ、変なことしないし、こっちおいでー。水、気持ちいいよー」

ルルの説明を受けて、ノアはアルテミシアに触らないことを誓った。

「…………あ、いえ、はい……」

アルテミシアは意を決して、清流に身を浸し、滝壺《たきつぼ》へと泳いでくる。

それからルルは問題の少女へ目を移した。

ぎろり、と挑むような目線が、すぐ近くから返る。

「なんだ？　文句があるのか？　魔王が水浴びしてはならんとでも？」

「あ、そうじゃなくて。なんていうか、ほら、一緒に遊べてうれしいなー、と思って……」

もっと嫌がり、抵抗するかと思ったが、自称魔王ルシファーは意外にすんなり、促されるまま洞窟《どうくつ》の外へ出て、渓流へ来るとあっさりと服を脱いで布を巻き付け、渓流に飛び込んだ。ずっと水晶に閉じ込められていたから、外の空気が吸えるのがうれしいのだろうか。明らかにルシファーは、ここでの水浴びを楽しんでいる。

ルルの言葉を、ふん、と自称魔王は鼻息で吹き飛ばし、布を身体《からだ》の上下に巻き付けたまま、すいーっ、と優雅な犬かきで滝壺を泳ぎ抜ける。

「心地よいことは認めてやる。いまは夏であるようだから、水浴びで汗や汚れをこまめに洗い流すのは自然なことだ。そしてわたしはお前たちより遙《はる》かに、泳ぐのも上手《うま》い」

そう言ってルシファーは、片手を頭の先にまでいっぱいに突き出し、そのまま水中を漕《こ》いで腰に引きつけ、それを両手で交互に繰り返しつつ、そろえた両足の爪先《つまさき》をばたばたさせて推進力を加える、不思議な泳ぎかたを披露した。

「わ、すごい、ルーシー速い！」

ルルは目を見ひらいた。ルルやノアがやっている犬かき泳法より遙かに速く、見栄えもいい泳ぎかただ。

「はっはっは、恐れ入ったか下僕ども。これが魔王の力だ！」

両手で推進しながら、腕の振り上げに合わせて水面につけた顔をあげ、ルシファーは自在に滝壺を泳ぎぬけつつ高らかに笑う。ルルとノアは顔を見合わせ、見よう見まねで同じ泳ぎかたに挑んでみる。

「えー難しい！」「手、こう？　顔、水につけるの？」

水しぶきをあげるふたりへ、ルシファーは眉《まゆ》を吊《つ》り上げ、

「違う！　手の甲を内側へむけるのだ！　それにより、水の抵抗を抑えることができる！」

いかめしく指導する。

「こ、こう？」「こんな感じかな？」「違うっ、こうっ！」「こんなん？」「違うっ！」

激しい指導が繰り返され、やがてルルとノアもなんとかルシファーを真似《まね》て、ぎこちないながら新しい泳法で滝壺《たきつぼ》を泳ぎはじめた。

「あはっ、いい感じ！」「これいいよ、みんなにも教えてあげよう！」

アルテミシアもそれを見て、たどたどしく真似をして泳ぎはじめ、女の子四人ではしゃぎながら泳ぐうち、

「あれ、布、どっか行っちゃった！」「あー、泳ぎすぎたね。ま、いっか！」

ルルとノアは、身体《からだ》を覆っていた布が落ちて流されてしまったことに気づく。

「ぬ？　うわっ」「え、あ、きゃっ」

ルシファーとアルテミシアも、自分がいつのまにか生まれたままのすがたで泳いでいたことに気がつき、慌てて両手で水中の身体を隠す。

「女の子だけだしいいじゃん！　せっかくだし誰が一番胸大きいか競争しようよ。まずあたし

から、じゃーん！」

水面から上体を突き出し、腰に両手を当てて生まれたままのすがたでふんぞり返るノアを、ルルとルシファーとアルテミシアは完全に無視し、なくした布を探すのだが、すでに下流へ流されてしまったらしく。

「みんな裸だね……」「ま、気にしない気にしない！」「ぬぅ……」「うぅ……」

ルルは諦め、ノアは笑って、ルシファーとアルテミシアは当惑しながら、木立から差し込んでくる七月の日差しが互いの素肌を白く照らすのを見やる。

「みんなスタイルいいよね！　ルーシーもミーシャも、ルルも！　あたし手足短いかな、胸はまあまあ、あると思うけどー」

呑気《のんき》なことを言いながら、ノアは全員の裸体を観賞し、感想を述べる。ルルは困りながら、

「ノア、目線がやらしい……」

「うん、せっかくだし！　あれ、ミーシャ、虫に食われてる？」

ノアはアルテミシアの首筋と胸元に、赤い斑点があることに気づいた。言われてアルテミシアは慌てて、患部を手で隠す。

「あ、いま、刺されたみたいで……」

「うわ、怖っ！　みんな、虫に気をつけよう、虫！」

注意を呼びかけるノアの傍《かたわ》らを、すぃー、っとルシファーが泳ぎ抜ける。透明な水を透かし

て見える腰のラインとかたちの良い臀部《でんぶ》へ興味の視線を送ったノアは、ルシファーの背中に妙なラインが入っていることに気づいた。

「ルーシー、背中、なにそれ……？」

「ぬ？　背中？」

言われてルシファーは肩越しに、自らの背中を覗《のぞ》き込むが、自分ではうまく見えない。

ノアはルシファーの背中に回って、それを観察。背骨の両側、肩甲骨の内側に「ハ」の字を描いて、金属の棒のようなものがうっすら、外界へ露出している。

「え、なんかすごい、機械みたいなのが埋まってる！」

ノアはしげしげとその不思議な物体を観察。幅一センチ弱、長さ二十センチほどの細長い長方形で、よく見ると中央に切れ込みのような溝がある。

言われたルシファーは首を捻《ひね》りながら、

「機械が埋まっている？」

本人に覚えがないらしく、自分で確認しようと必死に背中へ首を回すが、水中で犬のように回転するのみ。

「本当だ、機械が埋まってるね。ルーシーにもわかんないの？」

ルルも同じものを確認して、尋ねる。ルシファーはやや焦った表情で、

「う、ぬ、ぬぅ………」

返事にならない返事をよこす。

ルルは少しだけ考える。

――やっぱり、ルーシーは、かなり変わってる……。

それは間違いない。が、

――もう少し、わたしたちだけで、ルーシーを観察したい……。

本人が言うとおりに魔王であったなら、ただちに王城へ知らせて討伐《とうばつ》するべきだ。しかしそうでないなら、大人たちに知らせるべきではないと思う。彼らはきっと、水晶に封印されていた事実や、身体《からだ》に埋め込まれた機械を見るや「異端」「魔女」と断定し、ルシファーを処刑してしまう。出自の怪しい神父たちの雑な審問で火あぶりにされる無実の女性たちを、これまで何度もルルは自分の目で見てきた。

今日ここに集まっている少年少女たちは、そんな偏見を持っておらず、公正な目線でルシファーの人間性を見定めることができる。ここまでやりとりした感じ、ルシファーは尊大な態度を取ってはいるが、ルルたちとの水浴びを楽しんでいるのは明らかで、そのへんにいる十代後半の少女とそれほど大きな違いはない。このまま同じ時間を過ごせばやがて打ち解けて、記憶も戻ってくると思う。彼女の処遇を決めるのは、それからでも遅くないのでは……。

黙考するルルの傍《かたわ》ら、相変わらずノアはルシファーの背中に取り憑《つ》いて、棒状の金属へ指先を突っ込んだり、匂いを嗅《か》いだりしている。

「なんだろこの溝っぽいの。なんか出てきたりするのかな?」

「ちょ、おい、やめろ、くすぐるな……」

「ちょっとだけこじあけてみるね、中からなんか出てくるかもしれないし」

いやがるルシファーを追いかけて、ノアは指先を機械部へ突っ込んでまさぐろうとする。

「や、やめ、やっ、くすぐったい!」

「ごめん、我慢して、もうちょっとだけ」

どちらが魔王かわからない執拗《しつよう》さでルシファーの背中をまさぐっていた、そのとき。

ぐぅぅ〜〜〜……。

場違いな音が、滝に負けない音量で場に響いた。

「え?」「わ」「…………………」

明らかな、お腹《なか》の虫の音だった。ノアは周囲へ目を送り、素っ気ない表情のアルテミシアと
顔の前で手のひらを振るルルと、悔しげに唇を嚙《か》みしめるルシファーを見る。

「あ、ルーシー、もしかしておなかすいてる!?」

「…………………」

ルシファーは真っ赤な顔をうつむかせ、さらに唇を嚙みしめ、

「……肉……………」

率直な要望を口にする。ぱぁっとノアは笑顔を輝かせ、

「ごめん、気づかなかった、そうだよね！　ずっと水晶のなかに入ってたんだからおなかもすくよね！　そうだ、どうせなら今日はここで野営《キャンプ》しようよ！　河原《かわら》もあるし、食べ物も採掘場から持ってくればいいし！　レオもジャンもトトも一緒に！」

その提案に、ルルは笑顔を返す。

「あ、いいね！　キャンプしたい！　ミーシャもいいよね!?」

「……あ、はい、わたしは全く、問題ありません。が、お城に知らせないと……」

「わたし、ファルコでお城までひとっ飛びするよ！　日のあるうちには帰れるし、お城の厨房から食べ物持ってこれるし！　いいね、キャンプに決まり！　きゃー楽しくなってきた！」

ノアは大喜びで、王城への連絡役を買って出る。彼女の言葉どおり、飛行機ファルコは王城の武器庫塔の屋上から離発着できるため、連絡手段としてはガゼル鳥より速いし確実だ。

「いいよねルーシー、お城からお肉いっぱい持ってくるよ！　ミートパイも、アップルパイも！」

背中に取り憑《つ》いたままのノアに言われて、ルシファーはハッとした表情で背後を振り向き、

「……肉……!!」

よだれを垂らさんばかりに反応する。

「もしかして生で食べる!?」

「焼いて食べる!!」

「きゃーわたしたちと一緒！　待っててね、すぐ持ってくるから！　よーし、ジャンたちにも教えなきゃ！」

興奮したノアは全裸のままで小路にむかって駆けだそうとし、ルルに制止されて慌てて服を着込み、「採掘場の野営地《キャンプ》に、必要なもの全部あるから！　準備よろしく！」と元気よく言って、木立のむこうへ消えていった。

残されたルルは、きょとんとしたままのアルテミシアと、肉を夢見るルシファーへむかって、ぱん、とひとつ手を叩いた。

「じゃあ、わたしたちも準備しましょうか。ここで食事を作って、寝るわけだから、なにをするべきかというと、えぇっと……」

ルルは野営の準備に取りかかろうと思ったが、こういうことはいつも侍女や従僕たちがやるので、なにをすればいいのかよくわからない。アルテミシアもルシファーも、いかにも頼りにならなそうだ。ともかく服を着て、おもての小径《こみち》で待っているトトとジャンジャックとレオナルドに相談するのが良いだろう……。


夕方。

枯れ枝を集め、河原《かわら》に石の竈《かまど》を作って火を熾《おこ》し、採掘場の野営地から借りてきた天幕を設営したところで、木立のむこうからファルコのプロペラ音が響いてきた。

ジャンジャックとレオナルドは、さきほど野営地で調達してきた食材を切り分けながら、プロペラ音が彼方《かなた》のガトランド空港の方面に消えていく音を確認。

調理しつつ待っていると、ほどなく大きな背嚢《はいのう》を背負ったノアの明るい笑顔が生い茂った緑の狭間《はざま》から現れた。

「ごめ——ん。お城行ったら、変なのついてきちゃった！」

と、ノアの背後から毅然《きぜん》とした表情の第一王子ガガ・ガトランドが現れて、ルシファーを除く全員が驚く。

白い麻のシャツと紺のズボン、革のブーツを合わせ、背嚢を背負い、斜めにかけた腰の剣帯に両刃剣《ナイトソード》を差したガガはいつもの堅苦しい表情で、くつろいでいた少年少女たちを見渡し、

「貴様らだけで野営すると聞きつけ、それでは獣や野盗に襲われた際、戦力が心許《こころもと》なかろうと思い来てやった。感極まる必要はない、楽にして構わぬ。ふむ、そこの目つきの悪い女が水晶に封じられていたという魔物か。一見したところ人間に見えるが、女に化けて人間をたぶらかしている可能性もある。本当に魔王なのかそうでないかは、今夜おれ自身の目で見極めるとしよう。ところで、ついてきた変なのとはもしかしておれのことか？」

ガガはおもむろに、ノアの胸ぐらを両手で摑《つか》み、ぎりぎりと絞め上げながら、真顔で問いただす。

「答えろ。貴様はいままさか、この国の第一王子を『変なの』と呼んだのか、あ？」

ノアは首を絞められながら、負けじと手首を交差させてガガの襟首を摑《つか》み、果敢に絞め技を返しつつ、

「だって、あんた、変じゃん……！」

目を血走らせ、罵声《ばせい》を投げる。ガガも首を絞められながら、同じく目を血走らせ、

「……なにをしている……首を絞めるな……!!」

「……あんたが……絞めてんでしょうが……!!」

「おれは……いいのだ、バカ女……!!」

「……なにがいいのよ……バカ王子……!!」

互いの首を絞めながら、じゃれ合うふたりのもとへルルが割って入って、微笑《ほほえ》みをたたえて仲裁する。

「はいはい今日も仲良しね、じゃれてないで、離れよ？　ガガいらっしゃい！　人数は多いほうが楽しいし大歓迎！　でも仲間に入りたいなら説教とかやめてね、あと偉そうな態度も。今日はみんなで楽しむためのキャンプだから、ね？」

子どもをあやすようにガガへ言い含める。

「偉そう、ではない、偉いのだ！　おれはこの国の第一王子、未来の国王であるからな！」

「うんうん、そうそう、偉い偉い。で、ノア、食材手に入った？」

「任せろ！」

　ノアは元気よく言って、背負っていた大きな背嚢《はいのう》をおろし、中身をひらく。牛肉、鶏肉、羊肉の塊と、豚肉の腸詰めが食べきれないくらいぎっしり詰まっていて、ルルは思わず歓声をあげた。

「わ、すごい！　これ全部買ってきたの!?　高かったでしょう!?」

「ガガがお城の料理番に言いつけたら、勝手に肉詰め込んでくれたの！　バカだけど王子だからこういうとき役に立つよね！」

　ノアはそう言って、ウインクしながら親指を立てる。

　その傍《かたわ》ら、ガガも鷹揚《おうよう》に頷《うなず》いて、背負っていた背嚢を降ろし、なかからワインの革袋を取り出した。アルコールだが、ガトランド王国では水代わりに十二才以上から飲酒が認められており、トトが飲んでも問題ない。

「王侯は食材を買わぬ。提供するよう命じるのだ。ここへ来る際に採掘場野営地《キャンプ》において、糧秣《りょうまつ》調達担当官にワイン樽《だる》とエール樽を運ぶよう命じておいた。八名が野営するには充分な飲料がほどなく届くであろう。ところで貴様、バカだけど王子とはもしかしておれのことか？」

　再び互いの首を絞めあげはじめたふたりを仲裁し、ルルは調理を担当してくれるジャンジャックとレオナルドのところへ背嚢を持っていった。ふたりとも喜んで、肉を切り分けはじめる。

　今日ここで野営するのは第一王子ガガ、第二王子トト、第二王女ルル、第三王女アルテミシアと、傭兵《ようへい》飛行士ノア、整備士レオナルド、警備騎士ジャンジャック、自称魔王ルシファーの八人。今後二度と集まることもないであろう珍妙なメンバーだし、従士もなしに王族が四人も野営《キャンプ》するのはめったにない。果たしてどんな夜になるのか、ルルにも全く予測がつかない……。

やがて木立の葉ごもりが、真っ赤な斑に埋まった。西の空から残照が消えていくにつれ、天頂の星座たちがかたちを鮮やかにしていく。鳥たちが寝静まり、虫とカエルの鳴き声が渓流のせせらぎに紛れはじめたころには、焚《た》き火の周囲に立ち並べられた串焼き肉たちが脂を滴らせていた。

「肉!! うまい！ そこのコック、褒めてやる！」

大きな串焼き牛肉を右手に、串焼きの川魚を左手に鷲《わし》づかみにして、自称魔王ルシファーは焚き火の隣の石の竈《かまど》で調理に励むジャンジャックの背中へ大声をかけた。

「喜んでもらえてうれしいよ」

ジャンジャックは振り返りもせずに返事をすると、石の竈に板金を据《す》えて、炭火で熱する。この板金はジャンジャックのお手製で、鎧《よろい》の残骸を加工して平らに均《なら》したものだ。油を引いて野菜屑《くず》を散らし、充分に温まったのを確認して、塩で下味をつけた羊肉を並べる。

「肉も魚も、うまいっ！」

ルシファーは両手に握った牛肉と川魚の串焼きへ交互に食らいつき、先ほど荷車で運び込まれたワイン樽《だる》から木製のコップにワインをついで、豪快に飲み干す。

「ルーシー、よっぽどおなかすいてたんだね！」

焚き火の対面、ノアがそう言って、骨付き肉を食いちぎり、にこにこと周囲へ笑いかける。

「おいしいっ！　キャンプ最高！　あんた料理の才能あるよジャン！」

ほぼひとりで調理を指揮するジャンジャックは褒め言葉を背中で受け取り、無言で親指を立てて再び竈へ向きなおる。調理に集中したいらしく、余計な褒め言葉は不要らしい。

「ぼくも、狩りの獲物をさばくのはできるんだけど……」

第二王子トトはそう言いながら、焚き火を囲んで焼けた魚を口に運ぶ。ほこほこの白身が口のなかでほぐれ、川藻《かわも》の香りのするはらわたとほのかな塩気が口のなかで混ざり合い、噛《か》むほど旨みがあふれてくる。ジャンジャックが焼いた魚は火加減が絶妙で、白身魚なのに脂がはっきり感じられ、はっきりいって王城の料理番より料理がうまい。

感心しながら、トトの目線は傍《かたわ》らのアルテミシアへ流れる。

義妹は串焼きの川魚を両手で持って、はふはふ、口のなかで冷ましながら咀嚼《そしゃく》している。

ただ魚を食べているだけなのに、思わず微笑《ほほえ》んでしまうくらいにかわいらしい。

「野営したこと、ある？」

なんとなく、話しかけてみる。

夜風になびく白銀の髪が、焚き火の色を受けて橙《だいだい》色に染まっていた。きららかな星空を背景にしたアルテミシアは、森の妖精みたいにほのかに光を放ちだし、夜から浮き立っているように見えた。

「あ……。はじめてです」

桜色の唇から、少しはにかんだような答えが漏れる。

「そう。虫に刺されたって聞いたけど、平気？」

「あ、大丈夫です。もう収まったから……」

ぎこちなく言葉を交わし、ふたり、互いに黙りこむ。

——もう少し、上手に話したいけど。なにを話せばいいのかな。

トトは自分の口下手《くちべた》さが恨めしかった。せっかくこうしてアルテミシアと会話できる機会が巡ってきたのに、うまく話せない……。

「ミーシャ、食べてるー？　もっといっぱい食べなよ〜？」

と、横合いからほんのりと頰《ほお》を赤く染めたルルがちょっかいをかけてきた。さらにその傍《かたわ》らから、

「いやー、焚《た》き火の明かりで見てもやっぱり、ミーシャって美人だよね〜。ねえ、あたしとあなた、どっちが美人だと思う？」

飛行士ノアも革袋に入ったワインを片手に、傲慢《ごうまん》な質問をアルテミシアへ届ける。

「あ、いえ、あ………」

困惑しながら目を泳がせるアルテミシアへ、ノアはさらに意地悪そうな顔を近づけ、

「『わたしに決まってんだろ、この売女《ばいた》!!』……っていま思ったでしょ～～？　あたし、心の声聞こえちゃうんだ、そっかそっか～、それが本性か～」

「ち、違います！　そんなこと思いません！　わ、わたしは外見がどうとか、そういうことは関心が低く……」

「ノア、あんまりミーシャをいじめないで。どっちも美人でかわいいよ。ノアは自分で言っちゃうのがあれだけど……」

「だってあたしかわいいし！　男どもの寄り付きかた見れば自覚するよ、バカでも鈍感でもないし。認めちゃったほうがすがすがしいじゃん！」

ノアはそう言ってふんぞり返り、革袋のワインをラッパ飲みする。絶句するアルテミシアと困り顔のルル、トトの背後から、今度はガガが顔を出し、ノアへ目線を投げて、

「おい、そこの醜いバカ女。ワインをよこせ」

呼びかけるが、もちろんノアは答えない。

「聞こえないのか猿。お前だお前。もういい自分で取る」

ガガはずかずか歩み寄ると、ノアの手からワイン袋をふんだくり、ラッパ飲みする。

「ぎゃ――っ！　あたしが口つけたとこに口つけた！」

ノアはいやみたらしい悲鳴を上げてガガを糾弾《きゅうだん》するが。

「詫《わ》びろ。貴様の唾液《だえき》のいくばくかがおれの口唇部に付着した。ガトランド王国第一王子たる

このおれに、バカがうつったらどうしてくれる」

そう言ってふんぞり返るガガにむかい、ノアはこの世のものとは思えない罵詈雑言《ばりぞうごん》を投げかけ、ガガはためらいなくノアの首を絞め、ノアも負けじとガガの首を絞め返し、河原《かわら》に寝転がってごろごろじゃれ合う。

「あなたたち、もう、結婚すれば？」

ルルは呆《あき》れ顔をふたりへむけて、ワインを口へ運んだ。ジャンジャックとルシファー、それにレオも焚《た》き火に加わって、にぎやかな宴は夜更けまでつづき——


満天の星空が一同の頭上にきらめいていた。

フクロウの声と、小川のせせらぎ、虫の音を伴奏にして、座はいつの間にか、ガガを中心とした政治談義になってしまっていた。

「……そういうわけで、葡萄海《ぶどうかい》統一のためにはガトランド王国による武力行使が不可欠であるのだ。理解したか魔王」

問いかけられ、自称魔王ルシファーはウイスキーの入った革袋をがぶがぶ呷《あお》り、ぶふ——っ、と鼻息をついて、泥酔した眼差《まなざ》しをガガへむけ、

「うむ……。なるほど……。わかったようなわからんような……。ともかく……戦争するのは賛成じゃ！　ひとがいっぱい死ぬからのう！　人間と亜人は互いに殺し合って世界中を火の

海にすれば良いのじゃ！」

能天気な口調でとんでもないことを言い放つ。同じ焚き火を囲んでいるトトは困り顔を傍《かたわ》らのアルテミシアへむけて、

「ガガもルーシーも酔っ払ってるから……。冗談だと思うけど」

アルテミシアは黙って首を左右に振り、

「……ガガ王子の率直な意見を拝聴できて、とても勉強になります」

健気《けなげ》にもそんなことを言う。黒薔薇《くろばら》騎士団長の娘であるアルテミシアが大変な忍耐をしていまの言葉を紡《つむ》いだことがトトには伝わってきて、かわいそうになり、思わずガガにむかって言った。

「……でも兄さん。ガトランド王国が葡萄海を武力統一しても、人間がミーニャを憎む気持ちが残るよね。それだと結局、また同じ争いを繰り返すだけじゃないかな」

ガガは怪訝《けげん》そうな表情をトトにむける。トトがこうして、兄にまっこうから議論を挑むことはこれがはじめてといっていい。

トトは少し気後れしながら、ガガだけではなく場を囲んだみなにむかい、自分の考えを言葉にした。

「ぼくは最近、十年前に亡くなった姉のことを思い出すんだ。ラーラっていう、ぼくたちの腹違いの姉なんだけど、ぼくはとても尊敬していて……」

トトの言葉が自分にむけられていることに気づき、アルテミシアは頷《うなず》く。

「……存じてます。ラーラ・ガトランド王女。才知にあふれ、美しく、軍を率いても傑出した戦果をあげていたとか」

「そう、そのラーラがよく言っていたんだ。人間と亜人を区別する限り、争いはいつまでもつづくって。必要なのは、ガトランド王国でも七都市同盟でも黒薔薇《くろばら》騎士団でもない、みんなが同じルールで統治された新しい国を造るべきだ、って」

「…………」

「十年前のぼくには、ラーラのいうことがよくわからなかった。でも、いまのぼくはラーラと全く同じ意見だ。この世界から争いをなくすには、種族の垣根をなくすしかない。見た目と故郷と信仰が違うから殺し合うなんて間違ってる。ぼくはそういう垣根が全くない、生きるもの全てが互いを受け入れて暮らす世界を模索したい。ミーニャだけじゃなく、人間も、人狼も、ほかの亜人たちも、みんなが平和に平等に暮らすために」

「…………」

トトは言葉を紡《つむ》ぎながら、同じ焚《た》き火を囲むひとびとの様子をうかがっていた。真面目《まじめ》な顔で聞いている第二王女ルル、第三王女アルテミシア、警備騎士ジャンジャック、整備士レオナルド。河原《かわら》に仰向《あおむ》けに寝転んで幸せそうないびきをかく飛行士ノア。話の途中で興味を失い、骨付き肉を食べはじめた自称魔王ルシファー。そして、ずっと呆《あき》れ顔の第一王子ガガ。

「夢物語だとは思うけど……どうかな?」

一座にむけてトトは尋ねた。最初にルルがにっこり笑って、ぱん、と手を叩く。

「そうそう、ラーラ、そんなこと言ってたよね、わたしも思い出した！　そうだよ、人間とミーニャだけじゃなくて、他の種族もみんな一緒のルールで暮らせば、争いなんてなくなるよ！」

ためらいなく、みなの前でルルはトトの頭を撫《な》でて褒める。トトは困ったように笑い、

「ラーラの受け売りだけど。……でも、ぼくは全面的に賛成するし、そのためになにをやるべきか、考えることに意味はあると思う」

答えながら、目線をアルテミシアへむけてみる。

他人に気を遣ってばかりの第三王女は、ややぎこちないながら微笑《ほほえ》みをたたえ、

「素晴らしい考えです。この世界から争いをなくすには、わたしも、それしか方法がないと思います」

トトに賛同してくれる。

「ジャンは、どう思う?」

トトは同じ火を囲んでいるジャンジャックへ尋ねた。トトの話を聞きながら、ずっと思慮深そうな表情で焚き火をつついていた彼の考えていることが気になっていた。

ジャンジャックは一瞬驚いたようにトトへ目線を持ち上げ、それからにこりと笑った。

「わたしは、王子殿下に意見できる立場にありません」

穏やかにそう言うジャンジャックへ、トトは告げる。

「同じ火を囲んでいる仲間だ、今日は構わないよ。なにより、きみの意見を聞きたい」

ジャンジャックはしばらく目線を火に向けてから、ぽつりと答えた。

「わたしたちが生きている間には、無理でしょうね。わたしたちの子ども、その子が生んだ子ども、さらにそのあと、何世代もあとの子どもなら、あるいはそういう理想のもとに暮らしているかもしれませんが」

その答えを聞いて、トトは頷《うなず》いた。トト自身もそう思っているから異論はない。

「もちろん、すぐに叶えられる理想だとは思ってない。でも、誰かが最初の一歩を踏み出さないと、叶えることもできない。だからぼくは、その最初の一歩になりたいと思う」

きっぱりそう言い切ると、ルルがますます笑顔を輝かせ、

「本当にそんな国ができたら素敵だよねー。わたしもそこで生活したい！　みんなでこうやって同じもの食べて暮らしてれば、戦争なんて起きないし！　……ねえねえ、わたしいま、その国の名前が浮かんじゃったんだけど。発表していい？」

悪戯《いたずら》っぽく微笑《ほほえ》んだまま、そんなことを問いかけてくる。トトも笑って、

「国の名前？　いいね、教えて」

「この間、学匠に教わったんだけど。赤、橙《だいだい》、黄、緑、青、藍《あい》、紫……七色の色付きガラスを重ね合わせて太陽にかざしたら、地面に映る色は何色になるか……って実験を昔やったたん

だって。結果、地面に映ったのは白。ガラスの重なり合ってない部分は元のままなんだけど、七枚が重なった部分は白かったって。その話聞いて、わたし、素敵だなー、って思って。この世の全ての色が重なり合うと白になるって、なんか良くない？　だから……トトが造る、全部の種族がまとまって暮らす国の名前は、『白き国』！」

ルルはそう言って、窺《うかが》うようにトトを見た。

「…………ダメ？」

少し照れながら小首を傾《かし》げるルルへ、トトは微笑みを返した。

「いいね。採用」

「やった！　みんなで作ろう、『白き国』！」

ルルはなにかの標語みたいにそう言って、両手をあげて喜びを示す。

ジャンジャックも笑ってそう言い、傍《かたわ》らのアルテミシアも、

「意義なし、です」

「わたしも賛成です。シンプルでいいですね、『白き国』」

可憐《かれん》な笑顔で肯定する。だが。

「青臭いにもほどがある」

ずっと呆《あき》れた表情をたたえていたガガが、ひとことで斬《き》って捨てた。

「葡萄海《ぶどうかい》の歴史は謀略と裏切りの歴史だ。過去一千年以上、大小の闘争が途絶えた時期はなく、

相手を信じたものから滅びていった事実がある。百五十年前、我らを騙《だま》してガトー島に上陸した黒薔薇《くろばら》騎士団が王妃アリーシャになにをしたか忘れたか？　人間かミーニャか、いずれかが絶滅するまで争いは収まらぬ。いまさら互いを信用してひとつになるなど、できるわけがない」

ガガはそう言い切って一座を見回し、アルテミシアに目を止めて、「しまった」と目の奥を揺るがせた。酔っ払っているとはいえ、アルテミシアの目の前で大昔の黒薔薇騎士団の悪逆を糾弾《きゅうだん》するのはひどすぎる。

ルルが慌てて、アルテミシアに目線をむけ、

「ミーシャ、ガガは酔っ払っているから……」

「……いえ。……事実ですから」

アルテミシアはうつむいて、膝においた拳を握りしめる。トトは我慢できなくなり、ガガへむかって毅然《きぜん》と顔を上げ、

「……ぼくらが生まれるずっと前の話だよね。いつまでもそんな過去にとらわれず、これからのことを話すべきでは」

ガガは若干決まり悪そうに、

「……王妃の事件を持ちだしたのは撤回する。だが、簡単に相手を信用すれば寝首を掻《か》かれるのも事実だ。お前の意見は庶民がいうには笑い話だが、王侯が口にするには危険すぎる。お前が国策に不満を持っていると下級貴族どもに認識されれば、内紛のタネになりかねん。くれ

ぐれも仲間内以外で、いまの青臭い言葉を口にするな」

　強めにたしなめられて、トトは若干、憤る。

「お伽噺《とぎばなし》かもしれない。けれど、だからといっていまの延長線上を進んでいくのが正しいとも思えない。遥《はる》かな理想だけど、みなが望むものであるなら誰かが最初の一歩を踏み出すべきだし、それこそ王侯の役割だとぼくは思う」

　普通ならばみなの前でトトがガガに反論することなど絶対にない。それをすれば第一王子の体面を傷つけるからだ。けれどいまはそんな自制心を振りほどくほど、強い気持ちがトトの内側から突き上げてきていた。

　ガガは気に入らなそうにトトを一瞥《いちべつ》し、

「最初の一歩の中身はなんだ。全ての種族が平等に暮らす国を打ち立てるために、お前はどんな行動を起こす」

「それは……まずは賛同するひとを集める。宮廷と民間のサロンに仲間を増やして、みんなで研究して、意見書を作って……」

「そののちダダ王陛下に提案を一蹴《いっしゅう》されるわけか。おれが王ならそんな怪しい団体の主催者は間者《かんじゃ》と見なして投獄するが」

　トトの頭に一瞬、血が上った。怒りが、一気呵成《いっきかせい》の言葉になった。

「賛同するひとを集めるだけだよ。王侯貴族や有力者じゃなくても、普通の町のひとでいいんだ。まずは新しい秩序にむけた流れを作ることからはじめる。ぼくの生涯をかけても達成は難しいだろうけど、ぼくがいなくなったあとも、必ず、強く正しい理想は引き継がれる。ひとりじゃなく、数十、数百、数千……話が広まるほど、賛同するひとの数も増えるはず。生きとし生ける全ての種族がお互いを受け入れて暮らす、平和で平等な社会……。『白き国』っていう構想には、それだけの魅力があるとぼくは信じる。ぼくは『白き国』の礎《いしずえ》に組み込まれた小石のひとつで構わない。ぼくにとってこのことは、できるかできないかの問題じゃない、遙《はる》かな夢へ足を踏み出す勇気があるかないか、信念の問題なんだ」

珍しく言葉に感情がこもってしまったが、とにかくトトは自分の思いを吐き出した。

ガガは気に入らなそうに表情を歪《ゆが》め、弟を見やるのみ。

ルルはうれしそうに微笑《ほほえ》んで何度も頷《うなず》き、傍《かたわ》らのアルテミシアも同じくトトへ賛同の微笑みを投げかけ、ジャンジャックは神妙な表情で一度だけ頷く。

一度、薪《まき》が爆《は》ぜて火の粉が散った。

柔らかい夜風が、一同の狭間《はざま》を吹き抜けた。

ふん、とようやくガガは鼻を鳴らし、冷静さをかき集め、

「……誇大な妄想を抱くことができるのは子どもの特権だ。お前は現実から目を背《そむ》け、絵本じみた夢想に浸り、そんな自分に陶酔している」

トトは間を置かず、きっぱりと答える。

「笑われることは知ってるし、バカにされることも予想してる。ただぼくは、自分からなにもせず他人を嘲笑《ちょうしょう》するものになりたくない」

「貴様、おれがなにもしていないとでも」

「なら兄さんの理想はなに？　王陛下からこの国を受け継いだあと、臣民が平和に暮らすためになにをするの？」

　ぐっ、と言葉に詰まったガガが、激昂を吐き出そうとした瞬間、

「はいガガ、そこまで。トトもちょっと気が立ってる。ふたりとも落ち着いて」

　ルルが仲裁し、ガガは出かけた言葉を呑《の》む。

「わたしは笑わないよ、トト。全然応援する。みんな過去のことにこだわりすぎなんだよ、時代は進んでるんだからそんなの忘れて、仲良くやっていける方法を探さないと。ミーシャもそう思うでしょう？」

　ルルに話をむけられて、アルテミシアも気丈に表情を引き締め、

「はい。黒薔薇《くろばら》騎士団の幹部たちも、ガトランド王国と仲直りしたい、という気持ちがあります。いつかきっと人間もミーニャも亜人たちも、平等な社会で暮らす日がくると信じます」

　ふたりの王女の言葉を聞いて、ガガは思い切り顔をしかめ、

「ここは、ままごと会場だったか。実にくだらん。飲むぞ魔王、この場で最もまともな感性を持つのは貴様だ」

さっきからひとりで骨付き肉を食べつづけているルシファーへ、エールの革袋を手渡す。右手に肉を摑《つか》んだまま左手で革袋を受け取ったルシファーは、思い切りラッパ飲みしてからブフーっとげっぷを吐き、

「難しいことの考えすぎじゃ！　気に入らぬものは皆殺しにして、それ以外は奴隷《どれい》にすれば問題ない！」

言い切って、魔王じみた笑いを口の端にたたえる。

「うむ、雑だが、トトよりは現実的だ。飲め魔王、酒はまだいくらでもある」

「それにしてもコック、褒めてやる！　お前の焼いた肉は実にうまい！」

ルシファーに褒められ、ジャンジャックは焚《た》き火に新しい粗朶《そだ》を継ぎ足しながら、

「きみ、本当によく食べるね……」

宴のはじまりからずっと食べっぱなしのルシファーへ苦笑いを送る。

ほどなく、場がほぐれ。

ガガはルシファーと雑談しながら酒を飲み、トトとアルテミシアはふたりでなにやら話をしはじめ、ノアとレオナルドはこんこんと眠り、そして、ルルは他のものに聞かれない小声で、ジャンジャックに話しかけた。

「あの、ジャン、少しだけ質問をしても？」

「わたしですか？　はい、なんなりと」

「あの………あなたの経歴を尋ねても?」

ジャンジャックは訝《いぶか》しげな表情を返す。なぜ第二王女殿下ともあろうかたが二百人もいる「めかけの子《ナトラーレ》」の過去に興味を示すのか、意味不明だ。しかし断る理由もなく。

「……物心ついたときから港近くの教会で雑用をしていました。神父から読み書きを教わり、漁師や船大工が父親代わりで、港で働く女房たちが母代わり……。父がダダ王陛下であるという話は、神父から聞きました。母親は、この左の付け耳を大人になってもつけるよう言い含めて、どこかへ消えたそうです。十才で飛行艦の雑士《スチユワード》になり、十六才のとき、空賊との戦いで戦功をあげて叙勲され、称号だけの騎士に。それから二年間は、異形《いぎよう》山の採掘場で警備騎士として働いています。……以上です」

「ええっと……いまは、十八才?」

「そうです」

いわれてルルは指を折って年を数え、また黙考してから、顔を持ち上げた。

「ありがとう。……あとはわたしが調べます。もしかすると、あなたのお母さまに心当たりがあるかもしれなくて………」

「……わたしの母に?　……ルル殿下が?」

なんのつながりがあるのか、ジャンジャックには全く見当もつかない。ルルは話しすぎてしまったことを悟り、

「……ごめんなさい。いまは話せることが少ないの。確証もないまま話すこともできないし。……用件はそれだけです。……おやすみなさい」

そう言って話を打ち切り、ルルは河原《かわら》に敷いた自分の寝袋に潜り込んだ。

ジャンジャックは二度ほど目をしばたたいて、また焚《た》き火へ目を戻し、溜息《ためいき》をこぼす。

——王族ってのは、変なひとばかりだ。

心中だけで愚痴り、コップに残っていたワインを飲み干した。

夜は更けて——

「ZZZ……」「ぐ——………」「んがー。んがー………」

河原には寝袋が並び、それぞれの寝息といびきが虫の音に紛れていた。

一応、天幕は張ってあるのだが、七月の夜の大気は心地よく、河原でそのまま眠っても問題はなかった。

みな、こんこんと眠っているが。

「……む……ぬ………？」

なにかの物音が聞こえた気がして、ジャンジャックは寝ぼけ眼をこすりながら半身を起こした。野生の獣だろうか、すぐ近くから衣擦《きぬず》れの音が聞こえたような。

「………？」

あたりを見回す。満月の真っ青な光が、さざれ石の河原と星空の裾を切り取る森の影を明らかにしていた。

そして、ひとり。

川縁にたたずむ少女に、ジャンジャックは気づいた。

「……ルーシー？」

間違いない。かなり酒を飲んでいたようだが、大丈夫だろうか。

心配になってジャンジャックは立ち上がり、十メートルほど離れた場所にいるルシファーのもとへ歩み寄り、途中で気づいた。

「ちょ……っ」

ルシファーは着ていたシャツもスカートも脱ぎ捨て、生まれたままのすがただった。

夜風になびく黒い髪、華奢《きやしや》な背中、弦楽器じみた腰の曲線、真っ白な臀部《でんぶ》、つややかな太股《ふともも》と張りのあるふくらはぎ、きゅっとしまった足首。

満月が照らし出す白い裸身が夜のなかへ、妖精みたいに蒼《あお》く浮き立つ。

ジャンジャックは一瞬、そのすがたに見とれ。

――美しい。

思った刹那《せつな》、肩越しに振り返ったルシファーと目が合い。

自称魔王は……にこり。

微笑《ほほえ》んだ次の瞬間、前方へ顔を戻し、ためらうことなく頭から水中へ飛び込んだ。

ぽかん、とジャンジャックは呆気《あっけ》にとられて半口をあけ。

「ぷはあっ」

水面から、ルシファーの顔が突き出して。

「ぶっ……はっ…………ぶぶっ…………ぶっ…………」

両手を空中に突き出し、苦しげに宙を掻《か》きむしりつつ、下流へ流されていく。

「なにしてんの―――――っ!?」

我に返ったジャンジャックは慌てて駆けだし、自らも上着《ジャケット》と靴を脱ぎ捨て、シャツとズボンは身につけたまま、ルシファーを追って水中へ飛び込む。

「ルーシーっ!」

泥酔したまま川に飛び込むなど自殺行為だ。岸辺の流れは緩いが、中腹の流れはそこそこ強いし、ところどころ、大きな岩が水面から突きでている。あれにぶつかったら無事では済まない。

「なにを……してるっ!」

吐き捨てて、ジャンジャックは抜き手を切って泳ぐ。

満月が照らし出す川面《かわも》の中央、相変わらずルシファーは両手をばたばたさせながら、沈んだり浮かんだりしつつ、流れていく。

月明かりはあるものの、夜だ。泳ぎながらルシファーを視認し続けるのが難しい。できるだけ前方から目を逸《そ》らさないよう、抜き手を切って、ルシファーとの距離を縮め――。

「!?」

ジャンジャックの視界に、水面から突き出した大きな岩が映り込んだ。

月明かりに晒《さら》されたそれは、夜空へ昇ろうとする竜のように大きくて。

次の瞬間。

「ぐはっ」

流されていたルシファーがしたたかに顔面を岩に打ち付け、そんな悲鳴をあげる。

「ルーシーっっ!!」

また叫び、ジャンジャックは流れに顔を浸し、さらに全力で水を掻く。

自らが掻き立てる水しぶきのさなか、前方へ目を凝らす。

ぐったりしたルシファーが、水面に仰向《あおむ》けに浮かんだまま、無抵抗に流されていく。

ジャンジャックは歯を食いしばった。立ち塞《ふさ》がる岩を避け、渾身《こんしん》の力を振り絞って水を掻き、伸ばした手の先、ようやくルシファーの身体《からだ》を抱きとめた。

「はぁっ、はぁっ、はぁっ……」

荒い呼吸を整えながら、水中でルシファーの両脇へ片手を回し、岸へと引っ張っていく。

岩にぶつかった際に失神したらしく、ルシファーは両目を閉じ、背中をジャンジャックの胸へ預けて、身動きしない。

「なにを……しているんだ、きみは………っ！」

愚痴をこぼしながら、ジャンジャックは裸足《はだし》を川底へつけて、ルシファーを抱え上げ、なんとか砂の堆積《たいせき》した川岸へ引き上げた。

「げほっ、げほほっ………」

柔らかい砂の上に四つん這《ば》いになって、川の水を吐き出し、腕で口元をぬぐって、荒い呼吸を整える。

「はぁ、はぁ、はぁ………」

周囲を見回す。野営地《キャンプ》から二百メートル以上も下流まで流され、あたりには誰もいない。対岸は断崖で、こちら側は狭い川岸に鬱蒼《うっそう》とした木立がせり出している。

そして――ジャンジャックの足下には、生まれたままのルシファーが両目を閉じて、仰向《あおむ》けに横たわり、薄く口をあけていた。

「はぁ、はぁ………」

ようやく呼吸が整って、満月が照らし出すルシファーの裸身がまともに網膜に突き立ち、ジャンジャックは思わず赤面して、顔を背《そむ》けた。

「な、なんなんだ、全く……」

愚痴をこぼしながら、とにかく着ていた粗織りの上衣《チュニック》を脱ぎ、ルシファーの身体《からだ》の前面へかけた。布のズボンも脱ごうかと思ったが、これを脱ぐと自分が全裸になってしまうためできない。

目線が勝手に、ルシファーの露《あら》わな両胸へ行き着いてしまう。上衣だけでは、全てを隠しきれない。ルシファーは寝息も立てず、死んでしまったように仰向けに横たわったまま動かない。

いや、これは、まさか——

ジャンジャックは膝をついて前屈みになり、片耳をルシファーの唇へ持っていった。

呼吸がない。

「おい。おい……っ！」

ジャンジャックはルシファーの両肩を摑《つか》んで揺さぶるが、反応なし。

——水を飲んでる。

幼いころから船に乗り込んでいるから、溺《おぼ》れた人間への対処法は知っている。しかしその対処法はどうしても、濃厚な身体接触を伴う。

だが、ためらっているヒマは、ない。ぐずぐずするほどルシファーの体内からは酸素が失われ、深刻な後遺症をもたらしてしまう。

「……言っておくけど、いやらしい目的じゃない。これしかきみを救う方法がないから、やむをえずするんだ……！」

失神した相手に一応断りを入れて、ジャンジャックはルシファーの顎《あご》を少し上へ持ち上げ、その唇へ自らの唇を押しつけ、彼女の体内へ自らの吐息を吹き入れた。

川面《かわも》を渡る風が、ふたりの傍《かたわ》らを吹き抜けた。

長くそうしてから、ジャンジャックは唇を離して、様子をうかがう。変化はない。

もう一度大きく息を吸い込み、唇を押しつけ、吐息を吹き入れた。

ルシファーの生命の律動を、唇のむこう、身体《からだ》の奥に少し感じた。

唇を離す。ルシファーの表情が少し、苦しげな色をまとったような。

「死ぬな……っ！」

次は心臓をマッサージせねばならない。裸身にかけた上衣《チユニック》を、ルシファーの心臓の位置に持ち上げてから、ジャンジャックはルシファーの心臓の真上あたりに右手を据《す》えて、自らの体重をかけて圧迫する。

手のひらごしに、ルシファーの肋骨《ろっこつ》がわずかに軋《きし》むのを感じる。折れないように気を遣いながら体重をかけるが、揺れ動く双丘はどうしても目に映るし、手のひらにも柔らかな感触が伝わってしまう。動けない相手にこんなことをするのは申し訳ない気持ちがするが、だがこれをやらねばルシファーが死ぬ。

――こんなことで、きみを失いたくない。

祈りながら、ジャンジャックはマッサージを繰り返し、息を吸い込んで唇を押し当て、吐息をルシファーの体内へ吹き込む。

はじめてあの洞窟《どうくつ》でルシファーを発見して以来、時間ができると洞窟を訪れ、逆さまの姿勢で水晶に封印されているルシファーを眺めて暮らした。

なぜか彼女の前にいることで、心が落ち着き、穏やかで平和な気持ちになることができた。

なぜそんなふうに思うのかはよくわからなかった。ただ水晶のなかで孤独に眠るルシファーと、家族もなく、生きる目的もなく、いつか水玉病で死ぬために採掘場で働いている自分の孤独が、響き合うように感じていた。

今日、ルシファーが目覚めて、その性格は尊大で傲慢《ごうまん》で身勝手極まりないものだったが、しかしジャンジャックは生き生きと動き回るルシファーを眺めるだけで楽しかったし、こういう時間がつづいてほしいな、と思ってもいた。

せっかくこうして会えて、言葉も交わすことができるようになったというのに。

いきなり、死んでほしくない。

「目をあけてくれ……っ！」

そう呟《つぶや》き、また唇を重ねた。

自らの吐息を吹き込み、彼女の体内の律動を感じ、祈った。

ジャンジャックは他人の命を大切に思ったことが、ほとんどない。

先日ガスパールが決闘に敗れて死んだときも、悲しくはあったが泣くほどでもなく、すぐにそういうものとして受け入れた。ひとはみんな、簡単に死ぬ。十才のころから飛行艦に乗って、

ジャンジャックはそれを思い知った。さっきまで談笑していた仲間たちが、目の前で大砲に吹き飛ばされ、ぶつかってきた敵艦の舷側に挟まれ、足場のバランスを失って空中に投げ出され、様々な原因であっけなく死んでいった。

たくさんの死を見送るうちに、人生なんてゴミみたいなもので、いつか自分もああやってゴミみたいに死ぬのだと理解した。ダダ王の女遊びの結果、誰にも望まれないまま生まれ落ち、死ぬ理由もないからただ生きているぼくの人生に価値などないし、それは他の庶民だって同じことだ。自らの生きかたを選択し、自らの意志で未来を切り開いて生きていけるのは、ひとにぎりの王侯貴族のみ。それ以外は今日食べるものにも事欠き、王侯貴族の気まぐれで死んでいくだけの、虫やゴミと同じ存在。

そのはずなのに。

「死ぬな、ルーシー」

言葉を継ぎ、息を吸い込んで、ジャンジャックはルシファーへ生命を注ぎ込む。

風景が死に絶えたように、静寂だけがふたりを包んでいた。せせらぎも、虫の音も、木立を吹き抜ける風の音もふたりの周囲から消え失せて、世界にふたりきりだった。

不意に、静寂が割れて――

とくん、とひとつ、鼓動が響いた。

ジャンジャックは口づけしたまま、それを感じた。

とくん、とくん。重ねた唇のむこうから、確かな命の息吹を感じる。
——ルーシー……。
ルシファーの裸身から、鼓動が伝う。
不意に、びくん、とルシファーの背が反った。
ジャンジャックは唇を離し、間近から彼女の顔を覗《のぞ》き込む。
いつのまにか、ルシファーの瞳がひらいていた。
星空を映す蒼氷色《アイスブルー》の瞳に、自分の顔が映り込んでいるのをジャンジャックは見た。
「ルーシー……」
名前が勝手に、唇からこぼれ落ちた。
——なんて美しいひとだろう。
ジャンジャックははっきりと、そう思った。
ルシファーはしばらく呆然《ぼうぜん》とジャンジャックの顔を見つめ——
にこり。
星を射落とす微笑《ほほえ》みをたたえ。
月光が彩る、つややかな唇をひらき。
「うぇっぱ——」
大量の水を、ジャンジャックの顔をめがけて吐き出した。

ジャンジャックは笑顔で、吐き出された水を受け止める。

「ルーシーっっっ!!」

ジャンジャックが両手を放すと、ルシファーは全裸のまま砂の河岸に四つん這《ば》いになり、

「うぇろっぱ――」

そんな擬音と一緒に、大量の水を吐き出す。

「良かった、生き返った、ルーシー、ほんと良かった……」

ジャンジャックはやや涙目になって快哉《かいさい》を叫び、ルシファーの隣に膝立ちになり、剝《む》き出しの背中をさする。

「ろろっぷあ――」

三度水を吐き出して、ルシファーは荒い空咳《からぜき》を繰り返しつつ、両目から涙を流して呼吸を整える。ジャンジャックは心配そうに背中をさすり、彼女が落ち着くのを待つ。

「ぜえ、ぜえ、はぁ、はぁ、はぁぁ…………」

胃に入ったものを全て吐き出し、ルシファーはまなじりに涙をたたえ、うなだれたまま動かない。

「……大丈夫？　火を熾《おこ》そうか？　……なにをしたか、覚えてる？」

すぐ傍《かたわ》らから、ジャンジャックは心配そうにそう言って、ルシファーの横顔を覗き込むきっ。

そんな擬音と一緒にルシファーはまだ少し涙の残った蒼氷色《アイスブルー》の瞳をジャンジャックへむけ。

「…………大丈夫…………だと?」

明らかに怒っている。そういえば人工呼吸の終盤あたりから、ルシファーは意識が戻っていた。あの行為に関して、説明が必要だろう。

「……あの、ルーシー。説明をしてもいいかな?」

ジャンジャックはその場に片膝をついて、ルシファーを正面から見る。

そして——ルシファーは全裸、自分は半裸であることを思い出す。

蒼《あお》い月光が照らし出す露《あら》わな肉体を確認し、ジャンジャックは改めて赤面、思わず目を逸《そ》らした次の瞬間。

きしゃあああ、とルシファーのまなじりが吊《つ》り上がり、口の端が耳にむかって切れ上がる。

「……けがれを知らぬ唇を!! はじめてのチューをっっ!! 奪われたわしが大丈夫だと、貴様は本気で思っておるのかっっ!?」

ルシファーはその場で右手を振り上げ、振り下ろすが、例によってなにも起きない。けれどルシファーが本気で怒っているのは、よくわかった。

ジャンジャックは焦り、片手を振って弁明する。

「違う! いやらしい目的ではなく、ぼくはきみの命を救おうと……!!」

「命を救うために、チューをするのか貴様はっ!?」

やはりルシファーは人工呼吸の概念を知らない。ジャンジャックが本能的欲求を満たすためにあれをしたと思い込んでいる。これを説明するには、まず飲み込んだ水を吐き出させる原理から理解させなければならないのでは。

しかも。

「ななな、なぜわしは裸なのだ!?　きききき貴様、チューだけでは飽き足らず、もももっとすごいことをやろうとしたな、この破廉恥漢《はれんち》めがっ!!」

自分が全裸であることに気づいたルシファーは、両腕で胸を抱きかかえ、横様に体勢を崩して足で下腹部を隠し、恥じらいで顔を真っ赤にして責め立ててくる。

ジャンジャックは絶句する。

——説明が、めんどくさすぎる……っ!!

酔っ払って全裸になったのも、川に飛び込んで溺《おぼ》れたのもルシファーが自分でしたことだ。しかしルシファーは蘇生したことで完全にしらふに戻って泥酔時の記憶を失い、ジャンジャックを変態としか認識していない。

——一番迷惑な酔っ払いじゃないか……!

——ぼくはこれを一から説明し、彼女に理解させなきゃいけないのか!?

あまりに果てしない道のりを前に、絶望しかけたそのとき——

「……ジャン！　ルーシー！　返事してっ！」「ジャーン。ルーシー。どこですかー」

救いの声が、彼方《かなた》の木立から遠く響いた。トトとアルテミシアの声だ。ジャンジャックとルシファーがいなくなったことに気づき、捜索してくれている。

――助かった……！

ジャンジャックは額の汗を腕で拭い、安堵《あんど》の溜息《ためいき》をついて、彼らに所在を知らせるべく、大きな声で彼らに応えた……。

少し時間を巻き戻し――

先ほどまで眠っていたトトとアルテミシアは「なにしてんの――」という誰かの叫び声で目が覚めた。

直後、水音がした。なにごとかと思って様子を見たら、脱ぎ捨てられたルシファーの衣服が川岸にあって、ジャンジャックもいなくなっていた。事件ではないかと思い、脱ぎ捨てられた衣服を手に持ち、アルテミシアと一緒にふたりで森の捜索に出発した。

それから暗い森のなか、角灯《ランタン》を手にジャンジャックの名を呼びながら歩くうち――いい雰囲気になってきた。

「大丈夫、眠くない？　ごめんね、付き合わせて……」

「……いいえ、心配ですし。なにも起こらないと良いですが……」

アルテミシアはトトに寄り添うように、暗い森の小路を歩く。時折、フクロウが鳴いたり、草むらが音を立てるたび、びくりと背を伸ばしてトトに寄り添う。その仕草がいちいちかわいらしい。

——胸がどきどきする……。

アルテミシアの小さな身体《からだ》が少し触れるたび、トトの胸が高鳴る。彼女がスキンシップを極端に嫌がることは知っているから手を繋《つな》ぐこともできないが、間近から香ってくるレモンのような香りと、角灯の光に浮かび上がる冬の湖面のような紫紺の瞳。艶めいた桜色の唇から紡《つむ》がれる言葉もハープで奏でているみたいに響きが良く、こうして一緒に散歩するだけで幸せな気持ちになってくる。

ふたりで並んで歩くうち、ついジャンジャックたちを捜していることを忘れて、他愛ない世間話などがはじまり、夜の森のお伽噺《とぎばなし》めいた雰囲気がそうさせるのか、少しずつ、お互いの内面へ歩みよるような内容へなっていった。

「ダダ王の思惑も、イリアス団長の思惑も、ぼくにはわからないし、きっと尋ねても理解できないと思う。……いろいろなひとがまわりにいて、利害が絡み合って、複雑すぎて当事者にもなにがなんだかわからなくなっちゃってる……。そういうふうに感じる」

「…………はい。…………わたしも、なぜここにいるのか、考えることはありますが……途中で、考えても仕方がない、と諦めるようになりました。……どうせ、わかったとしても、わたしにはなにもできませんし……」

アルテミシアはそう言って、枝葉の天蓋《てんがい》に切り取られた星空を見上げた。三千の星彩がアルテミシアの瞳に映り込んで、トトの目には本物の夜空より美しく見えた。

「父は、ガトランド王国に従うつもりだと思います。でもまわりのひとたちが……教皇や、三聖をはじめとする貴族たちや、商人たちは、ミーニャの支配を快く思っておらず……父をけしかけて、はかりごとを巡らせるかもしれません。父がわたしをここへ送り出したのは、まわりの人間を牽制《けんせい》したかっただけかもしれないと……最近は思います」

アルテミシアの言葉から、だんだん、生き生きとしたものが剝《は》げ落ちていった。彼女の辛《つら》い境遇がトトの胸にも沁《し》みてきて、どうにかして元気づけたいと思い、トトは話した。

「また、ぼくの姉……十年前に死んじゃったラーラ王女の話に戻るんだけど。ラーラは『人生は、自分が主役の物語だから、やりたいことをしっかり決めて、それにむかって生きるのがいい』とよく言ってて。物語の主人公は、必ずなにかの目的を持って行動し、幾つものの試練を乗り越えて最後はハッピーエンドに辿《たど》り着く……。それは現実にもあてはまるから、自分が人生をかけてやり遂げたいことを決めて、それにむかって生きなさい、って……。だからぼくは、自分がこれから死ぬまでの間になにを為《な》すべきかをずっと考えていて……今日、目標がはっきり見えたと思う」

「……………」

アルテミシアは黙ってトトを見つめた。トトは少し考えて、言いたいことを整理してから、口をひらいた。

「ぼくが主人公の物語は、『白き国』の物語だ」

「…………」

「さっきも言ったように、ぼくだけで完結させることはできない。ぼくの子ども、その次の子、そのまた次の子ども……幾度もの世代の交代を経て、実現するには二百年、三百年……それ以上の年月が必要かもしれない。長い、長い物語になるだろうけれど、その最初の一歩を、今日この場所から踏み出すと決めた」

そう言ってトトは、傍《かたわ》らへ真剣な目をむけた。

アルテミシアは、可憐《かれん》な微笑《ほほえ》みでそれに応えた。

愛くるしいその笑みが、トトの胸の奥をきゅんと締めた。

「……きみの助けが必要だ。全ての種族が平等に暮らすために、まずは黒薔薇《くろばら》騎士団とガトランド王国が仲良くしないとはじまらない。いまここにきみがいることは、なにかの巡り合わせだと思う。……ぼくの物語に、参加してほしい」

頼むと、アルテミシアは春の花のように微笑んだ。

「……わたしが、参加しないと思いますか？」

その微笑みが可憐すぎて、トトの心臓がきゅっと縮んだ。

「……はい。わたしも……『白き国』を造る物語に、参加したいと思います」

そう言って、照れくさそうにうつむく。

心音が、ますます高まる。

「ありがとう。……うん。……なんかちょっと、スケールが大きすぎる話になっちゃったね。ごめん、そうだ、ジャンジャックたちを捜さないと……」

このままだと、心音そのものをアルテミシアに聞かれてしまいそうで、トトはジャンジャックとルシファーの名を大声で呼びはじめた。

ほどなく――

「トト殿下、アルテミシア殿下！　こちらです、ルシファーが……！」

ジャンジャックの少し焦った声が暗闇から届き、トトとアルテミシアは顔を見合わせて、慌てて声のするほうへ駆けていき、全裸で半泣きのルシファーを発見、驚愕《きょうがく》の眼差《まなざ》しをジャンジャックへむけ、すったもんだの釈明を聞き遂げて、ともかくルシファーに服を着せ、それからみなで野営地《キャンプ》へ戻った。

結局――
ルシファーを除く全員がジャンジャックの釈明に納得したが、しかしルシファーの怒りは収まらず。一方的に罵倒《ばとう》されつづけたジャンジャックもこらえきれずにルシファーの行動を批判して場は荒れる一方となり。最終的に、トトとルルが仲裁に乗り出し、ルシファーをジャンジヤックの従士見習いとして採用し、市民証を発行するよう取り計らうことにした。

「これで住むところができるから、ね？」「サー・ジャンジャックがきみを養ってくれるよ、良かったねルーシー、ジャンにお礼を言おう」

王侯が身分を保証したうえ、騎士が後見人になってくれたら、ルシファーは胸を張ってこの国で暮らしていける。庶民であれば躍り上がって喜ぶ好条件だが。

「そんなもんで足りるか！　裸のわしにチューしおったのだぞ⁉　尻の穴を裏返せ‼　裏返った穴が全身を包むまで絶対許さん‼」

ルシファーの怒りは解けることなく。とうの昔に堪忍袋の緒が切れたジャンジャックも、普段の冷静さをかなぐり捨てて、

「言っている意味がわからない、どうやったらそれが全身を包むんだ⁉　絵に描いてみろ、裏返ったそれが全身を包んでいる様子を‼」

「黙れボケぇ、わからんならわしが直々におぬしの身体《からだ》に教えてやるわ、尻を出せ‼」

激昂したルシファーはジャンジャックに襲いかかり、ズボンを脱がそうとする。トトとルルが慌ててルシファーを止め、ノアは争いをあおり、ガガは騒ぎなど知らん顔でウイスキーをあおり、アルテミシアは置いてけぼりの様子でバカ騒ぎをただ傍観していた。

夜は更けていき、酒樽《さかだる》もからになっていき、やがて静寂が河原《かわら》を包んだころ、みなは河原で仰向《あおむ》けになってこんこんと眠り、新たに主従となったジャンジャックとルシファーも仲良く並

んでさざれ石の上に横たわり、すやすやと穏やかな寝息を立てていた……。

三章　レッドケープ侵攻

Chapter 3
Red Cape Invasion

青空から降り注ぐ紙吹雪《ふぶき》が、ガトランド王国市街地へ七色の絨毯《じゆうたん》を敷き詰めていった。集まった五十万人のミーニャ市民はいずれも笑顔を天空へむけ、頭上を航過していく世界最強の飛行艦隊へ指笛と歓声を送る。先頭を飛行する旗艦「ヴェラ・クラーラ」の船底から舞い降りてくる紙吹雪は、敵地レッドケープに辿《たど》り着いたとき爆弾の雨に変わるだろう。

「空の海原」浮遊圏を支配するものが、世界を支配する——。

飛行艦の発明に伴って生まれたこの原則《ドクトリン》は、八十年後の現在、真実であることを証明している。高度五百メートルを飛ぶ船に地上や海上から攻撃することは難しく、逆に空からは堀も城壁も無視して一方的に爆弾を投下できる。敵に侵略されないためには、敵よりも多くの飛行艦を建造し、維持すること。それが葡萄海《ぶどうかい》を生きる君主たちの生存戦略である。

飛行艦を建造するには浮遊体の素材である「飛行石《ひこうせき》」が必要となり、浮遊圏から自然発生する飛行石を大量に保有するには、より広大な範囲へ飛行艦を派遣して飛行石を収拾もしくは奪い取るしかない。だから飛行艦を保有するほど飛行石も集まって、より巨大な飛行艦の建造が可能となる。ガトランド王国を世界最強たらしめたのは、いまから三十年前、当時の宰相「軍神」カサンドラ・クルスがダダ王を説得し、他国に先んじて飛行艦隊建造に国家予算の三分の一をつぎこんだことにある。

五十万市民の歓呼は鳴りやまない。

楽隊の吹奏に合わせ、高く、高く、ダダ王と王国を讃《たた》える声が秋空に折り重なる。

子どもたちも、大人たちも老人も奴隷《どれい》さえも、みなが一様に顔を上げて、これから出撃していく天空の戦士たちの武運を祈る。あの五隻《せき》の飛行戦艦と、海上に集結し出帆を待つ総勢百隻以上の大艦隊がミーニャ族五十万人の未来だ。五十万市民が総力を結集し、三十年かけて築き上げた空と海の大艦隊が、数百年に及ぶ葡萄海の戦乱を終結させるだろう。

「ダダ王ばんざーい」「ガトランド王国に栄光あれ！」「葡萄海の平和のために！　がんばれみんな、帰ってこいよ！」

市民たちの祈りにも似た歓声は、高度五百メートルを飛行する戦艦の水兵たちにも、ひとかたまりの鯨波《げいは》となって届いている。先頭をいく飛行戦艦「ヴェラ・クラーラ」上甲板に佇《たたず》む四人の王族たちは、気流に舞い散る七彩の紙吹雪と、地上を埋め尽くしこちらを見上げる五十万市民の歓声を一身に浴びながら、手を振ったり、おしゃべりをしたり、物思いに耽《ふけ》ったりしていた。

船縁から地上を見下ろしていたダダ王は、「へっ」とひとこえ嘲笑《ちょうしょう》じみた声を吐き捨て、目線を上甲板に戻した。

「たかが田舎《いなか》の反乱鎮圧に、おおげさなもんだ」

いつものように上衣《チュニック》も上着《ジャケット》も身に着けず、裸の上半身に装身具と剣帯を巻き、下は狩猟ズボン。鹿狩りに出かけるような格好のダダ王へ、第二王子トト・ガトランドは醒《さ》めた眼差《まなざ》しを返し、

「たかが田舎《いなか》の反乱鎮圧に、この艦隊は大げさすぎますから」

市民の誰もが口にする事実を王に直接投げつける。いまのこれは明らかに周到に計画され準備された侵攻作戦だが、王はあくまで「レッドケープの反乱鎮圧」を市民にも他都市にも名目として掲げるのみ。

いまから一か月半ほど前、八月二十日。

葡萄海《ぶどうかい》南岸の大貴族、カリストラタス公が突然、自らが建造した三隻《せき》の飛行艦を出撃させてガトランド領レッドケープ要塞《ようさい》を艦砲射撃、陸からは一千の軍勢が攻め上がってわずか二日で要塞を占領した。

三叉《さんさ》海峡通行税施行の直前に、海峡を扼《やく》する下顎《あご》を失ったかたちのガトランド王国はレッドケープ奪還のために兵の動員を開始し、それに呼応するように葡萄海列強も兵隊を集めはじめた。トトには、彼らがそうした理由がわかる。

「レッドケープの反乱を鎮圧したあと、そのまま他都市へ侵攻するおつもりですね？　口実はなんでもいい。秘密裏に反乱を支援したとか、内通をそそのかしたとか。王陛下の目的は反乱鎮圧ではなく、反乱を火付け種にして葡萄海全域を燃やしてしまうこと……。葡萄海列強は王陛下の侵攻に備えるために、慌てて兵を動員している。……間違っていますか？」

ダダ王は目を閉じて耳くそをほじりながらトトの詰問《きつもん》を聞き、終わると同時に唇をすぼめ、指の先の耳くそをトトにむかって吹き飛ばした。

「賢くなったな、トト……って感極まって泣くとでも思ってんのか？　当たり前じゃねえか、このために長いこと準備してきたんだからよ。……おれはレッドケープの反乱を鎮めたあと、近くの都市へ難癖つけて、二度と逆らえねえように一個ずつ潰《つぶ》していく。なんせ連中は、わかってても防ぎようがねえ。通行税だってこれをやるための撒《ま》き餌《え》だ、まんまと乗っかって手ぇ出してくれたカリ公がありがたくて仕方ねえよ」

ナイフで削ったような荒い顔の皮膚と、ミミズがのたうったような全身の傷。輪郭から「豪胆王」の仇名《あだな》に恥じない闘気を放ち出しつつダダ王は言って、晴れやかな顔を彼方《かなた》の空へ差しむける。

「ここにくるまで五十年かかった。葡萄海の全てがおれのものになり、長い戦《いくさ》は終わる。秩序をもたらすのは紙に書いた言葉じゃねえ、力だ。力で敵を組み敷いたそのあとに、人間と亜人が共存する新しい秩序ができあがる」

ダダ王の見る夢は少年そのもの、十五才で戴冠して以来四十八年間、一点の揺らぎもない。葡萄海列強に隷属を強いられていたミーニャをひとつにまとめ、戦いにつぐ戦いでガトランド王国を葡萄海の最強国家にまで育てあげた「豪胆王」はいま、葡萄海統一という最後の夢にむかって駆けだそうとしている。

トトもダダ王と同じく、人間と亜人――ミーニャをはじめとした全ての獣人たち――がともに暮らせる社会を夢見ている。そこに異論はないが、暴力を用いるやりかたが正しいとは思えない。そこはきっと、いまは亡きダダ王の最愛の娘もトトに同意するだろう。

亜人と人間が仲良く暮らす社会を最初に夢見たのは、ダダ王ではない。

その夢を追いはじめたのはトトの母違いの姉にあたる、ラーラ・ガトランド第一王女だった。シュシュ、トト、ルルもまた、幼少期からラーラに影響を受けて、人間に対する偏見を捨て、ともに生きる社会を目指すようになった。

だがラーラ王女は十年前、天下分け目の「三叉《さんさ》沖海峡海空戦」において「剣聖」アイオーンに敗れ、戦死。ダダ王はいまだに寝言でラーラの名を呼ぶほど、深い期待と愛情を前妻との子に注いでいた。いまダダ王が口にした「亜人と人間が共存する未来」は、ラーラの夢が原形であり、もしかすると王は最愛の娘の夢を叶えるためにこの戦いをはじめたのかもしれない。

だが、ラーラの夢を王が叶えるためには。

トトはどうしても気になっていることをもうひとつ王に直接尋ねることにした。

「通行税を施行する直前に都合良く、カリストラタス公の反乱が起きました。実はこの反乱そのものが、王陛下を罠に嵌《は》めようという葡萄海《ぶどうかい》列強の策略なのでは?」

トトの言葉に、ダダ王は面白そうな横目を流す。

「ほう。で?」

「……ガトランド王国の中枢に裏切り者がいて、他国へ情報を流している……という噂《うわさ》が」

ずっと以前から、宮廷でも市場でもそういう噂がちらほらあり、なかには聞き捨てならない名前もあった。

――七々原義春《なな　はらよしはる》宰相。

あろうことか、ダダ王によって見出《みいだ》され、大八島《おおやしま》族でありながらガトランド宰相にまでのぼりつめた男がダダ王を裏切り、重要情報を葡萄海列強へ流している……という噂がこのところまことしやかに市井《しせい》でささやかれているのだ。

――本当に七々原宰相が裏切っていたら、勝ち目は薄い……。

――なにしろ七々原宰相は、ぼくら嫡子《ちゃくし》さえ知らない秘密を知っている。

トトの答えに、ダダ王は呵々大笑《かかたいしょう》する。

「そうか、おれの側近に裏切り者が紛れ込んでんのか。そりゃマズいな」

そしてトトの頭を片手でわしわし、乱雑に撫《な》でて、

「お前のいうとおりだ。もしそうなら人間どもはみんな自信満々で手を組んで、おれたちミーニャに楯《たて》突いてくるだろうな」

愉快そうにそう言って、北東の空を見据《みす》え、

「逆にいえば、その裏切り者はやつらに自信を与え、おれと戦争をするように仕向けることができるわけだ。実にありがてえな。こっちは誰が敵かを炙《あぶ》りだし、踏み潰《つぶ》したくてたまんねえんだからよ」

ダダ王はそんなことを言った。

トトは、王の言っていることがよくわからなかった。裏切り者が、実は裏切り者ではなく、ダダ王の思惑で動いている……？

「知ってのとおり、黒薔薇《くろばら》を率いるイリアスとうちの義春《よしはる》は、ふたりとも『軍神』カサンドラの弟子だ。兄弟弟子が敵味方にわかれて、これから化かし合いをはじめる。……おもしれぇもんが見られるぞ。君主同士のだまし合いがどんなもんか、おれの一番近くでよく見とけ」

王は自信満々、そんなことを言ってくる。このひとがどんな未来の絵を描いているのか、嫡子《ちゃくし》であるトトにもはっきり見えない。見えているのは、七々原《ななはら》義春だけだろう。

「……はい。学びます」

精一杯の理性でそう答えて、トトは空を仰ぎ見た。

視界いっぱい、澄み切った十月の空が……ない。

トトの視界に蓋をするのは、船体部を吊《つ》り下げている浮遊体の下腹だ。

全長六十メートル、全幅十メートルに及ぶ繭《まゆ》型の浮遊体は、表面が半透明な青色で、菱形を連ねるかたちで「縛帯《ハーネス》」が全体に架せられ、芯に鋼線が入った縒《よ》り縄を四つ束ねた「懸吊索《ケーブル》」が、重量三百五十トンの船体を吊り下げている。この大きさの浮遊体に必要な飛行石を採集・略奪するには四～五年の歳月がかかるため、葡萄海《ぶどうかい》列強のなかでも「ヴェラ・クラーラ」級の飛行戦艦を五隻《せき》も保有するのはガトランド王国だけである。

浮遊体から突き出た三本の主帆《メインマスト》が風を受け、火砲と砲弾、弾薬、重武装の戦闘員を満載した船体をゆったりと航行させる。船体の舳先《へさき》からはウォグストック粒子が七彩の飛沫《ひまつ》を蹴立て、「空の海原」をゆく飛行帆船にふさわしく、虹色の航跡が天空へ曳《ひ》かれる。

「この飛行艦隊が、古い世界を叩き壊す。新しい秩序ができるのは、徹底的な破壊のあとだ」

ダダ王の言葉が、風に溶けた。

トトは返す言葉を持たず、物思いに耽《ふけ》った。

平和な世界を築くために、武力を用いて人間たちを踏みつける——

ダダ王がいま言ったことはつまり、そういうことだ。

「きゃーすごいきれい！　船が走ったあとに虹ができてる！」

トトたちのいる右舷側の反対側、左舷側から第二王女ルルの歓声が聞こえた。振り返ると、ルルの傍《かたわ》らに第一王女シュシュが並んで、船縁に両手をかけている。

ルルはガトランド海空軍の正装、シュシュはいつもの白いイブニングドレスを身につけている。ルルは「孝《こう》」の聖珠《せいじゅ》、シュシュは「礼《れい》」の聖珠の継承者だから、ダダ王はふたりを戦場へ連れていくのだという。現在、旗艦「ヴェラ・クラーラ」には、「仁《じん》」の継承者ダダ王と、「忠《ちゅう》」の継承者トトを合わせて、四人もの継承者が乗り合わせていることになる。そしてトトは、ルルとシュシュがどんな力を持っているのか、いまだ知らない。たとえ兄弟であろうとも、聖珠の力を知ることは禁止されている。

『知られないほうが、役に立つ力ってのがあるんだ』

それがダダ王の説明だった。知られれば、対策されて効果を失う。ルルとシュシュが継承したのは、そういうたぐいの力だという。

「飛行戦艦から、紙吹雪《ふぶき》を撒《ま》いてるの。赤、青、黄色い紙きれが雪みたいに地上に降ってる。地上は道も広場も屋根の上も、空を見上げるひとでいっぱい。わたしたちは虹の飛沫《ひまつ》をあげながら、高さ五百メートルの空を、北東にむかって飛んでる……」

ルルが丁寧《ていねい》に、いまの状況を目の見えない姉に教えている。目元に黒い絹の繃帯《ほうたい》を巻き付けたシュシュは、長い金色の髪を高空の風になびかせて、口元に微笑《ほほえ》みをたたえてルルの話に相づちを打つ。

と、上甲板に口をあけている昇降口から新たな少女が現れて、ルルとシュシュのもとへ笑顔で歩み寄っていく。

「こんにちは、お久しぶりです、シュシュ殿下。覚えておられますか、アルテミシアです」

第三王女アルテミシアはシュシュへ慇懃《いんぎん》に会釈をする。シュシュも答礼して、

「覚えています、歓迎式以来ですね。アルテミシア殿下もすっかり王国になじんだご様子で、わたしもうれしく思います」

アルテミシアもガトランド王国軍の正装に身を包み、可憐《かれん》で凜々しい。トトがぼうっと見惚《みほ》れていると、

「トトー、なにボーッとしてんの——？」

ルルが意味ありげに笑いながら揶揄《やゆ》を投げ、トトは慌てて我に返る。

「いや、ぼくはぼーっとしてなんか……」

「こっちきて、手を振ろうよ！　みんな歓声送ってくれてるんだから！」

ルルは地上を指さしながら、笑顔でそんなことを言ってくる。トトは少し頬《ほお》を赤らめて、左舷側に集まっている三人の王女たちへ歩み寄る。

「こんにちは、トト殿下。軍服がとても似合っていますね！」

アルテミシアが明るい笑顔で、そんなことを言ってくる。ガトランド王国へ来てから半年が経ち、当初よりもずいぶん明るくなったアルテミシアだ。

「そうかな。きみのほうこそ。その……とても凛々しくて、似合ってる」

お世辞でなく、アルテミシアの佇《たたず》まいは間近でみるとよりいっそう清冽《せいれつ》だった。編み上げた銀の髪のした、紫紺の瞳が普段よりいっそう力を帯びて、身体《からだ》の線に吸い付く軍服が高貴さを際立たせる。

「ありがとうございます！　戦闘になったら、わたしも勇ましくトト殿下とともに戦いますから！」

アルテミシアは冗談めかしてそう言って、腰の剣帯にさげた細身剣《レイピア》の柄に手を置いた。彼女が剣技を使えるという話は聞いたこともないが、トトは冗談に付き合って、

「頼もしいよ。でも本当に戦闘になったら、ぼくから離れないでいてね？」

「はい！　……わたしを守ってくださいます？」

アルテミシアはそう言って、悪戯《いたずら》っぽい上目遣いでトトを見る。まるで自分の魅力を知っているようなその仕草が、小憎らしくて、同時にどうしようもなくかわいらしい。

「……それは……もちろん」

頰《ほお》を赤らめながら、少し目線を外し、照れながらそう言うと、アルテミシアはぱぁっと明るい笑顔を咲かせた。

「トト殿下から離れません！」

「う、うん。……そうしてくれると、ぼくもうれしい」

どきどき、心臓が鼓動を速くする。と同時に、アルテミシアが戦場に連れてこられた理由を察して胸が苦しくもなる。彼女は当然、戦闘力として期待されてここにいるのではない。黒薔《くろば》薇《ら》騎士団が裏切ったなら、その場で処刑されるためにここにいるのだ。

「……なにがあっても、きみを守るよ」

アルテミシアの前で、改めてそれを誓った。アルテミシアは一瞬だけ訝《いぶか》しそうにトトを見上げてから、照れくさそうに目線をうつむかせた。

ふたりの様子を見ていたルルが、にひひ、となにかを企んでいるような笑みをトトへむけ、シュシュの手を握った。

「シュシュ、あっち側から手を振ろうか？　こっち側はトトとミーシャに任せてさ」

「あ、はい」

気を利かせたつもりなのか、ルルはもう一度意味ありげな含み笑いをトトへむけると、シュシュと一緒に右舷側へ歩いていってしまう。

左舷には、トトとアルテミシアが取り残された。

——露骨すぎる……。

トトは若干げんなりしながら、アルテミシアへぎこちない笑みをむけて、

「みなへ手を振ろうか。みんなを勇気づけるのが、ぼくたちの役目だから」

「はい。喜んで」

アルテミシアははにかんだような笑みをたたえ、トトの隣に並んで、地上を埋め尽くしている群衆たちへ手を振った。半年前はぎこちなかったアルテミシアの微笑《ほほえ》みも、最近はすっかり柔らかく解きほぐれてきたことが、トトにはうれしかった。このままここで平和な時間を過ごしていけば、いつか本当の家族になれるだろう……。


一方、第二王女ルルは右舷の船縁へ第一王女シュシュを導き、背後を振り返った。トトとアルテミシアはふたり並んで、左舷側から地上へ手を振っている。

「あのふたり、結婚しないかなー？　同い年だし、美少年と美少女だし、お似合いだよねー。結婚したら黒薔薇《くろばら》とも親戚だから、葡萄海《ぶどうかい》にとってもいいことだし」

ルルはにこにこしながら、シュシュへ話しかけるが。

「…………………」

シュシュは顔色が青ざめ、口元を引き締めて微笑みもしない。目元を繃帯《ほうたい》で覆っているから表情は読みづらいが、なにかに怯《おび》えているような。

「……シュシュ？　……どうかした？」

船縁に置いたシュシュの両手が、小刻みに震えていることにルルは気づいた。顔色も血の気が引いて、陽光のしたなのに青ざめて見える。

「え、なに？　体調悪い？」

心配そうに顔を覗《のぞ》き込むルルへ、シュシュは告げた。

「…………ごめんなさい。少し……気分が…………」

ルルは眉間《みけん》に皺《しわ》を寄せ、目の見えぬ姉の肩に手をかける。

「……どうしたの？　船酔い……？」

シュシュがなにか言葉を足そうとした、そのとき。

ばさばさっ、と羽音がして、ふたりの頭上をガゼル鳥が飛びすぎた。

「わっ」

思わず首をすくめたルルのすぐうしろへ、息を切らせてトトが駆けてきた。

「ごめん、ちょっといいかな」

トトはそう言って、右舷の船縁から上体を乗り出し、船の周囲をゆっくりと旋回するガゼル鳥を注視する。シュシュは言いかけた言葉を飲み込み、ルルは驚いた顔のまま、トトとシュシュとガゼル鳥、それに遅れてやってきたアルテミシアへと目線を移す。

「鳥がそれほど気になりますか……？」

アルテミシアは若干不満そうに、船縁から身を乗り出すトトの背中へそう尋ねる。

「あのガゼル鳥、七々原《ななはら》宰相の部屋から飛び立ったんだ。白地に金の縦線が入った筒は、特に大事な手紙の証」

トトは振り返りもせず、背中でアルテミシアの問いに答え、さらに鳥を観察。

ガゼル鳥は小さな筒を背負い、「ヴェラ・クラーラ」の上空を二度回ってから、意を決したように北東をむき、飛び去っていった。

「あっちは……レッドケープの方角……」

そう呟《つぶや》いて、トトは黙考に沈む。傍《かたわ》らのアルテミシアが不思議そうに、

「宰相がガゼル鳥を使うのは、それほど珍しいことですか？」

「普段なら珍しくないけど、いまは航海中だから。公式通信は全部、船尾楼の艦長を通すのが決まりなんだ。いま七々原宰相が船首楼から送ったガゼル鳥は私信にあたるから、ちょっと気になって」

その言葉を受けて、アルテミシアは心配そうに、表情を曇らせた。トトは安心させるように

笑みをたたえ、

「……七々原宰相は葡萄海《ぶどうかい》全域に諜報網《ちょうほうもう》を敷いているから、レッドケープ方面に潜入している味方へ指示を送ったんだと思う……」

告げながら、トトは十月の青空へ消えていく鳥のうしろすがたを見送った。

義春《よしはる》は元ガレー船の雑士《スチュワード》でありながら、十一才のとき海戦中のダダ王を窮地から救い出し、宰相カサンドラの従士見習いとして採用され、その才覚だけで地位と財産とあまたの特権を手に入れた。ガトランド王国の国益のために義春が心身を捧げてきたことはその半生を振り返れば明白であり、だからこそダダ王も、嫡子《ちゃくし》にさえ言わない聖珠《せいじゅ》の秘密を義春に教えている。そんな彼が王を裏切ることなど万にひとつもあるわけがない、とトトは自分に言い聞かせた。

「……あの、わたしは、部屋へ……」

傍ら、シュシュがそう言って、口元を片手で押さえ、右舷から離れた。ルルが心配そうにその手を引いて、シュシュを自室へ導く。

「……シュシュ、なにかあった？」

トトの問いかけに、シュシュは顔をむけたが、なにかを言いかけて、やめ、船首楼の下層の自室へ弱々しい足取りで歩き去っていった……。

†　†　†

少女はひとり、カリストラタス艦隊旗艦、飛行帆船「ヴィルディリウム」の船縁に両肘を載せ、青空を見つめていた。

先ほどレッドケープ要塞《ようさい》を飛び立ったこの帆船はガトランド飛行艦隊との決戦に臨むべく南南東へ飛行中。飛行帆船の上甲板は、水上帆船と異なって帆柱がなく、もちろん奴隷《どれい》の漕《こ》ぎ手もおらず、見上げれば浮遊体の下腹がある。目線を水平に戻せば海原を広く見晴らせて、風も吹き抜け気持ちがいい。水上船なら船倉に詰まっているはずの戦闘員たちも大勢が上甲板に出て、高度五百メートルからの眺めを楽しみながら風に吹かれている。

うしろの空へ目を送ると、ウォグストック粒子による七彩の航跡のむこう、二隻《せき》の飛行ガレー帆船がつづいていた。漕ぎ手は四十人、櫂《オール》は片舷に五つずつの中型ガレー帆船だ。いまは櫂《オール》を収納し、浮遊体の上部に据《す》えた三本マストに帆を張って帆走している。全長二十五メートルほどの浮遊体の下部に吊《つ》り下げられた船体には、十門の火砲と四十人の戦闘員が詰め込まれ、これからはじまるガトランド王国飛行艦隊との空中決戦に備えている。

と、少女は青空に一点、染みを見つけた。

「来ましたぞ、兄上」

少女は船縁から半身を乗り出し、空の染みを指さして、傍《かたわ》らの兄に告げた。

兄は同じ方向へ目を凝らし、染みの正体に気づく。

「………照彦《てるひこ》………」

名を呟《つぶや》くと、小さな黒点はみるみるうちにガゼル鳥のかたちを為《な》した。背中に白い筒を背負ったその鳥は羽音を立てて妹の肩に飛び乗った。

「あはは、ご苦労であった照彦！　父上は息災であったか？」

妹、御祓《みはらい》久遠《くおん》は明るい笑顔で賢いガゼル鳥の頭を撫《な》でて、巾着《きんちゃく》から砕いた豆を取り出す。手のひらの豆を無心でつつく照彦を見やりながら、漆黒の兵装に身を包んだ久遠は柔らかく微《ほほ》笑《え》む。

赤茶色の髪を頭の左側でひとつに束ねたサイドポニーテール。前を金ボタンで留めた漆黒の上着《ジャケット》、金箔拵《こしら》えの肩当てと胸甲、黄金の蔓草《つるくさ》を刺繍《ししゅう》した黒地の裳裾《トレーン》は右斜めへ深く切れ込んで、すらりとした右足は黒の長革靴が膝下まで隠し、一方の左足は同じく黄金の刺繍を施した腰衣が膝上までを隠す。斬新な出で立ちだが、なにより目を引くのは斜めに背負った大剣だった。本人の背丈ほどの長さがあり、この華奢《きやしや》な体軀《たいく》で振るうには大きすぎる。

「それ……親父の……手紙……」

兄、御祓美智彦《みちひこ》はガゼル鳥が背負っている金の線の入った白い筒を指さし妹へ告げる。肩に届く黒の長髪、右目の眼帯、やさぐれた顔つき。引き締まった長身瘦軀《そうく》、肌にぴっちり吸い付く白シャツと黒ズボン、革長靴。明るくはきはきした妹と対照的に、兄は陰惨な顔つきで、言葉にも覇気がない。

「大将に……報告を………」

「はい。ですが兄上、くれぐれも公爵閣下に失礼のないように」

礼儀を知らない兄に牽制《けんせい》を入れてから、久遠《くおん》は照彦《てるひこ》を肩に乗せたまま、カリストラタス公のいる船尾楼へと爪先《つまさき》をむけた。


船尾楼前の直衛兵にガゼル鳥を示して用向きを伝え、許可を得てふたりは楼内へ入った。

壁の三面にガラスの格子窓が広く取られ、狭いが明るい楼内だった。窓の桟《さん》の十字の影が床の継ぎ板へ落ちていた。窓に紗幕《しゃまく》が見当たらないのは、ここから常に空域を見晴らすためだろう。こちらに背をむけて執務机に向き合う壮年貴族の大きな背中が、二歩ほど離れた位置にあった。

「ガトランド王国宰相、七々原義春《ななはらよしはる》の嫡子《ちゃくし》、御祓《みはらい》久遠、その兄、美智彦《みちひこ》。カリストラタス公爵に、お手紙を届けに参りました」

久遠が呼びかけると、顔だけ振り返り、カリストラタス公は久遠の肩のガゼル鳥を一瞥《いちべつ》して、潮風にかすれた声で告げた。

「手紙をこちらへ」

短く告げて、また書類に向きなおる。はっ、と応じて、久遠は照彦の筒から、両端に封蠟《ふうろう》が施され、きっちり巻かれた羊皮紙を取り出した。

義春からの手紙を公爵の執務机にそっと置きつつ、横顔をさりげなく観察。

年齢は五十代半ばくらい。肩の上あたりで切りそろえた、もじゃもじゃの長い髪と、思慮深そうな銀灰色の双眸《そうぼう》、頬《ほお》から顎《あご》にかけてきれいに刈り揃《そろ》えた顎鬚《ひげ》。肩幅が広く、がっしりした体型。すでに戦《いくさ》装束を身にまとい、黒薔薇《くろばら》騎士団との関わりを否定するためか、漆黒ではなく、全体を薄灰色を基調とした装い。黒は革靴と剣帯と縁飾りだけで、ベルベットの胴衣《ボディス》も、その下の袖なし胴着《ジャーキン》もズボンも薄灰色、飾りは肩当てと膝当てに散らした象嵌《ぞうがん》くらいで、これから戦に出るにしては地味な出で立ち。

ほどなくカリストラタス公は書き終えた手紙を封筒に入れ、空飛ぶ馬の印章を溶かした蠟《ろう》に押しつけて封印した。それからようやく久遠たちへ半身をむけて、

「七々原宰相は息災かね」

穏やかな声音でそう尋ねられ、久遠は壁際で背筋を伸ばす。

「三年前に母と離縁したきり、会っておりません」

カリストラタス公は訝《いぶか》しそうな視線を久遠へむけ、

「…………離婚の理由は、なんであったかな」

問われて久遠は答えに窮した。

「……われわれにも、父の思惑は測りかねます。しかしおそらくは、今回の計略のためであろうと」

カリストラタス公はしばらく黙って久遠《くおん》を見つめた。銀光りする瞳の奥に、いたわりの色が見えた気がした。久遠の父、義春《よしはる》は三年前、突然、妻・美智子《みちこ》と離縁し、当時十四才だった久遠と十七才だった美智彦《みちひこ》は、美智子の旧縁を頼って黒薔薇《くろばら》騎士団が領有するアテナ島へ移り住んだ。なぜ義春が美智子に離縁を申し渡したのか、その真意は久遠にもわからない。

カリストラタス公は久遠から受け取った羊皮紙の封蠟《ふうろう》をナイフで解き、内容を読んだ。

久遠は目の端で、さらにカリストラタス公を観察する。

理知的で落ち着いた態度、佇《たたず》まいから自然に溢《あふ》れる威厳と気品。陸・海・空に最強の戦力を揃《そろ》えたガトランド王国を相手に無謀な反乱を起こした田舎《いなか》貴族にはとても見えない。所領では土地の境界線争いから相続問題、兄弟げんか、大小問わず持ち寄られる陳情を自ら裁いて、賢君として讃《たた》えられているという。

さらにカリストラタス公は「剣聖」アイオーン、「魔人」ルカマキオンと並び立つ最強の剣士「三聖」のひとりでもある。「悌《てい》」の聖珠《せいじゅ》を継承しており、十年前の「三叉《さんさ》海峡海空戦」においてはまるで空を歩行するように次から次へ敵飛行ガレー帆船を強襲し、単騎で千の王国兵を墜死させたとか。賢君であると同時に一騎当千の剣士でありながら、その物腰に偉ぶったところは少しもなく、しかし気安いこともなく、「孤高」の一語をひとのかたちにこね上げたような人物だ。

読み終えたカリストラタス公は、燭台《しょくだい》の火を羊皮紙へ移した。燃え上がった炎が、深い思慮をたたえた公爵の目尻《めじり》の皺《しわ》を鮮やかにした。

「この戦いはリタニアとホメオガルドを同時にやるようなものだね」

手紙が灰になったことを確認し、公爵は椅子《いす》の背もたれに背を預け、誰に呟《つぶや》くでもなく呟いた。

リタニアの戦いは三百五十年前、ホメオガルドの戦いは百三十年前、戦いの教範に必ず引用される奇襲の大成功例だ。ふたつとも、寡勢《かぜい》による奇襲が十倍の大軍を打ち破った数少ない実例であるが、百年に一度あるかないかの奇跡でもある。

リタニアとホメオガルド、歴史に残るふたつの奇跡をいまここで同時に起こさねば、葡萄海《ぶどうかい》はガトランド王国の手中に落ちる。頭から猫耳を生やした魔物が人間を支配する、最悪の未来が現実になる……とカリストラタス公は言っているのだ。

美智彦は気に入らなそうにカリストラタス公の言葉を受け取って、口元を歪《ゆが》め、

「……勝てない……てのかよ……。……親父が……離婚までして……自分の国を裏切ってんだぞ……勝てるに決まってんぎゃ――――っ」

無礼な物言いは、途中で久遠が思い切り美智彦の足を踏んづけて終わった。

唇を噛《か》みしめて飛び跳ねる美智彦を片目で見て、カリストラタス公は薄く笑い、椅子から立ち上がり、船窓へ歩み寄った。

質の良い、透明なガラス窓のむこうには澄み切った青空がどこまでも広がっている。

「七々原《ななはら》宰相は食えないかただ。我らが信じるこの策もまた、宰相の策のうちかもしれぬ」

「…………………」

「実子であるきみたちふたりをここへ連れてきたのも、わたしに策を信じさせるためであるかも。他人を疑えばきりがないが、しかし、彼は『軍神』カサンドラ・クルスの弟子だ。疑いすぎて損はない……」

公爵の疑念はいまだ消えていない。七々原義春《よしはる》はダダ王を裏切ったと見せかけて、実はガトランドが戦争する口実を作るために、今回の策謀をカリストラタスへ持ちかけたのかもしれない……と勘ぐっている。疑い深すぎるようにも思えるが、家臣と領民の生命、財産に責任を持つ立場上、カリストラタス公は軽々しく他人を信じるわけにはいかない。

カリストラタス公は自分へ言い聞かせるような、独り言じみた言葉をつづける。

「……しかしこのまま手をこまねいていても、われわれは通行税に搾取され、時間とともに弱くなる。どこかで全てを賭《か》けるしかなく、いまがそのときだ。勝てば生き残り、負ければ死ぬ。わたしはどちらでも構わんが……戦うことなく降伏し、異種族《ミーニャ》への服従を民に強いるのは、死ぬより辛《つら》い」

久遠《くおん》は片目で、大きな背中を見やった。

カリストラタス公が抱え込んだ葛藤《かっとう》が、楼内に陽炎《かげろう》を立てる。

この反乱は、通行税を拒否した田舎《いなか》貴族の暴走などではない。カリストラタス公は深い思慮と葛藤の末に、七々原義春が指揮棒を振る遠大な作戦の一端を担っている。葡萄海《ぶどうかい》を生きる全ての人間が、猫耳族《ミーニャ》に踏まれることのないように。

――このかたが命を懸ける作戦ならば……あるいは……。

そんな希望も、久遠の内にわずかに芽生えた。反乱に与《くみ》した貴族も騎士も傭兵《ようへい》たちも、カリストラタス公が立つならば、と勝ち目の薄い戦いに馳《は》せ参じたものたちだ。これからミーニャに虐げられようとしている人間たちが、最後に拠《よ》って立つ希望としてカリストラタス公はここにいる。

「もうすぐ戦場に着く。きみたちは縛帯《ハーネス》を身につけて、滑空翼《グライダー》を準備しておきなさい。ここで死なれては困る。この船は囮《おとり》、本当の戦いはレッドケープ要塞《ようさい》だ」

カリストラタス公はそう言って執務机に向きなおった。久遠と美智彦《みちひこ》は一礼をして、船尾楼から退出した。

上甲板に戻った久遠は、さっそく美智彦を睨《にら》みつける。

「兄上、相手は大貴族ですぞ？　もう少し言葉を弁《わきま》えてください」

「うるせぇ……ボケぇ……あいつが……適当なことぬかすから……」

久遠はまた思い切り、美智彦の足を踏みつけた。美智彦は悲鳴を発して、甲板上を跳びはねる。

「公爵をあいつ呼ばわりする資格が、兄上にはありません。実に立派な紳士です。これだけ無謀な反乱を起こしてなお、大勢の臣下が付き従う気持ちがわかります」

父親の命令で勝ち目の薄い戦《いくさ》に参加することになり、さっきまで久遠《くおん》は「逃げ時」だけは見失わないように考えていたが、いまはカリストラタス公の思いに賭《か》けてみたくなっていた。一度会っただけでそう思わせる君主の魅力が、カリストラタス公には備わっていた。

「縛帯《ハーネス》を装着しておかねば。滑空翼《グライダー》も。我らの本領は地上での戦い、この空は死に場所ではありません」

久遠はそう言って、昇降口から船内へ降りていった。地上へ降下する際には身体《からだ》にY字の縛帯を巻き、滑空翼を背負わねばならない。いつでも船から飛び降りられるよう、あらかじめ準備しておく必要がある……。

†　†　†

「艦影！　北東方向、みっつ！　針路南西！」

見張り員の報告が飛ぶと同時に、上甲板後方、舵輪《だりん》を握る操舵士の隣に仁王立《におうだ》ちした飛行戦艦「ヴェラ・クラーラ」艦長は単眼鏡《たんがんきょう》を目に当てて敵影を確認した。

「各甲板、戦闘準備！　総員、配置につけ！」

艦長の号令と同時に、掌帆長《しょうほちょう》の吹き鳴らす号笛がガトランド飛行艦隊旗艦「ヴェラ・クラーラ」上甲板にやかましく響き渡った。傍《かたわ》らに待機していた信号員が後方斜檣《しゃしょう》に赤・赤・黄・黄四つの信号旗をくくりつけ、旗索《はたさく》をたぐる。船倉で博打《ばくち》を打ったり酒を飲んだりしていた非番の船員たちは各員の持ち場へと駆け出し、砲兵は砲索具《ガン・テークル》を解き、甲板へ滑り止めの砂が撒《ま》かれる。船倉部に詰め込まれていた戦闘員たちも慌てて胸甲、肩甲を身につけ、剣帯に剣を差し、兜《かぶと》をかぶって面頬《めんぼお》をあげ、敵船への襲入《しゅうにゅう》に備える。

後方斜檣にあがった「戦闘配置につけ」を示す四色の信号旗を、後続する四隻《せき》の味方飛行戦艦――二番艦「アギーレ・マウラ」、三番艦「ブレッツァ・レジナ」、四番艦「アルバ・イデア」、五番艦「フィアマ・エルダ」が順繰りに中継し、信号を受け取った艦内では船員と兵員が支度をはじめ、各艦二百メートル間隔で連なる単縦陣から軍楽隊の小太鼓が鳴り響く。

勇壮な連打が、空域に戦闘の緊張を孕《はら》ませる。

鼓笛が鳴り響くや、ダダ王、七々原義春《ななはらよしはる》宰相、第二王女ルル、第二王子トト、それに第三王女アルテミシアは船尾楼へ駆け上がり、高空の風に身体を晒《さら》して、北東の空を睨《にら》みつけた。目の見えない第一王女シュシュは、繁忙を極める甲板には出ることなく、船首楼内の自室でけたたましい奏楽を聴くのみ。

ダダ王の構えた単眼鏡にも、飛行戦艦一隻、飛行ガレー帆船二隻、合計三隻のカリストラタス飛行艦隊の艦影が映じる。

雲量二。断雲がちらほらと頭上を流れていくが、高度五百メートルの空域を流れる雲はなく視界良好。

にぃっ、とダダ王は笑んだ。

三十年間かけて築き上げたガトランド飛行艦隊が、今日いよいよ、その実力を葡萄海《ぶどうかい》に知らしめる。

——さんざん亜人を下等生物扱いし、差別してきた人間どもよ。

——今度はおれたちが、お前たちを踏みつける番だ。

——名誉も尊厳も、家族も故郷も踏まれる屈辱を教えてやる……！

ダダ王は背後で待機する信号員へ令する。

「戦闘旗掲揚《けいよう》！」

信号員が後方斜檣《しゃしょう》に、青地に交差する剣を描いた戦闘旗をくくりつけ、旗索《はたさく》をたぐって掲揚する。後続の四艦も息を合わせて戦闘旗を翻すと、こちらへむかってくる三隻《せき》の敵艦も同じように、船尾へ戦闘旗を掲揚した。この戦闘旗は葡萄海共通であり、「我ら正々堂々、貴国艦隊との決戦に挑む」という意味がある。

ガトランド飛行艦隊とカリストラタス飛行艦隊は互いに船首を相手へむけて接近しつつ、敵味方の船員たちが一斉に鬨《とき》の声をあげる。

えいいえい、おー。えいいえい、おー……。

生まれた街は違えど同じ空に生きる船乗り同士、憎み合うことなく勝敗を決しよう、という意思表示が鬨の声となって決戦空域へ溶けていく。一千年前から船戦《ふないくさ》にあけくれてきた葡萄海列強はいつしかこうした奇妙な儀式を編み出し、決戦前に行うことが慣例となっていた。

「凪はむこうのがいいな」

ガトランド飛行艦隊総司令官であるダダ王は単眼鏡《たんがんきょう》から目を外し、水平距離二キロメートルほどに迫った敵影を眺め呟《つぶや》いた。その傍《かたわ》ら、参謀役も兼ねる義春《よしはる》はいつもの穏やかな微笑《ほほえ》みをたたえたまま、

「ルル殿下がここにおられる限り、負けることはありません」

船尾楼に佇《たたず》んで不安そうにしている第二王女ルルを横目で見て、義春はそう断言する。

だがダダ王は、気に入らなそうな鼻息を義春の返事へ返し、迫り来る敵艦を見やる。

「使いどきを間違いたくねえ。序盤は、敵の好きにさせるぞ」

十五才で即位して以来、みずから軍船に乗り込んで数十度に及ぶ船戦を経験したダダ王は、戦場の機微が肉体の芯にまで染みついている。ルルが継承した「孝《こう》」の聖珠《せいじゅ》は艦隊決戦の趨勢《すうせい》を決するほどに絶大な力を持つが、敵に致命的な一撃を加えるためには、戦の趨勢を見極める必要がある。

「敵ガレー船、上手回《タッキン》し！」

見張り員が「凪上へむかう」意味の言葉を叫んだ。ダダ王たちのいる船尾楼上の手前、一段低くなっている舵輪《だりん》の前に陣取った艦長が後方を振りむき、

「漕走《そうそう》に切り替えた。敵には風が関係ねえ」

見やれば、二隻《せき》の中型飛行ガレー帆船が浮遊体から櫂《オール》を突き出し、帆を帆桁《ほげた》へ巻き上げて漕《そう》走《そう》をはじめていた。針路は西南西。風は西から吹いている。敵は動力を風から奴隷漕手《どれいそうしゅ》に切り替えて、風上へ回り込むつもりだ。

艦長はじぃっと敵の動きを眺め、浮遊体から吊《つ》り下げられた船体部、その舳先《へさき》にサイの角のような金属突起――「衝角《ラム》」を認めて、舌打ちする。

「角《つの》付きだ。速えし小回りも利く。横腹を突かれますぜ」

衝角は古式ゆかしい体当たり兵器だが、近年、装備する軍船は少なくなった。理由は、敵の船体を破壊してしまうと、積み荷が五百メートル下方の地上もしくは海上へ落下して、奪うことができないため。艦載兵器としての有効性は、いまなおお維持されている。

「やらせとけ。なにもするな、針路このまま」

ダダ王の返事を受け取って、艦長は眉尻《まゆじり》をあげる。

「突かせるんですか？　敵に、こっちの脇腹を？」

「砲列指揮官に伝令。右砲戦《みぎほうせん》用意。だがおれが合図するまで絶対に撃つな。どんだけ敵が近づこうが、絶対にだ」

艦長の疑問に答えず、ダダ王は伝令役の近衛騎士を船体下層、砲列甲板へ走らせる。それから艦長へ顔を向け、

「砲列指揮官は、空戦を経験してんのか？」

「サー・レンブローですか？　ええ、確か一度」

「飛行艦の艦載砲を指揮した経験は？」

「あ、そりゃはじめてです。空戦なんて、めったに起きないんで。ですが海では何度も。岩の海じゃ、リパンテの海賊相手に……」

「うるせえ、聞かれたことだけ答えろ」

背後の王を振り仰ぐ艦長の表情は、明らかに困惑している。だがダダ王は質問を一方的に終わらせ、うしろにいる第二王女ルルへ声をかける。

「聖珠《せいじゅ》は使いこなせるな？」

問われて、ルルは胸の前に片手を当てて、不安そうに頷《うなず》く。

「……大丈夫です。……何度も練習、しましたから」

その返事を受け取り、ダダ王はにかりと笑った。

「頼むぜ、戦場の女神」

「……………」

ルルは怯《おび》えた表情のまま、反応できない。その隣の第二王子トトは、不審そうな面持《おもも》ちで姉と父へ交互に目線を移動させるが、質問を飲み干し、傍《かたわ》らで不安そうにしているアルテミシアと顔を見合わせる。

「ルル殿下は…………」

アルテミシアはなにか問いかけて、やめて言葉を飲み込んだ。トトは口調を柔らかくして、

「……大丈夫。この船は沈まないから」

そのことを伝えておいた。この戦いは、豹《ひょう》と鼠《ねずみ》の戦いだ。負けるわけがない。

「……はい。トト殿下の近くにいます」

アルテミシアの返事を受け取って、トトは顔を上げ、接近してくる敵ガレー帆船をみやる。

「敵ガレー帆船、展帆《セイルズ・セット》！」

見張り員の緊張した声が響く。風上へ回り込んだ二隻《せき》の飛行ガレー帆船は櫂《オール》を浮遊体上部に揃《そろ》えて収容し、帆桁《ほげた》に巻き上げていた帆を一斉に展張《てんちょう》した。

全ての四角帆が吹き付けてくる気流を孕《はら》んで、敵船は一気に加速する。水上艦と違い、海原の抵抗が少ない飛行艦は風上に立つと急激に加速する。対する飛行戦艦「ヴェラ・クラーラ」は巨大なぶんだけ鈍重で、迅速に回頭することができない。

全長二十五メートル、幅六メートル、細身の敵ガレー帆船は風に乗って、一気に水平距離一千メートルにまで距離を詰める。

「撃てばビビって逃げますぜ」

「あいつらは海賊じゃねえ、カリ公の直臣《じきしん》だ、その程度で逃げねーよ」

艦長の提言をはねのけて、ダダ王はまだ発砲を許可しない。飛行戦艦「ヴェラ・クラーラ」

が艦載する二十センチ砲の有効射程は千五百メートルとされるが、ダダ王の経験上、艦載砲の有効射程は三百メートル以下だ。

「おれの言うとおり動け、余計な口出しはするな」

いかにも潮っけの強そうな艦長は、日焼けした顔を不満そうに前へ戻し、

「アイ・サー、提督。二度と余計な口を叩きやせん」

ややふてくされた調子で言って、口をつぐむ。ダダ王は迫り来る敵ガレー帆船二隻をじぃっと見やる。

舳先《へさき》から銀光りする衝角《ラム》を突き出し、十月の大気を切り裂きウォグストック効果の七彩を蹴立て、その船足はこちらの倍近い。

船体が細いため、右舷三十門の斉射《せいしゃ》をもってしても、いま直撃させるのは難しい。当てるには、もっと引きつける必要がある。

と、砲列甲板から伝令が梯子《はしご》を駆け上がってダダ王に告げた。

「サー・レンブローより伝令！　右舷砲列、全三十門の駐退索《ブリーチング・ロープ》を解き、配置完了！　砲門を上げて良いでしょうか!?」

へっ、とダダ王は鼻で笑う。海上艦あがりの砲列指揮官は、飛行艦に乗っても海と同じ感覚で撃ちたがる。だがダダ王は、艦隊空戦における第一撃の重要性を認識している。ここは空だ、海とは違う戦いがある。

「撃つときゃ合図する、っつってんだろうが、バカ。黙って見とけ」

「……はっ！」

「ついでにレンブローのケツ蹴れ。おれの時間を奪った罰だ」

「…………は、ははぁっ！」

戸惑う伝令を追い返し、空域へ目を戻す。

相対距離、五百メートル。前方斜檣《しゃしょう》に掲げられた、赤地に黄金の天馬、カリストラタス家の紋章旗が、たてがみまではっきりと見える。飛行ガレー帆船の船首に仁王《におう》立《だ》ちした敵貴族の戦《いくさ》装束も、風に翻るマントの裾の天鵞絨《ビロード》も。同時に猛烈な匂いが風上からやってくる。四十人の奴隷漕手《どれいそうしゅ》の足首は鎖で座席に縛り付けられており、排泄《はいせつ》も当然その場で行うため、ガレー船は猛烈に臭い。

「臭くてかなわん。撃ったほうがいいんじゃ」

黙ったはずの艦長が、こらえきれない、と言った表情で背後を振り仰いで言った。

ダダ王はそれを無視し、背後の第二王女ルルを振り返る。

「やれ、ルル」

「…………はい」

ルルは覚悟と憂いが入り交じった顔を持ちあげ、二歩前へ進み出て、王の隣に並んだ。

ふたりの背後に佇《たたず》んでいる第二王子トトは、姉が聖珠《せいじゅ》の力を使おうとしていることを察した。

——ルル、がんばれ……！

トトは無言の応援を、姉の小さな背中に送る。

「ルル殿下……」

トトの傍《かたわ》ら、第三王女アルテミシアは不安そうに、義姉の背中を見やる。トトはアルテミシアの不安を察し、

「……大丈夫。ルルは強いから……」

いつもは平和でのほほんとしているが、ガトランド王国を守るためであれば、戦うことを厭《いと》わない責任感もルルは持ち合わせている。明るく優しくて芯の強い、素敵な姉なのだ。

ルルは自分の胸の前で両手を組み合わせ、目を閉じた。

流れゆく雲のさなか、長い金色の髪が高度五百メートルの風になびいて、髪の先に七彩がきらめいた。

「……ん……」

トトは自らのわずかな異変に気づいた。胸の奥で、なにかが勝手に起き上がる。自分の意識の奥のほう、「忠《ちゅう》」の聖珠が住まうあたりの領域が、地震を予兆する湖面のように波打ち、ざわめきはじめた。

「これ……」

顔を上げると、ルルの背後に光が生まれ出ようとしていた。

淡い黄金色のたなびきが細かな幾何学模様に変じ、それらが徐々に輪郭を鮮やかにして神像の光背《こうはい》じみた複雑な紋様を描き出す。聖珠《せいじゅ》の力が発現する際に、必ず継承者の背後にはこうした光が浮き立つが。

「……すごい……！」

トトは目を見ひらく。ルルの背後に現れたこれは、あの祝宴の決闘の際、ガスパールが背負っていた光背よりも遙《はる》かに大きく色彩も明瞭《めいりょう》、物質化しているかのように、その形状をはっきりと視認できる。

「孝《こう》」

空間に浮き立ったその文字は、黄金色に発光し、ルルの上体よりも大きい。その文字を取り巻いている装飾と色彩も、黄金のなかに七彩のたなびきがあり、胸の前で手を組み合わせ目を閉じたままのルルは神像のように神々しい。

――これ……ぼくと違う……!?

トトはそれに気づく。トトが「忠《ちゅう》」の聖珠を発動させても、光背はルルほど鮮やかで大きくない。トトの「忠」は雲にかかった月光のような頼りない光で、肝心の「忠」の文字も薄くて小さい。

――なぜ、これほど違う……？

――ぼくよりもルルのほうが、継承者として資質が高い……？

訝《いぶか》しむトトの傍《かたわ》らを、ひょうっ、と高い音を立て、風が切り裂いた。

「うわっ」「あれ?」「おぉっ」

上甲板の水兵たちが、素《す》っ頓狂《とんきょう》な声をあげ、後方斜檣《しゃしょう》の信号旗を見やる。

いきなり、風向きが変わろうとしている。

ひゅおうっ。

さらに強い風が、東から吹き付けた。それまで吹いていた西風は消えて、全く反対方向から突然の風。

一時的なものではない。幾条もの唸《うな》りをあげ、強い風はやむことなく、東から西へ折り重なって吹きすさんでいく。

迫り来る敵飛行ガレー帆船の風下にいたはずの飛行戦艦「ヴェラ・クラーラ」は、気がつけばいきなり、敵の風上に立っていた。

「……っ!!」

トトは刮目《かつもく》する。

「孝」の力の正体とは、まさか――

ごおおっ、といきなり風が唸りを立てた。

これ以上ないほどの風が、こちらに都合の良い方向から絶え間なく吹き付けてくる。

古今《ここん》東西、帆船同士の戦いは風上に立てば勝ちだ。風上の船は追い風を受けて機動性と操作性が増し、風下は風にむかって走るため著しく機動性をそがれ、操船が難しくなる。

「下手回し《ジャイビン》!!」

風下へ船首をむけろ、という意味の号令をダダ王が飛ばす。浮遊体の上部に待機していた水兵たちが慌てて転桁索《ブレース》に取り付き、船尾楼の艦長は自ら舵輪《だりん》を握る。

飛行戦艦「ヴェラ・クラーラ」は船首を敵ガレー帆船二隻《せき》へ向けるべく、悠然と回頭。対して、それまで追い風を受けて突進していた敵ガレー帆船はいきなり風向きが変わり、その場に立ち往生してしまう。

敵ガレー船の乗組員が、慌てて帆を巻き上げようとしている。浮遊体の上部から再び櫂《オール》が蟹《かに》の足のように突き出て、漕走《そうそう》の準備をはじめる。小さな飛行ガレー帆船が大きな飛行帆船に衝角攻撃《ラムアタック》するには、風上から襲うことが大前提だ。風下からそんな攻撃を仕掛ければ、逆に小さいほうが踏み潰《つぶ》される。

「下手回し《ジャイビン》!!」「下手回し《ジャイビン》!!」

敵味方双方の船が風下へ船首をむけようと、船体を軋《きし》ませて回頭する。

舷側からウォグストック粒子が七彩の飛沫《ひまつ》を蹴立てる。秋空に虹を散らしながら、命がけの旋回勝負。百八十度の旋回が必要な敵ガレー帆船と、九十度の旋回をもくろむ「ヴェラ・クラーラ」。ダダ王は傍《かたわ》らのルルへささやく。

「風が強すぎる。回頭が終わるまで、ちぃっと弱められるか」

「……はい。……風を止めます」

ルルが応えるや、風が止まった。

おお、と艦長が快哉《かいさい》をあげる。回頭中に帆が受ける風は邪魔でしかない。風がやんだいま、飛行戦艦は慣性と舵輪の操作だけでゆったりと回頭し――

いま、船首の先に、回頭中の敵飛行ガレー帆船を捉《とら》える。

あとはもう一度、東風が力強く吹いてくれたらこちらの勝ちだ。

「ルル、東風を頼む。強いやつだ」

「はい」

ルルは紅の双眼をひらき、戦闘空域を見据《みす》えた。

目線の先、必死に逃げようとする敵ガレー帆船を見やる。

――わたしは、ひとごろしになろうとしている。

そのことを心のなかで確認する。いまから使う力のせいで、あの二隻の船に乗り合わせている数百名が、高度五百メートルから落下して海の藻屑《もくず》となるだろう。

空戦の恐ろしさは、飛行艦に乗り合わせた数百、数千の人間が運命をともにすることにある。地上の戦いであれば散らばって逃げることができるが、高度五百メートルの船戦《ふないくさ》では逃げ場がない。沈む船から逃げるには滑空翼《グライダー》を背負うしかないが、あれだけ大きくかさばるものを瞬時に背負って飛び立つことのできる人間がどれだけいるか。

――この力で、数百人が死ぬ。

継承した力の恐ろしさを理解したうえで、ルルは右手を高くあげた。

黄金の光背《こうはい》が、さらにいっそう眩《まばゆ》く燃え立ち。

「孝《こう》」

空間に浮き立ったその文字が、さらなる光を発する。

東から強い風が一斉に吹き付け、雲たちを押し流す。

回頭時に風はいらない。だが、突撃時には強めの追い風が欲しい。全ての船乗りが望む都合の良すぎる風が、いま、この空を吹きすさんでいる。

ダダ王は、にぃっと笑った。

野太い右腕を振り上げ、高らかに令する。

「総帆展帆《オール・セイルズ・セット》!」

号令一下、飛行戦艦「ヴェラ・クラーラ」の全ての帆が展張《てんちょう》し、風を孕《はら》む。

足下が、ふわっと一瞬浮き立って、ウォグストック粒子の七彩が波頭を裂くように蹴立てられる。

「ヴェラ・クラーラ」を先頭とした総計五隻《せき》の飛行戦艦が、全ての帆に順風を孕み、まっしぐらに敵へむかって突進する。

「砲弾がもったいねえ、ぶちかませ!」「葡萄海《ぶどうかい》の人間ども、皆殺しだっ!!」「偉そうな人間どもめ、ミーニャの誇りを思い知れっ」

　ダダ王の命令に呼応して、勝利を確信した水兵たちの雄叫《おたけ》びが風に乗り、敗北、すなわち死を予兆したものたちの絶望へ覆いかぶさる。

　敵は必死に漕走《そうそう》をはじめようとしているが、回頭が間に合わない。

「退避！　退避！」「ダメだ、来るなっ！」

　敵水兵たちが悲鳴をあげるなか、敵ガレー帆船の横っ腹に、ヴェラ・クラーラ下部船体の舳《へ》先《さき》が衝突し、敵の舷側を砕いて上甲板へ乗り上げる。

　飛行ガレー帆船の浮遊体が砕け、みっつに割れる。マストが折れ、帆桁《ほげた》が落ち、索具が飛び散り、浮遊体の上部で櫂《オール》を漕《こ》いでいた四十人の奴隷漕手《どれいそうしゅ》は砕けた浮遊体に鎖でくくりつけられた状態で空域へ放り出される。

　真っ二つに折れた船体から木箱、樽《たる》、大砲、構造材、それに幾百の敵兵たちが空中に投げ出され、懸吊索《ケーブル》のくびきを解かれた船体もまた、千万の灰燼《かいじん》を散らしながら落ちていく。

　幾多の巨大な水柱が、直下の海面につづけざまに屹立《きつりつ》する。船も積み荷も装備品も水兵も、全てが海の藻屑《もくず》に変わる。一人前を育成するのに三年かかる水兵たちが空中へ投げ出され、数百、数千、紙吹雪《ふぶき》みたいに海原へ落ちていく。

　わああ、わああ……。

　味方の歓声が、立ちこめた粉塵《ふんじん》のなかでこだまする。ルルは恐ろしくて全てを見ていられない。いまの一瞬の爆発のなかで、五百名近い船員、奴隷《どれい》の人生が終わりを迎えたのだ。そのあっけなさが、恐ろしい。

残るもう一隻《せき》の敵船は懸命に回頭を完了し、一斉に展帆《てんぱん》、帆と櫂《オール》の両方で逃げようとするが。

「右舷砲門、上げ！」

ダダ王の号令を、伝令が瞬時に、直下の砲列甲板へ昇降口から顔だけ突っ込んで叫び。

「押し出せ！」「押し出せ！」

右舷側、ずっと閉じられていた砲門の上蓋が上方へ引き上げられ、そこから一斉に片舷三十門の二十センチ砲が砲身を突き出し。

「砲撃開始!!」

直下から、砲列指揮官レンブローの胴間声《どうまごえ》が響き渡ると同時に、三十門が一斉に火を噴いた。

「おわあっ」「うおっ」

上甲板の水兵たちが、思わずそんな叫びをあげる、天地を砕くほどの砲声と、その反動。

下部船体が砲撃の反動によってブランコのようにいったん後方へ持ち上がり、弧を描いて前方へ戻り、また後方へ。立ちこめた砲煙が風に乗り、風下側へかぶさる。敵影が見えない。

「次弾《じだん》、装填《そうてん》急げっ！」「急げ、急げっ！」

砲列甲板から怒号が交差。砲手たちは砲身を引き入れて、海綿棒《かいめんぼう》で砲身内を磨き、点火口に火薬を詰め、重量十キログラムの砲弾と火薬を込め矢で押し込む。

揺れが、ひどい。

砲撃に伴う反動を吸収する仕掛けがないため、斉射《せいしゃ》すると浮遊体から吊《つ》り下げた船体はひどく揺れる。

揺れすぎて、狙いがつけられない。

「くそっ、こんなときにっ！」

砲列指揮官、サー・レンブローは歯がみをしながら、砲門越しに外界を見やる。ダダ王が第一撃を重要視して、極限まで敵を引きつけさせたのは、この揺れを知っていたからだ。海上艦であれば海原があるため砲撃の衝撃は一度の後退で吸収されるが、飛行艦の場合、浮遊体から吊り下げられた船体は抵抗も受けずにぶらぶら、ブランコの要領で揺れつづける。これだけ揺れると、精密な狙いをつけづらい。

――訓練と、全く違う……！

レンブローは恨み言を胸中に垂らす。重量三キログラムの演習弾は、必要な装薬も少ないから、斉射してもこれほどの揺れはなかった。だが重量十キログラムの実弾は装薬も多くなり、必然、斉射後の反動も大きくなる。支度金をくすねようと、演習時の装薬量をケチった艦長に、あとで恨み言を述べることにする。

――敵は……？

煤煙《ばいえん》の霞《かすみ》のなか、レンブローは戦闘空域へ目をこらす。

高空の風はすでに、砲煙を持ち去っていた。

砲撃目標であった敵ガレー帆船のすがたは……ない。

ただ砕け散った飛行石の欠片《かけら》と、散乱する木片と、大きめの飛行石のかけらに固定されたまま怯《おび》える奴隷漕手《どれいそうしゅ》の顔が見えるだけだ。

見下ろせば、五百メートル下の海面に新たな水柱の名残《なごり》があった。敵兵の亡骸《なきがら》とおぼしいものがぷかぷか、青い波間に揺れている。

レンブローはふぅぅ……と長い安堵《あんど》の息をついた。直撃したらしい。至近距離から複数の直撃弾を受けた敵船は、飛行石以外になにも残さず海原へ落下し消える。下部船体に乗っていた水兵も戦闘員も、全員戦死しただろう。

だが。

「さらに後方！　敵飛行戦艦、接近！」「反航！　左から来る！」

見張り員の声と、船尾楼からの伝令が交差する。残る一隻《せき》、カリストラタス公の乗り込んだ敵飛行戦艦「ヴィルディリウム」はまだ勝負を諦めていないらしい。

「左砲戦、用意！」

レンブローが号令をかけるや、右舷砲列についていた砲兵たちが一斉に左舷側の砲列に駆け込み、担当する大砲の駐退索《ブリーチング・ロープ》を解く。水兵が火薬箱を肩に担いで下甲板につづく昇降口から現れ、箱だけ置いてまた火薬庫へ走っていく。砲兵は素早く砲弾と装薬を筒先から込めると、索具のそばに立って命令を待つ。揺れはようやく、収まりつつある。

「左舷砲門、上げ！」

上甲板にいる伝令が、昇降口から逆さまの顔を突き出して、ダダ王の命令を叫ぶ。

待ち構えていた砲兵たちが、砲門の上げ蓋《ぶた》を押し上げる。

光が入ってくる。高度五百メートルの澄み切った大気のむこう、水平距離一千七百メートルほどにまで接近している敵飛行戦艦「ヴィルディリウム」の艦影。左舷側をこちらへむけ、すでに砲門をひらいている。

反航戦。すれ違いざま、至近距離からの撃ち合いになる。

――見事な勇気！

レンブローは敵将カリストラタス公爵をたたえる。突然変わった風向きにひるむことなく、逆にこちらがガレー帆船二隻にかかりきりなのを良いことに、一発の砲弾を撃つこともなくこの至近距離まで接近してきた。さすが歴戦の勇将、的確で大胆な采配《さいはい》だ。

「押し出せ！」「押し出せ！」

砲兵たちが三十門の左舷砲を一斉に砲門から押し出した。

飛行戦艦「ヴェラ・クラーラ」と「ヴィルディリウム」、ふたつの巨大飛行戦艦はいま、槍《やり》試合さながら互いにむかって走り込み、必殺の一撃を交わそうとしている。

発砲のタイミングは砲列指揮官に任されている。敵との水平距離、一千六百メートルを切った。撃っても良いが、外せばまた、船体をあの揺れが襲う。

そのとき、不意に、吹きすさんでいた風がやんだ。

吹きはじめと同じく、唐突な終わり。

無風のなか、慣性だけで互いの船は接近していく……。


「ルルっ!」「ルル殿下っ!」

一方、船首楼屋上の指揮所では、ルルが目を閉じてよこざまに倒れていた。心配したトトとアルテミシアが傍《かたわ》らに膝をつき、呼吸と脈拍を確認する。風がやんだ次の瞬間、それまで右手を掲げていたルルの膝が崩れ、こうして倒れ込んでしまった。

「力の使いすぎだ。死にゃしねえよ、自室へ運んでやれ」

ダダ王は迫り来る敵飛行戦艦「ヴィルディリウム」を右目で睨《にら》み、失神したルルへは目線も投げずに告げる。

——顔色くらい、変えたらどうだ!?

トトは父への怒号を心中だけで発して、ルルを仰向《あおむ》けに寝かせる。細い手首を掴《つか》んで脈拍を確認。異常はない。聖珠《せいじゅ》の力の使いすぎで昏倒《こんとう》したらしい。ルルのおかげで、無傷で敵ガレー帆船二隻《せき》を沈めることができたのだから、役目は充分に果たしてくれた。トトは落ち着きを取り戻し、近衛兵に頼んだ。

「船尾楼の下にルルの部屋がある。運んで、休ませてあげて」

「承りました」

「ミーシャ、悪いけどルルの看病を」

「はい、任せてください！」

近衛兵はぐったりしたルルを胸の前に抱き上げて、付き添いのアルテミシアと共に、船尾楼下層にあるルルの自室へ運び込んでいった。目の見えない第一王女シュシュは船首楼下層の自室にいて動けないから、ルルの看病はアルテミシアに任せよう。

「風が戻ってくるぞ。本物の風だ」

ダダ王はそう言って、敵船を睨む。風を操るルルの力は、帆船同士の海空戦においては戦局を決定づけるほど絶大だが、使える時間が継承者の体力に依存するらしい。

――あんなに強力な聖珠を、なぜガガに継がせず、ルルに？

トトはそれがわからない。体力は第一王子ガガのほうが遥《はる》かにあるのに、なぜ体力の低いルルに重要な聖珠を継承させたのか。

「北風だ。こっちに被害が出るぞ」

ダダ王は敵飛行戦艦を睨みつけて、傍らの七々原義春《ななはらよしはる》宰相へ告げる。

空域に散乱した飛行石の青白い欠片《かけら》が、風向きを教えてくれる。いまは迫り来る敵飛行戦艦「ヴィルディリウム」に追い風だった。ルルがいなくなった途端、こちらに都合の悪い風が吹いてくるのは、公平であろうとする天の采配《さいはい》か。

「あと五分で、敵の砲撃が来ます。こちらは五隻《せき》、相手は一隻、勝つのは疑いありませんが、この風向きでは、ある程度の損害を覚悟せねば」

義春《よしはる》は風と敵味方の船の状態を見比べてそう言った。砲撃に関しても、風上側の砲弾は風に乗って飛距離が伸びるのに対し、風下側は飛距離が半減する。風下側で砲戦せざるを得ないガトランド飛行艦隊は、この戦いを無傷で乗り切ることはできないだろう。

——この戦いは、これから葡萄海《ぶどうかい》全域を巻き込む巨大な戦争の序章。

——虎の子の飛行戦艦を、王はむざむざここで傷つけるだろうか……？

トトの思いに答えるように、ダダ王は敵を睨《にら》みつけ、

「ここらで一発、おれに逆らった人間の末路を見せておくのも悪くねえ」

呟《つぶや》いて、一歩、前へ出た。

「…………」

義春はいつものように穏やかな微笑《ほほえ》みをたたえたまま、ダダ王を止めない。

「もう十年、『火の鳥《ファイアバード》』を使ってねえ。葡萄海の人間どもを震え上がらせるには、ここが使いどきだよな?」

王の言葉に、義春は無言で頷《うなず》く。その傍《かたわ》ら、第二王子トトは両目をひらく。

——ダダ王が、「火の鳥」を使う……！

葡萄海に知らぬものなき、最強の聖珠《せいじゅ》、「仁《じん》」。

八つの聖珠の筆頭である「仁」の力の具現したものが、この世に存在するあらゆるもの――金剛石《ダイヤモンド》すら熔解《ようかい》させる「火の鳥《ファイアバード》」だ。

トトもまだ見たことのない伝説の魔物が、これからこの空に現れようとしている。

トトは息を呑《の》み、父の背中を見つめた。

はっきり言って、好きな父親ではない。粗野で無骨で子どもたちへの関心が薄く、美しい母を放ったらかしにして、めかけに二百人も子どもを作らせた粗野で乱暴で自分勝手な男。

だが。

――世界一強い戦士だ。

それは誰もが認めている。御年六十三になろうとも、「仁」の聖珠を継承している限り、ダダ王は誰にも負けない。十年前の「三叉《さんさ》海峡海空戦」において伝説的な戦果を残した「剣聖」アイオーンでさえ、ダダ王の使役する「火の鳥」の前に退散を余儀なくされた。

――強さの到達点を、この目に刻め。

トトの目線の先、ダダ王はいつもの悠々たる笑顔をたたえて、水平距離千五百メートルにまで接近してきた敵飛行戦艦「ヴィルディリウム」を正面から睥睨《へいげい》し、独りごちる。

「久しぶりだな、カリ公。最期《さいご》までおれに踊らされる気分はどうだ?」

ダダ王の背後へ、光が集まりはじめる。燃えさかる、冷たい炎のような、紅蓮《ぐれん》の光。

熱のない炎が、空間に燃え立つ。神像の光背《こうはい》さながら、その炎が幾何学模様を為《な》して、群れ集まり、空間へ紅の筆が走る。

ダダ王の不敵な笑みのむこう、半径一・五メートルの円周が折り重なり、曼荼羅《まんだら》に似た複雑な紋様が描き出される。

円の中心に。

「仁《じん》」

鮮やかに浮き立ったその名前が、ダダ王の背後にゆらゆらと燃え立ちながら発光し。

おおぉ、おおぉ……！

「仁」の発動に気づいた味方の水兵たちが、歓呼をあげてダダ王を称える。十年前に目撃している古参の水兵たちが勝利を確信し、両手を天に掲げて感謝を表す。帆桁《ほげた》に上って帆の操作にいそしんでいる水兵たちも、指笛を鳴らして彼らの王を応援する。

「火の鳥《ファイアバード》！」「火の鳥《ファイアバード》！」

いつしか、呼ぶ声が唱和して、空域を押し包み――

敵飛行戦艦「ヴィルディリウム」の全砲門が、一斉に「ヴェラ・クラーラ」を照準し――

ダダ王は凶悪な笑みをたたえ、

「出番だ、火の鳥《ファイアバード》」

刹那《せつな》――

「ヴェラ・クラーラ」の上方空域に炎が渦を巻いた。

ひとつではない。ふたつ、みっつ——異なる次元への入り口がひらいたかのように、「ヴェラ・クラーラ」の周囲の空間から炎が芽生え、渦を巻き、それらが互いに結び合って、生き物のようにうごめきはじめる。

青空のただなか、踊る炎が螺旋《らせん》となり、螺旋の中心から真っ赤なたなびきが生じて、それが徐々に、鳳凰《ほうおう》のかたちを形成しはじめ——

「させるか」

刹那——

カリストラタス公はダダ王の直前で、戦斧を振り上げた。

「悌《てい》」

カリストラタスの背後には、黄金に輝くその一文字。

「ちっ」

ダダ王は舌打ちをして、うしろへ飛び退き、剣を抜く。

ガキィっ！

鉄と鉄の打ち合う響き。

ガキィ、ガキィッ！

二度、三度、立てつづけに鋼鉄が歌う。ウォグストック粒子が反応し、火花に七色の彩りを添える。よろけるダダ王へ、カリストラタスが深く踏み込み、必殺の間合いへ。後退と踏み込みに反応したウォグストック粒子は、両者が水中で戦っているかのように、七色の波紋を空間へ描く。

戦斧がうなる。受けたダダ王の両刃剣《ナイトソード》が、勢いを殺しきれずに自らへ刃をむける。ダダ王のこめかみから鮮血。王は、その場に片膝をつく。

「ぐっ」

「死ね」

カリストラタスが右手の戦斧を振り上げる。

——奇襲。

——単騎。

察した瞬間——トトは腰のレイピアを抜き、ダダ王の直前に立ちはだかって、逆手に握ったレイピアの剣尖《けんせん》を斜め後方へむけ、振り下ろされた戦斧を受ける。

レイピアの刀身を削るように火花が爆《は》ぜ。

トトの受けにより、斬撃《ざんげき》の軌道を矯正された戦斧が床板を穿《うが》つ。

木片と火花、ウォグストック粒子の乱舞。

鼓動、ひとつ。

トトはレイピアを一瞬浮かせ、手品のように順手に握り直すと、逆にカリストラタスの懐《ふところ》深くへ潜り込み。

二手、三手、四手。

レイピアの軌道を、七彩の火花が爆ぜ。

七手、十手、十四手。

虹が、舞う。

「ふむ」

加速するレイピアを、カリストラタスもまた当然のように受けきって。

「時間を稼げ、トト」

「はっ」

ダダ王の命令を受け取った直後、トトは「忠《ちゅう》」の聖珠《せいじゅ》を発動。

近衛兵はまだ、カリストラタス公が水平距離千五百メートル離れた敵飛行艦からただひとり、浮遊圏を漂う飛行石を飛び石伝いに渡って奇襲をかけた事実に頭が追いつかず、立ちすくむのみ。

淡緑色の光が、トトの背中に集まる。浮かび上がる、うっすらとした「忠」の文字。

鼓動四つの間に繰り出された二十五手を躱《かわ》しきり、カリストラタスはぼそりと、

「第二王子か」

「トト・ガトランド。カリストラタス公とお見受けする」

淡緑色の光背《こうはい》を背負い、トトは素早く周囲を確認。敵兵はカリストラタスただひとり。

カリストラタスは薄灰色の兵装に全身を包み、鎧《よろい》は胸甲と肩甲と脛当《すね》て、右手に戦斧、左手に小楯《こだて》。その背後、Y字を幾つも重ねたような黄金の光背の中心に、「悌《てい》」の文字。

——「三聖」カリストラタス……！

葡萄海《ぶどうかい》に名高い三人の聖騎士、「剣聖」アイオーン、「魔人」ルカマキオン、「天馬」カリストラタス。歌に歌われる誉《ほま》れ高い聖騎士といま、トトは一対一で対峙《たいじ》している。

——越えてやる。

恐れることなく、トトはカリストラタスとの間合いを詰める。トトの背後に、虹の航跡。飛行艦の上甲板は浮遊圏内にあるため、物体の移動に反応したウォグストック粒子が水の流紋のような不思議な紋様をふたりの周囲へ描き出す。

トトはカリストラタスの奥まった双眸《そうぼう》を覗《のぞ》き込む。

カリストラタスの銀灰色の眼差《まなざ》しが、トトとぶつかる。剣戟《けんげき》を交わす相手とは、視線を合わさざるを得ない。

そして「忠」の聖珠《せいじゅ》の特性は。

——目を合わせた相手を、制動する……！

「ぬっ」

カリストラタスの動きが、一瞬止まる。

振り上げた斧《おの》が止まったことに、公爵が戸惑ったのがトトにもわかった。

──「三聖」にも、効いてる！

修練場で騎士相手に練習をした限り、トトは鼓動ひとつ分の時間、相手の動きを制御できるようになった。わずかな時間だが、一瞬の隙《すき》が命取りとなる剣戟において、鼓動ひとつ分も動きが止まれば、喉や心臓を貫くには充分すぎる。

「シュッ」

呼気とともに、カリストラタスの喉元をめがけてレイピアを突き出す。

が、動けないはずのカリストラタスはかろうじて踵《かかと》だけで地をこすり。

「!?」

飛び退いた一歩が、異常にのびる。カリストラタスは上甲板の上方に蓋をしている浮遊体、その下腹へ左手で触れ。

七彩の火花が散り、さらにカリストラタスは加速して、ありえない機動で浮遊体にくりつけられた縛帯《ハーネス》を摑《つか》む。

「……っ!!」

トトは驚愕《きょうがく》に目を見ひらく。あろうことかカリストラタスは水平方向へ差し伸べた左手一本で自らの身体《からだ》を支え、空中に浮かんでいる……！

──これが「悌」の力……！

それを悟る。踵《かかと》で床を蹴る……というより「こすった」だけで、この跳躍。カリストラタスは水平距離千五百メートル離れた敵艦からも、浮遊圏内を漂う飛行石の欠片《かけら》を踏み石にしてここまで渡ってきた。

――飛んでるわけじゃない。普通より、落、ち、に、く、い、んだ。モノを落下させる力が、カリストラタスにはほとんど及んでいない。木の葉を相手に戦っていると考えたほうがいい。トトも剣術修行は日々こなしているが、この世の理《ことわり》から外れた相手と戦ったことはまだない。

――足運びを見るな。重心でこの相手を捉《とら》えれば、こちらが頭を割られる。通常の剣術で立ち合うことはできない。身体《からだ》の反応に任せて戦えば、常識を超えた相手の動きに対応できず、その場で死ぬ。

「『忠《ちゅう》』の継承者か。剣技は優れている」

そう言って、トトの目の前でカリストラタスは振り上げた戦斧を振り下ろす。

「……っ!!」

トトは我に返り、レイピアの刀身で重い一撃を受け流す。

カリストラタスの双眸《そうぼう》を覗《のぞ》き込む。だがカリストラタスは目を合わさない。トトの両足にだけ目を送り、その足運びでトトの剣を予測し、左手の楯《たて》で受ける。

互いが背負う「忠」と「悌《てい》」の文字が、狭い甲板上に交差し。

三手、五手、九手……。

　打ち交わすほど、カリストラタスが押してくる。黄金の光背《こうはい》が燃え立つような輝きを帯び、速く重い機動に反応したウォグストック粒子が虹の流紋を虚空《こくう》に蹴立てる。

　わかっていても運足と重心と身体の移動距離が合っておらず、こちらの感覚がくるう。打ち合うほどに、そのわずかなズレが、やがて致命的な一撃に繋《つな》がるだろう。

――強い。だが。

――負けるか。

「忠」の一字が発光する。淡緑色の光背を背負ったトトは、カリストラタスの双眸を見つめながら死力を振り絞って応戦する。「忠」の力を知っているカリストラタスは、トトの視線を受けることができない。足運びしか目に映してはならないのだ。カリストラタスにとって、厄介《やっかい》な能力であることは間違いない。

　レイピアと斧《おの》が打ち合う。鋼鉄が歌う。七色の飛沫《ひまつ》がふたりの継承者の剣技を彩る。近衛騎士たちがようやく、事態に気づく。

「敵襲！　敵はひとり！」「カリ公だ、討ち取れっ！」

　船首から敵飛行艦を見張っていた近衛兵たちが慌てて船尾楼へ駆けつけ、船倉にいた戦闘員たちも上甲板に現れ、それぞれの武器を構え、カリストラタスへ打ちかかっていく。

　あろうことか、カリストラタスは逃げない。

左手の小楯《こだて》を肩に付けると、両手に戦斧を握りしめ、左右の斧《おの》を振り回して襲い来る騎士たちへ逆襲する。

「…………っ!!」

呆《あき》れるほど強い。一撃が重く速い。膂力《りょりょく》に関係なく、横へ一歩足を運ぶだけで一～二メートルを移動するため、王国兵はカリストラタスの動きに全くついていけない。両手の戦斧が日差しを弾き、ウォグストック粒子が七色の飛沫《ひまつ》をあげるたび、血潮と肉片が甲板を濡らす。

が。

いきなり新たな影が躍りでて——斧槍《ハルバード》の一閃《いっせん》。

「ぬっ」

飛び退くカリストラタスへ、影は深い踏み込みで追いすがり、二撃、三撃。

戦斧と斧槍が複雑な軌道を描いて打ち交わされ、稲妻さながら斬撃《ざんげき》の軌跡が折り重なり、舞い散る色彩は虹が砕け散るような。

カリストラタスへ挑みかかる影は——。

「ラギーっ」

トトが叫ぶ。戦闘員とともに船倉にいたアルテミシア専従騎士、人狼ラギー・デイライトが異変に気づき、上甲板に出てきていた。おそらく現在、王国最強であるこの人狼は「三聖」カリストラタスに戦技で全く引けを取らない。

「やりおる」

受け疲れたのか、カリストラタスは一跳躍で再び、浮遊体の縛帯《ハーネス》を片手で掴《つか》み、空中に浮かぶ。

「…………」

ここへ逃げられると追えない。斧槍を構えたまま、上甲板を両足で踏みしめ、ラギーは煮えたぎる双眸《そうぼう》をカリストラタスへむける。

そのとき。

「時間切れだ、カリ公」

戦闘に参加することなく、船尾楼で「仁《じん》」の光背《こうはい》を背負ったままのダダ王はそう言って嘲笑《ちょう》《しょう》をカリストラタスへ送った。

「お前ん家《ち》が燃えるとこ、そこで見てろ」

冷たい紅蓮《ぐれん》の炎が飛行戦艦「ヴェラ・クラーラ」上空を埋め尽くし、鳳凰《ほうおう》のかたちを為《な》していた。

全幅十五メートルを超える巨大な両翼が太陽を背負い、全長七メートルを超える胴体を高度五百メートルの空に羽ばたかせている。

首があり、尖《とが》ったクチバシがあり、紅に燃え立つたてがみと両翼と尾があった。

ゆったりと両翼をはためかせ、全身を溶岩流じみたもので覆って燃えさかる巨獣は、彼方《かなた》の飛行戦艦「ヴィルディリウム」をひと睨《にら》みした。

「焼き尽くせ、『火の鳥《ファイアバード》』」

ダダ王が令すると同時に、「仁《じん》」の聖珠《せいじゅ》の化身は高度五百メートルの空を飛ぶ。

浮遊圏が反応し、七彩の飛沫《ひまつ》が「火の鳥」の下腹にあがる。

燃えながら飛ぶ鳥は空間さえも煮えたたせ、航跡が燃える。

ウォグストック粒子の掻《か》き立てる虹と、「火の鳥」の周縁の炎が混ざり合い、戦闘空域を夢幻の色彩に染め上げて——

「ダメだ、逃げろっ！」「火の鳥《ファイアバード》だ、戦うな、逃げろっ!!」

敵飛行戦艦「ヴィルディリウム」に乗り合わせた古参の水兵たちが、負けを確信してそう叫び、自ら縛帯《ハーネス》を身につける。戦闘前に縛帯を身につけるのは「臆病者」と蔑《さげす》まれて禁じられているが、勇猛なはずの古参兵たちでさえ恥も外聞もなく逃げ支度に入り……。


「逃げますぞ、兄上っ」

一方、「ヴィルディリウム」の船倉から滑空翼《グライダー》を引っ張り出し、縛帯《ハーネス》と連結し終えた御《み》祓《はらい》美《み》智彦《ちひこ》、久遠《くおん》兄妹は、迫り来る「火の鳥」を視認し、右舷の船縁に片足をかけた。

滑空翼は骨格が翼竜の翼骨《よくこつ》、翼が樹脂油《じゅしゆ》を塗った細織《ほそおり》のリネン布でできており、折り畳んで持ち運びできる。ふたりはすでに翼の展張《てんちょう》を終えて、あとは飛び降りるだけだが。

美智彦は両刃の鎌を腰に差し、左舷のむこうの火の鳥を振り返って、唇を嚙《か》みしめ、

「火吐くとこ……見てぇ……！」

葡萄海《ぶどうかい》に住まう全ての少年少女の夢を言葉にし。

「死にたいならどうぞ！　わたしは逃げます！」

片手に愛用の大剣「鬼文鳥《おにぶんちょう》」を握りしめた久遠に命じられて、ふたり息をそろえ、右舷側から空中へ身を投げた。

帆船の帆にも使われる特別製の翼膜《よくまく》が風を捉《とら》える。滑空翼は動力を持たず、空を滑り降りる道具だ。ふたりは両手で握った操縦棒を操作して、レッドケープの陸影へ顔をむける。

「撃て！」「撃て――っ!!」

船首と船尾に配置された旋回砲四門が「火の鳥」へ砲口をむけ、流れるような動作で砲火を浴びせた。勇敢な砲兵たちが放った四発は、至近距離の「火の鳥」へ着弾。

刹那《せつな》、「火の鳥」の身体《からだ》から真っ白な蒸気が噴き上がる。重量六キログラムの砲弾は、溶岩流でできあがった肉体を前に、貫通せずに蒸散する。まとった一千度の炎は触れた瞬間に鋼鉄を溶かし、通常の物理攻撃が意味を為《な》さない。「火の鳥」は大砲などに構わず、悠然と両翼を広げて「ヴィルディリウム」の直前に滞空する。

「ダメだ、弓も大砲も効かねえ！」「こいつは倒せねえんだ、逃げろ！」

古参兵たちの叫びが上甲板に爆《は》ぜる。水兵たちは慌てて縛帯《ハーネス》を身につけ、素早いものは

滑空翼《グライダー》を背負って反対側の舷側から空中へ身を投げ出す。

転瞬——。

「火の鳥《ファイアバード》」がひときわ高い声でいなないた。その声だけで飛行戦艦「ヴィルディィリウム」の船体がびりびりと震え——。

「逃げろ!!」「逃げろぉおおっ!!」

滑空翼はおろか縛帯さえ身につける時間がなく、浮遊体上部の主帆《メインマスト》と上甲板にいる多くの水兵たちが呆然《ぼうぜん》としたまま、長い首を後方へのけぞらせる「火の鳥」をただ見守って——

戦闘空域を、溶岩流が埋めた。

「ヴィルディィリウム」上甲板がたちまち、紅蓮《ぐれん》の火炎に覆われる。

三本の帆柱、前檣《ぜんしょう》、後檣《こうしょう》、畳んであった帆布、三隻《せき》の雑用艇と艦長艇、それに百名近い水兵たち、浮遊体と上甲板に存在した全てが溶岩流に呑《の》まれて蒸散する。

一度だけの吐瀉《としゃ》ではない。「火の鳥」は哀れな「ヴィルディィリウム」をめがけて、活火山さながら溶岩流を吐きかけつづける。

船内から爆発の連鎖。舷側が砕け、炎が噴き出る。浮遊体が高温に耐えきれず溶けはじめ、懸吊索《ケーブル》が切れる。五層に及ぶ甲板を溶岩流が貫通し、内装も積み荷も焼き尽くす。

下部船体が燃えながら傾き、錨綱《いかりづな》が蛇のようにのたうちながら飛び出て、竜骨が折れ、破損部からひとと積み荷とバラストが空中へ投げ出される。炎はすでに船体を飲み込んで、木材も鉄骨も全ての構造材を大気へ蒸散させていく。

「火の鳥」は放射をやめない。

明らかに死に絶えた「ヴィルディリウム」船体をめがけて、逆らった懲罰のごとく、執拗《しつよう》に溶岩流を吐きかけ――。

長大な船体が空域から消えた。

ただ沸騰し泡立つ飛行石が幾千万の欠片《かけら》に変じて、水銀みたいに溶けながら浮遊圏を彷徨《さまよ》うのみ。

水平距離千五百メートルを隔て、全てを目撃していたガトランド王国軍旗艦「ヴェラ・クラーラ」から、歓呼と拍手が鳴りやまない……。

「喜べカリ公、お前ん家《ち》、燃えたぞ」

ダダ王の言葉と一緒に、背負っていた紅の光背《こうはい》が色あせていき、赤々と燃え立っていた「仁《じん》」の一文字もまた空間へ粒子に変じて消えていった。

ダダ王はこめかみから流れる血にも構わず、両刃剣《ナイトソード》を構え直す。

カリストラタスは浮遊体の縛帯《ハーネス》を掴《つか》んだまま、静かな眼差《まなざ》しをダダへ送った。

薄灰色だった兵装はいまや全身が返り血に濡れ、両手の戦斧も血を吸いすぎて柄まで赤く染まっていた。母艦を失ってもなおカリストラタスは動揺を見せず、悠然と一同を見下ろして、

「トト王子、そこのオオカミ、いい腕だった。レッドケープ要塞《ようさい》で待つ。『悌《てい》』の聖珠《せいじゅ》が欲しいなら、わたしを殺して奪うことだ」

捨て台詞《ぜりふ》を吐いて、カリストラタスはここから十キロメートル以上も離れた陸地を見やり、おもむろに縛帯《ハーネス》を摑《つか》んでいた手を放した。

「おぉ……」「なんと……」

甲板で様子を見守っていた水兵たちの目線の先、カリストラタスは黄金の光背《こうはい》と「悌」の文字を背後に従え、高度五百メートルから地上を目指し、鳥のように悠然と滑空しながら去っていく。

――やっぱり、モノを下に引っ張る力が、緩くなってる……！

カリストラタスのうしろすがたを見送りながら、トトはその事実を確認。カリストラタスは飛び降りたまま上昇することができず、レッドケープの陸影を目指して、滑空翼《グライダー》と似た機動で空を滑り降りていくのみ。

――飛んでいるんじゃない。下に引っ張る力を弱くするのが「悌」の能力……！

その事実を確認して、トトは構えていた剣を収め、ダダ王を振り返る。

「傷の手当てを」

「かすり傷だ、こんなもん」

ダダ王は笑って、手のひらで患部をごしごし撫《な》でる。船倉にいた軍医が慌てて包帯を持って駆けつけ、患部を煮立てたワインで消毒する。

トトは北東の空へ目をやった。すでに「火の鳥《ファイアバード》」もカリストラタスも見えない。三隻《せき》の飛行艦を失ったいま、おそらくはレッドケープ要塞へ配下と共に立てこもるだろう。

振り向けば、太陽はすでに西へむかって傾こうとしていた。あと二刻で日が落ちる。

「飛行艦隊は撃滅しました。これで我が水上艦隊は空の脅威を受けることなく、明朝には上陸部隊を陸揚げできます」

義春《よしはる》が王にそう告げた。船首楼はいま、ダダ王と義春とトト、二名の伝令、二名の信号員がいるのみ。

「勝ちすぎた。イリアスが動かねえと困る」

頭に包帯を巻いたダダ王は、義春に小声でそう告げた。ダダ王のいまの心配は、黒薔薇《くろばら》騎士団長イリアスが「ガトランド王国優勢」の現状を察し、王国を裏切ってくれないことだ。

義春はいつもの穏やかな笑みを口元へ貼り付けたまま、

「都合の良いことに、王陛下が頭部を負傷してくださいました。これをおおげさにして、ガゼル鳥で我が子らへ伝えましょう」

ふむ、とダダ王は楽しげに口元を緩め、つづきを促す。

「ダダ王重傷……。カリストラタスはこの報告を必ず、イリアスへ伝えます。王国軍から最も恐るべき『火の鳥《ファイアバード》』がいなくなったとあれば、イリアスは虎の子の飛行艦隊を夜のうちに我が艦隊へ接近させ、要塞《ようさい》と艦隊での挟み撃ちをもくろみ……。……悪くねえな」

「朝方、手ぐすねひいて待ち構えたおれたちに焼き豚にされる……」

ダダ王の目的は、黒薔薇《くろばら》騎士団のイリアス騎士団長に「いまなら王国飛行艦隊を撃滅できる」と確信させて、背後から攻撃させることだ。七々原義春《ななはらよしはる》宰相が王国を裏切り、黒薔薇騎士団に味方している……と思い込んでいるイリアスは、義春の流す「ダダ王重傷」の偽報を信じて、今夜のうちに秘密裏に王国艦隊へ近づき、夜明けと共に攻撃を仕掛け――滅びる。

「それで行こう。頼むぜ義春、抜かるなよ」

「はっ」

義春は王へ深々と頭を垂れた。

ダダ王はその垂れた頭を一瞥《いちべつ》し、内心だけで舌を巻く。

――お前の弟子はバケモンだな、カサンドラ。

かつてダダ王の盟友であり、小国ガトランドを葡萄海《ぶどうかい》の盟主にまで押し上げた「軍神」カサンドラ・クルス。

彼女が残したふたりの弟子、イリアスと七々原義春がいま、葡萄海を舞台にして壮絶なだまし合いを演じている。その決着は、明日の朝つくだろう。

今回の作戦のために義春が講じた策は、「イリアスに『七々原義春が裏切った』と信じ込ませること」に尽きる。このためだけに義春は三年前、妻と子に離縁を申し渡してアテナ島へ送り込み、イリアスへ妻の口を通じて「義春が王国を裏切るつもりだ」と吹き込むことに成功した。

以来、三年。

義春は、ときに王国にとって不利益になる情報をもイリアスへ流し、裏切りを信用させることに成功した。義春が黒薔薇騎士団に与《くみ》した、と確信したからこそ、イリアスはアルテミシアをダダ王の被後見人にすることも了承したのだ。市場や飲み屋で噂《うわさ》される「七々原義春が裏切った」という話も、イリアスに裏切りを確信させるために義春本人が流したもの。

全ては――今日これからの作戦のため。

義春の偽報を信じ、夜を利用して三叉《さんさ》海峡上空へやってきた黒薔薇騎士団飛行艦隊は、待ち受けたガトランド飛行艦隊によって撃滅され、イリアスの夢はこの空へ潰《つい》える。

「おれは葡萄海のアホ君主どもより、お前のがよっぽどこえーよ、義春」

ダダ王は本心を義春に告げて、空を仰ぎ、半分呆《あき》れたようにうすら笑う。義春が家族と離縁し、三年もの間、自らが損失を被りながらも内通者の演技をつづけたのは、今日これから送る一枚の手紙をイリアスに信じさせるため。しかしその一枚に込められた毒は、黒薔薇《くろばら》騎士団を滅ぼすほどに強力だ。

「我が半生を陛下に捧げました。今作戦はその総決算です。あとはごゆっくり、愚か者どもの末路をご笑覧ください」

微笑《ほほえ》みながらそう告げる義春《よしはる》を一瞥《いちべつ》し、ダダ王は伸びをひとつした。

「……久しぶりに鳥呼んで疲れた。メシは部屋で食おう」

「……そのように。……それはそうと、アルテミシア殿下がいま、ルル殿下の部屋で看護しておられます」

義春は小声でそのことを伝えた。王はにやりと笑み、

「そうか。そりゃいい。……戦《いくさ》のあとは、たぎる」

船首楼にはトトとシュシュの部屋があり、船尾楼は上層がダダの部屋、その直下がルルの部屋になっている。部屋割りしたのは、義春だ。

「お前はおれよりおれのことをわかってんな、義春」

「光栄にございます」

「今夜は、誰もおれの部屋に入れるな。連絡は、お前が直接おれにしろ」

「承りました。衛兵を配します」

義春は王の言葉を受け取って、船尾楼へ入っていくダダ王の背中を見送った。扉の前は近衛兵が守り、船尾楼内は現在、ダダ王、第二王女ルル、第三王女アルテミシアの三名がいるのみ。

「…………」

一瞬だけ義春は閉ざされた船尾楼の扉を見つめ、きびすを返して反対方向、船首楼の執務室を目指した。早速カリストラタスにガゼル鳥を飛ばして、「ダダ王負傷」の件を知らさねばな

らない……。

†　†　†

ガトランド王国第二王女ルルは、船尾楼下層の自室のベッドに横になり、夢を見ていた。

とある女性と騎士が愛し合っている夢だった。ルルは女性のほうに見覚えがあった。ルルがまだ子どものころ、優しくしてくれたひとだった。……ラーラ・ガトランド第一王女。ダダ王の前妻との子で、ルルにとっては二十才以上年の離れた腹違いの姉にあたる。

「ルルお姉さま……？」

不意に間近から呼びかけられ、ルルはぱちりと目をあけた。

「あ、起こしてしまいました……？　ごめんなさい、ひどくうなされておられたので……」

見上げれば、寝間着に着替えた第三王女アルテミシアが心配そうに、ベッドの傍《かたわ》らからルルを覗《のぞ》き込んでいた。

「……ミーシャ……」

見た夢の残骸が、まだ胸の奥にたなびいて、心臓がどきどきと音を立てている。ルルの直前に「孝《こう》」の聖珠《せいじゅ》を継承していたラーラの記憶が、夢になって現れていたことに気づいた。「孝」の力を使った直後だからか、いつもより遙《はる》かに鮮明な夢だった。

ルルは室内へ目だけを送った。継ぎ板張りの床、くすんだ色をした壁と天井、かすかな揺れと風の音。丸窓の外から月明かりが差し込んで、室内を青白く染めていた。

「ここ……わたしの部屋……？」

「はい。上の階で王陛下がお休みに。お姉さまは『孝《こう》』の力を用いて風を呼んだあと、お倒れになり……」

「……覚えてる。……いまは、夜中？」

「はい。みな、食事を終えてお休みに。わたしもそろそろ眠ろうかと。……ここで休んでも？」

言われて、ルルは少し戸惑った。部屋は狭く、ベッドはひとつきりだ。

「構わないけど……どこで眠るの？」

アルテミシアは恥ずかしそうに、

「……床で。お姉さまが心配ですし。寝袋、持ってきました」

言われて、ルルは上体を起こし、ベッドの傍《かたわ》らの床を見た。アルテミシアが持ち込んだ寝具が、床の上に置いてあった。

ルルは困ったように微笑《ほほえ》んで、

「……そんなところで眠られたら、わたしが気になるでしょう？　一緒に寝よう。このベッド、ふたりで眠れるし」

「あ、ですが、そんな……」

「いいよ、姉妹なんだから。おしゃべりしながら眠るの、楽しいし」

言われて、アルテミシアはしばらくもごもごしてから、恥ずかしそうな顔を持ち上げる。

「……ありがとう。……実はちょっと……ひとりで寝るのが怖くて」

あはっ、とルルは笑った。今日は戦場で恐ろしい光景をたくさん目にしたから、ルルも正直ひとり寝は心細かった。

「よし、おいで」

ルルは再び横になり、傍らの毛布を持ち上げてアルテミシアを誘う。アルテミシアは微笑みをたたえて、

「はい。でも先ほど、王陛下がわたしをお呼びになられて。行かなくてはなりません」

「……陛下が？　……こんな時間に？」

「……黒薔薇《くろばら》騎士団に不審な動きがあるとか。……それで、わたしに質問があると……」

ルルは眉根《まゆね》を寄せた。王がいまだ、アルテミシアに対する警戒を解いていないことは知っているが、それにしてもこんな夜中に呼び出すなんて。

「……いつまで疑えば気が済むんだろ。ミーシャがそんなことするわけないのに。……わたしも一緒に行こうか？　文句つけてあげる」

また上半身を起こしたルルを、アルテミシアは慌てて押しとどめる。

「大丈夫です、酷《ひど》い目に遭うわけじゃないですから……。普通の質問です。お姉さまは、明

日の戦いもあるからお休みに……」

「でも……」

「……こちら、軍医が持ってきた芥子《けし》の汁です。どうぞお飲みになって、ゆっくりお休みになってください……」

アルテミシアはルルへ、芥子の汁の入った木の椀《わん》を手渡した。これを飲むと頭がぼうっとして眠くなる。が。

「……ほんとに大丈夫？　ひどいことされない？」

なんだかアルテミシアが心配でたまらない。いまの状況では、気まぐれなあの父親はひどい尋問をやりかねない。自分はなにをやっても良いのだ、ということを臣下に見せつけるため、時折不条理なこともしでかす王だ。

「……わたしはこの王国に来て、お姉さまの家族になり、一度も酷《ひど》い目に遭わされたことはありません」

アルテミシアの健気《けなげ》な微笑《ほほえ》みを見て、ルルはまだ不安ながらも、なだめられるままに芥子の汁をひとくち飲み、ベッドに仰向《あおむ》けになった。これで眠れるだろうけれど……。

「……おやすみなさい、お姉さま……」

「うん、お休み……」

眠気が、ルルのまぶたにのしかかってきた。アルテミシアが部屋を出ていくのが、暗がりのなかにうっすら見えた。この直上がダダ王の自室だ。こんな時間に王から詰問《きつもん》されるアルテミシアをかわいそうに思いながら、芥子の効果で眠りに落ち——。


物音で、目が覚めた。

音は上層、王の部屋から聞こえてきた。

重いものが倒れる音が、確かに一度、眠りを破るほどに響いた。

しかし音は一度だけで、あとは静寂のなか、風の音が聞こえるのみ。

ルルはベッドのなか、目を見ひらいたまま天井を見上げ、毛布を顔まで引っ張り上げる。

気のせいではない。確かに大きな音がした。暗闇のなか、ケダモノが息を潜めて獲物を窺《うかが》っているような、奇妙な緊張を覚える……。

ほどなく。

かすかな足音が、上層階から伝ってきた。耳をそばだてていなければ聞き取れないくらいの、小さな音だが、確かに誰かが上層階を歩き回っている。

それからまた、長い静寂が訪れて——

上層階につづく梯子《はしご》が軋《きし》んだ。それから、きぃぃ、とルルの部屋の扉がひらき……。

暗がりのなか、丸窓から差し込む月明かりが、人影を浮かび上がらせる。

「……ミーシャ？」

「あ……お姉さま。……起きておられたのですか……」

「……さっき、音しなかった？　それで目が醒《さ》めて……」

そう言うと、アルテミシアは少し黙り込む。暗くて表情が見えず、彼女の小さな輪郭だけが部屋のなかに浮き立っていた。

「……ん……？」

アルテミシアから、きつい香水の香りがした。シナモンと麝香《じゃこう》とジャスミンを混淆《こんこう》したような、良い香りというよりは匂い消しじみた、悪趣味な香り。王の部屋に入る前は、こんな香水はつけていなかったはずだが……。

「……なにも聞こえませんでした。……お姉さまの気のせいでは。……あの……わたしも……ベッドで休んでよろしいでしょうか？」

アルテミシアの声が、若干疲れて、かすれていた。こんな夜遅くまで王の質問に答えていたなら、疲れて当たり前だ。ルルは自分の傍《かたわ》らのスペースをあけて、

「あ、うん、もちろん。一緒に寝よう」

誘うが、アルテミシアは少したためらい、それから言いにくそうに、

「……はい。……それで……勝手なお願いがあるのですが……」

「え、うん、なになに」

「……あの……わたしに背中をむけて、眠っていただきたいのです……」

いかにも恥ずかしそうに、アルテミシアはそう言って、うつむく。

「……あの……わたし……ひとに触られるのがダメで……だから……」

言われて、ルルは合点がいった。アルテミシアは極度にスキンシップが苦手で、親しいひとであろうと、触られるとその手を強く払いのけてしまう。ルルと同じベッドで眠っていて、偶然にルルの手がアルテミシアに触れたら、同じことをしてしまいかねない。

「あー、うん、わかった。こうやって寝ればいいのね」

ルルは微笑《ほほえ》んで、身体《からだ》の右側を下にし、アルテミシアに背をむけた。

「……ごめんなさい。ありがとう、お姉さま……」

アルテミシアは申し訳なさそうにそう言って、ベッドに腰を下ろして下履きを脱ぐ。相変わらずキツい香水が背中越しに香ったが、ルルは節度を保って黙っていた。その代わりに、ささやかな要望を届ける。

「……ミーシャのお願い聞いてあげたから、わたしのお願いも聞いてくれる……？」

「はい、なんでしょう……？」

アルテミシアはルルの左隣で、ルルと同じく身体の右側を下にして横になる。アルテミシアの目の前には、ルルの華奢《きゃしゃ》な背中がシルクの寝間着に包まれていた。

「お姉ちゃん、って呼んで」

言われて、アルテミシアは微笑み、ルルの髪の毛を右手で鷲《わし》づかみにした。

切った。

それから、寝間着の内側に隠し持っていたナイフを引き抜き、ルルの喉首を深く一気に掻《か》き

「いやよ」

「あなたが家族だなんて、反吐《へど》が出る」

ルルは目を見ひらき、おのれの喉首から爆《は》ぜる血を見る。

アルテミシアの左手がナイフを捨て、枕を摑《つか》み、ルルの顔へ押し当てる。

側壁が、ルルの喉から迸《ほとばし》る血流に濡れていく。

アルテミシアは右手で強くルルの髪を引っ張り、自分の左足をルルの左足に巻き付けて、ルルの悲鳴を押しつけた枕で吸収する。

「あなたからミーシャって呼ばれるたびに、吐き気をこらえるのが大変だった」

そして微笑《ほほえ》みをたたえ、ルルの耳元にささやきかける。ルルは懸命に、アルテミシアの左手を両手で摑むが、その細腕はビクともせず、枕をルルの顔に押しつけつづける。

落ち着いた口調で、少しだけ笑いながら、アルテミシアはささやきかける。

「響きがミーニャに似てるじゃない？　わたしまで耳が四つあるバケモノの気がして……呼ばれるたびに、はらわたが煮えくり返っていたの」

アルテミシアはお気に入りの人形を愛《め》でるように微笑んで、ルルの髪を引っ張り、頭を反らせ、喉の傷を押し広げる。

深く切り裂かれた頸動脈《けいどうみゃく》から迸る血が、壁を真っ赤に染め上げる。バタついていたルルの手足が徐々に力を失い、痙攣《けいれん》へ変わっていく。

「はじめて会った日のこと、覚えてる？」

ルルの耳元へ唇を寄せ、アルテミシアは艶めいた口調でささやく。

「あなたわたしに、『ガトランドの王族として胸を張って』と言ったわね？」

あからさまにバカにする調子でルルの言葉を復唱してから、左手に持った枕をルルの顔から外した。

ルルの顔色は真っ青で、血も収まりかけ、あとひといきで死ぬとわかった。ルルの生命が消えゆく一瞬、アルテミシアはルルの頭頂部を摑んで無理やり自分のほうをむかせると、可憐《かれん》に微笑んだ。

「バケモノと同類にされて、胸を張れるわけないでしょう？」

言葉と同時に、ルルの瞳が白く濁って、身体《からだ》の力が抜けた。

「わたしは黒薔薇《くろばら》騎士団長イリアスの娘、アルテミシア。バケモノのお遊戯に、半年付き合ってあげただけでも感謝しなさい」

アルテミシアはルルの瞳を覗《のぞ》き込んで死亡を確認し、ベッドから下りた。

丸窓から差し込む月明かりが、無惨なルルの亡骸《なきがら》を蒼《あお》く染めていた。ルルが背をむけてくれたおかげで、アルテミシアは返り血を全く浴びていない。

「…………」

無言でルルの亡骸《なきがら》を見下ろしていると――その場にいきなり、黄金色に発光する物体が現れ、空間にふわふわと浮かんだ。

「…………」

アルテミシアは熱のない炎にくるまれた物体と、その中心に刻まれた「孝《こう》」の文字を確認した。聖珠《せいじゅ》は、継承者が死ぬとその身体《からだ》から浮き出てくる、という話は聞いていたし、祝宴の決闘のとき、ガスパールの死体から浮き上がる「忠《ちゅう》」の聖珠もこの目で見ている。しかし継承のしかたがわからない。

アルテミシアはそのまま、梯子《はしご》をのぼって上層階へ。ダダ王の部屋へ足を踏み入れ、全裸でベッドに横たわるダダ王を一瞥《いちべつ》。

「…………」

ルルと同じく喉を切り裂かれ、全身を何度もナイフで突かれたダダ王は、まだ両目を見ひらいたまま天井を見ていた。その亡骸の直上に「仁《じん》」の聖珠が浮かんでいる。

アルテミシアは香炉の香草を足して、血のにおいを隠した。それから入り口の戸を三度叩き、扉はあけずに、扉の外の近衛兵に告げる。

「……王陛下が七々原《ななはら》宰相をお呼びです」

はっ、と近衛兵は了承し、義春《よしはる》を呼びに行った。就寝時にアルテミシアが王の部屋へ入ったことは一度ではないことをこの近衛兵は知っていたし、予め義春から「深夜に王から呼び出しがある」と言い含められていた。

ほどなく――

「………お見事です、殿下」

ダダ王の部屋へ足を踏み入れた七々原義春宰相は手持ちの角灯《ランタン》を掲げて、ベッド上のダダ王の亡骸を確認し、アルテミシアを讃《たた》えた。

「鍛錬が報われましたね。これほど洗練された房中術の使い手は、殿下をおいて他におりますまい」

義春の角灯に浮かび上がるアルテミシアは、衣服が全く返り血を浴びていなかった。が、顔と首の下がべっとり、血に濡れている。おそらく、服の下の身体も。

「身体を拭って、お着替えください。わたしは下におります……」

義春は鉄の檻《おり》に「仁」の聖珠を収納し、外からわからぬように黒のヴェールで覆いをかけ、階下へ降りてルルの亡骸と「孝」の聖珠を確認した。

「これは国軍に匹敵……いや、それに優る戦果だな」

心底から感心し、義春は独りごちる。アルテミシアは今夜、たったひとりで、十年前の三叉《さんさ》海峡海空戦を遥《はる》かにしのぐ大戦果をあげてしまった。

それから、見ひらかれたままのルルの両目に手のひらを当て、閉じさせる。ダダ王とルル王女は、起きたことの意味をあの世で理解しているだろうか。

――裏切りの裏切りを、さらに裏切った。

義春《よしはる》はダダ王を裏切った、と見せかけるために妻子と離縁し、イリアスと内通することに成功した。……と見せかけて実はダダ王を裏切っておらず、イリアスには偽の報告を流して死地へおびき寄せることに成功した……と見せかけて実は本当にダダ王を裏切っており、王が小児性愛者であることを利用して、アルテミシアを里子として迎えるよう進言し、王は案の定、美しいアルテミシアをベッドに迎え入れ……アルテミシアは三年前から修練していた房中術を使って、ダダ王を暗殺した。あとはイリアス率いる黒薔薇《くろばら》飛行艦隊が、王を失って混乱するガトランド飛行艦隊を壊滅させれば、義春の生涯をかけた作戦は完遂される。

――わたしは、やり遂げたのだ……。

義春は血に染まったルルのベッドに腰掛けて、感慨に浸った。

今日ここでアルテミシアが暗殺に成功するか否かが、義春の策の分かれ目だった。

失敗したならイリアスにその旨を伝えて、王国艦隊との決戦を中止させ、次の暗殺の機会を待つ……はずだったが、アルテミシアが成功したいま、もうここに用はない。

あとは、逃げるだけだ。

目を閉じてしばらく待つと、返り血を拭い、ガトランド王国の軍服に身を包んだアルテミシアが上階から降りてきた。大戦果にも興奮することなく、その表情は冷たく無機質に醒《さ》めきっている。

「早くここを出ましょう。こんなところ、これ以上用はないわ」

「その前に、『孝《こう》』の聖珠《せいじゅ》を継承してください。それを握りつぶすだけです」

「…………」

アルテミシアは興味なさそうに、その場に浮かぶ「孝」の聖珠をひと睨《にら》みし、ぞんざいに差し出した右手で握りつぶした。

黄金色の光が爆《は》ぜて、アルテミシアを包む。その胸の前に「孝」の大八島《おおやしま》文字が一度大きく輝き、消えた。

「……これで風を呼ぶ力がわたしに？」

「はい。騎士団にとって、このうえない力となりましょう」

義春の言葉を、アルテミシアは興味なさそうに聞き流し、

「どうやって逃げるの？」

「艦長に連絡艇を用意させ、わたしと殿下とラギーが乗り込みます。ここを脱出したのち黒薔薇飛行艦隊と合流し、明朝、ガトランド艦隊と決戦いたします。『仁《じん》』と『孝』の聖珠がこちらにあれば、勝利は疑いないかと」

義春の言葉を片方の耳で聞きながら、アルテミシアはこの部屋の香炉にも香草を足した。ルルの血の匂いが鼻についてたまらない。

「……ならさっさとして。この匂い、染み着きそう」

アルテミシアは義春《よしはる》をけしかける。胸の奥で、継承したばかりの「孝《こう》」の聖珠《せいじゅ》がうごめいているのがわかり、それがルルの断末魔のように思えて、気持ちが悪くてかなわない。早く父イリアスの待つ母国艦隊へ帰って、けがらわしいミーニャの軍服も脱ぎ捨ててしまいたい。

ふとアルテミシアは、血まみれのルルを見下ろした。亡骸《なきがら》は硬直して、足がだらしなく曲がったまま投げ出されていた。

「……寂しい？　大丈夫、わたしにくびったけの弟《トト》と役立たずの姉貴《シュシュ》もすぐにあなたのところへ行くから。『忠《ちゅう》』と『礼《れい》』の聖珠を手に入れるには、ふたりとも殺さないといけないし」

自然な嘲笑《ちょうしょう》が、生まれ出る。

「悔しい？　これから、あなたの大事な家族がみんなわたしに殺されるの。バカよね。敵の娘を家族として迎え入れて、秘密もべらべら喋《しゃべ》って……わたしが泣いて這《は》いつくばって感謝するとでも思った？」

幼児をバカにする口調でそう言って、アルテミシアの口の端が、切れ上がる。

「王と王妃、四人の兄妹……あなたたち六匹の首を斬《き》り落とし、城門に晒《さら》してあげる。家族で並んで見ていなさい、あなたの愛する王国が燃え上がり、けがらわしいミーニャが絶滅するさまを」

ふふふ、ふふふ……。アルテミシアはうつむいて、何度もそういう笑いをこぼし、とうとう耐えきれなくなって天井を仰ぎ、あはは、あはは……と声を立てた。義春が制するまで、アルテミシアはまなじりから涙がこぼれるくらい、明るい声で幸せそうに笑っていた。

四章　ガトランド炎上

Chapter 4

Gattoland Burns

夜の色を見るに、もうじきに夜明けだ。できるだけ早く黒薔薇《くろばら》飛行艦隊と合流し、仔細を報告して、間髪を入れず一気にガトランド飛行艦隊との決戦に持ち込みたい。

ガトランド王国宰相、七々原義春《なななはらよしはる》はそんなことを考えながら連絡用飛行艇の舳先《へさき》に佇《たたず》み、行く先の星空をじぃっと見据《みす》えていた。

傍《かたわ》らには、ガトランド王国軍の軍服に身を包んだアルテミシアと、その専従騎士ラギー・デイライト。そして、ガトランド王国軍所属の艇長がひとりと、漕《こ》ぎ手である六名の水兵。船尾に座った艇長が奏でる笛の音に合わせて六人は尖端《せんたん》に飛行石を付けた櫂《オール》を漕ぎ、そのたび高度五百メートルにウォグストック効果の七彩が湧《わ》き立つ。

満月が照っており、雲もなく、水平線と夜空の境界がはっきりと見える。彼方《かなた》には下顎半島《アポロディオ》の陸影さえ視認でき、夜明け前だが視界良好な飛行だった。

連絡艇に乗り込んでから、アルテミシアとラギーは義春とひとことも口を利かない。飛行戦艦「ヴェラ・クラーラ」の凶行を終えたのち、義春はふたりとともにダダ王の封蠟《ふうろう》を施した白紙の書状と、艦長を騙《だま》して書かせた連絡艇の出庫許可状を携えて甲板長のもとへ赴き、飛行戦艦から脱出することに成功した。ここで余計な口を叩いて艇長が聞き咎《とが》めたら面倒なことになるため、道中ずっと黙り込んでいる。

艇長と六名の漕ぎ手たちは、義春とアルテミシアがダダ王の大事な命令をイリアスへ伝えるためにこの船に乗ったと信じ込んでいる。義春が王国を裏切り、アルテミシアがダダ王とルルを殺し、ラギーもいれて三人で逃亡中だとは夢にも思っていない。義春としては、彼らにこのまま気づかれることなく、黒薔薇騎士団と合流したい。

と、艇長が前方の星空を指さした。

「灯火が見えました。飛行艦三隻《せき》」

いわれた方向へ義春も目を凝らし、煌々《こうこう》と舷窓から光を放つ飛行艦の群れを彼方に捉《とら》えた。船数からいって、騎士団長イリアスが座乗する黒薔薇騎士団飛行艦隊に間違いあるまい。表向きはいまだガトランド王国軍と同盟関係にあるため、義春と確実に合流することを優先して灯火も消さず、堂々と夜空を航行している。

「合図し、接近します」

艇長はそう言って、手筒を片手に立ち上がり、導火線に黄燐《おうりん》マッチで火をつけた。筒の先から青紫の炎が芽吹いて、眩《まばゆ》い光を発する。

艇長が手筒を振りながら接近すると、ほどなく先頭の飛行艦の船尾楼付近から黄色い信号灯が左右に振られた。

「左舷停止、右舷一回！　よーそろー……止まれ！　両舷前進！」

艇長の号令で緩く左旋回し、連絡艇は星の海に七彩の航跡を蹴立てて、黒薔薇騎士団飛行艦隊へ接近していく……。

ほどなく義春《よしはる》たちの連絡艇は、三隻《せき》の先頭、旗艦「デミストリ」左舷に船を漕《こ》ぎ寄せた。

水上艦であれば舷門《げんもん》から降ろされた梯子《はしご》か桟橋《さんばし》を登って乗艦するが、飛行艦の場合、連絡艇の目の前には浮遊体があり、飛行艦隊の船員たちが乗る船体部は連絡艇の下にある。そのため連絡艇に詰め込んでいた縄ばしごをこちらから下の船体部へ投げ入れ、上甲板と連結させてから梯子を降りて乗り込む。

「指示があるまでここで待て」「はっ」

義春は艇長にそう言って、先にアルテミシアを降ろしてから、自らも縄ばしごに足をかけ、下り際、艇に残ったラギーへ片手で合図を送る。

「…………」

ラギーは表情を変えずに斧槍《ハルバード》を片手に握り、革鞘《かわざや》を穂先の矛《ほこ》と斧《おの》からそれぞれ外す。

義春が縄ばしごを下り、「デミストリ」上甲板に降り立った瞬間、しゅっ、と上方から剣風が爆《は》ぜた。

「えっ」「うわっ」「ひぃっ」

見上げれば、連絡艇の下腹越しに、義春たちをここまで運んできた艇長と漕ぎ手たちの悲鳴が響く。

「う、うわあああっ！」「ひぃ――――っ！」

甲高い叫びと共に、三名の漕ぎ手が連絡艇から投げ出され、義春の目の前を通り過ぎ、五百メートル下方の海原をめがけて落ちていった。

静寂が戻り——ラギーはひとり、血塗られた斧槍を背中に収め、縄ばしごを下りてきた。返り血を浴びたその表情はいつもと変わらず狼のそれで、息ひとつ切らさず、感情は見えない。

「ご苦労」

義春のねぎらいに、ラギーはなにも答えない。答礼があってしかるべきだが、人狼に礼儀を求めるのも酷だと義春は流す。傍《かたわ》らを船員たちが走り抜け、無人となった連絡用飛行艇に縄ばしごを伝って乗り込み、血塗られた死体を四つ舷外へ投げ捨て、飛行艇を浮遊体に縛り付けはじめた。櫂《オール》や船体に使われる飛行石は貴重品だから、鹵獲《ろかく》して使い回すのだ。

と、義春の隣にいたアルテミシアが気に入らなそうに顔を歪《ゆが》め、

「犬、返事はないの？　ずいぶん不満そうに見えるけれど。どんな命令でも従うのがあなたの役目では？」

「…………………」

ラギーは表情も変えず、ただ虚空《こくう》を眺め佇《たたず》むのみ。アルテミシアの眉間《みけん》に皺《しわ》が寄った。

「……犬。臣従の誓いを復唱しなさい」

低い声で命令する。ガトランド王国にいたときは、「健気《けなげ》で心優しいアルテミシア王女」を演じていたため人前でこうした叱責《しっせき》はできなかった。我が家へ戻ったいま、アルテミシアは半年間のうっぷん晴らしとばかりに、公然とラギーをいじめる。

ラギーは興味なさげに虚空《こくう》を見つめてから、朴訥《ぼくとつ》とした口調で、かつて騎士に叙任されたとき、アルテミシアへ誓った言葉を復唱した。

「……ラギー・デイライトは我が主へ生涯の忠誠を誓う。いかなるとき、いかなるところ、万人ひとしく敵となろうと、あなたを守る楯《たて》となる」

ふん、と意地悪そうにアルテミシアは歪《ゆが》んだ笑みを口元へたたえ、

「誓いを守りなさい。わたしのためになんでもするのがあなたの役目よ。伏せ」

「…………」

「伏せっ！」

ラギーはゆっくりと片膝をつき、頭を垂れて臣下の礼儀を示した。しかしアルテミシアは顔を歪める。

「それは伏せじゃないわ。手足を投げ出し、床に腹ばいになれ、と言っているの」

ラギーは動かない。剣呑《けんのん》な雰囲気に近衛騎士たちが顔を見合わせる。臣従を誓ったとはいえ、侮辱に耐える義務はない。この命令は、主であれど度が過ぎている。

「あの誓いは偽りか、犬っ!!」

アルテミシアが叱責《しっせき》するが、ラギーは片膝をついたまま動かない。これ以上侮辱をつづければなにが起こるかわからない……と騎士たちが剣の柄に手を置いたとき、義春《よしはる》がアルテミシアにささやきかけた。

「……お見えです」

アルテミシアが片目を送ると、船尾楼から長身の人影が現れ、こちらへ歩いてきていた。アルテミシアは唇を噛《か》んで、ラギーの垂れた頭へ顔を戻す。

「…………ひとごろししか取り柄のない、醜い犬め。見た目も臭いも豚のよう。お前がここにいたらお父様の鼻が曲がってしまう、船倉の豚小屋に入ってなさい」

命じると、ラギーは頭の位置を元へ戻し、表情も変えず、さっさと昇降口から船内へ入っていく。

ふん、と鼻息を鳴らしてアルテミシアが振り返ると、黒地に黄金の縁飾りが入った軍服に身を包んだ赤毛の将校が、両脇に近衛騎士を侍《はべ》らせてこちらへ歩み寄ってくる。

「あぁ、お父様……！」

アルテミシアは破顔して、自ら父へ駆け寄り、両手をひろげて抱きついた。

「お父様。お父様。お父様ぁ…………」

大好きな父親の胸におでこをすりつける。半年ぶりに父の愛用する香水の香りが鼻孔に伝わり、うれしくて涙さえ出てくる。

「頑張ってくれたね、アルテミシア。……きみがここにいるということは……うまくいったということかな？」

燃え立つような赤髪に、静謐《せいひつ》な光を宿す菫《すみれ》色の瞳。舞台役者のような長身痩躯《そうく》を漆黒の兵装に包んだイリアス騎士団長は娘へ問いかけながら、目線を兄弟弟子、義春《よしはる》へむける。

「アルテミシア殿下の功績は、千年歌い継がれるほどのもの。……殿下からイリアス閣下への贈り物です」

義春は片手に提げた鉄の檻《おり》のヴェールを解いて、なかに浮かんでいる「仁《じん》」の聖珠《せいじゅ》をイリアスへ示した。

イリアスは感情の見えない瞳でしばらくそれを観賞し、アルテミシアの銀の髪に口づけをした。

「いまここでお前に誓おう。……わたしは必ずミーニャを滅ぼし、この世界に恒久の平和をもたらすと」

間近からささやくと、感極まったアルテミシアの表情が持ち上がり、

「はい……！　わたしもともに戦います。憎いミーニャを……あのバケモノどもを絶滅させ、この世界を清めます……！」

言ってから、アルテミシアの表情がぐしゃっ、と歪《ゆが》む。

「皆殺しにしてやります！　わたしにこのような仕打ちを加えたあいつら全員に、思い知らせてやります……！」

そしてまたイリアスの胸に顔を埋め、アルテミシアは声に出して泣きはじめた。イリアスは娘の細い背を優しく撫《な》でさすりながら、

「……責められるべきはわたしだ。……なにもかもお前に背負わせ……なにもしてやれなった。父を許してくれ、アルテミシア」

「そんなこと……そんなことは………」

アルテミシアは言葉を失い、ただ父にすがりついていた。ミーニャに触れられたなら、潜入工作中であっても思わずその手を払いのけるほどけがらわしいが、父イリアスにはいつまでも抱きしめられていたかった。

が、義春は無情な咳払《せきばら》いで親子の再会に割って入り、

「夜明けまでにガトランド艦隊と対峙《たいじ》せねばなりません。日が昇れば、連中は異変に気づくでしょう。指揮の混乱に乗じて、こちらから『仁』と『孝《こう》』の聖珠による攻撃を仕掛けたいところです」

義春の言葉を聞いて、イリアスはそうっとアルテミシアの両肩に手を置いて胸から引き剝《は》がし、その両目を覗《のぞ》き込んで、

「そうか。『孝』の聖珠を継承したのだね……？」

アルテミシアはまだ泣き濡れた瞳に、ほんのりと笑みをたたえて、

「はい、お父様。第二王女ルルをこの手で仕留め、『孝』の聖珠を継承しました」

そう告げると、イリアスは微妙な表情を一瞬たたえた。苦しみや悲しみや愛《いと》おしさを目と眉《み》間《けん》と頰《ほお》へ細密に織り込んだ、複雑な表情だった。しかし瞬時にそれを消し去って、アルテミシ

アの頭にぽんと手を置いた。

「そうか。……お前が『孝《こう》』を。……巡り合わせかな。……不思議な縁があるものだ」

「…………？」

謎めいたイリアスの言葉に、アルテミシアの表情に訝《いぶか》しそうな色が差す。

イリアスは娘から飛行艦「デミストリ」艦長へと目を移し、

「……令する。黒薔薇《くろばら》騎士団飛行艦隊はこれよりレッドケープへ進出、ガトランド飛行艦隊との決戦に臨む」

言葉と同時に、ビリィッ、と電流が飛行戦艦「デミストリ」上甲板を駆け抜けた。その場に居合わせた将校と水兵全員が背筋を伸ばして踵《かかと》を合わせ、イリアスを見やる。

「勝ったほうが葡萄海《ぶどうかい》を支配する戦いだ。人間か、ミーニャか、種族の優劣を決するときがついに来た。歴史に残る決戦であることは間違いない。この世界に生きるあまねく人間たちのために、勝つぞ、諸君」

イリアスの言葉を受けて、深夜の甲板に兵たちの応が返った。ダダ王率いるガトランド王国に何度も辛酸を舐《な》めさせられた騎士団員たちは、積年の恨みを晴らすべく、明朝の戦いの準備に入る。

「船尾楼に部屋を用意した。着替えなさい、アルテミシア。お前には騎士団の正装がよく似合う」

「はい！　この軍服は燃やして、灰は海に捨ててください。二度と見なくて済むように」

アルテミシアは笑顔で応え、弾む足取りで船尾楼へ駆けていった。

イリアスは顔をあげ、西の海を睨《にら》む。

夜明けにはガトランド飛行艦隊と決戦になるだろう。長年の因縁に決着をつけるときが、目の前に迫っている。

──もうすぐ終わるよ、ラーラ。

星空のむこう、いなくなったひとの微笑《ほほえ》みがイリアスの目に映じていた。

傍《かたわ》ら、義春《よしはる》が鉄の檻《おり》をひらき、なかに入っていた「仁《じん》」の聖珠《せいじゅ》を外へ出す。

空間へ浮遊する最強の聖珠を、イリアスは無表情に見つめた。

ダダ王はこの「仁」を継承したことで、ガトー島の小国から葡萄海の盟主にまでのぼりつめた。必ず艦隊決戦を制することのできるこの聖珠は、これから黒薔薇騎士団へ大きな恵みをもたらすだろう。

──わたしのやりかたで、この戦いに終止符を打とう。

イリアスは右手を差し出し、「仁」の聖珠を握りつぶした。

紅色に煮えたぎる「仁」の文字がひときわ強く発光し、イリアスの心臓へ溶けていった。

†　†　†

上に立つものの動揺は、下へ伝われば激震になる。

王子がみなの前で取り乱し、喚《わめ》き散らして叱責《しっせき》すれば、威厳が消える。威厳が消えれば忠誠も消え、規律も軍隊も消えてしまう。どんな苦境に立たされようとも感情を見せず、平静を取り繕って対処することが王侯の責任だ。

――だからぼくは、いまこそ落ち着いて行動しなければ。

ガトランド王国第二王子トトはそんなことを必死に自分に言い聞かせるが、混乱した頭は心の声に従ってくれない。

丸窓から差し込んでくる曙光《しょこう》が、ベッドに並べて横たえられたふたつの無惨な亡骸《なきがら》を照らしだし、トトの頭の中をぐちゃぐちゃに掻《か》き混ぜてくる。

トトは床に膝をついて、ルルの亡骸へ手を添えていた。そのむこう、第一王女シュシュもまた床に膝をつき、冷たいダダ王の手をただ握っている。

船尾楼の王の部屋には、ふたつの亡骸と、トト、シュシュがいるだけだ。上甲板ではダダ王の副官と将校たちと艦長が今後のことで揉《も》めている。ダダ王の死だけでなく、今回の作戦に関して全てを取り仕切っていた七々原《ななはら》宰相までも、アルテミシア、ラギーとともに失踪《しっそう》してしまったため、混乱を収める人間がいない。

トトは懸命におのれの思考を冷ましながら、いまやらねばならないことを考える。

——「仁《じん》」と「孝《こう》」の聖珠《せいじゅ》が消えた。

継承者が死ぬと、身体《からだ》から聖珠が離れて浮遊することはガスパールとラギーの決闘の際、この目で見た。しかしふたりの亡骸の周囲に、ふたつの聖珠はなかった。そして義春《よしはる》は、連絡用飛行艇に乗り込むときに覆いをかけた鉄の檻《おり》を持っていたと当直の水兵はいう。おそらく奪った聖珠を檻のなかにいれていたのだ。そしてもうひとつの聖珠は義春、アルテミシア、ラギーのいずれかが継承していると考えられる。

——七々原宰相が全てを仕組んだ。

それは間違いあるまい。そうでなければ、こんな用意周到かつ大それた犯行は不可能だ。厄《やっ》介《かい》なことに義春は、誰がどの聖珠を継承し、その聖珠にはどんな特性があるのか、トトも知らない秘密を王と共有していた。

そして。

——ふたりを殺したのは、アルテミシア……！

これもほぼ間違いあるまい。犯行時、船尾楼にいたのはダダ王とルルとアルテミシアの三人のみ。ずっと扉の前に立っていた近衛兵の証言によれば、アルテミシアが内部から扉もあけずに「王が七々原宰相を呼んでいる」と呼びかけたらしい。そのときにはすでに犯行は終わっていたのだろう。

——信じられない、そんなの……。

状況が明らかにアルテミシアの裏切りを告げていても、トトはまだ彼女を信じたい気持ちが残っている。あの可憐《かれん》でつつましい少女にこんな恐ろしいことができるわけが……。

「トト」

不意に、第一王女シュシュが傍《かたわ》らから声をかけてきた。

「あなたはいつでもここから逃げられるよう、準備をしておかないと」

目元を黒い絹の繃帯《ほうたい》で覆って、長い金の髪をおろし、ガトランド王国軍の軍服を身につけたシュシュはそんなことを言ってくる。

「……わかってる。空戦がはじまる前に、縛帯《ハーネス》と滑空翼《グライダー》を用意しておくよ。……シュシュも」

「……ええ。七々原《ななはら》宰相はわたしとあなたが聖珠《せいじゅ》を継承したことを知ってる……。わたしたちの命も、狙われています」

「そうだね。ぼくらの聖珠まで敵の手に渡ったら、大変なことになる……」

戦いの前に滑空翼の準備をすることは「臆病者」のそしりを受けるために避けるべきだが、目の見えないシュシュは滑空翼を操縦できない。逃げるときはふたりで逃げなければならないことを考えると、必要な準備はしておくほうが賢明だ。

トトは必死に状況を整理し、これからのことを考える。

もうすぐ黒薔薇《くろばら》騎士団飛行艦隊との戦いがはじまる。果たして勝てるのか。

――戦艦が何隻《せき》あっても、「火の鳥《ファイアバード》」には叶わない……。

昨日、敵飛行戦艦「ヴィルディリウム」を一瞬にして空から蒸発させた「火の鳥」。あれが敵の手に渡ってしまったら、こちらには為《な》す術がない。

残された将校たちの言い争いがうっすら、船尾楼内にいるトトの耳にまで伝わってくる。撤退か、作戦継続か、上甲板での議論は終わる気配が見えない。ダダ王と義春《よしはる》が全てを決めていたため、いきなり王国の命運を託された彼らは途方に暮れながら、責任を互いに投げつけ合っている。

――そんなことをしている場合じゃない。

――味方の水上艦隊は、上陸をはじめたはずだ……。

日の出とともに、レッドケープ湾へ展開している戦列艦三十隻、輸送艦百隻以上からなるガトランド水上艦隊は上陸を開始したはず。飛行艦隊は周辺空域を警戒しつつ、上陸を援護せねばならないのだが。

――そうだ、上陸作戦はどうなった……？

たくさんのことが起こりすぎて、トトは戦況がどうなっているのか、全く把握していなかった。まだ混乱している思考を引きずりながら、扉をあけて上甲板へ出る。

「おぉ、トト殿下……！」「殿下、お待ちもうしておりました……」

トトが現れたことに副官と海空軍の将校たちが気づき、議論を中止して駆け寄ってきた。トトは気丈さをかき集め、混乱や懊悩《おうのう》を表情の奥深くに隠して、静かな表情で問いかけた。

「味方の水上艦隊は?」

将校たちは一瞬あっけに取られてから、いま思い出したように左舷方向を指さし、

「ああ、はい、上陸作戦ですね? あちらからよく見えます」

トトは左舷に歩み寄り、北西方面の陸影を見晴らした。すでに水平線を離れた朝日が真鍮《しんちゅう》色の光で、長い砂浜と、レッドケープ湾に展開する百隻《せき》以上のガトランド水上艦隊を照らし出していた。波打ち際、小型艇が白い航跡を曳《ひ》きながら、兵員や馬、分解した破城槌《はじょうつい》や攻城砲を砂浜へ運んでいる。上空を飛ぶガトランド飛行艦隊を恐れてか、上陸を阻止しようとするカリストラタス軍のすがたは見えない。

攻略目標であるレッドケープ要塞《ようさい》は、十キロメートル以上彼方《かなた》、海へせり出した山岳の中腹に霞んでいた。三叉《さんさ》海峡を通航する船へ砲撃を加えるために山を切り開いて砲台を据《す》え、山肌に築かれた囲壁《いへき》や砦《とりで》が砲台を守っている。要塞の上方、高度五百メートル地点には小型飛行艇用の埠頭《ふとう》もあるはずだが、小さすぎてここからだと目視できない。

要塞周辺は切り立った断崖になっていて、大軍が上陸できる砂浜はない。上陸したガトランド王国軍一万二千は直下の砂浜から行軍を開始し、山道を登って、夕方にはレッドケープ要塞を包囲、翌朝、飛行艦隊の援護を受けながら攻撃を開始する計画……だったが。

ダダ王を失ったいま、王国軍には意志が存在しない。

レッドケープを奪還したのち、上陸した地上軍を駐屯させ、難癖をつけて周辺都市へ侵攻

し、一気呵成《いっきかせい》に葡萄海《ぶどうかい》を制圧するというダダ王の意志が、消えてしまった。残されたものたちは、途方に暮れるのみ。

トトは自分がなにをすべきか、考える。

――王侯に必要なのは、落ち着きと、威厳。

――威厳が、臣下を服従させる。

トトは断固とした口調で、告げた。

「総軍指揮権の序列は、セルジオ副官、現在あなたが最上位にある。こうなった以上、あなたが総軍の進退を決めねばならない。撤退か、作戦継続か、ふたつにひとつ。……どうします？」

落ち着いた口調でそう告げられ、セルジオ副官は一瞬、左右へ目を泳がせた。将校たちが無言で目を逸《そ》らし、セルジオは咳払《せきばら》いをして、胸を張り、踵《かかと》を合わせる。

「……すでに賽《さい》は投げられ、上陸を中止にはできません。レッドケープ要塞攻略作戦を継続します」

トトは頷《うなず》く。当たり前の返答だが、みなの前でセルジオがそう宣言したことに意味がある。

「わかりました。黒薔薇《くろばら》騎士団飛行艦隊の動向は？」

「……不明です。が、最悪に備えるべきですな。……カリストニア方面へ哨戒艇《しょうかい》を派遣しましょう。扇形索敵線《おうぎがたさくてきせん》を複数こしらえ、動向をつかみます」

まだ出していなかったらしい。が、トトもいましがたまで呆然《ぼうぜん》自失していたから他人を咎《とが》められない。それにトトはこれだけ大規模な艦隊決戦を経験したことがない。あまりしゃしゃり出るべきではない、と自重《じちょう》した。

「わかりました。そうと決まれば、目の前の戦いに我らの全てを賭《か》けましょう。指揮権がセルジオ提督に移譲されただけで、我らの戦力は健在です。ガトランド飛行艦隊が最強であることを、世界に知らしめるときが来ました」

トトの檄《げき》に、将校たちは胸を反らし、踵《かかと》を合わせて応を返した。それからトトは疲弊した心を奮い立たせて船内を巡回し、凶事にうろたえ混乱する水兵たちへ激励を送り、これからはじまる戦いへむけて士気を高めていった。

——こちらは飛行戦艦五隻《せき》が健在。優勢は変わってない。負けるわけがない戦いだ……!

希望をかき集め、黒薔薇《くろばら》艦隊がいるであろう、東の空へ目を送った。連絡用飛行艇を奪った義春《よしはる》とアルテミシアはいまごろ、黒薔薇艦隊と合流しただろうか。もう一度アルテミシアに会って真偽を確かめたい気持ちが、トトには抜きがたく残っている……。

†　†　†

「船影！　ガトランド飛行戦艦、五隻！」

見張り員の緊迫した声が、黒薔薇騎士団艦隊旗艦「デミストリ」上甲板に響いた。

太陽は南天にさしかかろうとしている。真っ青な蒼穹《そうきゅう》のした、黒薔薇騎士団長イリアスは単眼鏡《たんがんきょう》を片目に当てて、彼方《かなた》の空域へ差し向ける。

丸く切り取られた視界のうちに、全長六十メートル、重量三百五十トンを誇る旗艦「ヴェラ・クラーラ」が映り込む。

「…………………」

イリアスは無言で敵旗艦を観察。長さは「デミストリ」の倍、砲門の数も倍。さらに同型艦が四隻後方につづき、最後尾の五番艦「フィアマ・エルダ」は、後方に先の空戦で鹵獲《ろかく》したカリストラタス艦隊三隻分の浮遊体を曳航《えいこう》していた。

まさに世界最強の名にふさわしい、ガトランド飛行艦隊の威容。

「壮観でしょう？　ダダ王が三十年かけて築き上げた艦隊です」

イリアスの傍《かたわ》ら、今朝方王国軍を裏切ってきたばかりの七々原《ななはら》義春がいつもの微笑《ほほえ》みをたたえて話しかけてきた。イリアスは相づちも打たず、

「一隻造るたび、古い森が消えるとか」

「はい。国内の百年を超える古木は全て、あの五隻になりました」

「それが今日、海の藻屑《もくず》となるわけか」

「『火の鳥《ファイアバード》』は、使いこなせますかな？」

義春の問いに、イリアスは単眼鏡を目に押し当てたまま答えた。

「知らぬなら教えてやろう。『仁《じん》』をわたしが継承したのは、今朝方だ」

「……なにゆえダダ王が五隻《せき》もの飛行戦艦を必要としたか、おわかりですか？」

イリアスは敵飛行艦隊を観察しながら、少し考えた。

「『火の鳥《ファイアバード》』は限定的にしか使えぬと？」

無制限に使用できるなら、空戦のはじまりから最後まで「火の鳥」を使えば済む話だ。だがダダ王は葡萄《ぶどう》海《かい》侵攻のために、三十年かけて飛行艦隊を建造した。「火の鳥」だけでは空戦に勝てないことを、本人が最もわかっていたのだ。

「はい。火の鳥を使えるのは二百日に一度だけです」

「…………」

イリアスは単眼鏡《たんがんきょう》を目から外し、義春《よしはる》の微笑《ほほえ》みへ責めるような両目をむけた。昨日、ダダ王がカリストラタス艦隊を相手に使ってしまったではないか。

「前回の継承者の使用分は除外されるのでご安心を。しかしくれぐれも、使いどきを誤らぬよう」

「…………相手はガトランド飛行艦隊だ。これ以上の使いどきもあるまい」

吐き捨てて、彼方《かなた》を見やる。

ガトランド飛行艦隊との水平距離、およそ二千メートル。敵は西から、こちらは東から互いを目指して航行しており、風は南南西の微風。

敵ガトランド飛行艦隊は大型飛行戦艦五隻、二十センチ火砲三百門。

こちら側、黒薔薇《くろばら》飛行艦隊は中型飛行艦三隻、十五センチ火砲百二十門。

火力も船数も、著しく劣っている。通常であれば避けるべき空戦だ。が。

「アルテミシア」

呼びかけると、黒薔薇騎士団の軍服に身を包んだアルテミシアが一歩進み出て、イリアスの傍《かたわ》らに並び立った。

「はい」

上着《ジャケット》は黒地に黄金の刺繍《ししゅう》と縁取り、下に胸飾りのついた白いシャツを合わせ、半ズボンに颯爽《さっそう》とした白タイツ、黒革の半長靴。凜々しい軍服すがたのアルテミシアは勝ち気な笑みをたたえ、父を振り返る。

「いつでもいけます」

義春の説明によれば、「孝《こう》」の聖珠《せいじゅ》は「風を操る」という。ただし継承者の心身への負担が大きく、長時間の使用は難しい。昨日のルル第二王女も能力を使用中に意識を失い、昏倒《こんとう》したとか。「火の鳥」と同じく、ここ、という場面での運用が求められる。

「……使いどきを誤るわけにいかぬ。お前の出番は、わたしのあとだ。まずは旗艦を叩き、指揮系統を破壊する……」

海戦と同じく、艦隊空戦で大事なのは最初に旗艦を叩くことだ。先頭を航行する総司令官の指揮棒を奪ってしまえば、戦局は大きくこちらへ傾く。

――「火の鳥《ファイアバード》」には、それができる……。

敵艦隊との水平距離、千七百メートル。

先に、相手が動いた。

「敵艦隊、下手回し《ジャイビン》」

見張り員の緊迫した声が響く。敵は風下へと舳先《へさき》をむけ、右舷をこちらへむけた。砲門はまだひらいていない。おそらく、こちらも風下へ舳先をむけると読んでいるのだろう。併走しつつ火砲で決着をつけたいのだろうが、それをやれば負けるのはこちらだ。

「動くな。後続艦へ、焼き討ち艇の準備をさせろ」

イリアスの命令を、信号員が後方斜檣《しゃしょう》に信号旗を掲げて伝達する。旗旒《きりゅう》信号を受けた後続の二隻《せき》は、浮遊体に縛り付けていた小型飛行艇、総計十二隻を解き放ち、ロープで後方に牽引《けんいん》しながら飛行する。小型飛行艇にはいずれも薪《まき》と油など可燃物が満載され、滑空翼《グライダー》を背負った決死隊員が乗船する。いかにも古風な焼き討ち船であり、普通に使用しても成功の見込みは薄いが。

「聖珠《せいじゅ》も焼き討ち艇も、使いどきが全てを決める」

イリアスは淡々と呟《つぶや》いて、迫り来る敵艦隊を凝視。

ガトランド飛行艦隊五隻はこちらが誘いに乗らないのを見て取るや、再び右回頭を入れて針路変更。水平距離八百メートルを置いて、すれちがう航路を取った。義春《よしはる》が呟く。

「すれちがいざまに、火力で圧倒するつもりですね。それにしても近い」

「まだ『仁《じん》』の聖珠がこちらに渡った確証を持てないのだろう。敵司令官は『火の鳥』が出てこないことをただ祈っている……」

こちらが賭《か》けに出ているように、王国軍もまた賭けに出ざるを得ない状況なのだ。上陸作戦を開始した直後にダダ王が死に、敵司令部は作戦中止か継続か、さぞかし揉《も》めたに違いない。

――王がいなくても立ち向かってくる勇気は称えよう。

義春の話では、旗艦にはトト王子とシュシュ王女が残っているという。ふたりの王族が船内をまとめ、こうして決戦を挑んできたのでは。

――しかし、賭けはきみたちの負けだ。

イリアスは握りしめた拳を心臓にあて、「仁」の聖珠を呼び出した。

心臓が熱を帯び、血流が煮え立つ。

空間に幾つも破孔《はこう》がひらき、この世界に重なり合って存在している別の次元から、朱色の光がにじみでてくる。

イリアスの真っ赤な髪が、燃えるようにふわりと持ち上がり――

朱色が絡まって紅となり、紅が重なって炎となり、群れ立つ炎たちが熱風を呼ぶ。

雲が千切《ちぎ》れ飛ぶ。空域そのものが紅へ変じる。黒薔薇《くろばら》飛行艦隊そのものが燃える朝焼けと化した如く、滴りそうなほど濃密な紅が空域を浸食する。

炎が、空を覆い――。

「仁《じん》」

幾つもの円周が折り重なった紅の光背《こうはい》に、その一文字が鮮やかに浮き立つ。

ダダ王のときよりも光背が眩《まばゆ》く、「仁」の一字も物質化しているように明瞭《めいりょう》だった。

同時に、彼方《かなた》より――炎を統べるものがいななく。

青空が破れ、ひび割れて、裂け目から燃え上がる鳳凰《ほうおう》が首を差しだし、翼をひろげ、白い蒸気を噴出する巨体をこの世界に現出させて、この世ならざる叫喚《きょうかん》をあげる。

黒薔薇《くろばら》艦隊旗艦「デミストリ」の直上、高度七百五十メートルあたり――。

「火の鳥《ファイアバード》」はその長大な翼を打ち振るい、敵ガトランド飛行艦隊を睥睨《へいげい》していた。

長大な両翼がゆったりと波打ち、どろどろに煮えたぎった流体状の肉体が周辺の大気を全て陽炎《かげろう》に変え、輪郭から放ち出される一千度超の高熱は、「デミストリ」の浮遊体を伝い、懸吊索《ケーブル》で吊された上甲板にまで熱波を送り届けてくる。

まるで太陽が巨鳥に変じたようなな。

黒薔薇艦隊の水兵たちから歓声があがり、そのむこう、ガトランド飛行艦隊はひとことの声もないまま、昨日カリストラタス艦隊旗艦「ヴィルディリウム」を葬った「火の鳥」を望遠する。

イリアスは旗艦「デミストリ」の船尾楼に佇《たたず》んで、これからすれ違おうとしている敵ガトランド飛行艦隊を静かな瞳で見つめていた。

——長い旅の終わる場所だ。

いまなぜか、遠い感慨がイリアスの胸をよぎっていた。

イリアスの目の前の空には、敵艦隊よりも、かつて同じ夢を見た女性が色濃く映じていた。

我ながら甘すぎる感傷だ、と自嘲《じちょう》しつつ、イリアスはしばし、胸の奥から漂ってくる甘さと苦みを噛《か》みしめた。

——ラーラ。きみと見た青臭い夢を、今日ここで終わらせよう。

イリアスは右手を高くあげた。

右手の先、「火の鳥《ファイアバード》」は青空を燃やしながら両翼を振り、水平距離八百メートルほど離れた敵飛行艦を睨《にら》みつつ、主の命令を待つ。

——人間とミーニャは、共存できない。

イリアスは右手をおろし、いままさに砲門をひらこうとしているガトランド飛行艦隊をそろえた指の先で示す。

「燃やせ、『火の鳥《ファイアバード》』」

令すると同時に、「火の鳥《ファイアバード》」は炎の流れ落ちる滝にも似た、長大な両翼を翻した。

刹那《せつな》——。

大気がめくれあがり、次元の裏から炎の海嘯《かいしょう》が押し寄せる。

航跡が、燃える。

雲が、消し飛ぶ。

八百メートルの水平距離を「火の鳥《ファイアバード》」はまばたきひとつでゼロにする。

極音速の槍《やり》と化した「火の鳥」はガトランド飛行艦隊旗艦「ヴェラ・クラーラ」の右舷へ身体《からだ》ごと激突。その瞬間、右舷を覆っていた鉄鋼装甲が水飴《みずあめ》のように熔解《ようかい》する。

——高すぎる理想は、殺し合いを長引かせるだけだ。

「火の鳥《ファイアバード》」の長大な両翼が「ヴェラ・クラーラ」上甲板を炎熱の海に変え、水兵たちは悲鳴をあげる間もなく消し炭となり、浮遊体と船体を繋《つな》ぐ懸吊索《ケーブル》が次々に断絶する。

——永劫《えいごう》に争いをつづけるより、片方が絶滅するほうがいい。

右舷砲が断末魔さながら、斉射《せいしゃ》される。

燃えながら飛ぶ砲弾は虚《むな》しく宙を引っ掻《か》いて、黒薔薇《くろばら》艦隊を素通りし、七彩の尾を曳《ひ》きながら海原めがけて落ちていく。

ギィエェエ……と「火の鳥《ファイアバード》」は燃えさかる眼を、後続艦へ差し向けて。

——だから今日、きみの愛した国を、燃やすよ。

炎が、舞い踊る。

踊るほど、空域が燃える。

乱舞の航跡を、死と破壊の七彩が彩る。

砲弾が効かない。そもそも、高度五百メートルから上昇も下降もできない飛行艦と異なり、「火の鳥《ファイアバード》」は自由自在に空を飛べる。翼の一振りで高度八百メートルへ上り詰め、頭を下にして急降下、二番艦「アギーレ・マウラ」へ体当たりを敢行し、浮遊体も船体もまとめて炎の抱《ほう》擁《よう》で蒸散させる。後続艦は「火の鳥《ファイアバード》」を避けようと懸命の操艦だが、飛行帆船と鳥では芋虫とスズメバチほども機動力に差がある。

「火の鳥《ファイアバード》」はガトランド飛行艦隊三番艦「ブレッツァ・レジナ」へ死の抱擁を与え、高熱に閉ざされた船内から爆発が連鎖、舷側の一部が吹き飛び、中から紅蓮《ぐれん》の炎が舌を出した。背中に火を背負った水兵たちが悲鳴をあげながら、彼方《かなた》の海原へ落ちていく。

あまりに凄絶すぎる火力だった。熟練の水兵を乗せた最新鋭の戦艦でも、燃えながら飛び火炎を吐くバケモノが相手では一方的にやられるしかない。さらに命中した砲弾もその場で蒸散するため、反撃の意味がない。

絶大な力だが、問題は時間だ。

「弱ってきた」

イリアスはぽつりと呟《つぶや》き、使役する「火の鳥《ファイアバード》」の様子を見やる。

徐々にイリアスの光背《こうはい》から輝きが失せていく。同時に「火の鳥《ファイアバード》」も火勢が落ちて、燃え立っていた炎が鎮まりつつある。

敵四番艦と五番艦は、まだ飛行している。あれを落とさねば、中型艦三隻《せき》では勝てないが。

「時間切れですな」

義春《よしはる》の言葉と同時に、いきなり「火の鳥《ファイアバード》」は幾千万の火の粉となって空間へ消えた。あとには燃えながら飛ぶ三隻の敵飛行戦艦「ヴェラ・クラーラ」「アギーレ・マウラ」「ブレッツァ・レジナ」と、いまだ健在の四番艦「アルバ・イデア」五番艦「フィアマ・エルダ」が単縦陣を保って航行している。

まだかろうじて飛行する先頭の三隻は船体上部が燃えており、懸吊索《ケーブル》の三分の一以上が切れ、長くは保たない。総員退艦が令されたらしく、乗っていた船員たちが滑空翼《グライダー》を背負って離脱していく。

その後方、生き残った二隻の飛行戦艦は仲間の仕返しとばかりに、右舷砲門をこちらへむけてひらいている。

敵戦艦二隻が残っていては、勝てない。だが。

「アルテミシア」

「はい」

今度はアルテミシアが黄金の光背《こうはい》を背負った。

「孝《こう》」

光輝く一文字は、ルルが放ち出していた光量とほぼ同じ。

アルテミシアは透きとおった紫紺の瞳に、生き残った敵飛行戦艦二隻を捉《とら》え。

「滅びよ、ミーニャ！」

号令と共に、アルテミシアの背後から敵艦列をめがけ、強い風が一気に吹きすさんだ。

同時に黒薔薇《くろばら》飛行艦隊三隻がここまで引っ張ってきた十二隻の焼き討ち艇が、一斉に帆をあげ、牽引《けんいん》ロープを解き放つ。

焼き討ち艇の浮遊体上部に据《す》えられた帆が順風をいっぱいに孕《はら》む。ただでさえ速く、小回りが利く小型艇は、狼の群れさながら、牛のごときガトランド飛行戦艦めがけて突っ込んでいく。

それまでほぼ順風を受けていたガトランド飛行艦隊が、いきなり変わった風向きに対処できない。見やれば、十二隻もの小型艇が、浮遊体から吊《つ》り下げた船体部に薪《まき》を満載して突っ込んでくる。突然、風向きが黒薔薇艦隊に味方してしまった。

「下手回し《ジャイビン》！」「下手回し《ジャイビン》！」

叫び声が空域へこだまする。が、風を受けながらの回頭はどうしても遅い。群狼のごとき小型艇は水平距離五十メートルを切ったところで、一斉に上甲板から火の手をあげた。

小型艇が船体部に積み込んでいた薪には、油がたっぷり染みこんでいた。それらが盛大に燃えながら、飛行戦艦めがけて突っ込んでいく。浮遊体上部に乗り込んで帆を操作していた黒薔薇騎士団の決死隊員たちは、回避不可能な距離まで小型艇を接近させて、滑空翼を背負い飛び降りる。

風が唸《うな》る。

風上の焼き討ち艇は風に乗り、風下のガトランド艦隊は風に抗《あらが》わねばならない。

「退避、退避ぃっ！」「ダメだ、逃げろっ」

悲鳴と同時に、十二隻《せき》は次々にガトランド飛行艦隊四番艦、五番艦の右舷側に激突、すさまじい炎を噴き上げた。

帆船は乾燥した木材の表面に塗料を厚く塗っており、燃えやすい。さらに火薬も大量に積んでいる。ただでさえ火に弱い船体へ、風に乗った小型艇が燃えながら激突したなら――

十月の空が、真っ赤に燃え立つ。

炎上する飛行戦艦からたちのぼった煤煙《ばいえん》が、空を閉ざす。

船体部上甲板が紅蓮《ぐれん》の炎に包まれて、船員たちが慌てて火薬の詰まった樽《たる》を船外へ投棄する。しかし燃えやすい構造材は時間とともに炎を大きくし、やがて手がつけられなくなる。

「見ろ、主帆《メインマスト》が燃えてやがる！」「燃えろ燃えろ、ざまあみろ！」「撃て、撃て、撃ちまくれっ！」

黒薔薇《くろばら》艦隊から快哉《かいさい》があがり、三隻の中型飛行艦の砲門がひらいて、一隻あたり二十門の右舷砲が砲身を突き出す。口径十五センチの砲口から次々に重量六キログラムの砲弾が発射されて、至近距離にあるガトランド残存艦へ命中する。火災に混乱する敵は、応射できない。

「いいぞ、つるべうちだ！」「やれやれ、ひとりも生かすな、やっちまえ！」

直下、砲列甲板にいる砲兵たちの興奮した声がイリアスのところまで届く。いったん趨勢《すうせい》が片方へ傾けば、勝っているほうの士気は上がる一方、負けているほうは下がる一方、これを逆転するのは至難となる。

「結局、海空戦では風を操る力が最も役に立ちますな」

義春《よしはる》の言葉に、イリアスは無言の相づちを返す。帆船同士の戦いは、空でも海でも風上を取ったほうが勝つ。アルテミシアがいる限り、今後全ての艦隊決戦で黒薔薇艦隊は常に風上に立てるだろう。天下分け目の艦隊決戦は、時間とともに一方的な勝負となっていく。

「ははは、見ろ、のたうち回ってやがる！」「さんざん好き勝手なことしやがった罰だ、猫耳ども！」「今度はおれたちがお前らから通行税を取ってやるぜ、ケツの毛までむしりとってやるからな！」

水兵たちは燃えさかるガトランド飛行艦隊五隻を遠望しながら、思うさま罵声《ばせい》を吐いていた。イリアスは静かな面持《おもも》ちのまま、勝利の空を見やる。

「まだ終わりではない。ここから仕上げに入る」

イリアスの言葉に、傍《かたわ》らの義春が頷《うなず》く。

「レッドケープ湾には、上陸作戦を終えたガトランド王国軍の水上艦隊が健在です。まずはこれを空から爆撃によって撃滅し、上陸した王国軍を孤立させねば」

戦列艦三十隻、輸送船百隻以上の王国水上艦隊が、現在、レッドケープ湾に展開している。

レッドケープ湾から下顎半島《アポロディオ》に上陸した一万二千の王国軍もまた、レッドケープ要塞《ようさい》をめがけて進軍中だ。地上と海上を埋め尽くすほどの大軍であるが、飛行艦隊にとっては地を這《は》いずる虫でしかない。

「ただの虐殺だな」

浮遊圏を制するものが世界を制する。その残酷な原則《ドクトリン》を、これからガトランド王国軍は骨身で思い知るだろう。なにしろ飛行艦隊は一方的に地上へ爆弾を落とし、地上からの砲撃は空飛ぶ船まで届かない。

義春《よしはる》が今後の作戦を言葉にする。

「レッドケープを侵攻中の王国軍へ爆撃を浴びせたのち、我ら黒薔薇《くろばら》艦隊はガトー島を強襲し、市街地とガトランド王城へ砲爆撃を浴びせます。同時に我らが水上艦隊も三叉《さんさ》海峡を抜けてガトー島へ上陸を敢行、一気に占領いたします」

現在、葡萄海《ぶどうかい》には兵士を満載した黒薔薇騎士団水上艦隊が遊弋《ゆうよく》し、作戦開始を待っている。アルテミシアがダダ王の暗殺に失敗した際は、岩の海の海賊島をふたつみっつ占拠してお茶を濁す予定であったこの艦隊へ、イリアスはこれから「ガトランド王都を猫耳族《ミーニャ》から解放せよ」と号令をかける。

「明朝には、イリアス閣下が葡萄海の盟主として君臨しておられます」

義春の言葉に、イリアスは相づちも返さずに戦闘空域を見やる。

世界最強と称されたガトランド飛行艦隊五隻《せき》は、無惨なすがたを晒《さら》していた。

三隻は火災によって全ての懸吊索《ケーブル》が切れ、浮遊体だけがふわふわと、浮遊圏をさまよっていた。その直下の海原には水柱の名残《なごり》があり、木材、ロープ、索具、砕けた積み荷や油や浮遊物が散乱するただなかに、王国兵の亡骸《なきがら》が浮かんでいた。

残る二隻はまだ燃えながら、空中をさまよっていた。逃げることに成功したわずかな兵が、滑空翼《グライダー》を翻して彼方《かなた》の陸影を目指している。おそらく、上陸した王国兵と合流するつもりだろう。彼らにはそこしか行き場がない。

「トト王子とシュシュ王女が、まだ旗艦に乗り込んでいたはずだが」

イリアスの問いに、義春が答えた。

「生きておられると良いのですが。海で死なれると、聖珠《せいじゅ》を捜すのに苦労しますので」

義春の話では、トトは「忠《ちゅう》」、シュシュは「礼《れい》」の聖珠を継承していたという。ふたりの命は消えてほしいが、聖珠が消えるのは困る。

「捜索隊を派遣しよう。今後のためにも聖珠は全て、こちらの手に揃《そろ》えておきたい」

イリアスの言葉に応えたのは、義春だけではなかった。

「お父様、その役目、わたしに任せてくださいません？」

唐突にアルテミシアが横から口を挟んできた。その表情は、まだ戦闘の興奮の名残が明らかだった。

「旗艦から、滑空翼《グライダー》にふたり乗りして逃げる男女を見つけました。背格好《せかっこう》からいって、トトとシュシュに間違いありません。わたしはふたりとも、顔を知っています」

アルテミシアの表情を見るに、ダダ王とルルを殺しても、まだ鬱憤《うっぷん》が晴れていないことは明らかだった。半年間も人質として敵地で暮らさねばならなかった屈辱を、自分の手で晴らしたくて仕方がない様子。

「連中の逃げる場所に心当たりがあるのです。親衛隊をつれて出撃させてくださいな。必ずふたりの首と聖珠《せいじゅ》をふたつ、持ち帰ってごらんにいれます」

アルテミシアの言葉を、イリアスはしばらく黙考で受け止め、

「……良かろう。王国地上軍を爆撃で撃滅したのち、親衛隊を連れて降下せよ」

アルテミシアは華やかに笑った。

「お任せくださいませ、明日には王族の首が六つ、王城に並んでおりますわ」

そしてきびすを返し、アルテミシア付き親衛隊を呼び寄せる。黒薔薇《くろばら》騎士団員のなかでも精鋭を選び抜いた親衛隊は、意気揚々《ようよう》と縛帯《ハーネス》を身につけて、自分の滑空翼を点検する。上甲板へ集まってくる十数名のなかには、縛帯を身につけた人狼ラギー・デイライトのすがたも紛れていた。

一方、宙を漂う飛行石へは小型飛行連絡艇が漕《こ》ぎ寄せ、回航員が飛び乗って、曳航索《えいこうさく》をつないでいく。ほどなくガトランド飛行艦隊を文字通り支えていた大小全ての飛行石が鹵獲《ろかく》され、

連絡艇によって黒薔薇騎士団の根拠地であるアテナ島へと運ばれていった。今日収奪した飛行石はアテナ島の加工場で再成形され、一年後には新たな船体を吊《つ》り下げ、葡萄海《ぶどうかい》の空を完全制圧することだろう。

今日ここにガトランド王国の時代が終わり、黒薔薇騎士団の時代がはじまろうとしていることを、浮遊体のマストに翻る薔薇と剣の紋章旗が告げていた。長年の宿願を叶えながら、イリアスはあくまで静かな面持《おもも》ちで、歴史的勝利の空を眺めていた……。

†　†　†

「はぁ、はぁ、はぁ……」

荒く息をつきながら波打ち際を歩き、ガトランド王国第二王子トトは翼の折れた滑空翼を背中から外して砂浜へ投げ捨て、縛帯の前につけたフックを外した。

「シュシュ、大丈夫?」

弟に問われ、目の見えない第一王女シュシュは波の洗う砂浜へ片手と両膝をついて、呼吸を整えた。

「わたしは平気です。あなたこそ、大丈夫ですか……?」

「平気。でも状況は、かなり厳しいよ……」

トトはそう言ってシュシュに手を貸し、立ち上がらせて、周囲を見回す。

シュシュを胸の前に抱きかかえ、縛帯《ハーネス》同士をフックで連結し、滑空翼《グライダー》を背負って、燃え上がる旗艦「ヴェラ・クラーラ」から飛び降りたのがほんの先刻。高度五百メートルを滑空し、かろうじてこの砂浜に降り立つことに成功した。

背後を振り返ったなら、燃えながら浮遊圏をただよう二隻《せき》の飛行戦艦が遠くに見えた。

「…………」

トトは言葉を失うしかない。艦影を見るに、おそらくガトランド王国飛行艦隊四番艦「アルバ・イデア」と五番艦「フィアマ・エルダ」だろう。空を滑空しているとき、焼き討ち艇が二隻へ体当たりしていくのがかすかに見えた。風向きが突然黒薔薇《くろばら》艦隊に味方するように吹き付けて、王国艦隊は逃げるヒマもなく焼かれてしまっていた。あまりにも敵に都合が良く、こちらにとっては悪すぎる風だった。

原因は、もしかすると。

――ルルの風を操る力が……敵の手に……？

――ミーシャが、ルルの力を奪ったのでは……？

そんな疑惑が、トトの脳裏に爆《は》ぜる。そんなこと信じたくない。けれど目の前で起きた出来事は、その辛《つら》すぎる事実を示している。

――ウソだろミーシャ、きみにそんなことできるはずがない……。

砂浜を洗う波に足首まで浸したまま、トトは燃えながら飛ぶ味方飛行艦二隻を見上げていた。ほどなく火薬庫に引火した五番艦「フィアマ・エルダ」は火球と変じて空域に砕け散り、その余波を受けた四番艦「アルバ・イデア」も全ての懸吊索《ケーブル》が切れ、船体部が舳先《へさき》を真下にむけて、五百メートル下方の海原へ落ちていった。

トトのいる砂浜からでも、「アルバ・イデア」の変じた大水柱が見て取れた。勝ち誇る黒薔薇艦隊の中型飛行帆船三隻が、宙を彷徨《さまよ》う浮遊体を鹵獲《ろかく》しようと近づいていく。ダダ王が三十年かけて飛行石を収奪し、古い森を更地に変えて築き上げた大飛行艦隊が、見上げる空で黒薔薇騎士団に奪われていく。

——もうダメだ。飛行艦隊が相手では、地上にいくら兵隊がいても勝てない……。

トトの両膝が、砂浜に落ちた。胸のうちを、絶望が覆っていく。これまでガトランド王国を守っていたのは五隻の飛行戦艦だ。あの五隻がいるから他国はガトランド王国へ手出しができず、こちらは海峡通行税を課すなどやりたい放題ができていた。守護神がいなくなったいま、がら空きになった王都の空を、黒薔薇飛行艦隊は好き勝手に蹂躙《じゅうりん》できる。

「この戦いは負けだ、シュシュ……。王国は滅びる……」

絶望が言葉に変わった。部下の前でこんな言葉は言えないが、シュシュの前だと自然に弱音が洩《も》れてしまう。

シュシュは砂浜に立ちすくみ、胸の前に片手を当てた。目が見えないシュシュには、燃えさかる味方飛行艦隊も見えておらず、状況を完全に把握しきれてはいないだろうが。

「王国が滅びても、ミーニャ市民は生きてます。あなたが死んではいけません」

しっかりした口調で、シュシュはそんなことを告げた。

トトは少し疲れた表情を、姉へむける。

「わたしが足手まといなら、ここで捨てていってください。あなたは王陛下の嫡子《ちゃくし》。たとえ王国が滅びても、あなたが生きている限り、ミーニャの希望は残ります。あなたは五十万人のミーニャのために、生きていかねばなりません」

両目に黒いシルクの繃帯《ほうたい》を巻いているシュシュの表情は、口元しか見えない。けれど彼女の真摯《しんし》な思いが、トトにも伝わってくる。

トトは少しだけ空を仰いで、立ち上がり、膝の砂を払った。

「……ごめん。……いまの言葉は忘れて。……少し弱気になってた」

それからシュシュと手をつなぎ、彼方《かなた》に霞む山容と、その中腹に穿《うが》たれたレッドケープ要塞《ようさい》を見やる。

「……この先に味方が上陸してる、急げば合流できるよ。一緒にいこう」

トトはシュシュと一緒に歩きはじめた。シュシュが飛行艦から持ち運ぶことができた荷物は、縛帯《ハーネス》に固定した小さな楽器ケースだけ。大切なリュートが入ったそれを残った手で抱えて、シュシュはおぼつかない足取りで砂浜を歩いた。

「……シュシュも王族なんだ。ミーニャの希望なのは同じだよ。足手まといだなんて、自分でいうのはやめてほしい。シュシュを置いて逃げられるわけないいんだから」

歩きながら、トトはそんな言葉を傍《かたわ》らに告げて、繋《つな》いだ手を握り直した。

「……ええ。……わかってます。……でも、本当に危ないときは、わたしに構わずに逃げると約束して……」

シュシュも繋いだ手に少しだけ力を込めて、前をむき、歩く。

そのとき、彼方の杉林から砂塵《さじん》があがった。見やれば王国軍の軍服を着た軽騎兵が、こちらをめがけて疾走してくる。王国艦隊から退避したものを捜しに来たのだろう。トトは片手を振り、笑顔で味方を迎え入れた。

†　†　†

「すげえ……。いいぞやれやれ、やっちまえ……！　猫耳ども、皆殺しだ……！」

標高百五十メートルに位置するレッドケープ要塞からは、葡萄海《ぶどうかい》、三叉《さんさ》海峡、それにレッドケープ湾が一望できる。

いま、御祓《みはらい》美智彦《みちひこ》と久遠《くおん》兄妹は砲台の突端、弾着観測用の物見塔から南東方面、レッドケープ湾の様子を見晴らしながら、めったに見ることのできない壮大で一方的な戦いを見物していた。

「胸が痛みます。これはあまりにも一方的な……」

美智彦《みちひこ》の傍《かたわ》ら、久遠《くおん》は眉間《みけん》に皺《しわ》を寄せ、凄惨《せいさん》な情景を痛ましそうに望遠する。

昼下がり、穏やかな午後の陽光に照らされる海上において、海原を埋め尽くすガトランド水上艦隊が炎を吐いてのたうち回っていた。高度五百メートルを飛行する黒薔薇《くろばら》飛行艦隊は船底の爆弾槽をひらき、導火線をつけた油の樽《たる》――いわゆる「爆弾」や重量十キログラムの砲弾を投げ落としている。海上をいく王国軍の帆船は反撃もできず、空から降り注ぐ油と砲弾の雨からひたすら逃げ惑うのみ。海域は次々に巨大な水柱が噴き上がり、世界最強と呼ばれた戦列艦たちは砲弾が直撃して浸水したり、油を撒《ま》かれて燃え上がったり、火薬庫に直撃して爆発したり、油膜に覆われた海上では水兵たちが生きながら焼かれたり、見るも無惨な炎熱地獄が現出していた。

高度五百メートルから自由落下する重量十キログラムの砲弾は、上甲板から船底板まで貫通する威力がある。戦列艦三十隻《せき》、輸送船百隻以上、ガトランド王国が総力を結集して編成した大艦隊はいま、降り注ぐ油と砲弾のした、美智彦たちの眼前で滅びようとしている。

「昨日は負けてここまで逃げてきたってのに……今日はこれかよ、面白ぇなあ……」

「つぎはレッドケープ湾に上陸した王国軍を爆撃するつもりですね。やりたい放題とはまさにこのこと」

久遠が指さす先、三隻の黒薔薇騎士団飛行艦隊は浮遊体から突き出た帆に風を受けてゆっくりと回頭し、海上で燃えさかる王国艦隊を背後に残して、悠然と久遠たちのいるレッドケープ要塞《ようさい》方面へ舳先《へさき》をむけた。

今朝方に上陸したばかりの王国軍一万二千は、ガトランド飛行艦隊が全滅しても撤退せず、当初の作戦通りレッドケープ要塞を攻撃すべく進軍してきた。このままいけば日没までにレッドケープ要塞は攻囲される、ここが死に場所か……と久遠は覚悟していたが、いま、救いの黒薔薇飛行艦隊が現れ、王国軍への攻撃を開始してくれている。

地上の弓兵も砲兵も、空を飛ぶ艦隊を相手になにもできない。黒薔薇飛行艦隊はまたたくまに山裾の樹林を登攀《とうはん》中の王国軍の直上へ出ると、「爆弾」を投下しはじめた。導火線を点けた樽は傾斜を転がり落ちて樹木や兵員に激突するや油をぶちまけ、たちまち地を舐《な》める炎が兵隊たちを生きたまま焼いていく。

王国軍は悲惨だった。登攀中であるため、転がり落ちてくる樽は土砂崩れそのもの。ここまで輸送してくれた味方の水上艦隊は全滅して退路もなく、死を覚悟して山肌を攻め上って要塞を陥落させるか、逃走するか、ふたつにひとつ。当然、兵のほとんどが、後者を選択した。一万二千の兵の九割は傭兵《ようへい》か徴集兵であるため、ダダ王のために戦う気持ちなど持っていない。こんなところで死んだり手足をもぎ取られるなど馬鹿げている、とばかりに敗走がはじまる。

「あっけないものです。今朝はあれほど意気軒昂《けんこう》であったのに、いまや敗兵の群れ……」

物見塔から一部始終を見下ろし、久遠《くおん》は敵を哀れんでいた。本来ならカリストラタス軍の勝利を祝うべきだが、この悲惨を目の当たりにすると素直に喜ぶ気持ちになれない。

と、要塞《ようさい》内の礼拝所から鐘が乱打され、号笛があちこちからやかましく響きはじめた。

「出撃だ、打って出るぞ！」「王国軍が敗走している、追ってトドメを刺せ！」

カリストラタス公の旗持ちたちが要塞内をめぐり、大声で兵たちに出撃を急《せ》かす。今朝方まで負け戦《いくさ》を覚悟していた兵たちはたちまち元気になり、嬉々として出撃の支度をはじめる。

勝ち戦ほど楽しく、カネになるものはない。傭兵《ようへい》は自分の財産を全て身につけて出撃しているから、死体から財貨をはぎとるだけで大儲《もう》けできるし、街や村を攻め落とせば財産も人間も好きなだけ略奪できる。大きな報酬が得られるからこそ傭兵は危険を冒して戦場に赴いているのだ、ようやく蜜を吸えるときが来た。

「さて、哀れではありますが、我らの仕事を果たさねば」

「お、おぉ、がっぽり稼いで、お前にごちそうしてやるぜ……！」

美智彦《みちひこ》と久遠も出撃すべく、急いで物見塔を駆け下りて、武器庫に入ってそれぞれの武器を摑《つか》み、カリストラタス公のもとへむかった。おりしも、薄灰色の兵装に身を包んだカリストラタスが本館から出てきて、自らの馬にまたがろうとしていた。ふたりはカリストラタスを護衛する位置につき、あけはなたれた門楼から疾風のごとく駆けだしていく……。

†　†　†

千五百年前に地上を焼いた魔王の気分が、イリアスにも理解できた。

高度五百メートルから見下ろす地上は山肌の樹海も平地の森も、飛行艦隊から投下された爆弾によって火の海と化し、立ち上る煤煙《ばいえん》がレッドケープの空を厚く閉ざしていた。

目を凝らしたなら、王国軍の行軍隊形は破壊され、個人か五、六人の小集団がレッドケープ要塞の反対側の森を目指して逃げるのが見えた。昼下がりにカリストラタス公が六百あまりの手勢を引き連れて要塞を出撃し、逃げる敵を追い立てるさまも見て取れた。王国軍の指揮官は立て直そうとしているようだが、兵たちはいうことを聞かずに散開して逃げるのみ。今朝方まで世界最強と称されていたガトランド王国軍は、いまや統制を持たない亜人の群れに過ぎなかった。

「脆《もろ》いな。実に」

上陸した王国軍一万二千のうち、常備兵は一割ほど。残りは傭兵か、徴兵された農民だ。カネで雇われた兵は勝ち戦になればまさに火のごとく侵略するし、負け戦になれば水が引くように退散する。

「アポロ火は使うな。あれはガトー島の市街地用だ。森を焼くのは油で間に合う」

爆撃甲板の指揮官へ伝令を送って、イリアスは船尾楼の直下から斜め後方へ突き出した「船底楼」へと目を送った。地上を見晴らすために船底に取り付けられた六角形の突出部から、滑空翼《グライダー》を背負った飛行兵たちが次々に飛び降り、翼をひろげて、レッドケープ要塞《ようさい》方面へと滑空していく。漆黒の兵装に金鍍金《きんときん》の鎧《よろい》で身を固めたアルテミシア率いる十五名の親衛隊だ。先頭のアルテミシアは直下を逃げ惑う王国軍に構うことなく、まっしぐらに要塞を目指す。

「爆撃やめ。本物の饗宴《きょうえん》は今夜だ、爆弾も砲弾も取っておけ」

イリアスは伝令を飛ばし、爆撃をやめさせた。

それから、傍《かたわ》らの艦長へ告げる。

「針路変更、南南西。目標、ガトー島、ガトランド王城」

言われた艦長は大声で復唱して操舵士へ変針を伝え、号令をかける。

「針路南南西、目標、猫耳島！　行くぞ野郎ども、化け猫どもを皆殺しだっ!!」

ガトー島を俗称で呼び、勇み立った艦長は上甲板の水兵たちへそう怒鳴った。

掌帆長《しょうほちょう》ら甲板士官が水兵たちに目的地を告げるや、水兵たちもそれぞれの持ち場で歓呼をあげて、聖ジュノーとイリアスを讃《たた》える。

「聖ジュノーに栄光あれ！　イリアス閣下に栄光あれ！」「やってやるぜ、ミーニャを絶滅させてやる！」「化け猫どもを焼き殺せ！　人間を奴隷《どれい》にしてきた報いだ、あいつらを奴隷にして思い知らせろ!!」

黒薔薇《くろばら》艦隊旗艦「デミストリ」艦内の士気が燃え立つ。これまでダダ王率いるガトランド王国相手にやられっぱなしだった黒薔薇騎士団の、いや葡萄海《ぶどうかい》に住まう全ての人間たちの怨嗟《えんさ》の叫びだった。三叉《さんさ》海峡の入り口に位置するため、貿易において独り勝ちをつづけるガトランド王国を妬《ねた》み、うらやみ、憎む心は葡萄海の住民たちの魂の芯にまで染み渡っている。

「いい風が吹いてる、今夜中に猫耳島に着きます！　さぞかし派手なお祭りになるでしょうなあ！」

艦長がイリアスを振り仰いでそんなことを言った。葡萄海の歴史の転換点にひとり佇《たたず》み、イリアスは高空の風に吹かれながら、船内の興奮から遠く隔たった静けさをまとっていた。

†　†　†

背筋と両足を地面と平行にぴんと伸ばし、両手を操縦棒へそろえ、飛行戦艦「デミストリ」から飛び降りたアルテミシアは滑空翼に風を受け、レッドケープ要塞を目指して空を斜めに滑り降りる。

現在高度、約三百メートル。火の手のあがる山容が、迫ってくる。燃え上がる山肌から追い立てられ、逃げ惑う王国兵のすがたが細部まで見て取れる。馬を揃《そろ》えて楽しげに王国兵を追い立てるカリストラタス勢たちが梢《こずえ》の隙間《すきま》に見て取れて、戦いというより大規模な鹿狩りを見ているよう。

──あのなかに、トトとシュシュもいるかしら？

眼下を見晴らしながら自分にそう尋ね、自分で否定する。

──いないわ。彼らには決め事があるもの。

三か月ほど前、トトとルルと同じ馬車に乗って異形《いぎょう》山採掘場へむかったとき、トトは「敵地ではぐれたら、近くの空港へ行く」のがガトランド王家の決め事だと言っていた。あの言葉が本当なら、彼らがむかう先は──。

アルテミシアは滑空しつつ、目線を持ち上げる。

青空を背景にして、現在高度より二百メートルほど高い山肌が、一直線に抉《えぐ》れていた。日差しは傾きはじめ、山襞《やまひだ》の陰影が鮮やかだ。

標高百五十メートル地点に敷設された砲台のさらに上方、標高五百メートル地点の山肌を切り開いて作ったレッドケープ空港だ。埠頭《ふとう》が小さすぎて小型艦艇しか寄港できないため、今回の作戦においてそれほど重要視されていない場所であるが。

──トトは、あそこに逃げる。

アルテミシアは意識の深層に宿る聖珠《せいじゅ》を励起《れいき》した。

「孝《こう》」

鮮やかな黄金の光背《こうはい》が、滑空翼《グライダー》に覆いかぶさる。

風向きが変わる。アルテミシアのむかいから吹いて、滑空翼を下から持ち上げる強い上昇気流。

「うおっ」「うわっ」

アルテミシアの後方につづく十五名の親衛隊員が、突然の突風に慌てて、体勢を立て直す。

ふふふ、と笑いながら、アルテミシアは気流に乗って高度を上げる。大柄なラギーも特製の滑空翼を器用に使いこなし、アルテミシアの後方から離れない。他の隊員たちもさすがに精鋭ぞろいであり、早くも体勢を取り戻して同じ風を摑《つか》み、高度を上げていく。

四百メートル、四百五十メートル、五百メートル、五百五十メートル……

上昇気流は親衛隊をみるみるうちに空の高みへ持ち上げて、アルテミシアは自分の眼下にレッドケープ空港を見下ろした。「孝」の聖珠の力があれば、滑空翼でも浮遊圏の上方を飛べることを確認しつつ、むきを変え、今度は降下に都合の良い風を空域へ吹かせる。迫り来る緑の山肌を見やりながら、アルテミシアは高揚した気分を隠せない。

――秘密をべらべら喋《しゃべ》ってくれてありがとう、トト。

――どんな顔であなたが死ぬのか、いまから楽しみ。

軍靴の底をレッドケープ空港の埠頭につけて、滑空翼を縛帯《ハーネス》から外し、アルテミシアは足下に広がる緑の起伏を見下ろしながら、この山のどこかにいるであろうトトを思った。

「…………」

その背後、アルテミシアにつづいて二番目に空港へ降り立った人狼ラギーも滑空翼と縛帯を外し、斧槍《ハルバード》の石突きを地につけた。残り十四名の親衛隊員も欠けることなく、標高五百メートルの埠頭《ふとう》へ次々と降り立つ。

「さて。お兄ちゃんたちを捜しに行かないと」

アルテミシアは薄ら笑いながら山裾を見下ろし、このどこかにいるであろうトトとシュシュを思った。

†　†　†

敵の本拠へ逃げる。

普通ならばそんなことは考えない。だがいまトトはそれをやっている。この状況にあって、普通に逃げたなら絶対に捕まる。敵地での撤退戦の過酷さは、広間や修練場で貴族たちからさんざん聞かされてきた。生き延びるためには、敵が思いつかないことをやるしかない。

「シュシュ、平気？」

道なき道を、敵レッドケープ要塞《ようさい》めがけて登りながら、トトはうしろを振り返って、手を繋《つな》いでいるシュシュを気遣う。従士も連れず、ふたりきりの逃避行だが、シュシュは文句ひとついわずについてきてくれる。

「大丈夫。……あなたは？」

「平気。なんとかするよ、ぼくを信じて……」

山肌には鬱蒼《うっそう》と樹木が生えていて、ふたりのすがたを隠している。立ち並んだ幹と枝葉のむこうから斜めに夕陽が差し込んで、足下の腐葉土を橙《だいだい》色に照らす。先ほど、山道を駆け下りていくカリストラタスの手勢たちが梢《こずえ》のむこうに見えた。山裾のほうからは、王国兵を追い立てる角笛の響きがやまない。

「敵はみんな、王国兵が東に逃げると思ってる。わざわざ要塞の方角へ逃げるとは思ってない。空港の近くで待てば、必ず味方が飛行艇で来てくれる。もう少しだけ我慢して……」

トトはシュシュを励まし、山肌の傾斜を登っていく。

レッドケープ湾に上陸した一万二千の王国軍は、黒薔薇《くろばら》飛行艦隊によって一方的に空から嬲《なぶ》られ、さらにカリストラタス勢にも追い打ちをくらって、四散してしまった。彼らはレッドケープ要塞の反対側、港湾都市カリストニアの方角へ逃げたようだが、おそらく道中、激しい敗残兵狩りに遭うだろう。特に頭部に猫耳を持つミーニャは人間から目の敵にされているし、目立つし、地上を逃げ延びることは困難だ。

そして黒薔薇飛行艦隊は地上の王国軍を壊滅させたあと、艦首を南南西へむけて去っていった。ガトランド飛行艦隊が全滅したいま、むかう先は守るもののないガトー島、ガトランド王城に違いない。

――ぼくの故郷が、これから焼かれる……。

トトの胸を絶望が閉ざす。どこをどう見ても、希望が見えない。この状況でレッドケープ空港に辿《たど》り着けたとしても、救助など本当に来るのか。王城が制圧されたら、捜索隊を出すヒマもないのでは。

——もう、終わりなのかな……。

また出そうになった弱音を、トトは飲み込んだ。

そして前をむき、歯を食いしばって傾斜をよじ登る。

——ダメだ。弱気になるな。ぼくが希望を捨てたら、ミーニャは終わりだ。

——生き残るんだ。ミーニャ五十万人が、これからも幸せに生きるために……！

できれば日が落ちる前に空港に着きたい。それができなかったら、隠れ場を見つけて野宿するしかない。明日の朝、状況が改善されていることを願い、トトとシュシュは粛々と道のない道を登っていく……。

† † †

「おれは……鼻が利く……犬ほどじゃねーが……豚よりは利く……っ！」

美智彦《みちひこ》はそう言って、山道を外れた道なき道にほぼ四つん這《ば》いになり、腐葉土にくんくんと鼻を近づけて敵の逃げた痕跡を追っていた。

夕陽はまだ西の地平線上にあり、立ち並んだ梢《こずえ》の影が山の傾斜に落ちている。愛用の大剣を背中に背負った久遠《くおん》は兄のあとを歩きながら、

「豚より鼻が利くのは自慢になりますか？　せめて犬に勝ってから自慢すべきかと」

「うるせえ……犬は……手強《てごわ》すぎんだ。豚は、おれでもそこそこ相手になる……」

犬へ敬意を払いながら、美智彦は傾斜の先を見上げて、山肌を登っていく。久遠は呆《あき》れたように鼻息を抜いて、

「そっちは要塞《ようさい》の方角では？　わざわざ敵にむかって逃げるものがおりますか？」

文句をつけながらも、しかし兄のあとを離れない。

「……しょうがねえだろ、女の匂いがこっちからすっから……。この女、身体《からだ》のどっかが悪いぞ、歩きかたが妙だ……」

傾斜の腐葉土のわずかな抉《えぐ》れかたを見て、美智彦はぼそぼそと呟《つぶや》く。久遠も同じものを見るが、ひとの通った痕跡らしきものがかろうじて見えるくらいで、美智彦ほど細かいところまで注意が回らない。

「兄上は容姿は悪い、言葉遣いは下品、生まれてこのかたモテたことなど一度もありませんが、それ以外はこのうえなく優秀ですね」

「うるせえ、バカ……褒めすぎだぁ……」

「いくつか改善したら、もう少しモテるはずですが」

「うるせえ、お、おれはお前がかわいけりゃそれでいいんだ、いるぞ、ほら……」

美智彦《みちひこ》は声を伏せて、背後の久遠《くおん》を手招きする。

久遠は音を立てないよう気をつけながら傾斜をよじ登り、美智彦の傍《かたわ》らに並んで、倒木の隙《すき》間《ま》から前方を見た。

「…………っ！」

久遠は息を呑《の》んだ。七メートルほどむこう、少しだけ木々が切れ、森の広場のようになった一角で、木の切り株に腰をおろした女性と、その傍らで直立し、周囲を警戒する少年がいた。ふたりとも白地に金飾りを配したガトランド王国軍の軍服。縁飾りのついた肩章と胸の金モールは高級将校の証。そして女性は目元を黒い繃帯《ほうたい》で覆い隠し、胸には楽器ケースを抱えている……！

（トトとシュシュ……！　間違いありません……）

久遠が小声で、兄に告げる。美智彦は舌なめずりをして、

（運が……むいてきやがった……）

（……ふたりとも討ち取れば、我らの名は上がります……！）

母が義春《よしはる》に離縁されて以来、仕送りもなく、兄妹はずっと貧乏に苦しんできた。辛《つら》い目にあってばかりの母にも贅沢《ぜいたく》をさせてあげたい。兄妹は頷《うなず》きを交わして、彼らを確実に討ち取るための方策を講じる……。

†　†　†

誰か、ついてきています。

突然、シュシュがそんなことを言い、トトは周囲を警戒した。

夕陽はいま、地平線に隠れようとしているところだ。梢《こずえ》の隙間を青紫に染める残照が、視界を確保してくれる。

山肌の傾斜がとぎれ、ちょうど森がひらけた一角だった。シュシュが息切れしていたので切り株に腰をおろさせ、トトは頭部の猫耳をぴくぴくと動かし、周囲の気配を探る。

確かに妙な気配がある……と察した刹那《せつな》。

ざっ、と足音が鳴って、大八島《おおやしま》族とおぼしい人影がふたつ、森の広場に現れた。

「…………っ！」

やはりつけられていた。だが、ふたりだけだ。身なりをみるに、黒薔薇《くろばら》騎士団でも、カリストラタス公爵の手勢でもなく、傭兵《ようへい》だろう。

ひとりは赤茶色の髪を片側でまとめた、緑黄色の瞳を持つ十代後半くらいの少女だった。背丈ほどもある大剣を斜めに背負い、黒地に金ボタン、裾が斜めに深く切れ込んだ上着《ジャケット》に、金箔拵《こしら》えの肩当てと胸甲を当てている。東洋風の奇妙な衣装に身を包んだ少女は凛と胸を張り、名乗る。

「カリストラタス公に雇われし傭兵《ようへい》、御祓《みはらい》久遠《くおん》と申します。こちらは兄、美智彦《みちひこ》。ふたりで方策を講じた結果、そんなものはいらぬと結論に達し、堂々と正面から一騎打ちを挑むことにいたしました」

丁寧《ていねい》な口調でそう言って、久遠は片手で、傍《かたわ》らの白シャツと黒ズボン、長身痩軀《そうく》で右目に眼帯、やさぐれた長髪の男性を示す。

「ぐへへへ……。おれの名は美智彦。お前のきれいな顔を剝《は》ぎ取って、代わりにおれの汚い顔をかぶせてやるぜえ……」

美智彦と呼ばれた傭兵は卑しい笑いをたたえ、おそらく本人のなかでは決め台詞《ぜりふ》なのであろう台詞を喋《しゃべ》って、腰から愛用の鎌を引き抜き、目を血走らせ、刃をぺろぺろ、舌で舐《な》めた。

久遠と名乗った妹は毅然《きぜん》と胸を張って、

「ガトランド王国第二王子トト殿下とお見受けいたします。正々堂々、兄美智彦と立ち合っていただきたく、お願いを申し上げます」

不自然なくらい丁寧な敵だ。ふたりで不意打ちする機会はいくらでもあったはずなのに、わざわざ自分から現れ、名乗って、ふたりがかりではなく一騎打ちを挑んでいる。

「………………」

トトは緊張した表情で身構え、レイピアの柄に片手を置いた。

ふたりとも、そう大した敵ではない。妹の体格で背中の大剣を扱えるとは思えないし、兄は身なりも台詞も雑魚《ざこ》そのもの、武器も農作業に使う普通の鎌だ。

——決闘に鎌を使う時点で、素人《しろうと》だ……。

見た目は恐ろしいが、鎌の刃は刀身の湾曲の内側に付いており、外側にはない。つまり斬撃《ざんげき》ができず、刃の尖端《せんたん》で敵を突き刺すか、敵を自らの懐《ふところ》に呼び込んで、相手の外側から巻き込むようにして斬《き》りつけるしかない。剣戟《けんげき》において敵が自らの懐に入ってくる状況はそうそうないし、あったとしたらとっくに負けている場合だけだ。蜂起した農民が鎌を持ってむかってくるならば話はわかるが、戦場に生きる傭兵がわざわざ選ぶ武器ではない。

見た目も言動も使用する武器も、全部が雑魚。

「忠《ちゅう》」の聖珠《せいじゅ》を継承した自分の相手になるわけがない。

「……構わないけど。……ただし、手加減はできない。それをできる余裕がない。……きみのお兄さんも、きみも、ここで死ぬことになる。それで良ければ、かかってくればいい」

トトは真摯《しんし》にそう告げた。できれば誰も殺したくない。特に久遠という少女は、どう見てもトトと同い年くらいだ。自分が生き延びるためとはいえ、少女を殺すのは忍びない。

しかしトトの思いとはうらはらに。

「兄上、トト殿下が受けてくれましたぞ。くれぐれも卑怯《ひきょう》なことはなさらぬよう、真正面から倒してください」

「けけけ……。王子さまよう、お前…………アホだなあ……。……言っておくが、おれはいやになるくらい強いぜ…………?」

トトが逃げないのが意外だったのか、美智彦《みちひこ》はますますうれしそうに鎌の刀身をべろべろ舐《な》める。

トトは腰のレイピアを抜き、半身に構えた。

「……悪いけど時間が惜しい。御祓《みはらい》久遠《くおん》と美智彦、だね。お察しのとおり、ぼくはガトランド王国第二王子、トト・ガトランドだ。きみたち兄妹の名前は覚えておこう。傭兵《ようへい》なのに、堂々と名乗りをあげて一対一の勝負を挑む姿勢は賞賛に値する」

美智彦が一歩前に進み出て、相変わらず構えもせずに刃に舌を這《は》わせながら、ほとんど白目のような上目遣いでトトを睨《にら》み、

「……王子さま、お前……自分が勝つ前提で喋《しゃべ》ってんなあ……。おれはそういうやつの顔の皮を、何枚も剝《は》いできたぜえ……?」

「……そうか。ぼくはどこの皮も剝がない。苦しみは与えないから安心して」

トトの背後では、シュシュがうろたえながら、胸に手を当てている。

「トト……」

「大丈夫。すぐ終わる。心配しないで、そこで待ってて」

シュシュに見えないのはわかっているが、トトは肩越しに姉を振り返って微笑《ほほえ》んでみせる。

シュシュは突然現れた兄妹に戸惑いながら、トトの邪魔にならないよう少し離れた場所から様子を窺《うかが》うことしかできなかった。これから決闘がはじまることはわかっているが、自分にはなにもできないことが歯がゆく、悔しくて仕方ない。

——わたしにもなにか、できることはないの？

——「礼《れい》」の聖珠《せいじゅ》。あなたにはどんな力があるの……？

いまから半年前の祝宴の夜、シュシュはダダ王に言われて「礼」の聖珠を継承した。しかしほかの継承者と違い、シュシュはいまだに「礼」の聖珠がどんな力を秘めているのか知らない。この聖珠は、継承者が問いかけても、いつも同じ答えしか返さないのだ。

いま、トトが命がけで戦おうとしているときですら、「礼」の答えは同じ。

《使うべきときに、わたしからあなたへ働きかける》

——使うべきときとは？

《わたしがそう決めたときだ》

すげなく答え、「礼」の聖珠は沈黙へ戻ってしまう。シュシュは苛立《いらだ》ちを覚える。なぜ自分の聖珠だけ、持ち主の意志で戦いに使うことができないのか。

——そもそも、なぜダダ王はこの聖珠を、目の見えないわたしに継がせたのだろう。

——屈強な戦士ではなく、戦いの役に立たないわたしを、なぜ継承者に……？

シュシュの疑問に答える声はなにもない。

ただ、「礼《れい》」を継承したときのダダ王の言葉がもう一度、耳の奥に鳴った。

『「礼」はお前が適任だ。もう一度いうが、理由は継げばわかる。「礼」の能力を理解したあと、お前はその性質について誰にも真実を教えるな。ほかのものも、シュシュに「礼」の力について質問をするな。これは王国と、シュシュ自身のためだ。わかったな?』

意味がわからない。そもそも、能力を理解することすらできていない。ダダ王は「礼」の性質を知ったうえで、シュシュが適任と断じたのだ。それはなぜなのか……?

理解できないまま、トトはもう、戦いに臨もうとしている。

——お願い、死なないでトト……。

シュシュにできることは、祈ることだけ……。


トトは目の前の美智彦《みちひこ》に目を戻し、レイピアの剣尖《けんせん》を敵の心臓の位置へ持ち上げた。

——こんな相手に、負けてたまるか。

修練場では兄ガガの顔を立てるため、トトはあえて手を抜いてきた。ジャンジャックにはそれを見破られ、同じやりかたを返されたりもした。しかしここは本物の戦場、殺し合いをする場所だ。手抜きなど、できるわけがない。それにここには、シュシュもいる。ぼくが負ければ、シュシュも死ぬ。

――雑魚《ざこ》に構ってられない。さっさと倒さないとこっちが危ない。

刃と刃の打ち合う音が、さらなる敵を呼び寄せる危険がある。戦いを長引かせるのが最も良くない。


――一撃で、終わらせる……！

トトは意識の最奥に宿る「忠《ちゅう》」の聖珠《せいじゅ》を励起《れいき》する。

淡緑色の光が周囲へ爆《は》ぜて、トトの背中に幾何学模様を描き出す。

「忠」

浮かび出たその文字と光背《こうはい》に、美智彦と久遠《くおん》はなんの反応も見せない。

――聖珠の存在を、知らない……？

普通なら突如現れた光に戸惑うはずが、美智彦は相変わらず白目に近い上目遣いでトトを睨《にら》みつけるのみ。

美智彦の右目は眼帯に隠されている。残った左目へ、トトはおのれの視線を注ぎ込み――

その視線を合わすことなく、美智彦は猫のように身を屈め、低い体勢で地面へと目線を合わせた。

「……っ!?」

トトが意表をつかれる。剣戟《けんげき》において、相手と目線を合わせないことはありえない。しかし美智彦はトトの顔を見ることなく、足だけに目線を合わせ、いきなり――

ざっ、と地が鳴った。

膝の先に、美智彦《みちひこ》の鎌があった。

とっさにトトは体をひねり、レイピアを逆手に握り直して、右斜め下方から振り上げる。

キン。

鎌がレイピアを受けた。美智彦は目を合わせない。トトは、鎌の外側にも刃文を視認。この鎌は両刃、つまり斬撃《ざんげき》ができる。瞬時にそれを察した瞬間、美智彦はあろうことか左手をトトの両膝の裏へ回し、

「あっ」

不覚を悟った瞬間、トトは地に仰向《あおむ》けに転がされていた。

美智彦の鎌が、眼前に閃《ひらめ》く。

「トトっ！」

シュシュの叫び声。

トトは鎌でなく、自らに馬乗りになった美智彦と目線を合わせ、

「忠《ちゅう》」

その一文字が爛《らん》と輝く。

合わせた視線から、念動を美智彦へたたき込む。

「しまっ……」

美智彦が呻《うめ》く。動きが止まる。

「ぼくの勝ちだ」

トトのレイピアの剣尖《けんせん》が、美智彦の喉を右から左へ刺し貫く。

脛骨《けいこつ》が砕ける、手応え。

「兄上っ」

久遠《くおん》の悲鳴。

貫かれた美智彦の首から、血潮が噴き上がる。

トトは素早く美智彦の身体《からだ》をはねのけ、その反動で起き上がり、レイピアを握り直し、

「ごめん」

詫《わ》びをいれてから、レイピアを横に薙《な》いで美智彦の喉仏を深く切り裂く。

「……っ……っ……っ!!」

美智彦は断末魔をあげることもできず、地に両膝をついて、目を剝《む》き、切り裂かれた喉元から勢いよく血潮を噴き上げ、上体をのけぞらせる。

「…………っ!!」

久遠が、両目を見ひらく。

刺し貫かれたうえ、さらに横一文字に切断された美智彦の首は半分ちぎれかかり、すぐにも落ちそう。

トトは血振りして、レイピアを鞘《さや》に収める。

いやな気持ちだった。剣でひとを殺すのははじめてだ。胸の奥から真っ黒な雲が湧《わ》き出て、身体《からだ》中に染み渡るような。

首がちぎれかかりながら、美智彦《みちひこ》はまだ生きていた。

最期《さいご》の力を振り絞って、言葉を紡《つむ》ぐ。

「……………く……お……ん…………」

首と口元を鮮血に濡らして両膝をつき、ぎろり、と美智彦は目だけを妹へむけて、

「…………こいつの聖珠《せいじゅ》、取ったら…………」

次の瞬間、白銀の光が美智彦の輪郭から爆《は》ぜた。

太陽ほどに眩《まばゆ》いそれが、美智彦の背後で神像のような紋様を為《な》し——

「智《ち》」

その大八島《おおやしま》文字が、現れる。

「…………え？」

トトは一瞬、呆気《あっけ》にとられる。

なぜ雑魚《ざこ》が、この光とこの文字を背負っている？

「……お前に……やるぜ」

そう言って、美智彦は血に濡れた笑みをトトへむけ、体勢を立て直して大きく踏み込むと、

トトの懐《ふところ》深くに入り込み、鎌を横に薙《な》いだ。

「……………………え？」

トトは口を開けて、目の前の美智彦を見るしかない。

ゆらり。

美智彦はトトの眼前に佇《たたず》み、凄絶な笑みをたたえて、再び鎌の刃をぺろりと舐《な》める。

「警告……したのになあ。……お前みたいなやつを何人も殺したって……」

半分切断されていた美智彦の首が、なぜか再びくっついている。

そして美智彦の持つ鎌はべっとりと血糊《ちのり》に汚れていた。

ぼとっ。

音を立てて、なにかが落ちた。

トトは目線を、自らの足下へむけた。

切り裂かれた腹腔《ふくくう》から、なかのものがこぼれ落ちていた。

「…………え…………？」

ぐらり、と視界が揺れた。

両膝が勝手に落ちて、地についた。

力が、入らない。トトは両手を前に出し、四つん這《ば》いになった。

ぼとっ、ぼとっ。切り裂かれたトトのお腹《なか》から、中身が次々にこぼれ落ちた。

「トト…………?」

異臭を嗅《か》ぎ取ったシュシュが、不安そうな声をあげる。

ごぼっ、と喉の奥から血がこみ上げてきて、トトの口からあふれた。

つっかえ棒を外すように両手の力が抜け、トトはその場にうつ伏せに崩れ落ちた。自らから流れ出る血が、周囲の草むらを染めていくのがわかった。

寒い。意識が遠のく。

——死ぬ?

それを意識した。

——そんな、バカな。

——ぼくは、「白き国」を作る目標があって。

ごぼぼ、とトトの口から、どす黒い血が溢《あふ》れ出てくる。

止まらない。

——ぼくは、ぼくの物語の主人公で。

——こんなところで、雑魚《ざこ》に負けて死ぬわけが…………。

しかし、手足に力が入らない。身体《からだ》が冷えていく。

そのとき――傍《かたわ》らから、聞き覚えのある声がした。

「音がするから来てみたら、トト殿下？」

涼やかな声とともに、複数名の足音が傾斜の先から響き――

「あらあらあら…………なんてこと。死んじゃいますの？」

黒薔薇《くろばら》騎士団の軍服に身を包んだアルテミシアは楽しそうにそう言って、地にうつぶせに倒れ込んだトトを見下ろした。

「…………………」

トトにはもう、答える力もなかった。血が流れ出るほど、意識が薄れていく。

死ぬ。ぼくはここで死ぬ。

その事実だけ、うっすらと理解できた。

「アルテミシア……殿下……。おれです、おれが殺しました……」

傍ら、美智彦《みちひこ》が得意げにアルテミシアに告げながら、鎌に付着したトトの血を舐《な》める。

アルテミシアは眉間《みけん》に皺《しわ》を寄せて美智彦を一瞥《いちべつ》し、

「あらあら……鎌舐めてる。ほんとにいるのね、そういうひと……」

アルテミシアはそう言って、うつぶせになったトトの身体の下へ爪先《つまさき》を差し込み、ぞんざいに蹴って転がし、仰《あお》向けにした。

「…………………」

かすれたトトの視界にぼんやりと、傍《かたわ》らに突っ立ってこちらを見下ろすアルテミシアの微笑《ほほえ》みが映り込む。

アルテミシアは深く大きく切り裂かれたトトの腹部と、そこからこぼれでたものを見やって、笑う。

「そこの鎌持ってるチンピラに負けたの？　よっわ。あなた、『忠《ちゅう》』の聖珠《せいじゅ》の継承者よね？　普通、こんなところでこんな相手に負ける？」

その嘲笑《ちょうしょう》を見て、トトはようやく全てを理解する。父も、姉も、アルテミシアに殺されたのだ。そして、このままではシュシュも同じ目に……。

アルテミシアは死にゆくトトの傍らに膝を折り曲げてかがみ込み、腰からナイフを引き抜くと、トトの裂けた腹腔《ふくくう》に剣尖《けんせん》を差し込み、つんつん突いた。

「三か月前、夜の森をデートしたとき、あなたわたしに言ったわよね？　ひとはみんな自分の物語の主人公だ～。ぼくは人間とミーニャが仲良く暮らす物語を～、とかなんとか……」

アルテミシアがなにか言っているが、いまトトが考えられるのはひとつだけだった。シュシュ、シュシュだけは助けないと……。

「あなたの物語は、夢を追いかける前に雑魚《ざこ》にやられて死ぬ話なのね。変なの。あなたの人生、三流作家が書いた失敗作みたい」

アルテミシアはトトの腹腔をナイフでまさぐりながら、

「ねえ、わたしとヤりたかった？」

三日月形に唇の両端を持ち上げ、トトの目の前に嘲笑を近づける。

トトの視界が、薄れていく。思考も、意識も、じきに消える。この世で最後に見るのが、アルテミシアの本性を映し出した、この醜い笑みだなんて。

視界が消える前に、ひとつ。

やらなければならないことがある。

――シュシュのために。

トトは最後の力を振り絞り、右手を持ち上げた。

「ずっとわたしに親切だったの、わたしとヤりたかったからでしょ？」

右手で、アルテミシアの足首を摑《つか》んだ。

――せめて最後に、ルルの仇《あだ》を討ちたい。

――こいつを引きずり倒し、馬乗りになって、喉をこの手で握り潰《つぶ》して……。

――それで……ぼくの物語を……終わりに……。

最期《さいご》の力を振り絞りながら、トトのまなじりに悔し涙が浮かんだ。

人間を信じたぼくがバカだった。こいつらははじめから、ミーニャと仲良くするつもりなんてなかったんだ。それなのに人間を信じて、秘密を全部喋《しゃべ》って……そのせいでダダ王とルルが死に、シュシュもこれから酷《ひど》い目に遭う。ぼくが甘すぎた。できるなら時間よ巻き戻ってくれ。シュシュだけは守る、シュシュだけは、ちくしょう、ちくしょう、ちくしょう……。

トトに足首を握られたまま、アルテミシアはトトの耳元に唇を寄せ、

「残念。わたし、化け猫とやる趣味ないの」

アルテミシアはトトの腹に差し込んでいたナイフを、心臓めがけて一気に切り上げた。

足首を摑《つか》んでいたトトの右手が、びくりと引き攣《つ》り――地に落ちた。

二度ほど身体《からだ》全体を痙攣《けいれん》させて――トトは動かなくなった。

見ひらかれたままの瞳は、みるみるうちに白濁し、まばたきをやめた。


「死んだわ」

トトの亡骸《なきがら》を見下ろして、アルテミシアは興味なさげに告げ、周囲を見回した。

人狼ラギーを含めた黒薔薇《くろばら》騎士団親衛隊十五名が勢揃《ぞろ》いし、すでにシュシュを取り囲んでいた。

「トト…………」

周囲を親衛隊の人垣に取り囲まれ、第一王女シュシュは地に両足を崩してへたり込んだまま、なにが起きたのかを完全に把握できない様子だった。

「この匂いでわかるでしょう？　大事な弟は死んだわよ、お姫さま。そこのクソ雑魚《ざこ》にやられたの」

冷たく告げるアルテミシアの目の端に、トトの身体を離れてその場に浮遊する聖珠《せいじゅ》が映り込んだ。

「忠《ちゅう》」

その一字を光らせながら、トトの亡骸の直上で、聖珠は冷たい炎をまとってふわふわと浮かんでいる。

アルテミシアの口元が、歪《ゆが》む。

「……これ、縁起の悪い聖珠よね。持ち主が三人、立てつづけに死んでる。大して強くもないし……」

本来なら、アルテミシアが継承すべきだろう。アルテミシアはすでに「孝《こう》」を継承しているが、聖珠はひとりで複数継承しても構わない。八つの聖珠を全てひとりで継承したなら、聖ジュノーが現れて願い事をひとつ叶えてくれる、という伝承もある。

が、アルテミシアは「忠」の聖珠に惹《ひ》かれない。取り憑《つ》いた持ち主を次々に死なせる悪霊のようなものに見えてしまう。だが、ここに放っておくわけにもいかない。

悩みかけた、そのとき。

「お、お姫さま……。久遠《くおん》が、これほしいって……」

いきなり美智彦《みちひこ》が横から口を挟み、傍《かたわ》らの妹へ顎《あご》をしゃくる。

久遠はしおらしく頭を垂れて、地に片膝をつき、

「……僭越《せんえつ》ながら、もしも殿下がこれを必要とされぬのであれば、どうかこのわたしめに継承させていただきたく。長い間、一族の悲願として聖珠《せいじゅ》を追い求めておりました。身勝手な要望ではありますが、伏して、伏して、伏してお願いいたします……っ」

血を吐くような口調でそう言って、久遠《くおん》は両膝と両手のひらを地面について、深々と頭を下げた。東洋世界の嘆願作法だ。アルテミシアはうさんくさそうにふたりを眺め、

「……これ、その鎌舐《な》める雑魚《ざこ》の戦利品だから。欲しいなら、好きにすれば？」

ぞんざいに許可する。と。

「あ、あ……ありがとうございます……っ!!」

久遠は見ひらいた両目を持ち上げ、素早く「忠《ちゅう》」の聖珠へ駆け寄って、無造作に握り潰《つぶ》した。

「あ、あ、あああ……っ」

淡緑色の光が久遠の胸元に集中し、「忠」の一字がひときわ輝き、それから心臓へ溶けていった。

久遠の顔が持ち上がり、そのまなじりからは感激のあまり涙の粒がこぼれ出た。

久遠は再びアルテミシアの前で片膝をつき、拳を地にあてて、

「ありがとうございますっ！　このご恩は決して忘れません、『忠』の聖珠の力、この御祓《みはらい》久遠が必ず使いこなしてごらんにいれます！」

涙さえにじんだ久遠の礼を、アルテミシアは鼻息ひとつで払いのけ、周囲へ目を送った。

空の残照は、地平にわずかに残るのみだった。今夜はここに野営《キャンプ》することになりそうだ。隊員たちは角灯《ランタン》を灯《とも》して囚《とら》われのシュシュを照らし出し、にやにや笑っている。

「…………………」

周囲を敵に囲まれていることに気づいているのかいないのか、第一王女シュシュはよろよろと立ち上がると、トトの亡骸《なきがら》へ歩み寄り、血に染まった草むらに跪《ひざまず》いて、弟の顔を両手で撫《な》でた。

「トト……？　トト………」

体温が失われ、硬化のはじまった身体《からだ》を撫で、呼ぶ声に答えがないことを確認し、なにが起きたのかを理解する。

「トト…………」

シュシュの胸のうちが、ずたずたに切り破られて血を流す。目の見えない自分にいつも気を遣い、遠出の際は誘いに来てくれる優しい弟だった。自分の相手をするのは疎《うと》ましいはずなのにそんなことをおくびにも出さず、今日だってずっと身を挺《てい》して守ってくれた。

そんな優しい弟が、呼びかける声にもう返事してくれない……。

「いや、やめて、いかないでトト………」

シュシュは弟を抱きしめた。体温が戻るように祈った。けれど弟の身体は冷たく固まっていく一方……。

「ダメ、やめて、トト…………」

繃帯《ほうたい》に覆われたシュシュの目元から、涙が溢《あふ》れ出てくる。亡骸《なきがら》の背に回した手に力がこもるが、弟はなにも応えてくれない。

「泣かないでいいわ。明日には会えるから」

アルテミシアはそう言って、跪《ひざまず》いているシュシュのそばへ歩み寄り、髪の毛を鷲《わし》づかみにして上をむかせた。

「今夜はあなたの知らないことを、そこの男どもがたっぷり教えてくれるわ。そのあと、王城の前で首をちょん切ってあげる」

親衛隊員が、シュシュの両手からトトの亡骸を強引にもぎとった。トト、と短い悲鳴を発して、シュシュは地に這《は》いつくばり、髪の毛をアルテミシアに掴《つか》まれたまま両手を伸ばす。

「ずっと気になってたの。あなた、目玉あるの？」

そう問いかけて、アルテミシアはシュシュがいつも目元に巻いている黒い絹の繃帯の結び目を片手で解いた。

繃帯が落ちて、シュシュの白銀の瞳が晒《さら》される。

瞳は白濁していて、光を映し出していなかった。だが長い睫《まつ》毛《げ》のした、色のないその瞳は金色の髪と真っ白い皮膚にあいまって、不思議な美しさを醸していた。

アルテミシアはシュシュの顔を覗《のぞ》き込み、意外そうな顔をする。

「あら、美人じゃない。背格好《せかっこう》もいいし。良かったわね、あなたたち。今夜は楽しい夜になりそう」

周囲を取り囲んだ親衛隊に告げると、男たちから野卑な笑い声があがった。

アルテミシアはシュシュの髪の毛を摑んだまま、思慮深い表情でもう一回しげしげとシュシュの顔立ちを観察し、首をひねる。

「美人なんだけど、余計なものがくっついてるのよね」

そう言って右手で腰のナイフを引き抜き、左手でシュシュの髪の毛を摑んだまま、右耳の根元に刃を当てる。

「絶対これ、ないほうがいい」

鮮血がほとばしった。

シュシュの絶叫が闇を裂き、山間《やまあい》にこだました。

摑んでいた髪が根元から千切《ちぎ》れ、シュシュは地に顔を擦り付けて叫んだ。土の地面へ、赤黒い血が広がっていく。

「耳が四つあるの、変よ」

切り落としたシュシュの右耳を指先でつまみ、アルテミシアは血の滴るそれをしげしげと観察しながら、地に身を額を押しつけて叫ぶシュシュを見下ろす。

右耳の切断面を押さえた指の隙間《すきま》から、血が溢れ出ている。シュシュはうずくまり、泣いて叫ぶことしかできない。

「耳はふたつじゃないと。猫耳は残して、人間っぽいほうは切り落としましょうね。あとひとつ、我慢して」

そう言って、今度は右手でシュシュの髪の毛を摑《つか》んで無理やり上方へ持ち上げ、残った左耳の根元へ、左手に持ったナイフの刃を当てる。

ひっ、ひっ、と嗚咽《おえつ》するシュシュへ、アルテミシアは唇を寄せ、友人へ流行の服を薦めるような気安い調子で、

「これでバランス取れるから、ね?」

再び、鮮血がほとばしった。

切りおとされた肉が宙を舞い、地へ落ちた。

「わたしは、我が主へ生涯の忠誠を誓いました」

背後にいた人狼ラギーが、突然、そんなことを言った。

アルテミシアはうろんな表情で背後を振り返った。

「……誰が発言を許可したの、犬?」

ラギーは質問に答えず、地に落ちた肉塊を拾い上げて、アルテミシアへ投げ渡した。

肉塊は、アルテミシアの胸に当たって、地面へ落ちた。

地に転がったのは、ナイフを握りしめた左手首だった。

いつのまにか、ラギーの斧槍《ハルバード》が血に濡れていた。

「誓いを果たさねば」

アルテミシアは、自身の左手の切断面から噴き上がる血潮にようやく気づいた。

口がひらく。目も、見ひらかれる。

血が、止まらない。両膝が、地に落ちる。

血しぶきを噴く切断面を自分の目の高さへ持ち上げて、

「手ぇぇぇぇぇぇっっっっ!!」

今度はアルテミシアの絶叫が、夕闇へこだました。

目線の先、ラギーは倒れていたシュシュを左手で抱き上げ、その耳元へささやく。

「両手を、わたしの首に回してください」

主を守る騎士のように、ラギーは抱き上げたシュシュの身体《からだ》を、マントで隠す。

アルテミシアはようやく、飼い犬に手を噛《か》まれたことを知る。

いや、左手首を切断されたことを知る。

「いぃぃぃぃぬううううううっっっ!!」

親衛隊がアルテミシアに駆け寄る。左手首を握りしめたアルテミシアが、地に両膝をついて
悪鬼の表情でラギーを見上げる。

「コロせっ!!　コロせっ!!」

しわがれた叫喚《きょうかん》が、アルテミシアの血の気を失った唇から放たれる。

「その醜い犬を、コロせぇぇっっ!!」

親衛隊員もようやく我に返り、それぞれの腰のものを抜く。

銀光りする剣林が一斉に、ラギーとシュシュを指向する――。

ラギーは右手で斧槍を構え、左手だけでシュシュを抱き上げて、その耳元へもう一度ささやく。

「両手をわたしの首に回し、しっかり摑《つか》まってください」

シュシュは、なにがなんだかわからない。

切りおとされた右耳の鋭すぎる痛み。次々に立ち上ってくる、気分が悪くなるような血の香り。抱き上げられたたくましい腕。ごわついた毛皮。どこかで嗅《か》いだことのある、匂い。

「あなたは」

「……城の野良犬です。両手を、わたしの首のうしろへ」

喧噪《けんそう》と血の香りのなか、その声の奥底の優しさに、シュシュは反応する。

「はい」

両手を差し伸べ、ラギーの首のうしろに両手を回し、強く、強く、すがりつく。

――このひとを、知ってる。

一度だけ、このひとに会った。

半年前、祝宴の夜、あの円塔の屋上で、一度だけ。

でも、覚えてる。

なにも見えなくても。

――あなたを覚えてる。

すがりつき、ごわごわの体毛に覆われたラギーの肩口に顔を埋める。

――わたしの歌を、聴いてくれたひと。

たくましい心音が、聞こえる。

腕を回した感覚で、このひとが人間でないことは知れる。匂いも、毛並みも、膨張し張り詰めた筋肉も、野に住まうケモノそのもの。

けれど、優しく気高い騎士がシュシュには見える。

弱きを助けて強きをくじく、真の騎士がシュシュには見える。

「あなたを信じます、サー・ラギー」

「……決して手を放さぬよう」

「はい」

左手にシュシュを抱き、右手一本で斧槍《ハルバード》を握りしめ、ぎらり、とラギーは敵となった親衛隊を睨《にら》みつけ――

十四の鋼刃が、驟雨《しゅうう》となってラギーへ降り注ぐ。

たちこめた銀のとばりを、右手一本、斧槍が左斜め下方から右斜め上方へ切り上げる。

とばりが裂けて、肉片が飛び、白銀の驟雨は朱色の狭霧《さぎり》へと変じ。

「ぎゃっ」「ぎぃえっ」

ひとりは右手を飛ばされ絶叫し、ひとりは両膝を地に落とし、背を反らして胸甲の裂け目から鮮血を噴き上げ、もうひとりは首から上を失って、胴体だけが地へ倒れ込み。

宙を舞っていた首が、遅れてラギーの足下へ落ちた。

「寄らば、斬《き》る」

宣言と同時に、残った十一の鋼刃がずざざざと音を立て、一斉に引く。

一撃で、三人斬った。

斧槍の威力圏に入れば、板金装甲を紙のように切り裂かれ、受け太刀もできず両断される。

ラギーの言うとおり、寄れば斬られることを親衛隊員全員が悟った。

が、怯《おび》えぬものがひとり。

「いひぃっ！」

御祓《みはらい》美智彦《みちひこ》は十一人の親衛隊の足下から低い体勢でラギーの足下へ間合いを詰め、

「いひぃっ、いひっ、いひぃぃっ!!」

奇声をあげ、よだれを垂らさんばかりにうれしそうな顔で、足を狙って鎌を振るう。

「…………」

かん、かん、と堅い音を立て、ラギーは片手に持った斧槍《ハルバード》の柄で美智彦《みちひこ》の鎌を払う。

美智彦は速い。加速していく。左手はシュシュを抱きとめるのに塞《ふさ》がれているため、右手一本の対処となる。

「いぃひひぃぃぃっ！」

甲高い奇声と共に薙《な》がれた鎌が、ラギーの左すねを切り裂いた。

ぐっ、とラギーは呻《うめ》きを殺し、片手で旋転させた斧槍を美智彦の胴体へ薙いだ。

「いひぃっ！」

美智彦はあろうことか、片足の裏を斧槍の柄に当てて、反動で自ら跳躍、今度は地面と水平に、木立の幹に両足の裏を据《す》え、猫のように柔らかく着地。上目遣いでラギーを見つめ、楽しそうに鎌を舐《な》める。

「いひひ……その毛皮を刈り取って、洗って乾かして、ふわふわにしてやるぜぇ……」

ラギーは黙って左手に抱えたシュシュを持ち直し、右手一本の斧槍を握り直す。

——速い。強い。

幾多の敵と戦ってきたラギーがそう認識するほど、美智彦は強い。見た目はチンピラだし台詞《せりふ》も意味がわからないが、その戦技は超一級といって良い。

さらに。

「御祓《みはらい》久遠《くおん》、参る！」

風が、裂ける。

閃光《せんこう》。

「ぐっ」

危険を察知し、顔の前で水平に流した斧槍の柄が、両断される。

「……!?」

シュシュを片手に抱えたまま、ラギーは後方へ飛び退く。

槍《やり》の柄を折られた。

野太い鋼鉄の芯が入った柄が、小枝のように。

「お覚悟！」

小柄な少女が背丈ほどもある大剣の剣尖《けんせん》を腰のうしろへ回し、束ねた長い髪を風に流しながら面前へ跳躍してくる。

少女は、光輝く紋様を背負っていた。目を射るほど眩《まばゆ》い濃緑色の光背《こうはい》には。

「忠《ちゅう》」

その一文字がラギーの網膜に刻まれる。

――しまった。

悟った瞬間、身体《からだ》が止まる。

ガスパールと決闘したとき、同じ現象を経験した。

しかしあのときより、眼前の少女が使う力は遙《はる》かに強い。

鋼鉄の拘束具《こうそく》を架せられたように、身体《からだ》がみじんも動かない。

やられる。

「しっ」

短い呼気と共に、御祓《みはらい》久遠《くおん》の斬撃《ざんげき》が斜め上方をめがけて切り上げられ――

ぴたり。

シュシュとラギーをまとめて両断しようとした寸前で、止まる。

「…………っ！」

少女の刃の先には、シュシュの身体があった。

「……女子《おなご》は斬《き》らぬ!!」

久遠の言葉に、美智彦《みちひこ》が言葉をかぶせる。

「おれは、お前のためなら女も斬る……っ！」

鎌の一撃が、シュシュをめがけて襲い来る。

避けきれない。鮮血が、散る。

「ラギーっ!!」

シュシュの悲鳴。

「いひぃっ!!」

美智彦はラギーの肩口に鎌の尖端《せんたん》を突き立てたまま、思い切り引き抜く。

切り裂かれたラギーの左肩から激しい出血。鮮血が、シュシュをも濡らす。シュシュを抱きとめているほうの腕の力が、抜ける。

シュシュをかばうため、ラギーは自らの肩を犠牲にしていた。

さらに、形勢の逆転を感じ取った親衛隊員十一名が鋼刃の激流さながら、ラギーをめがけて再び打ち寄せる。

ラギーはやむを得ず、折られた斧槍《ハルバード》を捨て、右腕一本で剣を払い、体捌《たいさば》きで鋼鉄の雨をかわしていく。

「ラギーっ」

「……摑《つか》まっていてください」

シュシュは固くすがりつくことしかできない。なにが起きているのか見えていないが、人間たちの息づかいと悲鳴、鋼と鋼が打ち合う恐ろしい音響、間近から伝うラギーの呼吸が荒れていくことは、わかる。なのに、なにもできない。

「うおっ」「ぐあっ」

ラギーは退かない。ここで背中を見せればやられることはわかっている。腕や胴体や足を傷つけられながら、左手で抱いたシュシュには指一本触れさせることなく、おのれの肉体を楯《たて》としてラギーは戦う。

「こいつっ」「た、助け……っ」

地面に転び顔を踏まれた隊員が、そのまま首の骨をへし折られる。ラギーの爪《つめ》に脇腹を抉《えぐ》られた隊員が、絶叫しながら地面を転げる。黒薔薇《くろばら》騎士団から選び抜かれた精鋭たちが、武器を持たないラギーに蹂躙《じゅうりん》される。

が。

「忠《ちゅう》」

再び濃緑色の閃光《せんこう》がほとばしり、久遠《くおん》の斬撃《ざんげき》が振り下ろされる。

「くっ」

かろうじて躱《かわ》す。これまでの経験から、久遠の目を見てはならないことをラギーは悟る。胴体の中心と足さばきだけで斬撃の軌道を読み、かわさねばならない。

それにしても。

――この娘は……なんだ!?

心中だけでラギーは久遠に驚愕《きょうがく》する。人狼が驚くほどの、人間離れした久遠の膂力《りょりょく》。背丈ほどの大剣を竹刀《しない》のように振り回しながら、久遠はラギーを狩りたてる。

二歩、三歩、ラギーはたたらを踏んで後退し。

――マズい。

出血が体力を奪っていく。左手はシュシュを抱くのに塞《ふさ》がっていて、久遠の隔絶した剣技を防ぎきれない。過去最強の敵と最悪の状況で出会ったことをラギーは悟る。このままでは、久遠の一撃は遠からずラギーを捉《とら》えるだろう。

切り抜けるには。

——一瞬に、全てを賭《か》けろ。

視線を合わせることなく、剣の軌道を先読みしろ。あれだけ大ぶりな剣であれば、小細工が効かない。人間離れした膂力を以《もっ》て、必殺の一撃を常に放ちつづけるしかないのだ。

稲妻さながら、久遠が飛来する。

その顔を決して見ることなく、ラギーは久遠の腰の後ろへ回された剣尖《けんせん》だけに視線の焦点を据《す》え置き。

「しっ！」

短い呼気と共に振り抜かれた必殺の一撃を、ラギーは避けない。

閃光——

「…………っ!!」

ぐしゃっ、と肉のひしゃげる音。

高い金属音。

久遠の両手が上方へ跳ね上がる。その瞳が驚愕に見ひらかれる。

大剣が久遠《くおん》の手から離れ、回転しながら星空へ舞いあがる。

「どけ……っ！」

放たれたラギーの蹴りを、久遠は神速の体捌《たいさば》きで躱《かわ》し。

「鬼文鳥《おにぶんちょう》っ！」

体勢を崩して地に倒れ込みながら、久遠は跳ね飛ばされた自らの剣が崖の傾斜の先へ落ちていくのを視認する。

あろうことか、ラギーは振り抜かれている途中の「鬼文鳥」の刀身のひらを殴りつけて上方へ跳ね飛ばしていた。まばたきひとつ早ければ手首を斬《き》り落とされ、遅ければ胴体を両断される、入神の域の払い落とし《パーリング》。久遠との間に一瞬の距離が空いたことを見逃さず、ラギーは素早く身を翻し、左手にシュシュを抱き上げたまま、木立へ身を躍らせる。

「逃げた、追えっ！」「犬は手負いだ、追え、追えっ！」

残った親衛隊員たちが怒りにまかせ、ラギーを追って木立へ突っ込んでいく。

久遠はそれを追うことなく、崖の下へ落ちていった愛剣のほうを追って、崖の突端から身を乗り出す。

「鬼文鳥ーっ!!」

悲痛な悲鳴を発し、愛刀「鬼文鳥」の名を呼ぶ久遠の傍《かたわ》らに、美智彦《みちひこ》が並び立つ。

「なにしてんだお前……手放しちゃダメだろうが……」

「捜さねば……っ！」

　久遠はそう言って、ラギーに構うことなく崖の傾斜に足を踏み入れ、落ちた愛刀を捜しに行く。

「なんだお前……おれと刀のどっちが大事だ…………」

　美智彦は溜息《ためいき》をついて、大事な妹の背につづき、自分も崖を降りていく。

「なにをしている、犬を追え……っ！」

　そのむこうから、しわがれたアルテミシアの罵声《ばせい》が届くが、久遠と美智彦は主の命令に構うことなく崖の先へすがたを消した。

　トトの亡骸《なきがら》が転がったままの草むらでは、親衛隊員二名がその場に残って、アルテミシアの傷の応急処置に当たっていた。左の上腕を繃帯《ほうたい》できつく縛り、傷口にガーゼを当てたアルテミシアは蒼白な面持《おもも》ちでラギーたちが逃げ去った方角を睨《にら》み、

「追え……っ！　コロすな、生かして捕らえよ！」

　しわがれた声で罵声をあげる。親衛隊のひとりが危急を知らせる鏑矢《かぶらや》を夜空へむけてつづけざまに放ち、もうひとりが角笛を吹いた。要塞《ようさい》に残っている兵と、山裾のほうで王国軍の残党狩りにいそしむ兵たちが、主の異変に気づく。

「殿下、ひとまず要塞に戻って手当てを。この傷ではこれ以上の捜索は危険です」

「シュシュ王女は、カリストラタス公にお任せなさいませ。公はこの山をよくご存じです、や

つらがどこに隠れるかも、きっとおわかりに」

そう諭す兵たちへ恨みのこもった眼差《まなざ》しを投げ、アルテミシアはぎりりと唇を嚙《か》みしめる。

「……必ずふたりを捕まえ、わたしの前へ引き出せ！　いたぶってやらねば気が済まぬ、殺してくれと泣きわめくほど苦しめ、辱《はずかし》めてやらねば……!!」

美しい顔立ちから老婆のようなしわがれた言葉を紡《つむ》ぎだし、アルテミシアは暗い夜道を睨《にら》みつけた。兵たちの言うとおり、カリストラタスが戻ってきたなら、すぐにも連中は発見できるだろう。なにしろカリストラタスは「悌《てい》」の聖珠《せいじゅ》を用いて、文字通りに「空を飛ぶ」ことができる……。

†　†　†

王都は燃えていた。

突如、ガトー島へ接近してきた黒薔薇《くろばら》飛行艦隊はガトランド王城へ一方的な砲撃を開始し、市街地への爆撃を敢行。何百という油の樽《たる》が空中から投下され、油にまみれた家屋へ消えない炎「アポロ火」が引火し、たちまち地上を紅蓮《ぐれん》の炎が埋め尽くす。

星空の底が真っ赤に煮え立つ。三隻《せき》の中型飛行帆船は渦巻き状の針路を取って中心のガトランド王城への距離を縮めつつ、王城への砲撃と市街地への爆撃を同時にこなしている。五十万人のミーニャ市民たちが逃げ惑い、その悲鳴と乱打される鐘の音が高度六百メートルを飛ぶ飛行機「ファルコ」にまで聞こえてきそう。

ファルコの搭乗席に座って地上を見下ろす第一王子ガガ・ガトランドは悔しげに表情を歪《ゆが》める。狭い街路を逃げ惑う女子《おんなこ》ども、用水路に浮かんでいるたくさんの死骸、炎上する庁舎、聖堂、商工会館。世界一豊かで洗練されたガトランド王国の景観が、たった一夜で地獄絵図へ変じてしまった。敵飛行艦隊を首都上空に入れてしまえばこうなることは当たり前だが、それにしても我が無敵のガトランド飛行艦隊はどこでなにをやっているのか。

ガガは傍《かたわ》らの操縦席へ怒鳴る。

「くそっ、連中を止めるぞ。このままやられっぱなしでは臣民に顔向けできん！」

「え、止めるとか無理。ファルコ、武器ないし」

そのとき、左翼の根元に膝立ちしていた整備士レオナルドがノアを指でつついてレッドケープの方角を指さし、ノアは気づいた。

「そうだ、レッドケープに行こうよ。もしかして王様、自分家《じぶんち》が爆撃されてるって気づいてないかも」「……レッドケープ？　いまから行っても時間が……いや、だがファルコなら……アホにしては上出来だ！　採用してやる、バカ女!!」「もうちょいまともに褒めようぜ～」「うるさい黙れレッドケープへ飛べ！　…………すまぬ、すぐ戻る、こらえてくれ臣民たちよ……」

ガガは機体後方を振り返り、彼方《かなた》、橙《だいだい》色の炎をまとうガトー島の島影を遠望する。地を爆《は》ぜる炎に浮き立った敵艦影は七彩の航跡を曳《ひ》きながら、いままさに王城の上空へ到達しようというところ。

いったいなぜこんなことになったのか。思えば半年前、アルテミシアが被後見人としてこの島を訪れたときからイリアス騎士団長の策略ははじまっていたのかもしれない。あの健気《けなげ》なアルテミシアがダダ王の怒りを買い、処刑などされねば良いが……などと案じつつ、ガガとノアを乗せたファルコはまっしぐらにレッドケープを目指して飛ぶ。

ガトランド王国からレッドケープまで、帆船であれば一刻（約三時間）かかるが、ファルコであれば、砂時計を二回倒す時間（約十分間）で行くことができる。しかしその時間が、ガガにとってはやけに長い。イライラしながら待っていると、明るすぎる満月の光が、彼方《かなた》のレッドケープの島影を照らし出した。

が……。

「なんだこれは!?」

ガトランド兵たちが上陸したはずのレッドケープ湾周辺の海域は、多くのガトランド帆船が黒煙を噴き上げ、燃えながら海上を彷徨《さまよ》っていた。船体の半分が沈んだもの、船体がふたつにへし折れているもの、完全にひっくり返って船底を露《あら》わにしているもの、満月の光がさらけだすのは船の墓場と化した海上だった。波間をただよう黒ずんだ板木や材木に、火傷《やけど》を負った水兵たちがすがりついているのも見て取れた。

無事な船は周辺海域に見受けられない。帆船のやられかたを見るに、空から爆弾を落とされて燃やされたのだろう。多くの船が黒焦げで、ほとんどのマストが燃えていた。ガガは呆然《ぼうぜん》と上空から惨状を見下ろし、なにが起きたのか悟る。

「……水上艦隊が全滅している。……周辺に、我が飛行艦隊のすがたも見えない。……負けたというのか。世界最強のガトランド飛行艦隊が、たった三隻《せき》の中型艦に」

受け入れがたい事実だが、いまガガの目に映る情景はなにより雄弁に日中、ここで起きた出来事を告げ知らせてくる。

さらに。

左翼上に乗っていたレオナルドがノアの肩をつつき、彼方の夜空を指さす。

レッドケープのむこう、海峡を挟んだ上顎半島《グラナディオ》の突端、グレイケープ方面の空が赤い色を帯びて明滅している。

「あれって……まさか……グレイケープも落ちてる!?」

「確認する、急げ……!」

ガガに急《せ》かされ、ノアはスロットルをひらき、レッドケープの傍《かたわ》らを航過。

葡萄海《ぶどうかい》の入り口である三叉《さんさ》海峡は、幅七百メートルほどの海峡を、上顎《あご》にあたるグレイケープと下顎にあたるレッドケープが挟み込んで形成している。ガトランド王国はこのふたつの岬を領有し要塞《ようさい》化したことで、通行税の実施に踏み切ったわけだが。

いま、高度七百メートルから見下ろすグレイケープ要塞《ようさい》もまた、囲壁《いへき》が崩れ、砲台と建造物群が火の手に包まれていた。火薬庫が爆発したのか、断崖の上縁が怪物に嚙《か》みちぎられたように大きく抉《えぐ》れている。岬の突端にある要塞を目指して行軍する一群の灯火が見て取れ、その灯火は囲壁の崩落箇所から要塞内へ突入すると、一気に散開して残敵を掃討していく。

「グレイケープも攻撃されている……！」

「あれ……七都市同盟の旗だね」

ノアはグレイケープへ接近しながら、闇のなかへ目を凝らして状況を確認。海にせり出した山岳地帯を切り開いて要塞を設営したレッドケープと違い、グレイケープは平坦な岬の突端に砲台と防御施設を配置しただけの攻めやすい地勢だ。グレイケープを守っていた王国軍はすでになく、海峡を通過する船を見下ろしていた砲台には、赤地に金の刺繡《ししゅう》の軍旗が篝火《かがりび》に照らされ、夜風にはためいていた。

「上顎半島《グラナディオ》の七都市も、黒薔薇《くろばら》と繫《つな》がっていたのだ。我らが飛行艦隊の全滅を知り、動員していた全ての兵をグレイケープへ差し向けた……」

ガガは唇を嚙みしめながら、葡萄海《ぶどうかい》をくわえ込んでいた上顎《あご》と下顎が欠け落ちたことを視認した。

——王国の負けだ。

——ガトー島もほどなく落ちる。王国は滅びる……。

それを認めざるを得ない。

「あちゃー。こりゃダメだ。王国も終わりだねー」

操縦桿《かん》を握るノアは完全にひとごと、といった調子で、あっけらかんとそんなことを言う。

しかしいつもなら罵声《ばせい》を返すはずのガガは黙り込む。当然、罵声を待ち構えていたノアは肩透かしを食って、傍《かたわ》らへ目をむける。

ガガは深刻な表情で考え込んでから、硬く強《こわ》ばった表情をノアへむけた。

「……父上はどうなった。シュシュ、トト、ルルは？　みな、同じ戦艦に乗っていたのだぞ。全員そろってやられたというのか？」

その言葉に、ノアの表情も若干翳《かげ》る。その三人の嫡子《ちゃくし》たちとは普段から普通に交流していて、良いひとたちだと知っている。

「みんな生きてる、って信じたいけど、この様子だと……」

「……信じぬぞ。……死んでおらん、誰かが必ず生きている。……そうでなければ……ガトランド王家はおれひとりになってしまう！」

ガガの言葉には、怒りと戸惑いと悲しみがいっぱいに籠《こ》もっていた。いつもならガガの言葉をいちいち冷やかすノアも、いまはできない。

「……生きているとすれば、飛行戦艦から滑空翼《グライダー》で逃げた場合だけだ。その場合、降り立つ先はレッドケープの山中。……それならば彼らが行く先は……レッドケープ空港」

ガトランド王族には、敵地で離ればなれになった際、近くの空港に集合する、という決まりがある。大勢の民間人が敗残兵を狩り回っている地上よりも、限られたものしか行き来できない空のほうが逃げやすいからだ。

「ノア、レッドケープ空港に降りられるか？」

「ファルコじゃ無理。あそこ滑走路ないし。でも、一回ガトランド空港に戻って、飛行艇でレッドケープ空港へ行くのはアリかも」

ノアの提案を、ガガは黙考する。彼女の言うとおり、そのやりかたであれば少なくとも夜明け前に、レッドケープ空港へ救助用の飛行艇を派遣できる……！

「決まりだノア、ガトランド空港へ戻れ。飛行艇に乗り換えて、トトたちを助ける。苦しむ兄妹を助ける義務が、第一王子にはあるのだ！」

いつもならガガから面倒くさい仕事を押しつけられるたびに罵声《ばせい》を浴びせるノアだが、いまは珍しく、黙って考え込んだ。トトやルルとは何度か同じ時間を過ごしたし、ジャンジャックやルシファーを交えて一緒に野営《キャンプ》したこともある。身分は違うが、友達みたいに接してくれた彼らのことが、ノアは好きだ。

だから。

「ベニー金貨四枚、かな」

その返事に、ガガはがっくりとうなだれ、呆《あき》れ果てた面持《おもも》ちを持ち上げる。

「この期に及んでまだカネか!?」

「当たり前じゃん。こっちだって命がけなんだから」

ノアの拝金主義に呆れながらも、ガガは了承するしかない。

「……最低だ貴様。だがカネで動くなら信用もできる。払ってやるからさっさと飛べ！」

「毎度ありー。んじゃガトランド空港行くね！」

ノアは操縦桿《かん》を倒し、ファルコの機首を再びガトー島へと戻した。ファルコの足ならそれほど時間はかからない。レッドケープ空港には、警備騎士のジャンジャックとその従士ルシファーがいる。彼らの助けを借りて、トトたちを助けに戻ってこよう。

「待っててみんな、すぐ戻るから！」

レッドケープの島影へむかってそう声を張り、ノアはスロットルをひらいた。

†　†　†

「サー・ラギー、あなた、ケガが……」

ラギーの首のうしろに両手を回し、きつくすがりついたまま、シュシュは気遣う。

角笛がふたりより下方の山裾から鳴り響いている。合図とおぼしい火矢も、次々に夜空を斜めに駆け上がっていく。シュシュ王女が逃げたことは、もうカリストラタス率いる六百人の手勢にも知れ渡っただろう。

シュシュを片手で抱き、地面に積もった落ち葉を踏み分けながら、鬱蒼《うっそう》とした樹林がどこまでも広がる道のない山肌を、あてもなくラギーは彷徨《さまよ》う。親衛隊の追跡は撒《ま》いたようだが、この先のことをなにも考えていない。

ラギーは傾斜をのぼって、展望を得られる場所に出た。景観がひらけ、明るい満月が山襞《やまひだ》に陰影を描いていた。山裾は細くて狭く、すぐそこに銀光りする三叉《さんさ》海峡が見えた。暗い樹海には蛍《ほたる》みたいに、ちらほらと松明《たいまつ》の光が移動している。

「……カリストラタスの手勢がいます。連中は山に詳しい。逃げ場所を選ばねば……」

眼下では、時折火矢が交わされていた。もうじきに平地で王国兵を狩っていたカリストラタスの手勢たちがシュシュの逃亡を知り、反転してこちらへやってくるだろう。

山を下りたなら、狩られる。だが登っても、逃げ場所が狭まってそのうち捕まる。全身に刀傷を負い、時間とともにラギーの体力は削られていく。だが逃げる先がどこにもない。

不意に、シュシュがささやきかけた。

「先ほど、ファルコのプロペラ音がかすかに聞こえました。おそらく王国で留守番をしていたガガとノアが乗っていたのだと思います」

「………?」

「音はすぐに去っていきました。王国艦隊の敗北を知ったガガは、ガトランド空港へ戻り、飛行艇に乗って、レッドケープ空港へ戻ってくるかもしれません。敗軍となった際は、最寄りの空港に逃げる、という決め事が王家にはあるのです。ですから、空港の近くで潜伏し、救助の飛行艇を待つ、という手もあるかと……」

ラギーはシュシュの提案を黙考し、答える。

「……アルテミシアは、避難先が飛行場であることを知っています。トト殿下が秘密を漏らしたそうで、いまも警戒の兵を置いているでしょう」

「……はい。……頼りない希望です。けれどガガも、味方を連れて戻ってくると思います。彼らと力を合わせることができれば、あるいは……」

シュシュは提案しながら自分の言葉に自信を失い、黙ってしまう。

ラギーは再び考える。

糸のような頼りない希望だが、ないよりマシだ。周囲を完全に優勢な敵に取り囲まれ、こちらはたったふたりきり。しかもシュシュは盲目で、戦いの際は役に立たない。味方の救助に賭《か》ける以外、自力での突破は不可能だ。もとから勝算があってアルテミシアを裏切ったのではないし、出たところで勝負できるだけでもありがたい。

「……わかりました。……レッドケープ空港近くに潜伏し、機会をうかがいます」

ラギーはシュシュを片手に抱き直して立ち上がり、傾斜の先を見上げた。ここからでは見えないが、標高五百メートル地点に山肌を抉《えぐ》った小さなレッドケープ飛行場がある。先ほどアルテミシアたちと一緒に滑空翼《グライダー》で降り立った場所だから、行きかたもだいたいわかる。山道を外れ、傾斜を登っていけば、潜伏できる場所も見つかるだろう……。

†††

山道の先から、鞍《くら》に角灯《ランタン》を提げた軽騎兵が駆けてきた。兵装は黒薔薇《くろばら》騎士団親衛隊のもの。

「止まれっ」「なにものか、止まれ！」

「三聖」カリストラタスの従者たちが誰何《すいか》し、停止を呼びかける。親衛隊員は手綱《たづな》を引きつけて馬を止め、下馬して、カリストラタスの面前で片膝をつき、頭を垂れた。

「カリストラタス公とお見受けします。黒薔薇騎士団副団長、アルテミシア殿下からご報告とご依頼が」

「聞こう」

「現在、ガトランド王国第二王子トトを討ち取ったものの、人狼の内通により、第一王女シュシュは山中を逃亡中。おそらくレッドケープ空港を目指していると目されます。アルテミシア閣下は手首に重傷を負い指揮を執ること叶わず。カリストラタス公にはどうか、手勢を率いてシュシュ王女捜索の指揮を執っていただきたく、アルテミシア閣下からの要望です」

ふむ、とカリストラタスは短く頷《うなず》き、夜空をくりぬいて屹立《きつりつ》するレッドケープの山容を眺める。三角錐《さんかくすい》の山肌の中腹、高度百五十メートル地点に要塞《ようさい》が敷設され、その上方、標高五百メートル地点に小さな飛行場が設営されている。追っ手はいま、山裾から山頂をめがけて捜索範囲を狭めつつあるが、悠長にやっていれば救助の飛行艇が駆けつけて逃げられる。

「つまり、こうしろと」

アルテミシアの意図を悟り、カリストラタスはおもむろに「悌《てい》」の聖珠《せいじゅ》を励起《れいき》して、黄金の光背《こうはい》を背負った。

いきなり眩《まばゆ》い光の束が森をつんざき、伝令も従者たちも一瞬ひるむ。ひとりカリストラタスは冷徹な表情を枝葉の隙間《すきま》の夜空にむけて、

「不憫《ふびん》ではあるが。ガトランド王家直系の血は、今夜ここで絶やさねばならぬ」

ひとことそう言い、とん、と軽く地を蹴った。

「おぉ……」

見慣れている従者たちはなにも言わないが、はじめてカリストラタスの飛翔を見た伝令は呻《うめ》き声を発する。一跳躍で枝葉の天蓋《てんがい》を跳び越えたカリストラタスは、子どもの腕くらいの細枝に靴底をつけて、二度目の跳躍。蝶のような軽やかさで、星空のむこうへ飛び去っていく。

「あれが、『三聖』の力…………」

伝令は言葉を失って、カリストラタスが溶けていった夜空をただ見上げていた。山肌を覆う樹木も、山の傾斜も、地形の制限をほとんど受けずに移動できるあの力があれば、シュシュ王

女はほどなく見つかるだろう……。

†　†　†

砂時計を二回倒すだけの時間で、ファルコは瞬く間にガトー島、ガトランド王城周辺空域に舞い戻ってきた。が。

「王城落ちてる！」

ガトランド王城のあちこちから火の手があがり、大聖堂の六角形の屋根には黒薔薇《くろばら》と剣の紋章旗が風にはためいていた。先ほど王城めがけて滑空していった飛行兵たちが城内へ押し入って火をつけたらしく、ファルコに乗るガガの目にも、中庭や修練場に転がっている王国兵の亡《な》骸《がら》が見えた。

市街地も火の海だった。相変わらず地上を逃げる市民たちや、すでに動かなくなった無数の倒れ伏した身体《からだ》も見て取れる。劇場、商工会館、官邸、貯水池にも黒薔薇騎士団の紋章旗が翻って、武器を持った騎士団員により、ミーニャ市民たちが大広場へと追い立てられるさまも上空から確認できた。

目線を持ち上げたなら、高度五百メートルを悠然と飛ぶ黒薔薇飛行艦隊三隻《せき》が、ガトランド飛行場へ艦砲射撃を浴びせていた。飛行艦を飛び降りた飛行兵たちが滑空翼《グライダー》をひろげ、異形《いぎょう》山を目指して飛ぶのも確認できる。

　王城と市街地を占領した黒薔薇騎士団は、まだ抑えていなかった飛行場へいままさに剣尖《けんせん》をむけたところらしい。ガトランド飛行艦隊は日中に撃滅したから、脅威となる戦力を持たない飛行場の優先順を落としていたのだろう。ガガたちは艦砲射撃と飛行兵に襲われている飛行場めがけて、最悪のタイミングで着陸せねばならない。

「これ無理！　着陸できても、飛行艇で出られない！」

「王族専用の飛行艇は別の場所に隠してある、とにかく降りろ、降りればあとはなんとかなる！」

「やだ、ファルコが壊れちゃう！」

「トトやルルが死んでもいいのか!?　四の五の言わずに黙って降りろ！」

　いやがるノアに無理やり飛行場への着陸を命令し、ガガは周辺空域を睨《にら》みつける。

　黒薔薇飛行艦隊はガトランド飛行場へ水平距離一千メートルほどに接近し、埠頭《ふとう》近辺の小艦艇へ猛烈な砲撃を浴びせているが、あとで再利用するためか、倉庫群や検閲所、管制塔など空港施設への攻撃は控えている。王族用の脱出用飛行艇の隠し場所は全く別の場所、山肌を少し回った高度五百メートル地点であるから、まだ飛行艇は無事なはずだ。だが飛行兵たちが異形山に降り立って捜索をはじめたなら、脱出は困難になる。

「降りたくない～」

「報酬ははずむ、いいから降りろ！」

ガガに無理強いされ、ノアは二度の降下旋回を経て、猛爆が浴びせられるさなか、ガトランド飛行場の滑走路めがけて高度を落とす。

ファルコに気づいた敵飛行艦隊が、さらなる砲撃を加えてくる。滑走路へ続けざまに着弾し土煙があがる。土の地面へ砲弾を落とそうが、穴があくだけで大した効果はない。怖いのは。

「葡萄弾《ぶどうだん》！」

円筒形の外殻に小さな弾子《だんし》を詰めた葡萄弾が、着陸するファルコを狙って滑走路に炸裂《さくれつ》しはじめた。着弾と同時に数十の弾子が周囲へ散らばるこの弾は、兵員に対する殺傷力が極めて高い。

「構わん、いけっ！」

「いくしかないからいくけど！　あんた弁償しなさいよっ!?」

すでに着陸態勢に入っているからやり直しできない。半泣きのノアは操縦桿《かん》を押し込んで、砲撃中の滑走路へ無理やりに着陸するため高度を落とし――

「うわっ、わっ、わわわっ」

ノアの悲鳴と一緒に、すさまじい土煙と火線と火花、爆炎が遮風板の視界を閉ざす。

座席ベルトを締めているのに、身体《からだ》が風防に激突するくらいの衝撃。翼の根元に座っているレオナルドも身体を小さく丸め、両手で懸命に支柱《ストラト》にすがりつき――

「んぎゃっ！」

そんな叫びと共に、頭からつんのめった状態でファルコは滑走路上に停止。

「行くぞ、逃げろっ」

ガガは搭乗席から飛び降りて、ノアとレオナルドを見上げる。

「あぁ、ごめんファルコ、すぐ戻るから我慢してっ！」

ノアは涙目になって、片翼と脚が折れ、全身の装甲板に孔《あな》があいたファルコに謝り。

「…………」

レオナルドは無言のまま、ノアの手を引いて走り出す。

砲撃音が、周囲からつづけざまに炸裂する。巻き上がる粉塵《ふんじん》、火薬の香り、山肌の樹林が燃え上がって、火の粉が星空をめがけて舞いあがる。

と。

「王子!?　ここでなにを!?」

滑走路を外れ、飛行艇の隠し場所へむかおうとしたガガ、ノア、レオナルドの面前へ、ガトランド王国警備騎士の正装をしたジャンジャックと、その従士の格好をした自称魔王ルシファーが駆け寄ってきた。

「ジャンジャック！　良いところに！」

「ファルコを見つけて馳《は》せ参じました、いったいなにが!?」

戦闘時、ガトランド空港の防衛は警備騎士団の仕事だ。ジャンジャックはこれからここで、黒薔薇《くろばら》騎士団の飛行兵を迎え撃とうとしていたところのようだが、突然ファルコが着陸したため慌てて駆けつけたらしい。ガガは走りながら、

「詳しく説明する暇がない、サー・ジャンジャックに令する、ガトランド空港を放棄し、我らとともにレッドケープへ転進せよ！」

第一王子から有無をいわせぬ調子で命令をくだされ、ジャンジャックは従うしかない。

「は、はっ！　お供いたします！　……ルーシー、きみも！」

ジャンジャックの傍《かたわ》ら、従士見習いルシファーは、白地に金の縦線を配し、膝上で丈の切れたスカートから太股《ふともも》を覗《のぞ》かせる大胆な出で立ちで走りつつ、思慮深そうに手の甲を顎《あご》のしたへ当てて、

「もしや逃げる気か？　秘められたわしの力を解放する機会がいまここに……」

「王子のためにきみの力を使ってくれ！　秘められた力、まだ見たことないけど!!　とにかく行こう、走って！」

ジャンジャックはルシファーの手を摑《つか》み、強引に一緒に走っていく。

「こ、こら、大胆な、おんし、最近ずいぶん積極的な……」

なぜか頰《ほお》を染めてもごもごと独り言をこぼすルシファーを巻き込んで、五人は脱出用飛行艇の隠し場所を目指し、燃え上がる樹林のなかを駆けていく……。

†　†　†

レッドケープ空港の埠頭《ふとう》には篝火《かがりび》が焚《た》かれ、親衛隊員が立哨《りっしょう》していた。空港の裏手の傾斜を秘密裏に登ったラギーは、空港を見下ろすことのできる標高五百三十メートル地点の岩肌に隠れ、乱れた息を整えながら、周囲の様子を窺《うかが》っていた。

見下ろせば、満月が照らし出すレッドケープの山裾には、数百の松明《たいまつ》がまんべんなく貼り付いて、虫のようにうごめいていた。六百の手勢が散開し、徐々に捜索範囲を狭めながら、山頂をめがけてあがってくる。シュシュがこの山のどこかにいることは、すでに敵に知れ渡っているのだろう。あのなかのひとりにでも見つかれば呼び子や角笛が鳴り響いて、たちまち取り囲まれてしまう。

「……もう、降りることはできません。救援がこなければ終わりです」

ラギーは傍ら、岩陰に腰を下ろしたシュシュへ告げる。

「……はい。……覚悟はできています……」

シュシュの答えのあと、沈黙があった。

ラギーはシュシュの右耳の傷が気がかりだった。革袋のワインで患部を消毒したが、腸線の持ち合わせがなく縫えない。早くまともな手当てをしないと化膿して、青黒いミミズ腫《ば》れがクモの巣のように顔から首筋に及び最悪の場合は絶命してしまう。

なんとかシュシュだけでも助かる道はないか。ラギーが考えていたとき、

「あの……サー・ラギー。お尋ねしてもよろしいですか？」

だいたいなにを聞かれるかはわかっていたが、ラギーは無言で相づちを打った。

また沈黙があった。相づちだけではシュシュには届かないことを思い出し、ラギーは答えた。

「……どうぞ」

促すと、第一王女は少しだけためらってから、慎重な口ぶりで言葉を紡《つむ》いだ。

「……わたしの記憶では、サー・ラギーとは半年ほど前、塔の屋上で一度お会いしただけです。しかもわたしは無礼なことに、あなたを城に迷い込んだ野良犬だと思ってしまい……」

ラギーは短く溜息《ためいき》をついて、山裾を睨《にら》んでいた目をシュシュへむけた。

「……あのときわたしは勝手に殿下のいる屋上へ入り込み、黙って歌を聴いていた。殿下が見えないのをいいことに……犬のふりをしたのです」

自嘲《じちょう》するようにそう言うと、シュシュは硬い表情をラギーへむけ、首を左右に振る。

「……歌っている途中で、あなたが野良犬でないことはわかりました。音楽を通じて、心のかたち、とでも呼ぶべきものを感じ取ることができたのです。あの出来事は、わたしにとってもはじめての体験でした。だから……あなたのことを覚えていました」

「………………」

「……わたしを助けてくださったのは……なぜですか？」

「…………………」

「……あなたは臣従を誓った主人を裏切ってしまった。……この窮地を生き延びたとしても、あなたは裏切り者の汚名を着せられ、騎士を名乗ることもできず、路頭に迷うことになる。それなのに、たった一度しか会ったことのないわたしを助けたのは……なぜなのです」

予想通りの質問だった。ラギーは目線を、山裾に散らばる敵兵の灯火へ戻し、予め用意しておいた答えを告げた。

「あの主人が前々から気に入らなかった。機会があればああしてやろうと思っていました。いまはいい気分です。首を斬《き》り落とせばもっと良かった」

「…………………」

シュシュは黙って、ラギーの言葉を聞いていた。

もちろんウソだ。アルテミシアのことは嫌いだが、給金と立場と住む場所をもらっているから、裏切るつもりなど毛頭なかった。コロシアムで毎日、罪もない剣闘士を殺していたころに比べれば、アルテミシアの下で働くことになんの苦痛も感じなかった。

なのにこんなことをしでかしたのは。

――あなたが酷《ひど》い目に遭うのが、耐えがたかった。

生まれてから今日までずっと、ひと殺ししか取り柄のないバケモノとして蔑《さげす》まれてきたおれに、あなたは歌を歌ってくれた。他人から優しくされたのはあれがはじめてだった。だから、騎士の誓いを破ってアルテミシアの手首を斬《き》った。……だがそんなこと、照れくさくて言葉にできない。

きっとシュシュはいまの返答を聞いて落胆しただろう。それでいい。実際おれはただの殺し屋だし、今後の算段すらつけずに主君を裏切った大馬鹿野郎だ。妙な幻想を抱かれると、すぐにがっかりされてしまう。

返答を受け取ったシュシュはしばらくラギーへ顔をむけ、石の上に腰掛けたまま、居住まいを正した。

「サー・ラギー。お願いがあります」

「…………………」

「……この窮地を切り抜けたなら、わたしの専従騎士になってくださいませんか？」

言われて、ラギーは両目をしばたたき、目線をシュシュへむけた。いまの言い訳を聞いて、なぜそんな話になる？

「……わたしの言葉を聞いていましたか？　アルテミシアの手首を斬ったのは、あなたのためではない。前からそうする機会を狙っていたからです。それに、主君の手首を斬り落とした反逆者を専従騎士にすれば、シュシュ殿下のお名前に傷がつきます」

「名前の傷は、気にしなければ痛くありません。……それで…………お返事は？」

シュシュは極めて真面目《まじめ》な様子で、ラギーに返答を迫ってくる。

ラギーは言葉を飲み込み、告げた。

「………殿下はおれの容姿を知らない。おれは醜いし、無作法で、罪もない人間を何百人も殺し、褒美をもらった。殺しかたも、剣で貫くのではなく、この牙《きば》で敵の急所を食いちぎるのです。騎士ではなく、野獣です。主を裏切った野獣を専従騎士にする姫は、お伽噺《とぎばなし》にも存在しません」

思ったことをそのまま吐き出すと、シュシュはいったん言葉を飲み込み、少しばかり考えてから、また申し訳なさそうに口をひらいた。

「あの……口先で無頼漢を気取り、恐ろしい容姿でごまかそうとも、目の見えないわたしには意味がありません。わたしにはむかいあった相手の心しか、見えないのです」

「…………」

「わたしには、弱きを助けて強きをくじく、真の騎士がひとり見えます。これほど心優しく雄々しい騎士に、わたしはかつて出会ったことがありません」

言葉を受け取り、ラギーは一瞬、呆然《ぼうぜん》となった。

口が勝手に、半開きになる。

——なんだ、それは。

誰もがラギーの恐ろしい外見に怯《おび》え、嘲《あざけ》り、石を投げてきたのに。

——このおれが、真の騎士だと？

ラギーの動揺をよそに、シュシュは真面目《まじめ》な口調で、

「……誰もあなたの名誉を汚さぬように、あなたの家族が凍えることのないように、わたしにできることを全てします。ですからどうか……わたしと主従の誓いを交わしてください」

シュシュの言葉が、ぐっ、と心の深いところに刺さった。

刺さった箇所が熱くなり、名の知れぬ感情がそこから迸《ほとばし》ってくる。

ラギーは戸惑い、どうしたらいいかわからなかった。下手《へた》な返答をしても、シュシュに言葉のうしろにある本当の思いを抉《えぐ》り出されそうで怖かった。

喉を鳴らして出かけた言葉を飲み込み、無理やりにこしらえた仏頂面《ぶっちょうづら》を山裾へ戻して、ごまかした。

「……いまは、そんな悠長なことをしている場合ではないかと」

「…………………」

「……まずは生き残ることを優先せねば。その先のことは、生き残ったあとで考えましょう」

手足どころか、言葉までも震えていた。どんな窮地に立たされても怯《おび》えたことのないラギーが、いまはっきりと怯えていた。

「……はい。それで、もしも生き残ることができたなら……お願いを聞いてくださいますか？」

「それは……。もしもそうできたならば……殿下のなさりたいように」

なんとか平静を取り繕って、ぶっきらぼうに返事する。状況は最悪だし、ラギーはもはや生き残ることを考えていない。だがシュシュが喜ぶなら、口約束くらいは交わしても良い。

シュシュは安堵《あんど》の溜息《ためいき》を漏らすと、口元だけで笑った。

「……良かった。……断られたら、どうしようと思っていました。……なかなか勇気がいるものですね。自分からこんなことを他のひとに要請するのは」

そう告げて、シュシュはふぅっ……と深く息をついて、顔を持ち上げた。

「……生き残りましょう、サー・ラギー。……ガガはきっと、助けに来てくれます。無骨でぶっきらぼうで冷たいふりをしていますが、心根はとても優しい弟です……」

それからまた、沈黙が舞い降りてくる。

ラギーは山裾へ目をむけたまま、シュシュのほうを振り返らない。シュシュのほうをむいてしまって、手足の震えを悟られることが怖い。

懸念は、もうひとつあった。

——もしも王子が飛行艇で救助に来たとしても、この警備では接岸できない。

包囲網は山頂を目指して狭まっている。埠頭《ふとう》にも立哨《りっしょう》が立ち、接近する飛行艇がないか警戒している。飛行艇にはいくら多く兵を乗せても十数名が限界で、カリストラタスの手勢は六百以上。久遠《くおん》や美智彦《みちひこ》、カリストラタスなど手強《てごわ》い敵も混ざっている。そんなところへガガ王子が飛び込んでくることは、羽虫が篝火《かがりび》へ飛び込むのと同じ……。

——右も左も、絶望だらけ。

——シュシュ殿下の専従騎士には、なれそうもない……。

ラギーはそのことを、少し残念に思った。

もしもこの窮地を生き延びて、シュシュの専従騎士になることができたら、新しい人生がひらける気がした。

先ほどアルテミシアを裏切ってからここへくるまでずっと、ラギーの首筋に両手ですがりつくシュシュの身体《からだ》を左手で抱き上げていた。これほどの窮地で、ふたりとも血にまみれ、追っ手もかかっているというのに、あろうことかラギーはほんのりと幸福を感じていた。抱き上げたシュシュの身体の柔らかさと体温と、耳元にかかる吐息が幸福の源泉だった。このピンチを切り抜けて、どこか知らない国へ降り立ち、シュシュを片手で抱き上げて冒険の旅に出たならば、きっと毎日が夢のように楽しいに違いない……。

などと思考を泳がせながら浮遊圏を見やっていたそのとき。

彼方《かなた》の空の一角に、わずかな七色の飛沫《ひまつ》が爆《は》ぜた。

「…………ぬ？」

ラギーは目を凝らす。浮遊圏を構成しているウォグストック粒子が物質の移動に反応して、虹色の飛沫を立てている。かすかな赤、黄、緑の飛沫がゆっくり、レッドケープ飛行場を目指して寄せてくる……！

「……殿下、船が……っ！」

シュシュには見えないことも忘れ、ラギーは彼方の空域を指さした。シュシュは繃帯《ほうたい》を巻いた目元をあげて、ラギーの指し示す方向へ顔をむけ、耳を澄ます。

ラギーは目を凝らす。蛾《が》に似たかたちの、小型飛行帆船だ。浮遊体を持たず、上甲板に据《す》えたマストに風を受けて飛行している。船体そのものが飛行石でできた、王侯専用艇だと思われる。

眼下のレッドケープ飛行場から角笛が鳴った。反応した他の角笛が山を巡り、火矢が幾つか飛行艇を目指して射られ、危急を知らせる。空港のさらに下方、標高百五十メートルに位置する砲台群が、接近してくる船へむかって砲身をむけるのも見て取れた。

「……味方の船に間違いありません、ですが……っ！」

どうん、と下方から砲声。焼けただれた火箭《かせん》がみっつ、四つ、飛行艇にむけて打ち上がり、船体のすぐ傍《かたわ》らを飛び去っていく。

標高五百メートルに位置する飛行場の埠頭《ふとう》にも、野戦砲が並べられる。親衛隊たちが長弓を持ってきて、飛行艇へ引き絞るのも見て取れた。これではとても、空港へ近づけない。強引に接岸したとしても、たちまち押し寄せてくるカリストラタス勢により、乗っているものは皆殺しにされるだろう。

——ダメだ、逃げられん……！

絶望するラギーは思わず天を仰ぎ――

「!?」

さらなる絶望に襲われた。

「二度目だな、人狼」

見上げた星空の先、満月を背に――人間が宙に浮いていた。

薄灰色の兵装。夜風に翻る漆黒のマント。奥まった銀灰色の双眸《そうぼう》が深い思慮をたたえて、ラギーとシュシュを視界に捉《とら》えている。

「悌《てい》」

彼が背負った黄金の光背《こうはい》の真ん中に、その一文字が爛《らん》と燃え立つ。

「シュシュ王女をこちらへ渡せば、お前は見逃す。立ち去れ」

「三聖」カリストラタスは両手に戦斧を構え、高度五百八十メートルほどの空に浮かんだまま、そう呼びかけてくる。

ラギーは顔の前に右手の甲を持ち上げ、尖端《せんたん》から銀光りする長さ十五センチの鉤爪《かぎづめ》を三本伸ばし、無言の返事に変える。

「この時代に、貴様のような騎士がまだいたか」

カリストラタスは賞賛をラギーに送ると、ウォグストック効果の七彩を曳《ひ》きながら一気に五十メートル近くを降下して、ラギーの眼前で戦斧を振り上げる。

「殺すには惜しいが」

空間が、割れる。

燃え立つ一撃が、交差する。

大気が煮え立ち、空間が幾度も裂けて、裂け目から炎が生じるがごとき、戦斧と爪の激しすぎる応酬。打ち合うたびに高度五百三十メートルにたなびくウォグストック粒子が反応し、七彩の飛沫《ひまつ》が夜の闇に四散する。

カリストラタスのまとった装甲が砕け、火花が散る。カリストラタスは重力のくびきを外れ、鳥もひとも為《な》し得ない機動で打ちかかり、ラギーは瞬く間に全身から出血、毛皮をおのれの血に濡らしながら、しかし戦いをやめない。

「ラギーっ！」

「ぬぅぅ……っ!!」

シュシュの叫びを耳の端に聞きながら、ラギーは死力を振り絞る。先に美智彦《みちひこ》や久遠《くおん》にやられた傷がまたひらき、濡れそぼった毛皮から血が滴る。足下の血だまりを蹴散らし、空間を抉《えぐ》るように野太い鉤爪を振りまわすが、カリストラタスにはかすりもしない。

――三聖……！

葡萄海《ぶどうかい》にその名を轟《とどろ》かす三人の剣士のひとりが相手だ。簡単に勝てるはずがないことはわかっているが、それにしても。

──世の理《ことわり》を外れている……！

決闘は、手が二本、足が二本の相手と同じ物理法則下で戦うことが前提だ。しかしカリストラタスは重力と慣性の影響をほとんど受けず、そのためこちらが戦闘に慣れているほどやりづらい。まばたきの十分の一ほどの時間に生死をやりとりする以上、思考が介在する余地はなく、肉体の反射で戦うのが常識だが、その常識の外から攻撃が来る。

「ぐ……っ！」

戦斧が頭をかすめた。まばたきひとつの時間、躱《かわ》すのが遅れたら脳漿《のうしょう》をぶちまけていた。足さばきに対して移動距離が微妙に延びる。延びすぎるわけでもなく、ちょうど半歩分の間合いを保って、こちらが対応を誤ればいつでも頭を叩き割れるような、いやらしい延びかただ。戦うほど、肉体が削られていく。普通の人間なら致命傷となる一撃をすでにみっつほど食らっているが、分厚い外皮と筋肉の装甲のおかげで死んではいない。だが戦うほどに出血が増し、視界がかすみ、腕の力も抜けていく。

──シュシュ殿下だけでも逃がしたいが……。

ラギーは目の端で、砲撃から逃げ惑う味方飛行艇を確認。山肌を駆け上がってくる敵兵の呼び子の音が、徐々に近づいてきている。

──万が一カリストラタスに勝てたとしても、逃げることができない。

どこへ目を移しても、あるのは絶望のみ。

だが。

――シュシュ殿下ひとりなら、逃げられる。

ラギーはたったひとつの方策へ辿《たど》り着いていた。

絶望しかないこの状況を打ち破る、ただ一手とは。

――おれが命を捨てればいい。

悩むほどのことではない。騎士が主のために命を捧げるのは、当たり前だ。

――おれはシュシュ殿下を守る楯《たて》だ。

――命を持たぬ、楯だ。

それからシュシュへ背を向けたまま、言葉だけ投げた。

「おれの言うとおりにすると誓ってください、殿下」

「ラギー……？」

「殿下だけでも、お助けします」

カリストラタスが面前に迫る。ラギーは覚悟を決めて、自らも前へ一歩、足を送る。

戦斧が唸《うな》りをあげて空間を切り裂き、ラギーの両手の鉤爪《かぎづめ》が鋼鉄の刃を受け、弾き、叩き落とす。蹴りを放ち、牙《きば》を剝《む》き、ラギーは反撃をつづけるが、徐々にカリストラタスが押してくる。ラギーは美智彦《みちひこ》に負わされた脛《すね》の深手と失血、疲弊が響き、物理法則を超えたカリストラタスの戦技についていけない。

しかしラギーは退かない。

全身から出血し、足下に血溜《だ》まりを作りながら、その場に持ちこたえる。

カリストラタスが戦斧を振り上げる。

あろうことか、ラギーは斧《おの》の間合いへ自ら踏み込む。

「ラギーっ!!」

なにかを感じ取ったシュシュが叫ぶ。

ラギーの左肩へ深々と、カリストラタスの戦斧が打ち込まれる。

肩の骨を砕き、分厚く堅い筋繊維を切断し、ラギーの首の根元へ刃が食い込む。

間歇泉《かんけつせん》さながら、切断されたラギーの頸動脈《けいどうみゃく》から血流が噴き上がる。

だが、それに構わずラギーは両腕をカリストラタスの背中に回し、羽交い締めにする。

「ぬっ」

カリストラタスの表情が、わずかに焦る。

背中に回ったラギーの腕の先、鉤爪《かぎづめ》が鈍く光る。

「道連れだ、公爵」

みし……っ、とラギーの爪が、カリストラタスの背中に食い込む。

「ぐ……っ」

カリストラタスは右手のひらを、ラギーの首筋に食い込んだままの戦斧の斧頭に添えて、渾《こん》身《しん》の力で押し込む。

さらなる血流が、カリストラタスの顔を濡らす。しかし全身を締め付けるラギーの両腕の力は緩まない。それどころか、ますます爪が背中へ食い込み、脊椎《せきつい》へ届こうとしている。

「ぬ……おおぉぉっ！」

ついにカリストラタスは呻《うめ》きを発し、斧頭を殴りつけてラギーの首を切断しようとするが、もはや命を捨てているラギーを引き剝《は》がすことができない。

ラギーは顔だけで後方を振り返り、血に濡れた髪の隙間《すきま》から、シュシュを見やった。

シュシュが、ラギーの名を呼んでいた。

このひとは本当に、おれのことを大切に思ってくれているのだ。シュシュの表情と叫び声からそのことがわかって、ラギーは死の間際にありながら、これまでで最も幸福な感情を抱いていた。

――本当に、いいひとだ。

――クソ以下の人生だったが、最期《さいご》にあなたに会えて、良かった。

どうせ死ぬから、素直になれる。ウソばかりついていたが、恥のかきすてということで、最期だけは正直な思いを言葉にしたい。

「実はあなたの歌が聴きたくて、あなたを助けた」

「ラギーっ!!」

「あなたは生きて、歌ってください」

本当の思いを言葉にして、誰かへ告げることができた。ラギーはそのことに、心の底から満足できた。

転瞬、血に濡れたラギーの牙《きば》が、カリストラタスの首筋へ食い込む。

カリストラタスの頸動脈《けいどうみやく》から噴き上がる血流が、ラギーのそれと混じり合い、ふたりの戦士は互いの血に濡れながら、互いの命を奪い取る。

残った力を振り絞り、ラギーはカリストラタスの頸椎《けいつい》を嚙《か》み砕く。

同時に鉤爪《かぎづめ》の先が、カリストラタスの脊椎《せきつい》を砕く。

両者の航跡を彩っていた七色の粒子たちが、霧のようにあたりを包む。

血流の赤が、ウォグストック粒子の七彩に紛れ込み、星空は残酷な聖堂絵画さながら、夢幻の色彩に塗りつぶされる。

残る力を全て牙に注ぎ込む。

命の全てを賭して、ラギーはカリストラタスの命脈《めいみやく》を絶つ。

ラギーの網膜には、もうカリストラタスは映っていなかった。ただ、半年前にあの円塔で聴いたシュシュの歌だけが響いていていた。

魂を浄化する旋律だった。この腐った世界を真っ白に覆い尽くす雪のような、けがれなく透きとおった歌だった。

──あなたの歌が、おれの生きた証だ。

ラギーの足下が血に濡れ、膝が崩れ、どう、とその場へ倒れ込む。

その傍《かたわ》らへ、首の根元が半分ちぎれたカリストラタスが倒れ伏し、自らの血溜《だ》まりのなかで二度、三度、痙攣《けいれん》する。

「ラギー──っ!!」

シュシュが血まみれのラギーを胸に抱え、共に血に濡れながら泣き叫ぶ。

「ダメです、ラギー、生きて、生きて、生きて………っ」

もの見えぬ目から涙を流し、ラギーを胸に抱きしめて絶叫する。

首筋からどす黒い血を垂らしながら、ラギーは残っている意識の欠片《かけら》を懸命に駆り立て、カリストラタスの亡骸《なきがら》へと目線を移す。

その身体《からだ》から、冷たい炎をまとった聖珠《せいじゅ》がふわりと浮き出て──

「悌《てい》」

眩《まばゆ》いその一文字が、浮遊する。

ラギーは最後の力を振り絞り、シュシュへ伝える。

「殿下……。三歩ほど離れた……右側に……『悌』の聖珠が浮かんでいます……」

そこまで言って、ごぼっ、とラギーは血の塊を吐き出した。

残された時間はわずかだ。いまこの状況でシュシュだけが生き残ることのできる道を、ラギーは示す。

「……握り潰《つぶ》し……力を継承し……。空を駆け……飛行艇へ、乗り移ってください……」

それしか手がない。いや、その手が残されている。

「悌《てい》」の継承者は空を飛べる。接岸できない飛行艇へ飛び移ることだって、きっとできる。

「……殿下……早く……『悌』の聖珠《せいじゆ》を……」

視界が暗転する。もう「悌」の聖珠も見えない。寒い。血が残っていない。死ぬ前に、せめて、あなたの無事を確認させてくれ。あなただけでも、生きてくれ……。


「ラギー、だめ、生きて、生きてっ!!」

シュシュはラギーの伝えたいことを理解しながら、しかし、それでもラギーにすがりついたまま離れない。このままこのひとをここに放って、自分だけ空を飛んで逃げることなどできるわけがない。

なにか、ないのか。わたしにできることは、なにか。

そのとき——

《わたしの力は世の理《ことわり》の外にあり、継承者に代償を要求する》

突然、「礼《れい》」の聖珠がシュシュの意識の内側から語りかけてきた。

《代償を払う覚悟はあるかな？》

シュシュは一瞬あっけに取られるが、すぐに意識を聖珠へむけて、

——ラギーを助けて。そのためならなんでもします。ラギーを死なせないで。

頼み込む。

と——。

シュシュの内側に溶けている「礼」の聖珠が、波紋のようなものを広げてくるのがシュシュにはわかった。

内面を刷毛のようなもので梳《す》かれているような、不愉快なうごめきだった。しかしシュシュはそれに耐えて、「礼」の聖珠のするに任せた。

ややあって、またシュシュの意識の奥から「礼」が語りかけてくる。

《……きみの寿命は六十五才で尽きる予定だが、それを三十五年ほど縮めていいかな？》

シュシュは一瞬、聖珠の言っている内容に戸惑う。だが。

——ラギーを助ければ、わたしは三十才で死ぬと？

《飲み込みが早い。そのとおり。きみの三十五年分の生命を分けて、ラギーの命を助けることができる》

シュシュは叫んだ。

「すぐにやって!!」

一瞬の間合いも、ためらいもなかった。三十才で死ぬということは、あと八年の命か。ラギー

に助けられなかったら、今夜とっくに死んでいた。惜しむものは、なにもない。

《これほどためらいのない継承者ははじめてだ。普通みんな、とても悩むのだけれど》

突然——シュシュの周囲から、白銀の光芒《こうぼう》が爆《は》ぜた。

太陽が生まれ出たようなすさまじい光があたり一帯を包み——

シュシュの背中に、ほぼ物質化した、雪の結晶を幾重にも折り重ねた光背《こうはい》が生まれ出て、回転をはじめる。

「礼《れい》」

その中心に浮き立ったその一文字も、眩《まばゆ》いほどの光量を放ち、おのれの存在を誇るかのように冷たい装飾を輝かせる。

光がシュシュとラギーを包む。

清涼な香りが、シュシュの胸いっぱいにひろがって、血の香りを押し流してゆく。

春の花のような温かい香りと、温度が、ラギーの身体《からだ》から伝ってくる。ラギーの身体の内部に光源が生まれ出たかのように、ラギーが負った何十もの刀傷から外界へむかって、幾筋もの光の束が走り出る。

「…………っ!!」

目が見えないシュシュでさえ、その光を感じ取る。冷たくなる一方だったラギーの身体が再び温度を取り戻していくのがわかる。

それから——自分の魂の芯が、冷えていくのも。

「礼」の聖珠《せいじゅ》のいうとおり、生まれ持った自分の生命をいま、この光を通じてラギーへ分け与えているのだろうか。ラギーが温度を取り戻すほど、自分の中心が削れていく。その自覚がある。

——構わない。

——わたしの全てを分け与えて、構わない。

シュシュはラギーの手を握ったまま、祈る。生命も、魂も、生まれ持ったあらゆるものをラギーに捧げるために、祈る……。

†　†　†

燃えて飛ぶ砲弾が、小型飛行艇めがけて数十の火線を夜空へ描く。

至近距離を砲弾が擦過《さっか》するたび、小さな船体がぐらぐら揺れて、狭い座席に無理やり詰め込まれた五人から悲鳴と喚《わめ》き声が交差する。船体から投げ出されたなら五百メートル下の海面へ激突するため、みな必死で船縁にすがりついて耐える。

砲撃音がやまない。レッドケープ要塞《ようさい》から針鼠《はりねずみ》のように、焼けただれた弾痕がこちらめがけて伸びてくる。このままここにいれば遠からず撃墜されるが。

「くそっ、近づけジャン、意地でも接岸するのだ！」

小型飛行艇に乗った第一王子ガガは傍《かたわ》らを振り向き、懸命に主帆《メインマスト》を操作するジャンジャックに命令する。

「これ、無理です……！　ぼくらが来るの、完全にバレてます！」

水平距離六百メートルほどむこうにあるレッドケープ要塞《ようさい》の状況を確認し、ジャンジャックはそんな悲鳴をあげる。その後方、飛行士ノアと自称魔王ルシファーは狭い座席に身を寄せ合って、

「めっちゃ撃たれてんじゃん、無理ーっ。逃げよう王子、無理～っ」

「そもそもどこに行ってなにをしようというのじゃ？　危険に突っ込んでいくのが趣味なら止めぬが」

勝手なことをのたまっている。さらにその後方では舵《かじ》を担当する整備士レオナルドが、

「…………………」

相変わらずなにも喋《しゃべ》らず、黙って針路の微調整に邁進《まいしん》する。

ぎぎぎ、と唇を嚙《か》みしめ、ガガは再び、眼前に立ちはだかるレッドケープ要塞の山容を確認。標高百五十メートルの砲台からは二十センチ砲が、ガガたちの小型飛行艇と同じ標高五百メートルにあるレッドケープからは十二センチ野戦砲が、さんざんに葡萄弾《ぶどうだん》や鉄くず弾を撃ちかけてくる。

飛行艇の周囲へ、火炎と煤煙《ばいえん》の華が咲く。葡萄弾は物体に衝突しない限り炸裂《さくれつ》しないが、もしも直撃したなら帆はもちろん、乗っている五人全員が即死する。

「危ない、危ないって、帆が破れたらどうすんのっ!?」

一番うるさいノアが、ギャーギャーわめく。

ガガは前を見据《みす》えたまま、

「だが、接岸せねば救助もできんっ！」

あの山のどこかに、トト、ルル、シュシュがいるのではないか。誰かひとりだけでもいい、逃げ延びていてくれ。

「救助求めてるひといないじゃん！　いったん離れようよ、でないと落ちるって！」

「うるさい黙れバカ女、貴様はなにをしに船に乗ったのだっ!?」

「こんなだと知ってたら乗らなかったよ！　わたし帰る、降ろして！」

「ひとりで飛び降りろバカ女、おれは諦め」

「あそこ!!」

ガガの言葉尻に、いきなりジャンジャックの声が重なった。

「空港の上、光ってる！」

「…………!?」

ジャンジャックが指さす方向、星空をくりぬく三角錐《さんかくすい》の山容、水平距離で六百メートルほど離れた真っ黒な頂上付近をガガは睨《にら》みつけ――

突然、光の珠が目線の先に生まれ出た。

「おおぉ……っ!?」

指を差されるまでもなく、飛行艇に乗っている全員が視認できるほどの眩《まばゆ》い光。

浮遊圏よりも高い位置、標高五百三十メートルほどの付近に、太陽の子どもが突如生まれ落ちたかのような、目を射貫《いぬ》くほどの黄金の珠が発生し、周囲の山肌へ樹木の陰影を放射状に描き出している。

「なんだあれは、聖珠《せいじゅ》……っ!?」

「誰かいる、誰か立ってる……!!」

ガガとジャンジャックは光のなかへ目を凝らす。眩い光は徐々に収まり、それが神像の光背《こうはい》じみた、幾何学的な紋様を描いているのが見て取れる。

ガガはさらに目を凝らす。

紋章の中心に、大八島《おおやしま》文字。

「悌《てい》」

光輝く一文字を背負うのが、身長二メートル半以上の大男であることにガガは気づいた。

「……ラギー……?」

ラギーは左手一本で、胸に誰かを抱いている。ラギーの首の後ろに両手を回し、信頼しきった様子で身体《からだ》を預けきっているあの女性は……。

「シュシュ!!」

ガガは驚愕《きょうがく》と歓喜を交えた声をあげ、彼方《かなた》の山容を指さした。

†　†　†

ふう……と深く息をついて、血に濡れたラギーはもう一度、眼下を見下ろした。

山肌は深く抉《えぐ》れ、ほぼ垂直だった。足を踏み外せば一気に五百三十メートルを転げ落ちて海面に激突、三叉《さんさ》海峡の魚の餌《えさ》になるだろう。

ひとりならそれでも構わないが、ラギーはいま、胸に主君を抱きかかえていた。

「もう平気ですか？　まだ辛《つら》いなら、無理をなさらなくても……」

状況が完全に把握できず、シュシュは間近から悠長なことを尋ねてくる。

ラギーは首を左右に振って、

「……救助の飛行艇がそこまで来ています。一か八か、これに賭《か》けるしか」

目だけを背後へ回し、先ほど継承したばかりの「悌」の聖珠の光背を見る。

あまりにも事態が急転しすぎて、ラギー自身もまだ全容を把握し切れていない。

死を覚悟してカリストラタスと相打ちになり……泣きながらシュシュが手を握るのを感じ

て……直後、眩《まばゆ》い白銀の光に包まれ、全身に清涼なものが巡り……あろうことか、ラギーの傷は全快していた。

自分になにが起きたのか、シュシュがなにをしたのか、わからない。

シュシュに聞いても、「礼《れい》」の聖珠《せいじゅ》が治してくれた、としか教えてくれない。シュシュが少しやつれたような気がしたが、救助の飛行艇がそこまで来ている状況でぐずぐずできず、カリストラタスの亡骸《なきがら》から浮かんできた「悌《てい》」の聖珠を継承するようシュシュに頼んだ。だが『ラギーが継承したほうが絶対に役に立つ』と説き伏せられて、これ以上時間を無駄にできないため、その場で「悌」の聖珠を握り潰《つぶ》し、空を飛ぶ力を手に入れた……はずなのだが。

——本当におれは飛べるのか？

意識の最奥に宿る「悌」の聖珠に問いかけると。

《飛ぶというより、重力を制御する力だよ》

男か女かわからない声で、「悌」の聖珠はよくわからないことを言ってくる。

——重力？

《モノを下に引っ張る力。きみの資質に応じて、重力を自由に操作できる》

——そんな資質がおれにあると思えぬが。

《自分で考えて。きみはこれまで幾人か、聖珠の継承者に出会ってきたね。なにか思い当たることはない？》

問われてラギーは考える。これまで、ガスパール、トト、美智彦《みちひこ》、久遠《くおん》、カリストラタスらの継承者の能力を見たり、実際に戦ったりしてきた。使い手によって光背《こうはい》のまばゆさに差があり、その効果も違っていた。

例えば同じ「忠《ちゅう》」の継承者でも、ガスパールにくらった念動よりも、久遠にくらった念動のほうが遙《はる》かに威力が大きかった。あのときはシュシュを抱えていたため、久遠の慈悲に助けられたかたちだが、もしシュシュがいなかったらラギーは両断されていただろう。

――「忠」の聖珠が弱いのではない。ガスパールは久遠に資質で劣っていた……。力も体力も、ガスパールの方が久遠より遙かに優っている。それ以外のなにが、久遠とガスパールの差を生んだのか……。

考えていると、その悩みを悟ったかのように、

「あなたは飛べますよ、ラギー」

突然、胸に抱えたシュシュがそんなことをささやいた。

思考を中断されたラギーは、肩をすくめる。

「そうだといいですが。そうでなかった場合……」

失敗したなら、シュシュまで死んでしまう。できれば練習したいが、ぐずぐずしていると飛行艇が撃墜されるか、山肌を這《は》い上がってきた敵兵に殺される。

「……聖珠を継承するときに、ダダ王が言っていました。聖珠の力を引き出すには、聖珠に

書かれた一文字が重要なのだ、と…………」

シュシュはラギーを見上げ、励ますように言葉をつづける。

「……八つの聖珠《せいじゅ》は、戦士が体現すべき八つの美徳を表すそうです。『仁《じん》』『義《ぎ》』『礼《れい》』『智《ち》』『忠《ちゅう》』『信《しん》』『孝《こう》』『悌《てい》』……全てを兼ね備えた戦士は、世界を救う救世主《メサイア》となる……」

「…………」

「……聖珠に書かれた一文字は、力を発揮するための鍵なのでは。『忠』であれば忠誠心、『孝』であれば目上を敬う心、『仁』であれば仁義の心……その美徳を豊かに育んでいる継承者は、聖珠の力をより強く引き出せるのでは」

言われてラギーは、これまでの状況を考えてみる。

ガスパールと久遠《くおん》は同じ「忠」の聖珠を継承していたが、久遠のほうが遙《はる》かに強力な力を行使していた。ふたりの差は、忠誠心……なのか？

「『孝』の聖珠を、ダダ王はガガではなくルルに継がせました。ダダ王からすると、ルルのほうがガガよりも、『孝』にふさわしい心があると判断したのでは……」

ふむ、とラギーは鼻を鳴らす。仮にそうだとすると。

「わたしが継承した『悌』とは、どういう意味でしょう？」

「『悌』は、隣人を慈しむ心を差します。隣人とは……親兄弟や友人、恋人など、生きる過程で自分と巡り合った、互いに縁のあるひとびとのことです」

「隣人を慈しむ……。わたしにその資質はありませんな……」

慈しむどころか、コロシアムでも戦場でも、出会った人間をその場で殺してきた。ひと殺しの自分に空を飛ぶことなど、できそうにない。

シュシュは微笑《ほほえ》んだ。

「あなたほど『悌』の聖珠にふさわしいかたはいないでしょう。周りを全部敵に囲まれて、わたしを助けてもなんの得もないのに、それでも我が身を捨てて戦ってくださいました。たった一度しか会ったことのないわたしのために……」

シュシュはそう言って、ラギーの首のうしろに回した両手に、新しい力を込めた。

「あなたを信じます、サー・ラギー。あなたほど隣人に優しいひとはどこにもいないと、わたしは胸を張って世界中へ宣言します」

シュシュはラギーの肩口の毛皮に顔を埋めた。

ラギーの内面が、かぁっと熱くなった。照れくさいのか、うれしいのか、ラギー自身にもよくわからないが、シュシュの両腕から伝わってくる信頼が、全身へ熱い力となってみなぎっていった。

ラギーは改めて、前を見据《みす》えた。

ラギーたちのいる地点は標高五百三十メートル、飛行艇は砲火を避けながら、高度五百メートルを飛行している。

味方飛行艇まで高度差三十メートル、水平距離、約六百メートル。

ラギーと飛行艇を隔てる空間には、昼間の空戦で砕かれた飛行石の細かな欠片《かけら》が幾つか、軽石のように浮かんでいた。前日の艦隊空戦でカリストラタスがやったように、あれを飛び石にして、飛行艇まで渡っていけるかもしれない。

――飛べる。

――おれは、飛べる。

覚悟を決めて、左手に抱いたシュシュを抱き直す。

「……行きます、殿下」

命を委ね、シュシュはラギーにぎゅっとしがみついて、同じ方向へ顔をむける。

「はい。あなたを信じます」

シュシュの言葉を受けて、ラギーの光背《こうはい》がその光をさらに増した。

魂の奥の奥から、沸騰するような力が突き上げてくる。

――飛べる！

ラギーはおのれを励まして、切り立った岩肌のむこうへ右足を大きく踏み出し――

「悌《てい》」

その一文字が、太陽のように発光し――

「うおっ!?」「…………っっ！」

一瞬、がくりとラギーの身体《からだ》は垂直に落下し——

「ぬ、ぬっ、おっ」

呻《うめ》き声とともに、ラギーは懸命に足を左右へ交互に踏み出し——

落下速度が、減速する。

ほぼ垂直に落ちていた降下角が、わずかに緩く……なったような。

「す、滑ってますっ!?」

「す、滑りながら、進んでいますっ!!」

ラギーの身体は白銀の光をまとって、決して優雅とはいえないすがただが、ともかく足をばたつかせながら空を斜めに滑り落ちていく。

はじめは八十度近くもあった降下角が、徐々に緩やかな湾曲を描いて、六十度ほどにまで持ち直し——

「くおっ!!」

ラギーは高度五百メートル、浮遊圏を漂う飛行石の欠片を視認し、

空中を漕《こ》ぎ進むように懸命に両足をばたつかせて空を斜めに滑り降り、右足の裏で飛行石の欠片を捉《とら》え、

「ぬんっ」

気合い一閃《いっせん》、跳躍する。

ラギーの身体《からだ》はシュシュを抱きかかえたまま、放物線を描いて再び夜空へ浮かび上がる。

「……浮かびました⁉」

「なんとか……っ‼」

黄金の光背《こうはい》をたぎらせて、ラギーはいまだ歯を食いしばりながらも、懸命に次の飛び石を浮遊圏内に探しつつ、両足を不格好にばたつかせながら空を飛び、次の飛行石を左足の裏で捉《とら》え、

「くっ」

掛け声とともに、渾身《こんしん》の力でさらに跳躍。

前方、相変わらず焼けただれた火箭《かせん》に切り破られた星空のさなか、救助の飛行艇が近づいてくる。残り、約四百メートルほど。飛行艇に乗っている誰かが、こちらにむかって懸命に両手を振っているのが見て取れた。

相変わらずぎこちないながら、ラギーは浮遊する感覚に馴染《なじ》んできた。飛行とはいえないが、ものを落下させる力の働きが極端に小さくなっていることは自覚できる。

前方、飛び石にできそうな飛行石を四つ、視界が捉える。大小の違いがあるが、ここまでに摑《つか》んだ感覚からいって。

「行けそうです……っ！」

おのれを励まし、ラギーは宙空を文字通りに翔《かけ》る。

「ラギー、すごい……っ！」

見えないながらも、繰り返される機動から、シュシュはラギーが空中を駆けていることは理解していた。足下から地面の香りが消え、高空の風を頰《ほお》に受け、ずっとやまなかった砲声が後方へ遠ざかっていく。

「ラギー、飛んでる……！」

「これを飛ぶといっていいのか……」

ラギーにとっては飛行というより、重力の影響が極端に小さくなったなか、空中の飛び石を渡っているだけだ。不格好な飛びかたがシュシュには見えないことが、救いといえば救いだった。

一方、シュシュはただ、ラギーにしがみついていた。

生死の瀬戸際にいることはわかっているが、あろうことか、シュシュはいま、とても幸せだった。

なにも見えてはいないが、けれど心のなかで、いまこの情景を絵画のように描き出すことができた。

砲弾が燃えながら飛び交うさなか、シュシュを抱えたラギーが七彩の飛沫《ひまつ》をあげて星空を飛ぶ。放物線を描く七色の航跡は、星空にかかる虹そのもの。ラギーが跳躍するたびに新しい虹が生まれ出て、ふたり、お伽噺《とぎばなし》の世界にいるような。

そんな情景が、シュシュの脳裏には鮮やかに描かれていた。

「ラギー」

知らず、シュシュは用もないのに名を呼んでいた。

「はい」

返事されて、シュシュは少し照れながら、間近からラギーへ顔をむけた。

「約束を、守ってください」

いま言わなくていいことを、わざわざシュシュはいま言った。

しかしラギーは律儀に、夜空へ虹の航跡を曳《ひ》きながら返事する。

「……専従騎士になるという、あれですか？」

「……はい。まずはわたしから」

ラギーがまた跳躍したのがシュシュにもわかった。

切り裂かれる風の音が、耳の近くで鳴った。

シュシュは告げた。

「……シュシュ・ガトランドはラギー・デイライトを我が騎士に任じる。きみの家族の名誉を守り、きみの家族が飢えることのないように麦と竈《かまど》を分かつことを誓う」

ラギーは星空を跳躍しつつ、前方、飛行艇の輪郭を見据《みす》える。

艇内からこちらへ応援の声を送ってくる、少年少女たちのすがたが見える。

シュシュへ、誓いの言葉を返さねばならない。だがラギーは思う。

──主従の誓いなど、うわっつらの言葉でしかない。

神の名が心から崇《あが》められ、恐れられていた時代には意味があったかもしれないが、神の名のもとに征服と略奪が正当化されるいまの時代、命がけで誓いを守る騎士など存在しない。

──誓いなど、ただの言葉だ。いくらでもウソがつける。

誰もが自らの欲望のために相手を騙《だま》し、裏切り、踏みにじるのが当たり前の時代だ。いまどき誓いなど、信じるものから死んでいく。ついさっき、ラギーがアルテミシアへの誓いを裏切って、その左手首を斬《き》り落としたように。ここは信頼を裏切ったものが得をする世界だ。

浮遊圏を漂う飛行石の破片は、残りひとつ。

胸に抱いたシュシュを、ラギーは片手で抱き直す。

彼女の体温を、確かめる。

──だがおれは、魂にかけて誓う。

腐った世界のただなかで、あなたが歌いつづけるために。

あなたの歌が、この世界を清めるために。

「ラギー・デイライトはシュシュ・ガトランドへ生涯の忠誠を誓う。……いかなるとき、いかなるところ、万人ひとしく敵となろうと、あなたを守る楯《たて》となる」

星空を切り裂いて、人狼は最後の跳躍をした。

高く、高く──星のむこうへの架け橋みたいな、大きな虹が夜空にかかった。

――これよりおれは、生き物ではない。

――命を持たず、欲得のない、楯《たて》だ。

――あなただけの楯だ。

真っ青な満月を背景にして、影絵のふたりは虹の橋を渡った。

ラギーの誓いを受けて、シュシュは口をひらき、文言を締めくくる。

「とこしえに、我ら主従に栄えあれかし」

本来ならばシュシュはここで剣のひらをラギーの肩にあてねばならない。だがいまは抱きかかえられているのでできない。

代わりにシュシュは、ラギーの胸へこつんと頭を預けた。

「ありがとう、ラギー」

微笑《ほほえ》んで、ラギーの毛皮へ顔を埋めた。

血と泥と硝煙《しょうえん》と、若々しい夏草の香りがした。

盲目の美姫《びき》はすがりつく両手に力を込めて、空飛ぶ人狼へささやいた。

「わたしの白騎士《ホワイト・ナイト》」

直後、ラギーは飛行艇の甲板へ両足をそろえ、シュシュを胸に抱き上げたまま着地した。

ぐらっ、と飛行艇は左右に揺れ――

「シュシュっ!!」

艇内から歓声が湧《わ》き、第一王子ガガがラギーの腕からシュシュを受け取り、抱きしめる。

「シュシュ、良かった、生きていた、シュシュ……っ！」

傍《かたわ》ら、力を使い果たしたラギーから光背《こうはい》が消え、その場にどうっと倒れ込む。

「ラギーっ!?　なんでどうしてラギーとシュシュが……!?」

ジャンジャックが慌てて、血まみれのラギーを助け起こし、状況を問いただそうとするが、

「とにかく逃げよう、安全なとこで話せばいいし！」

一刻も早くここから逃げたいノアが舵《かじ》を握って飛行艇を旋回させ、要塞《ようさい》の反対側へ船首をむける。

「いいぞ、安全な空域へ退避だ、シュシュ、大丈夫か、シュシュ……！」

ジャンジャックが操作した主帆《メインマスト》が風を孕《はら》む。ふたりの回収を終えた飛行艇は脱兎《だっと》のごとく、戦闘空域を離脱していく。

「ラギーが助けてくれたのです。命を賭して、わたしを……」

「わかった、話はあとで聞く、見事だラギー、貴様はたったひとりで敵中を突破し、囚《とら》われの姫を救い出した！　まさに真の騎士の働きだ！」

ガガは最大の称賛をラギーへ送った。どれほど言葉を尽くしても称えきれないほどの功績だった。そして倒れ伏したラギーの介抱をノアとルシファーに託し、シュシュに怪我《けが》がないことを確認する。

「よく生きていてくれた。本当に……よく生きてくれた」

珍しく涙声になってねぎらいながら、ガガはシュシュの手を握って同じ言葉を繰り返した。

七人の乗る飛行艇は夜風を捉《とら》え、星の海のむこうへ飛び去っていく。そのうしろから砲声が幾度も、幾度もこだまする。

飛行艇のすがたは星空へ溶けていった。空はまた星だけのものになり、悠久の静寂をたたえて、永遠の明滅を繰り返していた……。

五章

物語のつづきを

Chapter 5

Stories go on

鉄格子《てつごうし》の嵌《は》まった小さな窓のむこう、崩落した囲壁《いへき》の隙間《すきま》から朝日が差しこみ、ガトランド王城の惨状を照らし出した。

飛行艦の砲爆撃によって真っ黒に燻《いぶ》された天守、東半分が吹き飛び、足下に積み石が散乱した武器庫塔、窓の直下の中庭を見下ろせば、性別の判別がつかないほど炭化した亡骸《なきがら》が石ころみたいに転がっている。

地上十五メートルの高みにまで肉の焼ける匂いが届き、七々原義春《ななはらよしはる》はにこやかな表情を牢獄《ろうごく》の内部へ戻した。

「これからの時代、城は標高五百メートルより高い地点に建てねばなりませんな。飛行艦隊に対抗するには、それしか手がありません」

目線の先、美しい虜囚《りょしゅう》は木の椅子《いす》に腰を下ろし、背筋をぴんと伸ばして、毅然《きぜん》とした両目を義春へむけた。

暗く湿った獄内の空気が、このひとの存在だけで色づけされるよう。

しかしよく見れば、金色の髪はほつれ、顔色は青白く、目の下には隈《くま》がある。昨夜、爆撃を受ける城内を逃げ回ったために、濃紺のイブニングドレスも裾が破れて、あちこちが煤《すす》で燻されて黒ずんでいる。

だがガトランド王妃マリアーナはいつもと同じ朝を迎えたかのように超然とした佇《たたず》まいを崩すことなく、義春へ問いただす。

「なぜ王陛下を裏切ったのか、答えなさい」

余計な回り道を一切経ることなく、王妃は義春へまっすぐに問う。

「三十年前、奴隷《どれい》だったあなたを拾い上げたのは誰ですか？　あなたに教育を与え、土地と爵位と特権を与え、周囲の反対を押し切って、被差別民族であったあなたを宰相に任じたのは誰ですか？」

「……………………」

「王陛下は国家を運営するあなたの才能を愛していました。実の子にさえ隠した秘密を、あなたにはいくつも打ち明けている。なにより、宮廷に血縁を持たないあなたにとって王陛下のうしろ盾《だて》は不可欠であったはず。……王陛下を裏切って、あなた自身が血のにじむ努力で発展させた王国を滅ぼし、あなたにいったい、なんの得があるのですか？」

極力感情を排した、理知的な口調だった。が、言葉の端々に国を思う王妃の威厳が溢《あふ》れ出していた。

義春は黙考した。

すでに王妃には、ダダ王が死亡したことは伝えている。

だが、トト第二王子とルル第二王女が死んだことは伝えておらず、ふたりとも消息不明ということにしている。いまそれを伝えてしまえば、絶望のあまり、王妃は正気を失ってしまいかねない。それは困る。そして、おそらくは王族専用の飛行艇で国外逃亡に成功したであろうガガ第一王子とシュシュ第一王女についても「島内を探索中」と伝えている。四人の子どもが存命である可能性を残しておけば、王妃はこの虜囚《りょしゅう》塔に幽閉されたまま、子どもたちの帰還を待つだろう。

——あなたには、生きていてもらう。

——そうでないと、わたしが困る。

そんな本心を隠し、義春《よしはる》はいつものように穏やかに微笑《ほほえ》み、王妃の問いに答えた。

「その問いに答えるには、少しばかり長い説明が必要となります。構いませんか？」

「…………………」

「……わたしは十一才のとき、ダダ王に才覚を見出《みいだ》され、当時の宰相カサンドラ・クルスの従士見習いとして、彼女の薫陶《くんとう》を受けてきました。思い出すだけで懐かしい。カサンドラ師は敵味方の動向を常に把握し、その行動目的を看破することがなにより肝要として、『蜘蛛《くも》』と呼ばれる諜報員《ちょうほう》を葡萄海《ぶどうかい》全域に散らし、敵味方の細やかな動きに日々耳を澄ましておりました。しかしこれは敵も同じく、王国領内に商人を送り込み、常にこちらの情勢を探っておりました。ではこれを欺《あざむ》くにはどうすべきか。カサンドラ師は『敵を攪乱《かくらん》するために、得のない行動を起こすことも肝要だ』と常々言っておりました。自らになんのメリットもなく、デメリットしかない行動をあえて起こすことで、敵側を混乱させ、こちらの真意を隠蔽《いんぺい》することができるのだと。……わたしは十代のころにその教えを受け、感銘を受けると同時に、不思議にも思ったのです。『それならば、自分になんの得もない行動を取りつづければ、わたしの目的を妨げるものは誰もいないのではないか』と。三十年前のわたしはカサンドラ師へ、その疑問を投げかけました。師は怪訝《けげん》そうにわたしの顔を眺め、『その目的の中身はなんだ』と問いを返しました。わたしは答えました。『わかりません。ただ、誰にもわたしの行動を読ませないことが目的といえば目的です』と」

王妃はただ息を詰めて、義春の微笑を見やるのみ。

義春は言葉をつづける。

「カサンドラ師は『行動を読ませないために空っぽの目的を抱くような人間は騎士ではない。いや、人間ですらない』と吐き捨て、それ以上、言葉のつづきはありませんでした。わたしは師に失望した気分になり、その夜、ひとり寝床にくるまって決めたのです。ならばわたしは人間のかたちを保ったまま、わたしにとってなんの得もない目的を抱き、誰にも悟られることなくこの世界をひっくり返してやろうと」

義春を見つめる王妃マリアーナの目線が徐々に、奇態な虫を眺めるそれへ変わっていく。

義春は気にせず、長い言葉をつづける。

「今日、わたしは三十年来の夢を達成しました。奴隷《どれい》で被差別民族あがりで宮廷に血縁がひとりもいないこのわたしが、唯一のうしろ盾《だて》であるダダ王を裏切るなど、誰にも予測することはできませんでした。それはわたしにとってなんのメリットもない行動であるがゆえ、ダダ王でさえ騙《だま》されたのです。わたしはひとのかたちを保ったまま、世界をひっくり返すことに成功しました。ガトランド王国滅亡を語るとき、ガレー船の座席に足首を固定され糞尿《ふんにょう》をその場に垂れ流していた七々原義春《なななはらよしはる》の名が、未来永劫《えいごう》歴史の教科書に記載されることでしょう。その事実だけで、わたしの人生には意義があったと思えるのです」

微笑《ほほえ》んだままでそんなことを言う義春を、マリアーナは眉根《まゆね》に皺《しわ》を寄せて見据《みす》えた。

王妃の言葉はなかった。ただ絶句だけがその場にあった。

義春は穏やかな微笑を崩すことなく、王妃へ一礼した。

「王妃殿下……いえ、レディ・マリアーナには今後しばらく、この塔で生活していただきます。新しい侍女をこちらで用意いたしますのでしばしお待ちを。不自由がありましたら以前と同じく、わたしまでご連絡ください」

牢《ろう》を去ろうとした義春の背へ、王妃はおもむろに問いかけた。

「……ひとのかたちを保ったまま、この世界をひっくり返した？」

義春は足を止め、肩越しにゆっくりと王妃を振り返った。

王妃は嘲笑《ちょうしょう》めいたものを口元にたたえていた。義春の正体を見切り、上から見下ろす笑みだった。

「……わたしの目には、蠅《はえ》が一匹映っているだけ。恩義を知らず、人情を知らず、家族の愛も知らない哀れな蠅が、生涯かけて手に入れた汚物を自慢げにひけらかしている」

「…………………」

「世界をひっくり返したそのあと、お前になにが残る？　陛下の恩を仇《あだ》で返した犬畜生として生きるお前に、この先待つのは地獄だけだ。師に勝ったという自己満足だけを抱きしめて、その地獄を生きていくのか？　蠅でさえ子孫のために生きるというのに、お前はくるった考えを達成するために家族すら捨ててしまった。お前は蠅以下の汚物だ。生きる意味を持たぬままおぞましい匂いを放ち、周囲を腐敗させる汚物そのものだ」

王妃の口調は、かつてないほど苛烈《かれつ》だった。言葉の狭間《はざま》に血がにじんでいた。義春はそのひどい言葉を、いつもの微笑のまま受け止めた。

「侮辱が過ぎる。心が傷つきました、レディ」

「ひとのような言葉をほざくな。傷つく心も持たぬ汚物が。気に入らぬならさっさとわたしを殺すがいい」

義春はひとつだけ、溜息《ためいき》めいたものを鼻から抜いた。微笑み以外の一切の感情表現を欠いた義春が見せた、珍しい仕草だった。

「……あなたにここまで言われてしまうと、こちらも言い返したくなってきます。……反論してもよろしいですか？」

「これ以上お前の言葉など聞きたくもない。耳が腐る、失せろ」

王妃はそう言って義春へ背をむけ、小さな窓のむこうの破壊された王都へ目を送った。

かぼそいその背へ、義春《よしはる》は言った。

「……言うつもりのなかった言葉を綴《つづ》ることにいたします。そうしないと、あまりにわたしが哀れに過ぎる。……いましがた語ったように、十代のわたしは確かに、ただ誰にもわたしの行動を読ませないことを目的とし、研鑽《けんさん》を積んでおりました。しかし、二十代になったわたしはひそかに、本物の生きる目的を抱くことに成功したのです。それから二十年以上、わたしは密《ひそ》かに抱いたその目的を果たすために、全ての人間を欺《あざむ》きながら生きる道を選びました」

王妃は相変わらず、義春に背を向けたままだった。窓のむこうから曙光《しょこう》が斜めに差し込んで、石の床に銀色の光が溜《た》まった。

「ダダ王の寵愛《ちょうあい》を得るために勉学と人脈作りに励んだのも。宰相に就任し、王国の発展のために心血を注いだのも。妻と離縁し、実の子をアテナ島に送ったのも。全ては二十年前に抱いたその目的を果たすためでした」

義春は、秘めていた目的を王妃に告げた。

「愛のためです」

沈黙が、落ちた。

王妃は義春に背をむけたまま、なにも答えない。

義春はつづけた。

「全て、愛のためです」

王妃はゆっくりと、顔だけで義春を振り向いた。その目は冷たく研ぎ澄まされ、視線に込もった嫌悪が物質となって突き刺さりそう。

いつもの微笑《ほほえ》みが、義春の顔から剝《は》げ落ちていた。

冷たく暗い情念を宿した義春の目線は王妃マリアーナへ据《す》えられていた。

実の娘と並んでも姉妹にしか見えない王妃へ。いまなお「葡萄海《ぶどうかい》一の美女」と称えられる王妃へ。王に冷たくあしらわれ、身分の卑しいめかけたちが二百人の子を産むさまを傍観しつづけた王妃へ。

「わたしの犯した全ての罪は、愛のためです」

二十年以上、ずっとダダ王の直近に侍《はべ》り、誰よりも近い位置から王妃の横顔を見つめていた七々原《ななはら》義春宰相は、誰にも悟らせることのなかった行動目的を告げ知らせた。

†　†　†

ガトランド王城前大広場には、武器を持った黒薔薇《くろばら》騎士団員に取り囲まれて、五千人以上のミーニャ市民が集められていた。多くが昨夜の爆撃によって住む家を逃げだし、あてどなく島内を逃げ惑って、上陸してきた傭兵《ようへい》たちに暴行や略奪を受け、ここまで追い立てられた市民だった。

焼け出されることなく、家の中で敵襲に怯《おび》えていた市民たちも、黒薔薇《くろばら》騎士団長イリアスの呼びかけに応じて一部のものは大広場に集まってきていた。港湾は封鎖されて海に逃げられないため、広場に集まらなかった市民たちはいま、火災と略奪を逃れた建物や山野に隠れ、今後の成り行きを窺《うかが》っている。

広場を囲んだ回廊には黒薔薇騎士団員が配置について、逃げ出すものは斬《き》り捨てる構え。回廊の外側に位置する白亜の建築物群——ニーナ大聖堂、国会議場、官邸、庁舎、商工会館にはいずれも、黒地に金糸で黒薔薇と剣をあしらった紋章旗が掲げられ、白猫《しろねこ》の紋章旗はすでに焼き払われていた。

集められた五千人のミーニャ市民の表情は、いちように暗い。ほとんどが顔も服も煤《すす》に汚れ、顔や手にどす黒い血がこびりついている。持ち出そうとした武器や荷物は兵士たちに没収され、全員が手ぶらで、泣き叫ぶ赤ん坊を抱えた母親や、老婆を背負うもの、幼子の手を引く少年、気に入らなそうな顔の漁師や職人たちなど、不穏な情景が広がっていた。

大広場の目の前は、外堀を隔て、黒薔薇騎士団の紋章旗が立ち並んだガトランド王城の城壁がそびえ立つ。

いつもなら跳ね橋が下ろされ、町人と馬車の長い列ができあがる時間だが、今日は橋があげられたままだ。不安そうな群衆の前には、外堀を挟んでひときわ巨大な城門楼がそびえ立ち、狭間《はざま》胸壁《きょうへき》に守られたその屋上には、豪奢な金線細工《フィルグリー》を散らした軍服を着込んだ赤髪の男性と、長い白銀の髪を風になびかせる美しい少女が並び立っていた。

どん、と一度、太鼓が鳴った。

侍従官が高らかに、群衆たちへ声を張る。

「黒薔薇騎士団長、アテナ島伯爵、イリアス閣下！　副団長、アルテミシア閣下！」

群衆が鎮まり、みなの視線が城門楼に集中するなか、イリアスが一歩進み出た。

燃え立つ赤い髪のした、菫《すみれ》色の瞳はいたって冷静で、感情がなかった。

「……天の主と聖天使ジュノーの名において達する。今日より、ガトー島における全権は前王ダダから聖ジュノー正教会ディオクレイオス教皇へ移譲された。わたしは教皇の名代として、右にいるアルテミシアをガトー島総督府長官に任命する。アルテミシア総督は島内におけるあらゆる事象に裁量を持ち、必要な場合は権限を行使する。……これは小さな変化ではなく、あまたの困難を伴う大きな変化だ。しかし、諸君らが従順かつ賢明にアルテミシア総督の指導に従い、ガトー島のさらなる発展に貢献することを期待している」

城門楼からイリアスは五千人の市民を見渡すが、冷たい静寂が返るのみ。聴衆の女たちは不安そうに左右を見つめ、男たちは気に入らなそうに顔を歪《ゆが》めたり、石畳にツバを吐いたり。

イリアスの演説は、言葉が難しいため理解できる庶民のほうが少なかった。しかしその内容が不穏当なものであることを、無学ではあるが危機に敏感な聴衆たちは感じ取っていた。

不意に。

石工《いしく》とおぼしい、筋骨たくましい職人のふたりが、腕組みをしたままイリアスを睨《にら》み上げ、右足で石畳を踏み鳴らしはじめた。

歓呼ではない。足で地を踏み鳴らしている。行為自体に意味はないが、その音には明らかに、抗議の意図が含まれていた。

好きなだけ騒がせてから、イリアスは傍《かたわ》らのアルテミシアに頷《うなず》きかけた。

アルテミシアも相づちを返し、耳を聾《ろう》する足音の前へ進み出て凜と胸を張り、

「控えよ。今日よりこの島を統治するアルテミシア総督である。いまこの場より、諸君らに必要な改革を実行したい。……諸君らの抱える問題の全ては、邪教崇拝に起因する。今日よりニーナ教徒は聖ジュノー正教へ改宗せよ。魔王の眷属《けんぞく》を崇拝する邪悪な教えを捨て、聖ジュノーの導きのもとに贖罪《しょくざい》の道を歩むのだ。改宗を受け入れるものはこれより聖堂へ移動し、ニーナ像へツバを吐きかけよ。改宗を拒むものはこのまま広場に残るがいい」

ひといきに言い切ると、大広場は一瞬、足踏みを忘れて静寂が支配した。

五千人のミーニャ市民は半口をあけて、城門楼のアルテミシアを見上げる。

この娘はいったいなにを言っている？

ニーナの教えを捨ててジュノーへ乗り換えろ？

ミーニャにとって、始祖ニーナは親と同じ存在だ。どの家にもニーナ像が祀《まつ》られ、食事の前には聖ニーナへの感謝を口にし、結婚式も葬式も聖ニーナの御前で行われる。生まれたときか

ら生活の中心にいる存在を「捨てろ」といわれて捨てられるわけがない。ましてやニーナ像へツバを吐くなど、肉親へそうするのと同じことだ。

気を合わせて、再び足音が鳴った。今度は前よりもさらに激しく、罵声《ばせい》さえそのなかに紛れはじめた。

「ふざけるな売女《ばいた》！」「自分がなにを言っているのかわかってるのか！」「里親を殺した女がえらそうなことをほざくな！」

足音は城門楼が揺れるほどの音圧となった。勇気づけられた女たちも足踏みをはじめ、大広場そのものがひとつの太鼓となって、アルテミシアを威嚇《いかく》するように鳴り響く。改宗のために広場を去るものはひとりもおらず、五千人が顔を上げて声を張る。

「おれたちの神はニーナだ！」「戦乱が終わらないのはジュノーのせいだろ！　異教徒を認めないジュノーの教えが悪いんだ！」「おれたちは他人の教えを奪ったりしない！　そんなことをするのはジュノー教徒だけだ！」

しかしアルテミシアは泰然とした表情を崩すことなく、五千人の群衆へ蔑視《べっし》を投げる。

「諸君らを責めることはしない。一千年以上、邪教に毒されつづけた精神を清めるのは言葉を以《もっ》ては不可能。これより諸君らの腐り果てた精神を聖ジュノーが清めてくださる。本当の神とはいかなるものか、おのれの身を以て思い知れ」

そう言い放つと、右腕を高く差し伸べて――

「孝《こう》」

黄金の光背《こうはい》がアルテミシアの背後に生まれ、その一字がすさまじい光をまとう。

一陣——大広場を冷たい風が吹き抜けた。

地の足音に呼応するように、ひゅおうっ、と空が高く鳴り、二度、三度、つづけざまに風が吹く。

風向きが、おかしい。東から、西から、北から、脈絡なく打ち寄せてくる。しかもこの風は徐々に強くなってくる。

「お……?」「おい、なんだこれ……!?」

五千人のミーニャ市民も異変に気づきはじめた。漁師たちでさえ経験のない、異常な風の吹きかただった。

「きゃあっ」「うわっ」

風はついに、大人をよろめかせるほど強くなる。幾多の帽子が広場の外まで吹き飛ばされ、子どもや老人が転倒する。天空のジュノーが大広場を揺り籠《かご》にでも見立てかのように、左へ、右へ、強い風にさらされた群衆が揺り動かされる。

この風はなんだ。

群衆たちの目線は、城門楼のアルテミシアに注がれる。

右手を高く掲げ、黄金の光背を身にまとうアルテミシアは戸惑う群衆たちを睥睨《へいげい》し、

「ニーナが諸君を救ってくれたか？　否。恩寵《おんちょう》をもたらすのは聖ジュノーのみ」

言い放つと同時に、黄金の光背がさらなる光を放出する。

風が唸《うな》る。

四方八方から強風が打ち寄せ、揺り籠をさらに激しく揺すりはじめる。

悲鳴が交差する。ついに大人を吹き飛ばすほどの突風が吹き、五千人の市民は互いに手を繋《つな》いだり、互いの身体《からだ》に抱きついて耐えしのぐ。

しかし広場を駆け抜ける突風は中央で互いに激突し、らせん状に結びついて、付近にいた人間を中空高く持ち上げて吹き飛ばしはじめた。

まごうことなき竜巻が、広場の中心に生まれ出ていた。直径二メートルはあろうかという竜巻は、身をくねらせながら、巻き込んだ人間や荷物を容赦《ようしゃ》なく中空高く持ち上げて、民家の二階ほどの高さから容赦なく放り出す。

ここへ来てついに、群衆たちが逃げはじめる。

「竜巻だ、逃げろ!!」「危ない、逃げろぉっ！」

しかし四方を取り囲んだ騎士団員たちは槍《やり》の柄や剣で逃げる群衆を押しとどめ、広場へ押し返そうとする。なかには民衆に殴り返され、剣を抜く団員もあった。

「ぎゃっ」「うわっ」「おいやめろ、斬《き》るな!!」

ついに殺傷沙汰《ざた》まではじまってしまい、市民の混乱は収拾がつかない。だがアルテミシアは

忍び笑いしながら逃げ惑う市民たちを見下ろし、

「逃げてはならぬ、聖ジュノーの恩寵《おんちょう》たる清めの風だ！　自らの罪を風に晒《さら》し、償い、清めよ！」

あまたのミーニャたちが風に吹き飛ばされる。子どもも、老人も、大人たちも、踊りくるう竜巻は全てを飲み込んで、中空へ持ち上げ、石畳に叩きつける。巻き込まれたミーニャたちは泣き叫び、這《は》いずり、動かなくなるものもいる。

「やめろ、もうやめてくれ！」「子どもがいるの、風をとめて！」

なかには外堀の縁で手足を地につけ、城門楼のアルテミシアへ平伏してそう願う市民たちもいる。

アルテミシアは高笑いしたい衝動をこらえながら、思うさま風を操ってミーニャをいたぶる。ミーニャをゴミのように空へ巻き上げて地面に叩きつけるのが楽しくてたまらない。首や腰の骨の折れる音がここまで聞こえてきそう。だがあまりやりすぎると、このあとの催しに差し支える。

市民たちが充分にアルテミシアの力に怯《おび》えたあたりで風を止め、広場を眺め渡した。

惨状が広がっていた。吹き飛ばされたミーニャたち、親とはぐれて泣く子ども、逃げようとして剣で斬《き》られ、石畳に血の海を広げるもの。まだ逃げようとする市民たちを騎士団員が捕らえて、槍《やり》でこづいて押し返し、抵抗するものは殴り倒す。だが、静けさは戻っていた。

「聖ジュノーの恩寵に浴し、諸君らは実に幸いだ。骨の髄まで邪教に浸されて腐った魂も、少しは清められたことであろう。では改めて告げる。改宗するものは聖堂へ赴き、ニーナ像へツバを吐け。改宗を拒むものには相応の報いがくだるであろう」

さんざんに打ち据《す》えられた市民たちは、互いの顔を見合って途方に暮れる。アルテミシアが恐ろしい力を持つことはわかったが、しかしだからといって、肉親と同じくらい大切なニーナへツバを吐きかけることなどできない。

聖堂へ赴いたのは、四組の親子連れだけだった。いずれも幼い子どもを連れていて、子どもの安全を優先したらしい。五千人の市民たちはわずか十数人の改宗者を出しただけで、あとは怒りと憎しみを瞳に込めて、城門楼のアルテミシアを睨《にら》みつける。

ふん、とアルテミシアは内心で鼻を鳴らした。

あらかじめ予想された事態だ。頑迷なミーニャがこの程度で改宗するわけがない。本当の催しはここからだ。

毅然《きぜん》と胸を張って、アルテミシアは広場に残った市民たちへ告げた。

「諸君らの返答は確かに受け取った。改宗を拒むというなら致しかたない。わたしは聖ジュノーの慈悲を以《もっ》て、諸君らの愚かさに応えよう。……通達。いまここにいるミーニャ市民の全資産を没収し、身柄を拘束《こうそく》する。……下顎半島《アポロディオ》各地に、諸君らの収容所を用意した。いますぐ船に乗り込み、新天地へ出発せよ」

その宣言に、五千人の市民たちの口が再びぽかんとひらく。

全資産を没収とは、住む家と、貯金と、家具や貴金属類、奴隷《どれい》まで、持ち物を全て黒薔薇《くろばら》騎士団に奪われるということか？　それに、いますぐ海を隔てた収容所へ移動……？　支度もせず、いますぐに？

アルテミシアは凜と胸を張り、五千人を見下ろした。

「改宗を拒んだ諸君らの罪は、無私の労働によって救済される！　聖ジュノーは贖罪《しょくざい》の機会を与えてくださったのだ、恩寵《おんちょう》に感謝し、自ら進んで下顎半島《アポロディオ》へ移住せよ！」

五千市民から、抗議の声はもうあがらない。アルテミシアの言っている意味が現実離れしすぎて、本気だと思えない。きっと冗談を言っているんだ。そんな無茶苦茶が、まかりとおって良いわけがない……。

アルテミシアはにやりと笑い、呆然《ぼうぜん》とこちらを見上げる市民たちへ告げる。

「抗議はないらしい。なによりだ。服従の褒美に、わたしから諸君へ贈り物がある。聖ジュノーに逆らったものの末路がこれだ。よく見て目に刻みつけ、各地の収容所へ赴いたのち、愚か者の最期《さいご》を語り伝えよ！」

と、アルテミシアのいる城門楼に、着飾った近衛騎士たちが三名、それぞれ長い鉄棒を持って現れた。三本の鉄棒の先には、黒ずんだ雑巾《ぞうきん》に似たものが三つ、それぞれ突き刺さっている。

三つの鉄棒の基部が、支石に差し込まれた。

高く掲げられた三つの雑巾が、五千人の市民の目にさらされる。

市民たちはそれが雑巾ではなく、猫耳を持つ三人のミーニャの首だと確認し――

ひとりは老人、ひとりは少年、もうひとりは若い女性だと見て取って――

晒《さら》されているのが誰であるのかわかった瞬間、高い悲鳴と怒号が、大広場を覆った。

「ダダ王陛下！」

「トトさま――っ!!」

「ルルさま――っ!!」

高い叫び声が、アルテミシアの耳にも届く。

ぞくぞく……と震えるような快感が、アルテミシアの下腹から突き上げる。

――あぁ……いい。

――最高の悲鳴よ、あなたたち……。

――もっと、もっと泣き叫んで、歪《ゆが》んだ醜い表情をわたしに見せて……。

じっとりと潤んだ瞳が、怒りと悲しみに歪んだ五千人の表情を映し出す。アルテミシアの人生において最も幸福な、全身の細胞が新生するほどに昂《たか》ぶる瞬間がいまここにあった。

「なんてひどいことを!!」「それが正義か、そんなのがジュノーの意志だってのか！」

男たちから怒号が、女たちから悲鳴が、そして彼らを知る子どもたちのなかには、大声で泣くものもあった。

アルテミシアは喜びに潤んだ目線を、自らの傍《かたわ》らに並んだ三人の王族の首へとむける。タールを塗っていない新鮮な首たちは、腐食も進んでおらず原形をはっきり保っている。そのみじめな死に顔を見て、アルテミシアの心臓がうきうきと跳ね踊る。

アルテミシアはトトとルルの傍《かたわ》らへ立って、ちょうど同じ背丈のところに掲げられたふたつの首へ微笑《ほほえ》みかけ、トトへ口づけできるほど近くまで唇を寄せて、ささやく。

「ぐだぐだで出来の悪い結末を鑑賞できて、とても幸せ。舞台で上演したら二日で打ち切りでしょうね、あなたが主役の物語は」

それから、ルルの首へ向きなおり、頭部の猫耳へささやきかける。

「……いま泣き叫んでるミーニャ、みんなこれから収容所に送られて、足に鎖をつけて、死ぬまで森や荒れ地を開墾するの。道や畑ができたら、収入は全部人間のもの。ミーニャは死ぬまで働いて、人間はあなたたちを蹴り上げながら楽しく暮らす……それが世界のあるべきすがた。あなたも理解したわよね？」

返答は、ない。

ものいわぬ首は、ひらいたままの白濁した瞳をただ、大広場へむけるのみ。

アルテミシアは再びトトへ顔を戻し、微笑む。

「全ての種族をひとつにまとめた『白き国』……だっけ？　できなかったわね。これから葡萄《ぶどう》海《かい》を制覇するのは黒薔薇《くろばら》騎士団よ」

アルテミシアの首筋から下腹にかけて、絶え間ない快感が湧《わ》き上がり、手足の末端へ沁《し》みて

いく。

　ダダ王、ルル第二王女、トト第二王子は死んだ。

　その事実をミーニャ市民に知らしめる必要がある。ミーニャの希望を完全に摘み取るには、ガトランド王族をひとりひとり殺して、ここに晒《さら》すのが最も早い。

　死臭を嗅《か》ぎつけ、上空には早くもカラスが集まっていた。これから顔をついばまれ、明日には誰が誰だかわからなくなっているだろうが、今後、葡萄海《ぶどうかい》全域から押し寄せるであろう観光客むけに、髑髏《どくろ》になってもこの城門楼に晒しつづける予定。

　アルテミシアは物言わぬトトとルルの頭頂部に両手を置いて、柔らかく笑う。

「親子三匹だと寂しいでしょう？　すぐにガガとシュシュも捕まえて、仲良くここに並べてあげる。わたしの物語は、そこで最高のハッピーエンドを迎えるの。もうすぐ終わるから、ここで待っててね、バカお兄ちゃん、バカお姉ちゃん」

　明るい笑顔でそう言って、アルテミシアは目線を持ち上げた。彼方《かなた》の港にはすでに、市民たちを各地の収容所へ運ぶための船が集まってきている。これから兵たちがこの五千人を追い立てながら、あの船に積み込むことになる。大騒ぎになるだろうし、数十人は死ぬだろう。時間はそこそこかかるだろうから、その間、湯浴《ゆあ》みでもしていたい。もう二晩も働きづめで、身体《からだ》がべたべたする。

　アルテミシアは狭間《はざま》胸壁《きょうへき》の前に並んだ長弓隊へ告げた。

「あまりうるさいようなら、何匹か射殺《いころ》して黙らせなさい」

「はっ」

そしてきびすを返し、暗い城内の通路を歩みながら、今後のことに思いを馳《は》せる。

広場の五千人を収容所送りにしたのは、見せしめのためだ。島内にはまだ、四十九万五千人のミーニャ市民が息を潜めて成り行きを見守っている。彼らを全員収容所へ送ってしまえば爽快だが、それをするとガトー島の運営は成り立たなくなってしまう。

せっかく葡萄海一の経済大国を支配したのだから、うまい汁はたんまり吸いたい。まずはガトランド王国に属する全ての会社の経営権を接収し、ミーニャ富裕層の力を弱めるところからはじめなければ。企業活動は継続させて重税を搾り取り、徐々にミーニャを社会の上層部から追い出して、特権を剝《は》ぎ取り、資産とノウハウと人脈を奪い、いつかは五十万のミーニャから生存権を剝奪し、奴隷《どれい》にして、最終的に絶滅させたい。

――早くても、あと五年はかかるでしょうね……。

アルテミシアは通路を歩みながら、そう試算する。ミーニャ市民の抵抗は激しいものになるだろうが、「孝《こう》」の聖珠《せいじゅ》がある限り、負けることはあり得ない。ダダ王と同じ過ちを犯さないよう、せいぜい男娼に気をつけるくらいか。

薄く笑ったそのとき、左手から鋭い痛みが爆《は》ぜた。

「く……っ」

左手に嵌《は》めた義手から、するはずのない痛みが伝わる。この数時間ずっと幻肢痛に悩まされて、眠ることもできていない。そしてことあるごとに、ふたり、憎々しいすがたが浮かび上がる。

——シュシュとラギー……。

アルテミシアの左手首を切りおとした人狼は、目の見えぬ姫を抱えてたったひとりで包囲を突破し、カリストラタスを討ち取って、あろうことか夜空を飛んで逃げたという。

アルテミシアの表情が、憎悪に歪《ゆが》む。

鋭い痛みが、またないはずの左手から爆《は》ぜる。

悔しい。悔しい。悔しい。この美しいわたしが、あんな醜い人狼に身体《からだ》の一部を切断された屈辱は、万倍にして返さねば気が済まない。

——お前たちは簡単には殺さない。

——手足の末端を切りおとし、舌を抜き、向かい合わせた豚小屋で飼う。

——互いの朽ちるさまを鑑賞しながらゆっくりと死ね、シュシュ、ラギー……。

誓いを胸に刻みつけ、アルテミシアはひとり、暗い通路を歩み抜けていく。

背後から、五千人があげる怒号と悲鳴が遠く聞こえた。兵たちが彼らを港へ追い立てはじめたのだろう。抵抗しても武器を持った騎士団員に勝てるはずがなく、市民たちは無理やり狭い船に詰め込まれて下顎半島《アポロディオ》の荒れ地に送られ、開墾や街の建設作業に死ぬまでいそしむことになる。

――ミーニャは人間の奴隷《どれい》よ。

――生まれてから死ぬまでずっと、人間の道具。それがミーニャの役割。

――ふさわしい役目を与えられて良かったわね、あなたたち。

寄せては返す遠い悲鳴に心を和ませながら、アルテミシアは五千人の市民たちの泣き叫ぶ顔を思い描き、左手の痛みをまぎらわせた……。

† † †

暗闇が横一線に裂け、裂け目から光がひろがって、海原と空の境界を明らかにする。

高度五百メートルを飛行しながら眺める黎明《れいめい》は音も立てず、東の空の裾から星を追い立てていく。

西から吹いてくる風の様子を見ながら、ジャンジャックは飛行艇の三角帆を風に立て、浮遊圏に七彩の飛沫《ひまつ》をあげて南を目指す。狭い船床《ふなどこ》には、ジャンジャックを含めて七人が乗り込んでお世辞にも快適とは言いがたい。

ガトランド王国第一王子ガガは、飛行艇の舳先《へさき》に陣取って、東の水平線近くが空の青紫を映しはじめるさまをじぃっと見ている。その後方、傭兵《ようへい》飛行士ノア・リノアは、第一王女シュシュの耳の傷の手当てをしたあと、ぐったりと船の縁に背中を預けて寝付けない。その相棒、整備士レオナルドは無言で舵《かじ》を握り、時折ガトランド王国のある南西の海原を見やる。ラギーはあぐらをかいて腕組みしたまま眠り、目と耳の繃帯《ほうたい》を新調したシュシュはその腕に頭を預けてこちらも熟睡だった。

そして帆を操作するジャンジャックの傍《かたわ》らには、従士の格好をした自称魔王ルシファーが頬《ほお》を膨らませていた。

「ふん！　全く、貴様の言うとおりに来てみれば、わけのわからん事態に巻き込まれてしまっておるわ。なんじゃこのしょぼい船は。これからどこへ行こうというのじゃ？」

縦帆を絞り、帆綱を巻き付けたジャンジャックは苦笑しながら、

「きみはぼくの従士見習いなわけだけど、少し手伝おうとか思わないの？」

「なんじゃ、手伝ってほしいのか。やれやれ仕方ないのう、魔王自ら手伝ってくれるわ」

そう言ってルシファーはジャンジャックの脇腹に両手を添えてくすぐりはじめる。

「うりうり、うりうりうり～」

「やめ、やめて」

悶《もだ》えるジャンジャックの耳元へ、ルシファーは意地悪そうな微笑《ほほえ》みを近づけ、

「ふ――っ」

「うわ――っ」

耳元へ吐息を吹きかけられ、ジャンジャックは悶える。あの悪夢の野営《キャンプ》で主従となってから三か月が経ち、すっかり馴《な》れ合ってしまったふたりへ、飛行士ノアはしばらく冷たい目線を送り、呼びかける。

「ねえ、そこの新婚」

「なんじゃ?」

「返事するし。ていうか……どーすんのこれから? 王国にも戻れないし、ガガとシュシュは追われるだろうし……」

ノアの言葉に、舳先《へさき》に座って前方を見つめていたガガが反応し、身体《からだ》ごとゆっくり反転して、艇内に乗り合わせたほかの六人へ目をむけた。

「そのことだが……話がある。……シュシュを起こしてくれるか」

至極真面目《まじめ》な顔で、ガガはそう言った。いつもはガガを茶化すのが日課のノアだが、いまはそういう気にもなれず、つんつん、シュシュの膝を指でつつく。

目元を繃帯で覆っているから、起きたのかわかりづらい。けれどシュシュの口元がすぐに軽くひらき、

「あ……眠ってました?」

「うん、起こしてごめん、なんか王子がみんなに話があるって……」

シュシュはすぐに気づいて、ラギーの肩に手を置き、

「ラギー、起きてください。王子がお話があるとのこと……」

ささやくと、ばちぃっ、と音を立てんばかりにラギーの目がひらき、

「…………？　…………失礼、眠っておりましたか」

「はい、ごめんなさいね、お休みだったのに……」

「いえ、ご用があればいつでも。起きない場合は、殴って起こして構いません」

「殴りませんよ、そんなの……できるわけないではありませんか……」

シュシュはラギーの傷口に手を置いて、困ったように笑う。

げんなりしたノアがガガへむかい、促す。

「なんかこの船、右と左で温度高いっす。……で、話って？」

うむ、と頷《うなず》き、ガガは乗り合わせた六人へ告げる。

「王国は落ちた。状況から、まず間違いない。ダダ王、トト、ルルは死に、聖珠《せいじゅ》は奪われ、切り札の『火の鳥《ファイアバード》』はガトランド艦隊を焼き尽くした。おそらくいまごろ、上陸した黒薔薇《くろばら》騎士団はガトー島を占領し、略奪の限りを尽くしているだろう」

「火の鳥」がガトランド飛行艦隊を全滅させた事実は、ラギーから聞いた。世界最強の飛行艦隊も、ダダ王の「仁《じん》」の聖珠が奪われては為《な》す術がない。負けるはずがない戦いの敗因は、アルテミシアをベッドに招き入れたダダ王の肉欲だとガガは結論づけている。いやそれ以前に、七々原義春《ななはらよしはる》を信用し、彼の進言に従ってアルテミシアを被後見人として迎え入れたあの日か

ら、ガトランド王国の破滅ははじまっていた。

――ダダ王がアルテミシアを里子に迎えた目的は、人質ですらなかった。

――王は「葡萄海《ぶどうかい》の宝石」を我がものにしたいがため、黒薔薇と和解したのだ。

――その宝石に仕込まれた房中術が、自分の喉を掻《か》き切るとも知らず……。

悔しさと、情けなさと、半年間ずっと清純な少女の皮をかぶりつづけていたアルテミシアへの嫌悪が、ガガの胸のなかで溶岩のように煮えたぎる。

――負けるべくして王国は負けた。だが。

「このままで終わらぬ」

煮えたぎるものが、言葉に変わる。

「終わってたまるか、バカ野郎」

知らず言葉に、感情がこもる。

幼いころからともに育ったトトとルルの思い出が、目の前の空に覆いかぶさる。

いつも剣の修練では弱いふりをし、兄を立てていたトト。憎まれ口を叩きながら、兄妹が仲良く暮らせるよう、いつも雰囲気に気を配っていたルル。あの心優しい弟と妹が、なぜあんな死にかたをしなければならない。まだまだ先があったふたりの人生が、なぜあんなかたちで唐突に終わらなければならない。

――おれはガトランド王国の第一王子だ。

——トトとルルの兄だ。

——成すべきことが、ある。

ガガはみなを見渡し、言葉を紡《つむ》いだ。

「……演説する。少しばかり長いかもしれないが、ともかく、おれの言いたいことをいまここで言う。全て聞いてから、お前たちひとりひとりが、今後の身の振りかたを決めてくれ。……おれたち兄妹の幼少期の話だ。おれたちには二十ほど年の離れた母違いの姉がいた。その姉、ラーラは『人生とは自分が主人公の物語であり、良い物語を紡ぐためには大きな理想を持ち、その理想を達成するために生きるべきだ。必ずその先に、幸福な結末が待っている』と語って聞かせていた。トトとルルはラーラが好きで、言うことをいちいち真に受けていた。だがおれは彼らほどバカ正直ではないため、ある日ラーラに尋ねた。『大志を抱きながら不幸な死にかたをした人間など星の数ほどいる。彼らの人生は出来の悪い三流の物語であった、とでもいうのか』。ラーラは笑って答えた。『人生が悲しい結末を迎えようと、理想を引き継いで走るものがいる限り、物語はつづいていく。継いだものが倒れたとしても、その理想が強く純粋なものならば、また新たに何人も、何十人も、意志を継いで走るものたちが現れるだろう。どれだけ長い時間をかけようが、いつか、何百もの、何千もの人生が縒《よ》りあい紡いだ物語は幸福な結末へ辿《たど》り着く。世界とは、歴史とは、そういう仕組みでできている』……。あのときのおれは、その言葉を鼻で笑い飛ばした。あまりに能天気で、世界の残酷さを知らぬものの言葉に思えた。

しかしいまのおれは……ラーラの言葉を信じたい。このままでは、トトやルルが大きな理想を抱いて生きたことは意味がなかったと結論づけて、彼らの物語が終わってしまう。……だから……おれはいまこの場所から、物語のつづきを紡ぎたい。……おれの誇りと名誉のために。トトとルルのために。ダダ王、母上、臣民、ミーニャ、この世界に生きる全ての亜人と人間のために。この世界にトトとルルが夢見た新しい秩序を打ち立てるための戦いを、いまここから開始する」

言葉を紡ぐ途中、涙がこぼれそうになった。

けれどガガは歯を食いしばってこらえ、空を見上げた。

朝焼けに、トトとルルの笑顔があった。

『人間とミーニャが、仲良く暮らせる世界』

『全ての種族をひとつにまとめた「白き国」』

ふたりの言葉が、空の彼方《かなた》から聞こえた気がした。

かつて一笑に附したその夢に、ガガはこれから走り出すことを決めた。

「バカにしたいやつはすればいい。笑いたければいくらでも笑え。だが、勝ち目があろうがなかろうが関係ない。おれはいつか白猫《しろねこ》の旗を掲げて大軍を率い、イリアスとアルテミシアに勝負を挑む。勝つか負けるか、わからない。だが敗れたとしても、必ず誰かが夢を引き継ぎ、走りつづけるとおれは信じる。どれほどの時間がかかろうが、いつか、全ての種族が共存できる世界が成立したなら、それがガガ・ガトランドの生涯の意義だ。トトとルルが生きた意義だ。ついてきてくれ、とは頼まん。はじめから勝ち目のない勝負だ、降りたいやつは次の港で降りていい。だがそれでもおれについてくるものがいるならば、おれはその名前を忘れぬ。その恩を忘れぬ。約束できるのはそれだけだ。……おれとともに新たな理想の旗を掲げ、無謀極まりない戦いに挑もうとするものは、ここにいるか」

ガガは熱い感情を飲み干し、一気に言葉を紡《つむ》いだ。

少しの沈黙が、あった。

シュシュが、最初に答えた。

「楽器しかできませんが……あなたについていきます。トトやルル、王陛下があんなことになって、このままで終わらせることは、わたしもしたくありません」

ガガは頷《うなず》いて、その隣のラギーを見る。ラギーは腕組みしたまま、

「……わたしは、シュシュ殿下の御意志に従うまで」

ためらいなく、そう答える。

その隣、整備士レオナルドはまっすぐガガを見つめ、珍しく微笑《ほほえ》んで、頷いた。レオナルドは聖遺物《アーク》の整備に関して傑出した技量を持ち、現在の技術では製造できない小型の部品も自ら鍛冶屋《かじや》に指示を出して作り出すこともできる、替えの効かない技術者だ。

つづいてジャンジャックが、

「トト殿下とルル殿下がルーシーをわたしの従士見習いにしてくださったから、ルーシーは火あぶりにもされず、市民証を得られました。両殿下の恩に報いたいです。一緒に行かせてください、王子」

ガガは頷く。ジャンジャックは剣技も操船も料理にも長《た》け、演習場では兵を率いる才も示す、めかけ子のなかでも特に秀でた存在だ。

その傍《かたわ》ら、ルシファーはわかっているのかいないのか、不思議そうな表情でジャンジャックを見やりながら、

「ぬ……？　つまり、これから戦いに赴くということか？」

ジャンジャックが苦笑しつつ、

「まあ、そんなところ。手伝ってくれないか、ルーシー。きみの力が必要だ」

お願いするると、ルシファーは仕方なさそうに腕組みをしてふんぞり返り、

「やれやれ、仕方ないのう。本当はイヤじゃが、おんしの作る焼き豚のために我慢してやる」

大好物と引き換えに、同行を了承する。

そしてガガは、この場で最も空気の読めない存在に目を移す。

「えー。えー。ええええ…………」

飛行士ノアは信じられない面持《おもも》ちで一同の顔を見回し、また「ええええ……」と嫌みたらしく声をあげて、

「………この雰囲気でこういうこと言うのもあれだけど。………報酬しょぼくない？　あんたに名前覚えられても、別に……ねえ。もうちょいわかりやすいメリットあれば、考えてあげてもいいけど……」

本当に空気が読めない、と呆《あき》れながらも、ノアはノアで特殊技能があるので。

「……新しい秩序を築くには、まずは国を興す必要がある。国を興したなら、土地と家と貴族の称号をくれてやる。でかい国になるほど、お前の土地も家も称号もでかくなる。それでどうだ」

提案すると、ノアはまた腕組みをしてしばらく考え、

「うーん……。ほんとに国造れるならいいけどさあ。……ていうか、ガトー島にファルコ置きっぱなしにしてきちゃってさ。……ファルコ取り戻さないといけないから、協力してあげてもいっかなー、とは思うけど………でも勝ち目薄いよねえ……。ま、しばらくの間なら、様子見で付き合ってあげてもいいけどさあ……」

恩着せがましい感じで、了承する。

ノアは性格に問題があるが、飛行機の操縦にかけては右に出るものがおらず、初見の機械兵を乗りこなすほど聖遺物《アーク》に強い。ダダ王もノアの技量を高く買っていたから、無礼な言動も大目に見て特別待遇を与えていた。

ともかく、これで六人全員が、ガガに同行することを了承してくれた。

ガガは頷《うなず》いて、みなを見回す。

「……礼をいう。……この先は、黒薔薇《くろばら》騎士団だけでなく、上顎《グラナデイオ》半島も、下顎《アポロデイオ》半島も、葡萄《ぶどう》海《かい》列強全てが敵となる。……我ら七人の行く手には、百万の敵が待ち受けることを覚悟せよ」

おおげさな言葉ではない。

葡萄海列強の最大動員兵力は百万。さらに一千隻《せき》以上の水上艦隊だけでなく、ガトランド飛行艦隊から奪い取った飛行石が、さらなる大飛行艦隊となってガガたちの行く手に立ち塞《ふさ》がるだろう。

いまこのとき、この場所から、七対百万、絶望の戦いがはじまる。

だが。

「……あなたについていきます、ガガ」

第一王女シュシュは笑顔でそう言い。

「…………………」

人狼ラギーは無言のまま、瞑目《めいもく》して了承を示し。

「ここから、ぼくらの物語をはじめましょう」

剣士ジャンジャックも笑顔でそんな言葉を届け。

「…………………」

整備士レオナルドは無言で親指を立てて了承を示し。

「ところで、腹が減ったぞ」

自称魔王ルシファーはそう言って腹の虫を鳴らし。

「……あの、やっぱやめない？」

飛行士ノアは真顔で中止を促す。

ガガはルシファーとノアを無視し、残る四人を眺め渡して、

「ではさっそく相談だ。……実は、行く当てがない。どこもかしこも敵だらけだ。特におれとシュシュは王族であるため、首を狙う連中がごまんといる。……一時的な隠れ場でいい、心当たりのあるものはいるか」

ガガが尋ねると、一行は互いに顔を見合わせて心当たりを探る。

誰も手が挙がらない。

だが、ややあって、ひとり。

「あの……行く当てがないのであれば……。といっても、頼りない話ではあるのですが……」

シュシュがおずおず、言葉を発した。ガガが促す。

「なにもないよりマシだ。言ってくれ」

「はい。あの……かねてからサルペドン子爵が、わたしの歌を気に入ってくださって……。王城へいらっしゃるたびに、わたしをサルペドンに誘ってくださっていたのです。子爵が仰《おっしゃ》るには、季候の良い地だから、何か月でも逗留《とうりゅう》して構わないと……」

　聞くうちに、ガガの表情にゆっくりと希望が差してくる。ガガは頷《うなず》いて、

「サルペドン子爵ハリー卿は人格に優れ、領民の信頼も厚いと聞く。領地も辺境ではあるが、そのぶん、黒薔薇《くろばら》の手は及びにくい……」

　サルペドンは葡萄海《ぶどうかい》の東方、タイタス原野――俗称「僭王《せんおう》の荒野」と呼ばれる場所にあり、魔物と匪賊《ひぞく》が闊歩《かっぽ》する地域ではあるが、海沿いで交易の盛んな、比較的治安の良い街だという。

「もっともこの状況では、実際に訪ねても、門を閉ざされる可能性もありますが……」

　シュシュは自信なさげにそんなことを言うが、ガガもサルペドン子爵がシュシュにご執心だという話は聞いたことがある。子爵は音楽好きで、去年の戦勝式典の際、シュシュを大広場で歌わせるよう、ダダ王にお願いをしたとか。恥ずかしがり屋のシュシュが断ったため実現しなかったが、その後も何度もシュシュへ、個人的な演奏を依頼していたらしい。

「……使えるかもしれんぞ。いまのところ、最も希望のありそうな逗留地ではある」

　ガガの言葉に、ジャンジャックが船倉にあった海図を広げて、言葉を添える。

「……この風がつづけば、二日ほどでツェペリ山脈に着きます。ちょうど食料もそのくらいで尽きる。船をツェペリ山脈に隠して、少し歩けばサルペドンへ着きますし、ぼくもお勧めしますね」

　ガガは頷き、ほかに反対がないことを確認して、顔を上げた。

「決まりだ。目的地はサルペドン。我らの新しい旅はそこからはじまる」

宣言すると、ジャンジャックは頷《うなず》いて、帆を操作し船首を東へむける。

七色の飛沫《ひまつ》が舳先《へさき》にあがる。風を孕《はら》んだ帆がいっぱいに膨らみ、七人を乗せた船は朝焼けにむかって疾走をはじめる。

あの光を目指して。

新たな地、サルペドンへ。

ガガが決意を新たに顔をあげたそのとき、背後でノアが、にこにこしながらシュシュに話しかけた。

「ねえ、あたし、シュシュの歌聴いたことないんだけど。それ楽器でしょ？　ヒマだしなんか歌ってよ」

シュシュがここまで大事に運んできた、胸の楽器ケースを指で示していう。

シュシュは困ったように、

「あ……。あの、あまり、人前で歌ったことが……」

「えー。サルなんとかの前では歌ったんでしょ？　あたしたちの前では歌えないのー？」

ノアが不満そうに小首を傾《かし》げ、ラギーは気に入らなそうにノアを睨《にら》む。

「いいじゃん、歌ってよ、なんか暗いし、ぱーっと明るくなるやつ！」

ノアはシュシュの服の袖を引っ張ってせがみ、困り顔のシュシュへ、ラギーがささやく。

「黙らせましょうか？」

「やめて。……あの……あまりうまくありませんが……」

「あ、ぼくも聴いたことないんで、聴いてみたいです」

「おれは何度か聴いたが、そこらの吟遊詩人より遥《はる》かに上手《うま》い。久しぶりに聴いてみたい」

ジャンジャックとルシファーとガガにまでせがまれ、シュシュは困り顔ながらも、楽器ケースをひらいてリュートを取り出した。

「あの……あくまで素人《しろうと》ですので。あまり過剰な期待はなさらないよう……」

仕方なさそうにリュートの弦をつまびき、ペグを回して音叉《おんさ》も使わず調弦する。絶対音感がないとできない特殊技能だが、凄さを理解するものは誰もおらず、支度を整えて飛行艇の舷側に腰を下ろしたシュシュへ呑気《のんき》な拍手を送る。

こほん、と緊張した様子で咳払《せきばら》いし、シュシュはたどたどしく、

「ええ……お粗末ですが。これからの旅が良いものになるよう祈って。……勇気と希望が持てる歌を、歌おうかと」

挨拶《あいさつ》すると、みんなが笑顔で拍手と指笛を送る。

シュシュは唇を引き締め、左手でフレットを押さえ、和音をつまびく。

澄んだ音が空へ響き、上品で優しい旋律となる。

シュシュの口がひらき、歌声が流れ出る。

わあ、とノアの表情が輝く。ジャンジャックとルシファーも、驚いたように顔を見合わせ、

ガガは目を閉じ、口元に微笑《ほほえ》みをたたえる。ラギーはシュシュの傍《かたわ》ら、舷側に背中を預けて歌声に心を委ね、無口なレオナルドも微笑しながら舵《かじ》を操る。

七彩の飛沫《ひまつ》をあげて、まっさらな曙光《しょこう》へむかって飛行艇は飛ぶ。

シュシュの歌は朝焼けの空へ、まっすぐ舞いあがっていく。

空の中心から星が追い落とされ、新しい光が、世界へさざ波をひろげていく。聴くものがみな勇気と希望を抱けるような、伸びやかで力強く、空の高みを目指す歌だった。傍らを通り過ぎていく風たちも七人を祝福するように、きらきらした水の粒子を青空へ撒《ま》いた。

この旅立ちをはじまりとして、葡萄海《ぶどうかい》を飲み込み、北方大陸《ノースディア》も、南方大陸《サウスディア》をも版図《はんと》に収める史上最大の帝国が勃興《ぼっこう》することを、まだ七人も、イリアスもアルテミシアも、世界の誰も知らなかった。澄み切った曙光に晒《さら》されながら、後世にいう「白き帝国」がひとしれず、小さな飛行艇のなかに生まれ落ちていた。

きよらかな歌声を子守唄にして「白き帝国」は閉ざされていた双眸《そうぼう》をひらき、不可視の身体《からだ》を起こして、複雑な色彩を孕《はら》んだ行く先の朝焼けを睨《にら》みつけ——

目覚めの咆吼《ほうこう》が、あらゆる色彩を白一色へ昇華した。

GAGAGAGAGAGAGAGAGAGA

ガガガ文庫2月刊

お兄様は、怪物《なぞ》を愛せる探偵ですか？2 ～とぐろを巻く虹～

著／ツカサ　イラスト／千種《ちぐさ》みのり

25年前に神隠しに遭った少女が発見され、調査に赴く葉介と夕緋。現場である洋館は霧で孤立しており、そこで惨劇のループが始まる――。ワケあり兄妹探偵が「ありえない」謎に立ち向かう、シリーズ第2弾！

ISBN978-4-09-453169-5（ガつ2-27）　定価891円（税込）

獄門撫子此処ニ在リ2 赤き太陽の神去団地

著／伏見七尾《ふしみななお》　イラスト／おしおしお

ここは神去団地。赤く奇妙な太陽が支配する、異形の土地。目覚めたとき、『獄門家』としての記憶すら失っていた撫子は、妖しい神秘を宿した太陽を巡る流血の狂乱からアマナとともに脱出できるのか？　それとも――。

ISBN978-4-09-453170-1（ガふ6-2）　定価891円（税込）

白き帝国1 ガトランド炎上

著／犬村小六《いぬむらころく》　イラスト／こたろう

「とある飛空士」シリーズ犬村小六が圧倒的筆力で描く、誰も見たことのない戦場と恋の物語。「いかなるとき、いかなるところ、万人ひとしく敵となろうと、あなたを守る楯となる」。唯一無二の王道ファンタジー戦記！

ISBN978-4-09-453119-0（ガい2-34）　定価1,001円（税込）

たかが従姉妹との恋。3

著／中西 鼎《なかにしかなえ》　イラスト／にゅむ

夏休み――幹隆はカラダを使って幹隆の心を繋ぎ止めようとする凪夏との、不純なデートを繰り返していた。そんなある日、伊緒が幹隆にキスをした理由をついに自白する。そして訪れる、凄惨な修羅場。

ISBN978-4-09-453171-8（ガな11-4）　定価814円（税込）

ノベルライト 文系女子《ラノベガール》、ときどき絶叫女子《パンクガール》。

著／ハマカズシ　イラスト／ねめ猫《ねこ》⑥

ガガガSPの『ノベルライト』で運命的に出会う青春と京子。「あなたもガガガ好きなの？」でも二人の好きはガガガ違いのようで……小説に思いを馳せ、時に不満をデスボイスで叫びながら転がるローリング青春パンク！

ISBN978-4-09-453175-6（ガは6-12）　定価836円（税込）

変人のサラダボウル6

著／平坂 読《ひらさかよみ》　イラスト／カントク

芸能界にスカウトされたサラと、裏社会の帝王となったリヴィア。二人の異世界人は、まったく異なる方向性でこの世界に影響を与えていくのだった――。あの人物の正体も明かされる、予測不能の群像喜劇、第六弾登場！

ISBN978-4-09-453166-4（ガひ4-20）　定価792円（税込）

星美くんのプロデュース vol.3 女装男子でも可愛くなっていいですか？

著／悠木《ゆうき》りん　イラスト／花ヶ田《はながた》

転校生・未羽美憂は、星美のかつての幼馴染みであり、トラウマの元凶だ。また仲良くなりたいと申し出る彼女だが、同時にかつての星美は普通ではなかったと伝える。星美は、再び現実と向き合うことになる――。

ISBN978-4-09-453173-2（ガゆ2-5）　定価858円（税込）

魔王都市2 ―血塗られた聖剣と致命の亡霊―

著／ロケット商会《しょうかい》　イラスト／Ryota-H《リョータエイチ》

魔王都市内で派出騎士の変死事件が発生。その陰で蠢くのは、偽造聖剣の製造元でもある《致命者》と呼ばれる謎の組織。再び事件解決に乗り出すキードとアルサリサに、過去に消えた亡霊と、底知れぬ陰謀が襲いくる。

ISBN978-4-09-453172-5（ガろ2-2）　定価891円（税込）

ガガガブックスf

エルフの嫁入り ～婚約破棄された遊牧エルフの底辺姫は、錬金術師の夫に甘やかされる～

著／逢坂為人《おうさかなると》　イラスト／ユウノ

ハーフエルフであるために婚約を解消されてしまった、遊牧エルフのつまはじきものの底辺姫ミスラ。彼女が逃げるように嫁いだ先は、優しい錬金術師の青年で……人間とエルフの優しい異文化交流新婚生活、始まります。

ISBN978-4-09-461170-0　定価1,540円（税込）

GAGAGA

ガガガ文庫

白き帝国1 ガトランド炎上

犬村小六

発行　2024年2月24日　初版第1刷発行

発行人　鳥光 裕

編集人　星野博規

編集　湯浅生史

発行所　株式会社小学館
〒101-8001 東京都千代田区一ツ橋2-3-1
[編集]03-3230-9343　[販売]03-5281-3556

カバー印刷　株式会社美松堂

印刷・製本　図書印刷株式会社

Printed in Japan　ISBN978-4-09-453119-0